KB046085

4
Record of Erotic Warrior
Story by Masanan Illustration by B-Ginga

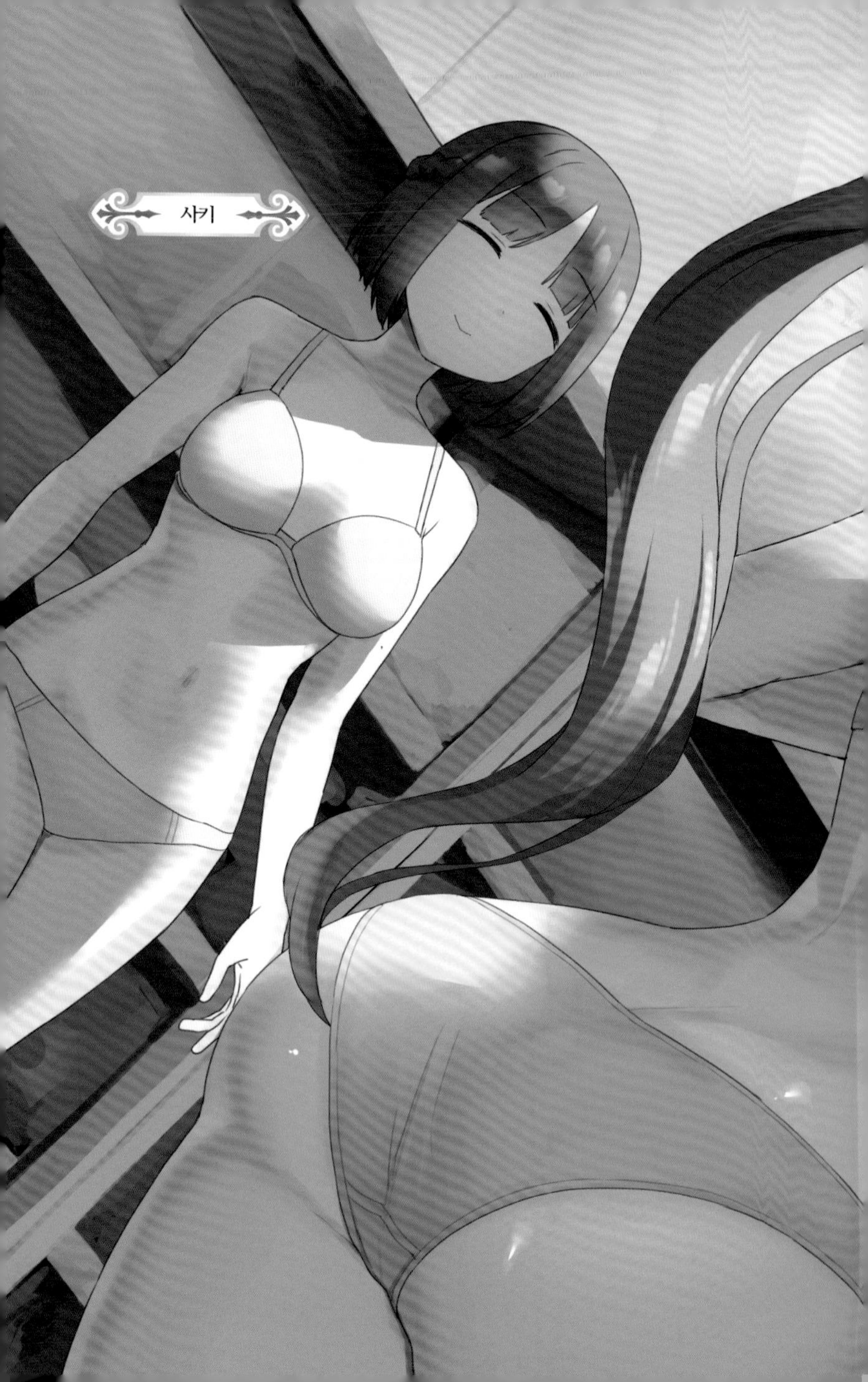
사키

세리나

이번에는 미나가 태양빛에 몸을 노출시켰다.
샤워를 하듯 눈을 감고서 두 팔을 벌리는 미나.
……아무 일도 일어나지 않았다.
주인님, 괜찮은 것 같아요!
미나가 눈을 반짝이며 외쳤다.
그래. 다행이다!
나도 진심으로 안도했다.

에로 스킬로
Record of Erotic Warrior
이세계 무쌍
글: 마사난
일러스트: B-은하

동정들에게 이 글을 바친다.

제9장 (숨겨진 루트) 그랑소드 축제

제1화
화창한 날의 신부

Now Loading……

4권 제9장 (숨겨진 루트) 그랑소드 축제

제1화 화창한 날의 신부

돌바닥 위, 반투명한 베일이 넘실거리고 있다.

순백의 웨딩드레스 차림으로 마을을 가로지르는 소녀.

뭐, 십중팔구 축제 준비를 위한 예행 연습일 것이다.

……혹시 나한테 프로포즈를 하려는 걸까? 라는 생각이 잠깐 머릿속을 스쳤지만 곧 정신을 차렸다. 원래 세계에서도 저렇게 간을 보는 여자에게 심한 꼴을 당한 적이 있다.

여성의 프로포즈 같은 건 꽃미남에게만 주어지는 이벤트라는 현실을 잊으면 곤란했다.

"와, 예쁜 웨딩드레스네."

붉은 포니테일의 세리나도 감동한 목소리로 말했다. 여고생이라서 그런지 결혼식이며 웨딩드레스에 동경심을 품고 있는 모양이었다.

"예행 연습인가?"

"축제에서는 저런 웨딩드레스 안 입어!"

핑크색 머리의 소녀 리리가 단언하듯 외쳤다. 리리도 이곳 사람이므로 맞는 말일 것이다.

그렇다면 더더욱 의문이었다. 잠시 상황을 지켜보고 있자니, 웨딩드레스를 입은 소녀가 헉헉 숨을 몰아쉬며 내 앞으로 다가왔다.

"후우, 드디어 찾았네요. 제 운명을 바꿔줄 사람을요. 그 나이에 반바지로 거리를 활보하는 걸 보니 인성이 의심스럽지만, 급하니까 어쩔 수 없죠."

"뭐라고?"

다짜고짜 실례되는 소리를……. 그렇게 생각하고 있는데, 소녀의 등 뒤에서 남자들의 매서운 목소리가 들려왔다.

"찾았다!"

"저쪽이야!"

"붙잡아!"

"절대로 놓치지 마!"

검은색의 수도복을 입은 남자들이 이쪽을 향해 일직선으로 달려오고 있었다. 이 새신부를 쫓아오는 게 분명해 보였다. 남자들의 수는 10명 이상. 반면에 우리는 리리를 포함시켜도 3명이다.

어디 보자. 이대로 못 본 척한다면 우리는 안전하겠지만 이 소녀는 무슨 짓을 당할지 모른다.

그렇다고 소녀를 구한다면 정체불명의 남자들과 전투가 벌어질 가능성이 있었다.

"어떻게 할래? 알렉."

세리나가 긴박한 목소리로 내 판단을 물었다.
“뻔한 걸 가지고. ……여자를 구한다.”
내가 씨익 웃으며 말했다.
“어휴, 그렇게 말할 줄 알았어.”
“그럼 물어보지 마.”
“도움 감사드립니다. 저는 줄리아 폰 발사모. 당신은 이름이 뭔가요?”
소녀가 물었다.
웨이브가 서린 아름다운 은발에, 아직 앳된 모습이 남아있는 자그만 입술. 하지만 소녀의 눈에서는 강한 의지를 엿볼 수 있었다.
“내 이름은 알렉이다.”
“그럼, 알렉. 이걸 받아주세요.”
소녀는 본인의 손가락에서 재빨리 반지를 빼더니 내게 건넸다.
“거기까지입니다, 아가씨. 집으로 돌아가시죠.”
뒤쫓아 온 남자들이 말했다.
“아뇨. 돌아가지 않겠어요. 저는 지금 막 이쪽의 알렉이라는 분과 혼약을 맺었습니다.”
“뭐, 뭐라 했습니까?”
“이미 저는 다른 남자와 결혼한 몸입니다. 이것으로 로리곤 백작과의 혼인도 무효가 되겠죠.”
“말 같지도 않은 소리를. 이런 결혼은 인정받지 못합니다.”
“어머. 귀족 간의 결혼을 파기하는 건 사제님의 역할일 텐데요. 평민인 당신이 그걸 무시하겠다는 건가요?”

"그건…… 알 게 뭐야! 해치워!"

수도복을 입은 남자들이 일제히 숨겨놓은 대거를 뽑아 들었다. 어지간히도 막 나가는 종파 놈들인 모양이었다. 이쪽 세계의 성직자들은 타인에게 상해를 입히는 것을 금기시했다. 그래서 무기도 메이스나 지팡이를 주로 사용한다고 피아나에게 들은 적이 있다. 그런데 저리도 당당하게 칼을 뽑아 들다니.

반바지 차림의 비무장 상태였던 나는 [아이템 가방]에서 숏 소드를 꺼내어 맨 처음 공격해 온 남자의 대거를 쳐냈다.

"하앗!"

세리나도 앞으로 돌진해 근처에 있는 남자의 대거를 날려버렸다.

"앗싸! 마음껏 때려야지~. 이히힛, 받아라!"

리리도 내 뒤쪽에 숨어서 채찍을 휘두르기 시작했다.

"아얏! 리리, 아군한테 맞히면 어떡해. 그리고 머리는 건들지 마."

"미안. 일부러 그런 건 아냐. 아하핫."

상대는 10명이 넘었지만 굳이 [감정]으로 레벨을 확인할 필요도 없었다. 우리 일행의 일방적인 공격으로 금세 승부가 나버렸다. 추정컨대 남자들의 레벨은 10 정도. 모험가인 우리에 비하면 실전 경험도 한참 부족해 보였다.

"제길, 일단 철수다!"

"귀족에게 대든 것을 언젠가 후회하게 만들어 주마!"

이를 갈면서 떠나가는 남자들. 그러자 줄리아는 앞으로 한 걸음 내디디며 그들의 등에 대고 박력 있게 외쳤나.

"귀족에게 대든 것은 저를 우롱한 당신들이겠죠! 분수를 아세요, 평민 주제에!"

소녀는 그제야 맺힌 게 풀렸는지 개운한 미소를 지으며 뒤를 돌아보았다.

"자, 저의 새로운 피앙세. 어디 조용한 장소에서 이야기를 나눌 수 있을까요? 얼른 옷을 갈아입고 싶거든요."

"그러면 우리가 이용하는 여관으로 가자. 이름난 전직 모험가가 경영하고 있어서 수상한 녀석들은 알짱거리지 못하거든."

"고마워요."

"세리나, 옷을 준비해 줘."

"알았어. 이 애한테 어울릴 만한 옷을 사 갖고 갈게."

"그래. 화려한 거 말고 평민으로 보이는 옷으로 해."

"알고 있어. 맡겨둬."

우리는 호기심 어린 군중들의 시선을 받으며 여관으로 향했다. 흠, 이렇게 되면 우리가 묵는 장소가 수도복을 입은 남자들에게 들통나는 건가.

하지만 줄리아가 내 이름을 언급한 이상 이제 와서 숨겨봤자 위치를 파악당하는 건 시간 문제다. 그러니 어쩔 수 없었다. 딱히 안전한 장소도 떠오르지 않거니와, 사람을 돕는 일이라면 여관 주인도 뭐라고 하지 않을 것이다. 결국에는 험한 녀석들이 모이는 모험가용 여관이니까.

"어휴, 시녀가 없으니 걷기 힘들어 죽겠네요. 당신, 드레스 밑부분을 들어주세요."

"응? 알았어. 히힛!"

하지만 리리는 줄리아의 드레스를 부풀리거나 잡아당기는 등 장난을 쳐댔다.

"자, 잠깐만요! 무슨 짓이에요! 그만두세요!"

"우히히."

"리리, 그쯤 해둬."

내버려 두면 날이 하루 종일 티격태격할 것 같았기에 내가 못을 박아 두었다.

"응. 알렉의 부탁이라면 어쩔 수 없지. 오늘은 이 정도로 용서해 줄게!"

"흥. 이래서 매너를 모르는 평민이란."

줄리아가 무시하듯 말했다. 리리의 신분이 더 높다는 사실을 알면 과연 어떤 표정을 지을까.

"저곳이 우리가 묵는 여관이다."

여관 '용의 안식처'가 보이기 시작했기에 손가락으로 가리켜 줄리아에게 알려주었다.

"헤에. 평민치고는 꽤 커다란 여관에 묵고 계시네요."

"뭐, 인원이 많으니까."

"하렘이거든!"

"네?"

줄리아가 의아한 표정을 지었다. 나는 쓸데없는 소리를 하지 말라고 리리에게 눈치를 주었다.

리리도 그러는 편이 더 재밌겠다고 생각했는지 히죽히죽 웃으며 입을 다물었다.

아무것도 모르는 순진무구한 소녀를 여관으로 데려가는 것만으로도 기대감이 고조되고 인생이 즐거워지는 건 어째서일까.

"에이다. 방 1인분 추가해 줘."

"알렉…… 머피! 범죄가 발생했어. 병사 집합소에 가서 신고하고 와."

"에엑?"

리리나 네네를 데려왔을 때는 아무 말도 없었건만 왜 이제 와서 문제 삼는단 말인가.

"이봐, 알렉. 귀족 따님을 납치하면 못쓰지. 심지어 새신부를 말야."

그렇군. 귀족이라는 신분이 문제였구나.

"둘 다 착각하지 마. 이 애는 본인의 의지로 이곳에 있는 거야."

"맞아. 내 이름은 줄리아. 한동안 이곳에 몸을 숨길 생각이야."

"그런 거라면야. 뭐, 알겠어. 그 차림새를 보니 뭔가 깊은 사정이 있는 모양이네. 맨 위층의 끄트머리에 있는 방을 내어줄게. 30골드야."

상당히 좋은 방인지 여관비가 다른 때보다 비쌌다. 줄리아는 현재 수중에 돈이 없었기에 내가 대신 지불했다.

"기다렸지, 알렉. 옷을 사 왔어."

세리나가 생각보다 빨리 도착했기에 우선은 줄리아가 옷을 갈아입기를 기다렸다. 참고로 미나는 오늘 사스케에게 인술 수행을 받느라 자리를 비운 상태였다.

"그래서? 어떻게 된 거지?"

나는 주요 멤버들을 한자리에 모아놓고 줄리아에게 설명을 요구했다.

제2화
파국의 퀘스트

"네. 방금 전에도 말씀드렸다시피 저는 자작가의 여식인 줄리아 폰 발사모라고 합니다. 실은 오늘 로리곤 백작과의 결혼식이 예정되어 있었어요. 하지만 다방면으로 조사해 봤더니 백작은 여러 평민 여자들을 정부로 두고 있더군요. 심지어 그중에는 미성년자도 있었어요."

"아……."

"그랬구나."

일행들은 줄리아에게 동정의 시선을 보낸 뒤, 나를 흘끔 쳐다보았다. 뭐야, 그 눈빛은. 나도 그 백작과 동류라고 말하고 싶은 거냐?

딱히 틀린 말은 아니었다.

하지만 내 경우, 어째서인지 18세 이상의 여자하고만 관계를 맺고 있었다. 리리도 네네도 겉모습보다 나이가 많기 때문에 미성년은 아니었다.

애초에 여자를 나이로 판단하는 건 어리석은 짓이다. 세상에는 조숙한 여자아이도 있는가 하면 철부지도 있다. (그 철부지들의 순수한 육체를 사랑으로 일깨우는 것이야말로 최고의 미학 아닐까. 크흠. 인간이란 금지된 일일수록 배덕감과 모험심을 느끼는 법이다.) 그것을 관습이나 법률로 동일시하는 건 그녀들을 한 사람의 인간으로 존중하지 않는다는 증거다. 너무나도 뒤처진 제도다.

그러므로 나는 고개를 끄덕이며 연민 어린 목소리로 말했다.

"결혼은 양측의 합의가 중요하지. 남들이 멋대로 개인의 의사를 짓밟으면 안 되는 거야."

"제 말이 그 말이에요!"

"잠깐, 줄리아. 사정은 알겠지만 이 녀석은 그 백작과 크게 다를 바 없는 남자야. 지금은 신사인 척하고 있지만 내용물은 악마라구."

"세리나. 악마는 무고한 사람에게 다짜고짜 검을 휘두르는 너겠지."

"윽, 그건……."

"어머나. 세리나 씨는 멀쩡한 사람인 줄 알았는데 그런 분이셨군요."

"오해야, 줄리아. 이 인간한테 속아 넘어가면 안 돼."

"자자, 둘 다 진정해. 달링도 세리나도 악마라고 불릴 만큼 못된 짓은 안 했으니까."

사키가 중재하듯 말했다. 지당한 말이다. 장사를 하는 만큼 분위기를 수습하는 능력도 뛰어나군. 트레저 헌터를 자칭하는 사키는 검은색 단발머리의 소녀로, 시프가 연상되는 경장비를 착용하고 있었다.

"그래서 우리한테 원하는 게 뭐야? 백작과의 결혼을 파기해 달라고 의뢰하려고?"

사키가 줄리아에게 물었다. 호오, 퀘스트라는 형태를 취하면 보수가 따라온다 이건가. 하긴, 상대는 돈이 남아도는 귀족이다. 돈을 좀 받더라도 별문제 없을 것이다.

"그렇네요. 맞아요. 당신들은 모험가인 것 같으니 정식으로 의뢰할게요. 저와 로리곤 백작의 혼인을 취소시켜 주세요. 보수는 금화 열 닢이면 어떨까요."

"그 의뢰, 수락하겠어."

내가 진지한 얼굴로 말했다. 다른 일행들도 이견은 없는 모양이었다.

"하지만 괜찮겠어요? 방금 전에도 보셨겠지만 로리곤 백작은 수단을 가리지 않아요. 여러분의 목숨이 위험할지도……."

"걱정할 거 없어. 원래 모험가는 목숨 걸고 일하는 직업이거든. 게다가 달링도 승산이 있으니 받아들였을걸. 그렇지?"

사키의 질문에 나는 자신만만하게 답했다.

"물론이다."

"정말 그럴까. 예쁜 얼굴에 넘어간 걸지도 몰라."

흥. 나도 그 정도로 호구는 아니라고, 세리나. 이번 상대는 소녀 한 명도 제대로 간수하지 못한 얼간이들이다. 그렇다면 설령 귀족이더라도 해볼 만하다는 생각이 들었다. 게다가 줄리아도 귀족이긴 마찬가지다. 귀족과 귀족 간의 싸움이라면 일방적으로 당하진 않을 것이다.

"우선은 조사다. 세리나, 사키. 너희는 로리곤 백작에 대해서 알아봐."

""응!""

"다른 사람들은 2군한테 상황을 설명하고 여관을 경비하라고 전달해 줘. 수도복을 입은 놈들이 쳐들어올 게 분명하니까."

""알았어!""

자, 귀족과의 전쟁이다.

이번에는 나도 직접 조사를 해볼 생각이었다. 나는 여관으로 돌아온 미나를 데리고 상인 길드로 향했다.

길드로 향하는데 도시 곳곳에서 뚝딱거리는 소리가 들려왔다. 건물을 장식하는 소리였다.

"주인님, 그랑소드 축제는 규모가 꽤 크네요."

"그런가."

미나는 자신의 고향과 비교해 본 모양이었다. 하긴, 일본에도 축제는 있었지만 그랑소드는 일본과 비교해도 훨씬 본격적이었다. 나는 축제를 준비하는 광경을 본 적이 없어서 실감이 나지 않지만.

"어이, 알렉. 너도 용돈 좀 벌어볼래?"

견인족 청년 랄프가 지붕 위에서 말을 걸어 왔다. 흰색 머리에 파란색 반다나를 두른 모험가다. 마찬가지로 반다나를 두른 그의 파티 멤버가 지붕에서 함께 망치질을 하고 있었다. 축제 준비 퀘스트를 수행 중인 모양이었다.

"아니. 이쪽에는 더 큰 의뢰가 들어왔거든."

"그래? 뭐, 그것도 나쁘진 않네. 하지만 현지에서 축제가 열리면 협력해 두는 게 좋아, 알렉. 외지에서 온 모험가라면 더더욱."

"흐음."

로마에 가면 로마의 법을 따르라는 말인가. 베테랑이 하는 말이니 새겨듣는 게 좋겠다.

"알렉. 랄프의 설교는 반쯤 흘려들어도 돼. 푼돈밖에 안 되는 봉사활동을 하는 사람이 얼마나 된다고."

랄프의 파티 멤버가 불평하듯 말했다. 그렇다면 당장 의뢰가 없는 2군들에게 맡기기로 하자.

나는 고맙다는 말 대신 한 손을 들어 보이고는 자리를 떴다.

한동안 걸어가자 대로 맞은편에 금화를 본뜬 간판이 보였다. 상인 길드 건물은 상당히 큼지막했고, 이곳도 축제를 위해 나무 판자로 장식이 되어 있었다. 풍요를 기원하는 과일 모양의 판자들이었다. 별 생각 없이 그 모습을 바라보고 있는데 미나가 내 팔을 잡아당겼다.

"주인님, 골목에서 수상한 2인조 남성이 이쪽을 쳐다보고 있어요."

그쪽을 쳐다보니 검은색 수도복을 입은 남자들이 보였다.

"뭐야, 저놈들인가. 걱정할 거 없어, 미나. 레벨이 낮은 놈들이거든. 로리곤 백작의 부하들이야."

“역시 그랬군요. 하지만 미행을 당하면…….”

“괜찮아. 상인 길드는 경비가 엄중해서 아무리 귀족이라도 습격해 오지는 못할 거야. 들어가자.”

“네.”

“어서 오세요. 오늘은 상인 길드에 어떤 용건이신가요, 알렉 님.”

멍청하게 생긴 양 가면을 착용한 남성 직원이 친절하게 웃으며 인사를 건넸다. 어쩐지 한 대 치고 싶은 충동이 일었지만 축제니까 넘어가기로 했다.

“유미와 대화하고 싶어. 그리고 지금 로리곤 백작과 트러블을 겪는 중이거든. 백작의 부하들이 미행하고 있는데, 뭐, 알아서 대처해 줘.”

“아, 알겠습니다.”

아무리 상인 길드의 직원이라도 귀족이라는 말을 듣자 긴장이 되는 모양이었다.

“알렉 님, 이쪽으로 가시죠.”

그때 2층 난간에서 붉은 머리의 상인인 유미가 말을 걸었다. VIP용 공간으로 오라는 뜻이다. 하긴, 안전하고 무난한 선택이다. 백작의 부하라면 내가 이곳에서 다른 귀족들과 거래를 할지도 모른다는 가능성을 염두에 둘 수밖에 없을 테고, 여기까지 생각이 미치면 습격은 절대 무리다. 만약 내 거래 상대가 본인이 섬기는 귀족보다 신분이 높아서 백작가가 망하기라도 하면 주인에게 꾸지람을 듣는 정도로는 끝나지 않을 테니까.

“후우, 알렉 님. 상황을 들어봐도 될까요?”

VIP실의 소파에 몸을 기대자 유미가 걱정스러운 표정으로 질문해 왔다.

"줄리아라는 귀족으로부터 퀘스트를 받았어. 말하자면 이런 상황이야."

나는 유미에게 자세한 정황을 이야기했다.

"그렇군요. 정의로운 행동이에요. 하지만 설마 또 귀족과 적대하실 줄이야. 대범한 선택을 하셨네요."

단지 쫓기는 소녀를 도와줬을 뿐인데 말이지. 하긴, 그것도 정의라면 정의였다. 하지만 나는 정의라는 말이 영 마음에 들지 않았다. 정의를 부르짖는 인간들 중에 제대로 된 녀석이 없기 때문일지도 몰랐다.

"뭐, 그렇지. 그래서 로리곤 백작에 대해서 알아보려고 하거든."

"알겠습니다. 귀족의 경우, 주소나 직업 같은 일반적인 정보 외에는 가르쳐 드리지 않는 것이 규칙입니다만, 특별히 제공해 드리겠습니다. 제가 책임을 물을 수 있으니 부디 밖으로 새 나가는 일이 없도록 해주세요."

"알고 있어."

"그러면 자료를 가져오겠습니다. 이곳에서 잠시 기다려 주세요."

안내에 따라서 기다리고 있자니 아래층에서 남자들이 언쟁을 하는 소리가 들려왔다. 백작의 부하들이 나를 데려가려고 직원들과 다투고 있는 모양이었다. 하지만 나는 정기적으로 보주를 판매하러 오는 단골이고, 상대는 백작의 일개 부하일 뿐이다. 직원들이 놈들의 편을 들어줄 리 만무했다.

그러나 상대가 뇌물을 뿌린다면 또 어떻게 될지 몰랐다. 그러니 백작이 이상한 꼼수를 부리기 전에 상황을 마무리 짓고 싶었다.

하지만 어떻게?

단칼에 해치워버리기도 힘들었다. 리오트 남작의 경우에는 호위도 대동하지 않고 인기척이 없는 골목까지 몸소 행차해 준 덕분에 들키지 않고 넘어갈 수 있었다. 그러나 백작쯤 되면 반드시 호위가 따라올 것이다. 호위가 없더라도 누군가가 현장을 목격하고 신고한다면 나는 끝장이다. 그런 위험을 감수할 수는 없었다.

그렇다면 아예 유인해 볼까?

이름부터가 로리곤 백작인 데다, 줄리아도 어린 소녀였다. 동류인 나라면 알 수 있었다. 녀석은 틀림없는 소녀 취향이다. 귀여운 소녀가 뒷골목에 기다리고 있다면서 끌어내면…… 아니, 안 되겠군. 본인이 오는 대신 부하들을 보낼 게 분명했다. 줄리아가 쫓기던 당시를 생각해 봐도 백작이 직접 움직이진 않을 것이다. 아무래도 놈에게 백마 탄 왕자 같은 모습을 기대하기는 힘들어 보였다.

"주인님, 로리곤 백작의 저택에 잠입해 볼까요?"

머릿속으로 고민을 하고 있자니 미나가 제안해 왔다.

제3화
잠입 작전

어린 신부 쟁탈전.

상대는 귀족이니 우리도 난폭한 짓보다는 권모술수로 나가야 했다. 일단은 로리곤 백작을 궁지에 몰아넣을 필요가 있었는데, 백작의 본거지에 잠입해 약점을 캐낸다는 발상은 꽤나 괜찮아 보였다.

"음, 괜찮은 생각인걸. 문제는 누구를 보내냐인데……."

우리 파티에서 소녀 체형의 멤버라 하면 네네와 리리 둘 뿐이었다. 하지만 양쪽 모두 잠입 작전에는 어울리지 않았다. 네네는 담력이 약한 편이고, 리리는 장난만 칠 줄 알지 정보 수집에는 꽝이었다.

2군까지 포함하면 쌍둥이인 사샤와 미샤가 있었다. 갈색 피부와 흰색의 피부를 지닌 은발의 소녀들이다. 하지만…… 두 사람에게도 정보 수집은 버거워 보였다. 일단은 한때 암살자였지만 은밀 행동 쪽으로는 1류라 하기에 무리가 있었다.

"제가 갈게요."

"뭐라고?"

나는 새삼스럽게 미나의 생김새를 뜯어보았다. 얼굴에는 앳된 모습이 남아있지만 소녀 체형이라고 하기에는 애매한 면이 있었다. 진정한 소녀 애호가는 2차 성징이 끝난 여성을 할머니라 부르면서 쳐다도 보지 않는다. 나는 그렇게까지 하드코어한 취향은 아니기에 미나로도 충분히 만족하고 있었다.

"걱정하지 마세요. 나이를 속이면 분명 미끼를 물 거예요. 부하를 동원해서 어린 소녀를 사로잡으려 하다니. 아무래도 로리곤 백작은 주인님과 동류인 것 같거든요."

"호오, 나이라. 일리가 있는걸."

나는 고개를 크게 끄덕였다. 만약 미나가 파릇파릇한 나이의 소녀라면…… 오오! 갑자기 불타오르기 시작했다. 심지어 백발의 서양인라니! 못 참겠군!

"앗, 주인님, 여기선 안 돼요! 아앙!"

"크흠, 알렉 님. 이 장소에서 성행위는 자제해 주시기 바랍니다."

어느새 돌아온 유미가 말했다. 쳇, 좋을 때였는데.

"가져왔어?"

"예. 여기 있습니다."

하드 커버로 된 책이 두 권, 그리고 다수의 두루마리가 있었다. 책에는 '귀족 연감', '저명인사록'이라는 제목이 적혀 있었는데, 이런 책이라면 표면적인 정보밖에 실려있지 않을 것이다.

"미나, 너는 책을 읽어봐."

"네."

"저도 읽어보겠습니다."

나는 두루마리 쪽을 읽어보기로 했다.

"이건…… 액세서리 주문 이력인가. 보석이 많기는 한데 죄다 여성용이군."

"불륜 상대들에게 줄 선물이 아니었을까요."

"그렇군. 성실한 녀석 같으니."

한동안 자료를 뒤져봤지만 써먹을 만한 정보는 없었다.

"안 되겠군요. 탈세, 반역과 같은 범죄 이력은 전혀 없어요. 귀족 소녀를 유괴했다는 의혹이 있기는 한데, 아마도 돈으로 합의를 했겠죠. 완전히 발정 난 쓰레기네요."

유미가 얼굴을 찌푸리며 경멸하는 표정을 지었다. 왠지 흥분되는걸.

"유미. 지금 그 대사, 나한테도 해주지 않을래?"

"발정 난 쓰레기 말인가요? 이런 말을 듣고 기뻐하다니, 알렉님은 정말로 쓰레기 자식이네요."

오오…… 다음 플레이는 이걸로 가볼까.

"저, 주인님을 욕하지 말아주세요. 살짝 쓰레기 같은 부분이 있기는 하지만 근본은 착한 사람이에요."

"괜찮아, 미나."

"맞아요. 진심으로 한 말이 아니에요. 이런 성벽이 존재한다고 들은 적이 있거든요."

"그, 그렇군요. 어? 그런 성벽도 있나요……?"

"안심해, 미나. 너한테는 요구하지 않을 거니까. 너한테 그런 소리를 들으면 정말로 상처받을 것 같거든."

"그렇군요. 다행이에요."

미나가 안심하며 가슴을 쓰러내렸다. 내가 비난해 달라고 명령할 줄 알았던 모양이다. 안심해. 기본적으로 나는 여자가 싫어하는 짓은 하지 않는 남자니까.

"그러면 상인 길드에서 메이드를 소개하는 형태로 접근해 보겠습니다."

유미가 말했다. 미나가 다짜고짜 저택을 방문하는 것보다는 잘 먹힐 듯했다.

“좋아. 우리 군단에 전직 암살자였던 쌍둥이가 있거든. 녀석들도 데려올 테니까 같이 좀 부탁해.”

“알겠습니다.”

“그런데 유미. 일이 끝나면 네가 귀족에게 원한을 살 텐데?”

“가명을 쓸 예정이라 괜찮습니다. 헤어 스타일만 조금 바꿔도 알아보지 못해요.”

“흐음.”

“그러면 주인님. 저는 메이드로 위장해서 잠입하도록 할게요.”

“그래. 구체적인 부분은 너희에게 맡길게. 잘들 부탁해.”

“알겠습니다.”

“네, 주인님. 맡겨주세요.”

“미나 님은 여기에 남아서 저와 계획을 의논하시고, 알렉 님은 뒷문이 있으니 그쪽을 통해서 귀가해 주시면 됩니다. 백작의 부하는 저희가 막고 있겠습니다.”

“알겠어.”

잠시 후, 나는 직원용 뒷문으로 길드를 빠져나왔다. 만약을 위해 문을 나서기 전에 [엿보기] 스킬로 문틈을 살폈지만 문밖을 지키는 사람은 없었다. 머릿수만 많지 얼빠진 녀석들이다. 그렇게 유유자적 여관으로 돌아온 것까지는 좋았으나, 나는 도착하자마자 사키에게 된통 혼나고 말았다.

“달링, 그럼 안 되지! 잠입 작전이 잘 풀려서 신분이 들통나지 않을 수는 있어. 하지만 로리곤 백작이 미나한테 손을 대면 어쩌려고 그래?”

"윽. 그러고 보니 그렇군. 미나가 솔선해서 제안하길래 괜찮은 생각 같았는데……."

"미나가 똑 부러지기는 하지만 이런 일에는 적합하지 않은 애야. 실제로 잠입해 본 적도 없잖아. 이렇게 된 이상 나도 같이 잠입하도록 할게. 새롭게 들어온 정보는 레티와 이오네한테 이야기해 뒀어."

"부탁할게. 미안하다, 사키."

"됐어. 이래 봬도 내조에는 일가견이 있거든."

사키가 윙크를 하며 씨익 웃어 보였다. 맞는 말이었다.

"하지만 네가 백작의 취향에 맞을지……."

"후후. 이러면 되겠지?"

사키가 머리카락을 양 옆으로 잡아당겨 트윈 테일을 만들어 보였다.

"되겠네."

"후훗. 그러면 사샤랑 미샤를 불러올게."

"그래."

잠시 후. 사키가 데려온 은발의 포니테일 콤비가 나를 보더니 입을 모아 말했다.

""앗. 변태 아저씨다.""

"알렉이나 리더라고 불러."

정말이지, 아직도 교육이 덜 된 모양이다.

""하지만 얼굴이 아저씨인걸? 꺄하핫!""

"이것들이. 뭣하면 PK 용의자로 감옥에 넣어줄 수도…… 아니지. 오랜만에 너희한테 맛있는 음식을 제공할까 생각 중이다. 백작가의 귀족 요리야.”

““앗! 갈래, 갈래!””

“그러면 자세한 이야기는 사키한테 들어. 조심하고.”

“나한테 맡겨.”

““알았어!””

이제 다음 용건이다.

“참, 그렇지. 거기에 있는 너랑, 너. 한가하면 축제 준비나 도와주고 와. 길드에서 퀘스트를 내걸었을 거야. 나도 나중에 보너스를 챙겨줄게.”

“알겠습니다, 알렉 씨.”

나는 한가해 보이는 2군의 두 멤버에게 지시를 내렸다. 이것으로 우리 클랜의 평판도 조금은 올라갈 것이다.

제4화
단서

방으로 돌아오자 예상대로 1군 멤버들이 대기하고 있었다.

“왔구나, 알렉.”

“세리나와 이오네는 어디 갔어?”

두 사람의 모습이 보이지 않아서 내가 물었다.

“세리나는 밖에서 탐문 조사 중이고, 이오네는 줄리아의 방에서 경비를 맡고 있어. 줄리아는 최중요 인물이잖아?”

레티가 말했다. 레티는 실내에서도 보라색의 챙모자를 쓰고 있었다.

"그건 그렇지."

로리곤 백작은 지금도 혈안이 되어 줄리아를 데려오라고 명령을 내리고 있을 것이다. 결혼식이 파탄 난 것으로도 모자라, 다른 남자가 신부를 가로채 가기까지 했으니 분노가 정점에 달했을 게 분명했다.

"그보다 레티, 로리곤 백작에 대해서 뭔가 알아냈어?"

"응. 몇 가지 알아냈는데, 구제가 불가능한 변태더라. 걸어다니는 범죄자야."

레티가 어깨를 으쓱이며 불쾌한 표정을 지었다.

"잠깐. 아무리 변태라도 손을 대기 전까지는 범죄자가 아니야."

변태라는 이유만으로 범죄자 취급을 받으면 내가 곤란해지므로 이 부분만큼은 신사로서 옹호해 두기로 했다.

"그렇지만 실제로 손까지 댔는걸. 일이 커질 것 같으면 돈으로 합의를 봤나 봐. 그래서 평판도 최악이야. 하지만 범죄를 적발하기는 쉽지 않을 것 같아."

"그렇군. 빠져나가는 재주는 있는가 보네."

"재주는 무슨. 전부 돈으로 해결하고 있을 뿐이잖아."

팔짱을 끼고 있던 루카가 입을 삐죽였다. 돈으로 해결하는 것도 재주에 속하지만, 올곧은 성격의 여전사는 인정하고 싶지 않은 모양이었다.

"알렉 씨. 백작은 고아원의 소년, 소녀들을 메이드나 하인으로 고용하고 있는 모양이에요."

흰 사제복을 입은 피아나가 서글픈 얼굴로 말했다.

"뭐? 남자도?"

"네. 도망친 남자아이한테서 이야기를 들었는데, 차마 말하기 어려울 정도로 심한 짓을 당했다고 해요. 그것도 알몸으로……."

"그랬군."

상냥한 피아나에게는 듣기 힘든 이야기였을 것이다.

그나저나 남자애들한테까지 손을 대다니. 미소녀 계열의 오토코노코라면 그래도 납득이 되지만 한두 명이 아니라면 그것도 아닐 것이다. 아무리 그래도 도가 지나쳤다. 소년 취향의 여성은 용서가 되지만 소년 취향의 남성은 질색이다.

"돈으로 애들을 쥐락펴락하다니, 인간 말종이네."

루카가 말했다. 맞는 말이었다. 저항하는 아이들에게 손대는 건 더더욱 질이 나빴다.

"형님, 그래서 어떻게 하려고? 이대로 계속 줄리아를 이곳에 놔둘 거야?"

열혈 전사 쥬가가 조바심 섞인 목소리로 물었다.

"아니. 로리곤 백작의 약점을 잡아서 결혼을 무르겠어. 아니면 놈을 파멸시키던가. 그렇게 하면 줄리아도 당당히 도시를 활보할 수 있겠지."

"흐음, 말은 쉽지만…… 상대는 귀족이잖아?"

"확실히 돈과 지위가 있는 상대지. 하지만 부하들의 수준을 보면 그렇게 대단한 녀석은 아니야, 쥬가. 겉모습만 갖고 떨지 마."

"아, 알겠어. 딱히 두려워한 건 아냐. 이 몸은 '바람의 검은고양이' 클랜의 1군 멤버라고?"

쥬가가 팔뚝에 알통을 만들어 보이며 말했다. 그 마음가짐이다.

"그러면 약점을 잡기 전까지는 조용히 숨어서 지내면 되는 거지?"

레티가 구체적인 방침을 물었다.

"맞아. 힘으로 해결할 생각은 일단 접어둬. 병사가 나서면 오히려 우리 쪽이 난처해져."

우리는 그랑소드 국왕과 면식이 있으니 다짜고짜 처형당하지는 않을 테지만, 그래도 공정함을 기하기 위해서 조사가 이뤄질 것이다. 게다가 그 국왕에게 쓸데없는 빚을 만들어 두고 싶지는 않았다. 사법 거래랍시고 귀찮은 의뢰를 떠맡는 건 이제 사양이다.

""알았어!""

"앞으로 수도복을 입은 녀석들과 마주치면 도망쳐야겠군."

"아으. 술래잡기를 해야 되는 건가요."

"꾸엑……."

견인족인 네네와 그녀의 애완동물인 마츠카제가 불안한 표정을 지었다. 나는 둘을 안심시키기 위해 말했다.

"걱정 마. 놈들이 노리는 건 리더인 나와 줄리아뿐이니까. 동료를 납치해서 인질로 삼을 머리가 있었다면 진작에 줄리아를 붙잡았을걸."

줄리아의 가족은 신부 때문에 협박하기 어렵겠지만 줄리아에게도 평민 친구 정도는 있을 것이다.

"그럼 알렉도 조심해. 어라? 그러고 보니 미나는?"

레티가 물었다.

"미나는 사키, 유미와 함께 백작의 저택에서 잠입 작전 중이야. 뭐, 2, 3일이면 돌아올 거다."

"뭐? 괜찮은 거야?"

"사키가 있으니 괜찮겠지. 위험하면 도우러 가겠어."

"알았어. 우리는 그때까지 대기하면 되나?"

"맞아."

그때, 세리나가 문을 벌컥 열고 들어오며 외쳤다.

"큰일이야, 알렉!"

모두들 미나에 대해서 걱정했지만 다른 쪽에서 문제가 터진 모양이었다.

"모험가 길드의 접수원이 가르쳐 줬는데, 백작의 부하가 너와 줄리아한테 현상금을 걸었대. 금액은 둘을 합쳐 10만 골드. 다만 알렉의 경우에는 '귀족의 여식을 유괴한 죄'로 생사를 묻지 않겠대."

"쳇, 액수가 꽤 되는걸. 머리는 나쁘지만 돈을 쓸 줄은 아는군. 현상금이라니."

"감탄이나 하고 있을 때가 아니야. 10만 골드면 A랭크 모험가가 나설 수도 있는 금액이야."

"흐음."

세라 같은 A랭크 파티가 상대라면 우리에게 승산은 없었다.

"아직 줄리아가 있는 장소를 들키진 않았지만 한동안은 이 여관에서 떨어진 곳에 숨어있는 게 어때?"

세리나가 말했다. 하지만 나는 고개를 가로저었다.

"아니. 이곳이 제일 안전해. 전직 A랭크 모험가였던 에이다도 있고. 게다가 지금 함부로 줄리아를 밖으로 내보낼 수는 없어. 모험가 녀석들이 혈안이 되어 찾아다니고 있을 테니까."

"그건 그렇네……."

"뭐, A랭크 파티가 쳐들어 오더라도 이 크루샤 레티 님의 마법으로 쫓아내 줄게. 실력은 A랭크거든."

레티가 이상한 포즈를 취하며 말했다. 하지만 이 녀석은 때때로 터무니없는 짓을 저지르기 때문에 좀처럼 신뢰가 가질 않았다.

"실내에서 마법을 사용하는 건 자제해 줘, 레티."

세리나가 걱정스러운 목소리로 당부했다.

"뭐? 마법사한테 마법을 사용하지 말라니, 그게 무슨 소리야. 인간한테 숨을 쉬지 말라는 거나 마찬가지잖아."

"레티, 아직은 전면에 나서지 않아도 돼. 대마법사는 비장의 카드니까. 원래 비밀 병기는 마지막까지 아껴놓는 거거든. 우리가 위험에 처하면 그때 잘 부탁해. 늘 의지하고 있어, 천재 대마도사."

귀찮아진 나는 [화술 LV5]를 사용해 레티를 구워삶았다.

"오, 오오…… 맡겨줘! 맞아, 나는 비장의 카드였지. 그러면 방으로 돌아가서 대기하고 있을 테니까 무슨 일 생기면 불러!"

"역시 리더네."

세리나가 칭찬했다. 이 정도쯤이야.

"좋아! 그러면 난 1층 입구에서 경비를 보겠어. 형님이 현상 수배자가 됐으니 어떤 녀석이 쳐들어올지 모르잖아."

"그래. 부탁한다, 쥬가. 단, 베어버리기 전에 평범한 손님인지 제대로 확인하도록 해."

"당연히 그래야지."

"잠깐, 쥬가. 나도 갈게."

"오오, 루카가 있으면 천군만마지!"

"나는 안 갈 거야!"

리리가 침대로 쏙 들어가며 선언했다. 너한테는 처음부터 기대도 안 했으니까 마음대로 해라.

"나중에 나도 밑으로 내려갈게. 그리고 알렉, 제안할 게 있어. 우리가 선수를 쳐서 A랭크 모험가를 경비로 고용하는 건 어떨까? 강한 모험가를 고용했다는 사실만으로도 다른 모험가들을 견제할 수 있을 거야."

꽤나 괜찮은 제안이었다. 적어도 어중이떠중이들이 여관으로 쳐들어올 일은 없어질 것이다. 돈이 들기는 하겠지만 지금은 궁색하게 굴 때가 아니었다.

"그러자. 20만 골드로 신뢰할 만한 A랭크 모험가를 구해봐. 우선은 세라가 속한 파티에 의뢰해 보는 게 좋겠지. 기간은 일주일이면 돼."

'미소 짓는 행운의 여신' 파티의 세라는 금발에 배꼽을 훤히 드러낸 소녀로, 가벼운 성격의 소유자다. 내가 마음에 든 모양이기도 했고, 무엇보다 그녀가 속한 파티는 주어진 의뢰를 확실하게 완수해 왔다. 신뢰할 만한 파티다.

"알겠어!"

"신의 가호가 있기를."

피아나가 두 손을 맞대고 기도를 올렸다.

자, 이기는 쪽이 살아남는 진검 승부다.

백작이 우리를 먼저 해치울까, 아니면 우리가 먼저 백작의 약점을 잡아낼까. 며칠이면 결판이 날 것이다.

아니, 반드시 결판을 낼 생각이다.

제5화
첫 번째 자객

백작을 쓰러트릴 계획을 세우고 있는데, 방문에서 노크 소리가 났다.

"열려 있어"라고 말하려던 나는 만약에 대비해 검을 뽑아 들고 다른 동료에게 문을 열라고 지시했다.

"리리, 열어봐."

"절대로 싫어!"

"에휴. 네네, 부탁할게."

"하으으. 아, 알겠습니다."

네네는 몸을 떨면서 조심스럽게 문 손잡이를 당겼다.

"이봐, 알렉. 나야. 같은 여관의 숙박객한테까지 검을 들이대다니. 너도 갈 데까지 간 모양이구만."

문 너머에서 한 남성이 히죽거리는 얼굴로 모습을 드러냈다. 전사 머피였다. 하지만 나는 거리를 유지한 채 차가운 목소리로 말했다.

“무슨 용건이지, 머피? 방에 들어오지 말고 그 자리에서 용건을 말해.”

“휘익, 무서워라. 알렉 녀석 진지한 거 봐. 그러게 귀족은 적으로 돌리는 게 아니라니까. 안 그래?”

머피가 뒤쪽에 서있는 본인의 파티 멤버에게 동의를 구하듯이 물었다. 하지만 그의 동료들은 긴장감 서린 얼굴로 애매하게 웃기만 할 뿐이었다. 한 명은 칼집에 손을 얹고 있었다. 나 원.

“나는 무슨 용건인지 물었다, 머피. 두 번 말하지 않겠어. 우리는 귀족을 적으로 돌려서 경계 태세에 돌입한 상태거든. 우리 마법사가 우수하다는 건 너도 알고 있지? 복도에서 숯검댕이가 되고 싶지 않으면 용건부터 말해. 이야기는 그다음부터다.”

“어, 어이. 진정해, 알렉. 우리는 매일 사이좋게 포커를 치던 사이잖아. 우리 멤버가 모험가 길드에서 안 좋은 소식을 들었다길래 걱정이 돼서 와본 거야. 적대할 생각은 없다고.”

“그러면 리더인 너 하나로 충분할 텐데. 다른 녀석들은 돌려보내.”

“그렇게 할게. 너희는 밑에서 대기하고 있어.”

“일단 나는 반대했어, 알렉.”

“나도야.”

“이, 이 바보들이! 쓸데없는 소리 말고 얼른 내려가!”

머피가 식은땀을 흘리며 말했다. 적어도 다짜고짜 습격할 생각으로 온 것은 아닌 모양이었다. 일단은 만나 보고 상황에 따라 행동에 나설 생각이었던 건가. 못 말려.

"실망이다, 머피."

"아니, 그런 게 아니래도! 어쨌든 미안하게 됐어. 줄리아 있는지 확인해 보려고 했을 뿐이야. 제대로 숨어있는 모양이네. 일단 가르쳐 주겠는데, 너희는 지금 현상 수배자야. 둘이 합쳐서 10만 골드다."

"그래. 방금 전에 세리나한테 들었어. 우리는 20만에 A랭크 경호를 고용할 예정이다."

"휘익, 굉장한걸. 20만이나 내는 건가. 이봐, 알렉. 너희는 그만한 돈이 어디에서 솟아나는 거야?"

"글쎄다. 너랑은 연이 없는 얘기야, 머피. 가르쳐 줘봤자 내 스킬을 따라할 수 있는 것도 아니잖아?"

"쳇. 예상은 했지만 역시 스킬인가. 그러면 들어봤자 소용없겠군. 어때? 나라면 5만에 호위를 맡아줄 생각이 있는데."

"필요 없어. A랭크 파티에 우리 군단이면 전력은 충분하니까."

"하, 그러냐. 알겠다."

머피가 어깨를 으쓱이며 퉁명스럽게 말했다. 그래도 포기했는지 곧 계단을 타고 내려갔다.

자, 그럼…… 다른 숙박객 중에서도 나를 습격할 만한 녀석이 있는지 여주인한테 확인해 볼까?

그렇게 생각하며 방을 나가려는 순간 복도 쪽에서 목소리가 들려왔다. 쉿소리처럼 갈라진 남자의 목소리.

"반갑구나. '바람의 검은고양이' 클랜의 알렉."

"누구냐!"

들어본 적 없는 목소리였다. 나는 곧바로 복도를 둘러보았지만 사람 그림자 하나 보이지 않았다. 그런데도 목소리는 바로 옆에 서있는 것처럼 명료하게 들려왔다.

"힛히히, 누구라고 생각하나? 알렉. 나는 지금 네 바로 옆에 서 있다. 그 옹이구멍 같은 눈으로 혈안이 되어 찾아보거라. 핫하하!"

쳇, 마법이나 스킬의 한 종류인가?

"네네, 냄새가 나?"

이변을 감지하고 문밖을 엿보고 있던 네네에게 내가 물었다. 스킬을 보유한 미나 정도는 아니지만 네네도 견인족이라 후각이 뛰어났다.

"아, 아뇨. 모르는 사람의 냄새는 나지 않아요."

"그러냐."

그렇다면 이곳에 남자의 본체는 없다고 보는 게 타당했다.

만약 침입에 성공했다면 자기 소개를 하는 대신 내 목숨부터 노렸을 것이다. 지금의 나는 생사 불문의 현상 수배자니까.

그래도 걱정이 됐던 나는 줄리아가 있는 방으로 향했다. 복도의 모퉁이를 지나자 문 앞에서 경비를 서고 있는 이오네가 보였다.

"이오네, 줄리아는 무사해?"

"네. 줄리아 씨, 좀 어떠세요?"

"저는 괜찮아요. 무슨 일 있었나요?"

줄리아가 문 밖으로 고개를 내밀며 말했다. 아무래도 두 사람은 남자의 목소리를 듣지 못한 모양이었다.

"오호라, 여기 있었구나!"

"큭."

다시금 들려온 남자의 목소리에 당황한 나와 이오네는 황급히 주변을 둘러보았다. 하지만 역시 모습은 보이지 않았다.

"일부러 줄리아가 있는 장소까지 안내해 주다니. 정말로 얼빠진 놈이로구나, 알렉!"

"흥. 데려갈 수 있으면 데려가 보시지. 너, 사실은 말하는 것밖에 못 하는 거 아냐?"

마법인지 스킬인지는 모르지만 남자에게는 행동의 제약이 걸려 있는 게 분명했다. 그렇지 않으면 나를 놀릴 시간에 의뢰를 완수했을 테니까. 나는 정보를 캐내기 위해 남자를 가볍게 도발했다.

"히히히힛, 원한다면 언제든지 내 모습을 보여주지. 하지만 아직은 이르다. 진짜 재미는 지금부터야. 줄리아, 오늘부터 내가 너를 24시간 감시하고 있을 거다. 옷을 벗기 전에는 내가 근처에 있는지 확인해 보는 게 좋을걸."

"무례하군요! 저는 자작가의 여식, 줄리아 폰 발사모! 이름도 대지 못하는 잔챙이 따위는 두렵지 않습니다."

줄리아가 당당하게 말했다. 역시 귀족 가문의 따님이다.

"호오, 그러면 가르쳐 주마. 나는 오보로. 카게누이라는 이명으로 통하고 있지. 순수한 실력으로 B랭크 자리를 꿰차신 몸이다. 돈으로 A랭크를 고용해서 승격한 저 남자와는 수준이 달라."

남자가 갈라진 목소리로 자랑스럽게 말했다.

"오보로, 한 가지만 정정해 주지. 나는 꼼수를 부린 적 없어. 자신의 실력으로 예티를 쓰러트리고 B랭크로 승격했지. 세라네 파티를 고용하긴 했지만 그건 승격한 다음 일이다."

"하, 그런 변명을 믿어줄 줄 알았나?"

처음부터 의심하기로 작정한 녀석한테는 무슨 말을 해도 소용이 없다. 뭐, 놈이 믿든, 믿지 않든 상관없었다. 적은 적일 뿐이다. 관용을 베풀 생각은 없었다.

"네네! 레티를 불러와!"

"알겠어요!"

"히히히. 자, 즐거운 술래잡기 시간이다. 내가 줄리아를 납치하는 게 먼저일까, 너희가 나를 붙잡는 게 먼저일까. 하지만 결과는 뻔하지! 너희는 절대로 나를 못 잡는다! 보이지도 않는데 무슨 수로!"

글쎄. 그건 두고 보면 알겠지.

"알렉! 적은 어디야?"

레티가 달려왔지만 이미 방금 전부터 남자의 목소리는 들리지 않고 있었다. 일단은 도주한 모양이었다. 여유로운 척은 다 하면서 꽤나 겁이 많은 녀석이다. 결국 한 번도 모습을 드러내지 않았다.

"자취를 감췄어. 처음부터 목소리만 들리긴 했지만……. 레티. 목소리만 들리는 마법, 아니, 목소리만 전달하는 마법이 있어?"

"응. 몇 종류 있어. 하지만 이 침입자가 목소리를 전달했다면 아마도 마법이 아닐 거야."

"그걸 어떻게 알지?"

"원격으로 대화가 가능할 정도로 뛰어난 마법사라면 훨씬 효과적인 방법을 사용했을 테니까. 사역마를 보내거나, 천리안으로 시야를 확보해서 우리가 모르게 장소를 특정했겠지. 하지만 이 녀석은 줄리아를 납치하기도 전에 호위인 알렉한테 자기 존재를 드러냈잖아. 멍청하거나, 방법이 그것밖에 없었다는 뜻 아니겠어?"

일리 있는 말이었다.

"그렇다면 스킬이겠군. 이건 이것대로 귀찮게 됐는걸."

독자적인 스킬이라면 레티로서도 대응할 방법이 없을 것이다.

"어쨌든, 이곳에 결계를 쳐서 마법을 사용한 정탐은 차단해 둘게. 네네도 도와줘."

"아, 알겠습니다, 레티 선생님!"

"그 전에. 줄리아, 만약을 위해서 방을 옮기도록 해."

내가 줄리아의 안전을 최우선으로 생각해 말했다.

"그렇네요. 번거롭게 해드려서 죄송해요."

"아니, 신경 쓰지 마. 정식으로 퀘스트를 수락한 건 우리니까."

"네. 그런데 혹시…… 이 의뢰를 맡기에 부담스러우시다면……."

"그런 걱정은 하지 마. 반드시 지켜 줄 테니까."

"고, 고맙습니다."

줄리아가 부끄럽다는 듯이 뺨을 붉혔다. 일단은 결혼을 맹세한 사이니 지켜주는 건 당연했다. 무엇보다 한 번 손에 넣은 여자를 놓아줄 생각은 없었다. 히히.

제6화
수상한 점

"끄윽…… 후우."

침대에서 일어난 나는 잠기운이 덜 깬 얼굴을 두 손으로 찰싹찰싹 두드려 정신을 자쳤다.

지금은 호위 임무 중이다. 심지어 어제는 오보로라는 녀석까지 여관에 침입해 왔다.

한순간도 방심할 수 없었다.

줄리아는 다른 방으로 이동시켰고, 교대로 경비를 세우고 있었다.

어제는 나도 늦게까지 대기했지만 결국 오보로는 모습을 드러내지 않았다.

놈이 다시 찾아오는 건 언제일까.

정확한 시점을 알 수 없으니 심리적으로 상당히 힘들었다. 우리가 지치기를 기다리는 걸까?

다른 동료도 있을까? 침입 경로와 방법은? 무슨 스킬을 사용하는 거지?

이런저런 고민에 빠져 있는데 복도에서 누군가가 달려오는 소리가 들렸다.

나는 침대 옆에 놓여있던 검을 움켜쥐었다.

하지만 문을 열고 들어온 것은 적이 아니었다.

"주인님!"

미나가 안으로 들어오자마자 내 품에 뛰어들었다.

"왜 그래, 미나."

미나가 이 정도로 흐트러진 모습을 보는 건 처음이었다. 혹시 로리콘 백작에게 무슨 짓이라도 당한 걸까? 일단은 무사히 돌아와서 다행이었다.

"무서웠어요."

"이제 괜찮아."

미나를 끌어안은 나는 하얀 머리카락을 쓰다듬으며 안심시켜 주었다. 저택에 잠입을 보내는 게 아니었다.

"나쁜 짓은 당하지 않았으니까 안심해, 달링. 하지만…… 그 저택, 뭔가 심상치 않아."

사키가 팔짱을 낀 채로 방에 들어와 복잡한 표정을 지었다.

"무슨 뜻이야?"

사키 옆에는 붉은 머리의 유미와 쌍둥이인 사샤, 미샤도 있었다. 보아하니 다섯 명 모두 무사히 백작가에서 탈출하는 데 성공한 모양이었다.

"몇 가지 기묘한 점이 있었어요. 백작가는 저택으로 찾아온 저희를 손쉽게 고용해 주었죠."

유미가 설명을 시작했다. 유미는 스스로 작성한 상인 길드의 소개장을 지참해 갔으나, 메이드장은 그것을 흘끔 쳐다보기만 하고 바로 채용해 주었다고 한다.

"이때 저는 약간의 위화감을 느꼈어요. 백작가 같은 상류 가문에서는 기본적으로 사흘에서 일주일에 걸쳐 신원 조사를 하거든요. 아무리 메이드가 미인이고, 로리콘 백작의 취향의 맞는다 하더라도 무슨 짓을 꾸미고 있을지 모르니까요."

"흐음. 그 외에는?"

내가 묻자 사키가 대답했다.

"이후에 곧바로 백작에게 안내받을 줄 알았는데, 결국 백작과는 만나지도 못했어. 적당히 청소만 시키더라고."

""음식도 빵밖에 없었다구! 알렉은 거짓말쟁이!""

쌍둥이가 불만을 토했다.

"빵은 그렇다 쳐도, 백작과 만나지 못한 건 단순히 고용된 기간이 짧았기 때문 아냐?"

"그럴지도 모르지. 하지만 다른 메이드들의 이야기를 들어보니 몇 주가 되도록 백작을 만나지 못했다고 하더라."

"뭐라고? 그건 좀 이상한데."

아무리 생각해도 이상했다. 메이드로 들어온 소녀를 만나 보지도 않다니. 백작의 취향을 감안하면 있을 수 없는 일이었다.

"맞아요. 자신이 오랫동안 신뢰해 온 메이드에게만 수발을 들게 하는 사람일 가능성도 있지만요……."

"아니. 그렇진 않을걸, 유미. 미소녀는 몇 년만 지나면 미소녀가 아니게 되거든. 미소녀에게는 유통기한이 있어."

"정말로 쓰레기 같은 분이시군요, 알렉 님은. 그래도 덕분에 의심이 확신으로 바뀌었어요. 로리곤 백작은 무언가 커다란 비밀을 숨기고 있는 모양이에요."

"어쨌든, 결국 너희는 백작의 약점이 될 만한 정보를 모으지 못했다는 거지?"

나는 제대로 확인해 두기로 했다.

"아쉽지만 맞아. 내가 집무실에 숨어들어서 장부를 뒤져봤는데, 미심쩍은 점은 전혀 없었어. 다만, 백작의 식비가 이상하리만치 적더라고. 귀족 중에는 미식을 위해서 매달 수십 골드를 지출하는 녀석들도 허다하거든."

"사치도 그쯤 되면 코미디군. 영지에서 거둔 세금일 거 아냐."

"그렇죠."

근검절역하는 이상성욕자라.

아니, 애초에 로리곤 백작이 이상성욕자가 맞기는 한 것일까?

"그러면 미나. 넌…… 도대체 뭐가 무서웠던 거야?"

나는 미나가 겁을 먹은 이유가 이해되지 않아 물었다. 지금까지 들은 이야기만 놓고 본다면 오히려 안심하고 일할 수 있는 직장이었다.

"……지하에서 피 냄새가 났어요. 그것도 엄청난 양의 냄새가요. 분명 몇십 명에 달하는 사망자가 나왔을 거예요."

"그런 이유였군……."

이상성욕에도 여러 가지 종류가 있다.

하지만 자고로 미소녀는 사랑으로 품어야 하는 법.

살인이라니, 이런 놈은 사랑을 논할 가치도 없다.

"나도 지하실에 들어가 보려고 했는데 열쇠가 없어서 실패했어. 그러다 메이드장한테 의심을 사기도 했고, 미나도 무섭다고 하길래 모두 철수하기로 한 거야."

"그래. 좋은 판단이었어, 사키. 굳이 위험을 감수할 필요는 없지. 그러면, 어디 보자……. 좋아, 국왕에게 이 건에 대해서 설명하고 조사해 달라고 하자. 자국의 백성이 희생됐을지도 모르는 상황이니 국왕도 반드시 움직일 거다."

"응. 나도 찬성이야."

나는 미나와 세리나, 사키를 데리고 그랑소드 왕성으로 향했다.

"어이, 저기 봐. 알렉이야."

"저 녀석, 귀족한테 10만 골드나 되는 현상금이 걸렸는데 잘도 돌아다니네."

"자세히 봐. 세라가 소속된 '미소 짓는 행운의 여신' 파티가 호위하고 있잖아. A랭크 호위를 고용했다는 모양이야."

"그럼 안심이겠네. A랭크한테 손을 댈 바보는 없을 테니까."

"'바람의 검은고양이' 녀석들은 이전에도 세라를 고용한 적이 있다고 들었어. 도대체 돈이 얼마나 많은 거야? 부럽다, 부러워."

길을 따라 걷고 있자니 모험가들이 숙덕거리는 소리가 들려왔다.

"헹, 마음에 안 드는걸. 이러면 마치 우리가 돈으로 움직이는 싸구려 파티 같잖아. 안 그래, 세라?"

대검을 등에 멘 우락부락한 체형의 여전사가 세라에게 물었다.

"응? 딱히. 마음에 안 드는 의뢰는 전부 거절하고 있잖아."

"이미지가 그렇다는 거지, 이미지가."

"너무 그러지 마세요, 제이미. 호위는 저희들의 특기 분야인 데다, 다름 아닌 세라가 맡자고 한 의뢰잖아요."

파티의 성직자가 리더인 세라를 옹호해 주었다.

"흥. 그게 마음에 안 든다는 소리야."

"도대체 왜 저런대. 나는 만족이야. 의뢰비도 확실하게 받았고, 슬슬 던전도 신물이 나기 시작했거든. 무한회랑은 이제 질색이야."

마법사로 보이는 멤버가 어깨를 으쓱이며 말했다. 동료들끼리 다투는 모습을 보니 살짝 불안하긴 했지만, 다른 모험가들은 이쪽으로 다가오기는커녕 자객으로 의심받지 않도록 길을 열어주고 있었다. 역시 통 크게 A랭크 파티를 고용한 게 정답이었다.

"응. 가끔은 기분 전환도 필요하니까. 그런데 알렉, 어제 여관을 습격했다는 남자 말인데, 지금 근처에 있으려나?"

세라가 물었다.

"아니, 모른다. 목소리는 들었지만 마지막까지 모습을 드러내지 않았거든."

"흐음."

"흥, 여관에 침입자를 들이다니. 경비가 어지간히도 허술했나 보네. 턱걸이로 B랭크에 올라온 녀석은 이래서 안 돼."

"제이미, 트집 잡지 마. 호위 대상도 제대로 지켜냈고, 아무도 다치지 않았다잖아."

"맞아. 놈은 정찰이나 자기 소개가 목적인 듯했어. 바로 습격할 의도는 없는 것 같더군."

"흠, 요즘 암살자나 현상금 사냥꾼들 중에 그런 녀석은 드문데. 나라면 뒤를 잡자마자 슥 하고 죽였을 거야. 기회가 오면 붙잡아야지."

세라의 말대로였다. 아마도 우리를 습격한 녀석은 일류가 아닐

가능성이 높았다.

"알렉. 혹시 누군가한테 원한을 산 건 아니고? 그래서 일부러 자기 소개까지 하면서 두려움을 심어 준 걸지도."

그 생각도 해봤다. 미인을 몰고 다니는 돈 많은 아저씨를 고깝게 볼 인간은 널리고 널렸다. 내 팔자야.

"하지만 그랬다면 원한을 산 이유 정도는 설명하지 않았을까."

세리나가 말했다. 하지만 이유를 제대로 설명하는 녀석은 오히려 소수파일 것이다. 정당한 이유가 있다면 또 몰라도, 질투 같은 감정은 말로 설명되는 게 아니니까.

제7화
어새신 길드의 첩자

잠시 후 나는 무사히 왕성에 도착할 수 있었다. 나를 본 경비병들은 알아서 길을 터주었고, 곧바로 예전에 봤던 살풍경한 방으로 안내받았다.

"알렉, 나에게 용건이 있다고 들었다."

방금 전까지 귀족이라도 알현하고 있었는지 국왕은 빨간색 가운을 두른 정장 차림으로 모습을 드러냈다.

"예, 폐하. 로리곤 백작에 대해서 드릴 말씀이 있습니다."

"후후, 나도 들었다. 녀석이 네게 현상금을 걸었다지."

"그렇게 됐습니다."

여전히 귀가 밝은 인물이었다. 국왕은 히죽히죽 웃고 있었는데, 몰래 모험가 길드를 찾아가서 게시판을 본 게 분명했다.

"그래서, 나한테 울고불고 매달리러 온 건가, 알렉? 미안하지만 길드에서 정식으로 수리한 퀘스트를 내 독단으로 철회할 수는 없어."

"아뇨, 다른 이유로 왔습니다. 백작의 저택에 잠입했던 미나가 지하실에서 대량의 피 냄새를 맡았습니다. 게다가 백작이 빈번하게 사용인을 고용했음에도 메이드들은 대부분 신입이었고, 백작과 한 번도 만나지 못했다고 합니다."

"뭐라고? 피 냄새라……. 메이드가 총 몇 명인지는 알고 있나?"

국왕이 미간을 찌푸렸다.

"현재 기준으로 열다섯 명이에요. 메이드장을 제외하고는 전원 고용된 지 몇 주밖에 지나지 않았다고 하더군요."

사키가 메이드장에게서 들은 인원수를 보고했다.

"으음, 묘하군. 한두 명이라면 몰라도 메이드 전원이 신입이라니. 아무래도 조사해 보는 게 좋겠어. 알겠다. 손을 써두지. 하지만 귀족의 저택에 침입한 이상, 백작에게 혐의가 없으면 너희가 책임을 지게 될지도 모른다."

"알고 있습니다."

"그래. 그리고, 세라. 함께 와줘서 마침 잘됐군. 맡기고 싶었던 긴급한 의뢰가 있거든. 수락해 주겠나."

"네? 지금은 알렉을 호위하는 중인데요."

"이 녀석은 걱정할 거 없다. 장비도 좋고, 클랜의 인원수도 많으니까. 어지간한 A랭크 클랜한테도 지지 않을걸."

멋대로 남의 호위를 빼돌리다니.

"저, 국왕 폐하. 아무리 저희라도 성배의 탐색자쯤 되는 클랜이 오면 당해내지 못해요."

세리나가 당연한 의문을 제기했다. 성배의 탐색자는 A랭크 클랜 중에서도 최대 규모의 클랜이었다.

"가랄드라면 걱정 마라. 현상금 사냥은 맡지 않는 녀석이니까. 뭐, 내가 A랭크 전원에게 부탁해 두마. 너희에게 걸린 현상금 임무를 받지 말라고 말이지. A랭크 중에서 흥미를 가질 만한 모험가는…… '메두사' 정도인가. 하지만 녀석은 지금 폴티아나에 가 있을 거다."

"으으. 그럼 이번만이에요."

"고맙다, 세라. 그러면 바로 파논 대사제를 찾아가라. 설명은 해 뒀다."

"그러시다네, 알렉. 의뢰가 끝나면 다시 너희가 지내는 여관으로 찾아갈게."

"그래."

세라가 일시적으로 호위에서 빠지는 건 뼈아프지만, 국왕이 다른 A랭크 모험가에게 부탁해 준다면 나쁜 거래는 아니었다.

"알렉! 방심하면 안 돼!"

세라가 퇴실하며 외쳤다. 물론이다.

"어떻게 할까, 알렉. 다른 B랭크 모험가를 호위로 고용해야 되나?"

왕성에서 나온 뒤, 세리나가 물었다.

"아니. B랭크면 우리와 실력도 큰 차이 없겠지. 신뢰하지 못할 녀석이나 협조성이 부족한 녀석이면 오히려 방해만 돼. 고용해 봤자다."

세라는 제법 유명한 모험가였고, 실력도 우리보다 월등했기에 호위를 맡기는 의미가 있었다. 반면에 B랭크는 영 미덥지 못했다. 게다가 B랭크에게 호위를 맡기면 우리 클랜의 실력을 의심받을 수 있었다. 좋은 결정이 아니었다.

"그렇네……."

"뭐, 우리가 세라를 고용했다는 사실은 알만한 사람은 다 알잖아? 다른 모험가들이 그렇게 믿는 동안에는 효과가 있지 않을까?"

"그것도 그렇군."

"히히, 이거 쓸만한 이야기를 들었는걸. 이제는 A랭크 호위가 없다니."

뒤쪽에서 익숙한 목소리가 들려왔다. 오보로였다.

뒤를 돌아보니 검은색 옷차림의 노인이 서있었다.

"뒤로 물러나세요, 주인님!"

미나가 앞으로 나와 오보로에게 검을 휘둘렀다. 미나의 검이 오보로를 베었으나 콰직, 하고 칼날이 박히는 소리만 들렸다. 노인의 옷 안쪽이 통나무로 바뀌어 있었던 것이다.

"크, 해치우지 못했어. 조심하세요, 다들! 인술을 사용할 줄 아는 자예요!"

미나가 분한 목소리로 외쳤다.

"닌자라고? 칫!"

나는 혀를 차면서 빠르게 주변을 둘러보았다. 이전에 리리의 신하들과 알게 되었을 때도 느꼈지만, 닌자는 모습을 감추는 데 능숙해서 성가신 상대였다. 그런 닌자가 암살에 나선다면 언제 습격당해도 이상하지 않았다.

"이 녀석이 카게누이야?"

세리나가 물었다.

"맞아."

"히히히, 알렉! 너는 적으로 돌려선 안 될 사람을 적으로 돌리고 말았다. 어새신 길드의 두려움을 똑똑히 맛보거라."

무언가가 시야 한구석에서 반짝 하며 날아왔고, 나는 황급히 검을 휘둘러 그것을 튕겨냈다. 수리검이 땅에 떨어졌다.

제길. 어새신 길드에서 보낸 놈이었을 줄이야. 이번에도 성가신 집단과 대치하게 되었다.

"세리나, [에너미 카운터]를 사용해!"

"알았어. 적은 한 명이야!"

동료가 있을까 우려했지만 혼자뿐이었다.

"절대로 놓치지 마. 지금 우리에게 호위가 없다는 사실을 어새신 길드에 알리기 전에 해치우겠어."

"히히히히. 물러. 무르구나, 알렉. 내가 도망치고자 하면 너쯤은 언제든지 뿌리칠 수 있다. 게다가……."

"윽?!"

"알렉!"

왼쪽 허벅지에 수리검이 박혀 있었다. 나는 수리검을 뽑아냈다.

"애초에 어새신 길드에서 파견된 건 나 한 명뿐이다. 이게 무슨 뜻인지 알겠느냐? 나 혼자서도 이 임무를 완료할 수 있다는 뜻이다!"

"스타라이트 어택!"

세리나가 본인의 필살기를 구사했지만 상대방의 위치를 정확히 포착하지는 못한 모양이었다. 그 증거로 오보로가 반대쪽에서 모습을 드러냈다.

"히히히. 어디를 노리는 것이냐. 나는 이쪽에 있다."

"큭. 스타라이트 어택!"

곧바로 오보로를 공격해 들어가는 세리나. ……이번에도 빗나가겠군. 여전히 세리나의 공격은 오보로의 움직임을 따라잡기에 부족했다. 닌자 오보르는 민첩하게 도약하여 건물의 지붕으로 올라갔다.

"달링! 나는 다른 멤버들을 불러올게!"

사키가 다른 쪽 방향으로 달려갔다.

"그래."

나는 다시 오보로에게로 고개를 돌렸지만 이미 지붕에는 그의 모습이 없었다. 또 놓치고 말았다.

"어디지? 세리나, [에너미 카운터]로 위치를 특정해 봐."

"이건 그렇게 편리한 스킬이 아니야. 어라?"

"왜 그래?"

"사라졌어. 반응이 없어. 도망쳤나 봐."

"그래? 그놈 혼자서도 우리를 전부 해치울 수 있었을 텐데……. 사키가 동료를 부르면 불리하다고 판단한 건가?"

"글쎄? 동료들이 오려면 시간이 걸린다는 걸 상대도 알지 않을까."

"주인님, 몸은 좀 어떠세요? 아마도 그 닌자는 수리검에 독을 발랐을 거예요."

미나가 해답을 알려주었다.

"그렇군. 그래서 물러난 건가."

독을 바른 무기를 명중시켰기 때문에 오보로는 승리를 확신하고 돌아간 것이다.

하지만 이번에는 놈의 판단이 안이했다. 내게는 [독 내성 LV5] 스킬이 있다. 스킬 레벨을 최대로 올렸기 때문에 어떠한 독도 통하지 않았다. 목표물이 죽었는지도 확인하지 않는 암살자라. 일류라고 말할 수 없을 것이다.

"미나, 어깨를 빌려줘. 몸 상태가 나빠진 척을 하면서 여관으로 돌아가겠어."

"알겠습니다."

제8화
오소리

여관으로 돌아온 나는 제일 먼저 줄리아의 방으로 향했다.

줄리아의 안전을 확인하는 것이 주목적이었지만, 다른 이유도 있었다.
“루카, 여기는 좀 어때?”
나는 방 앞에서 비키니 아머를 입은 아마조네스 여전사에게 상황을 물었다.
“아직까진 문제없어. 카게누이인가 하는 녀석도 나타나지 않았고.”
“그렇군.”
나는 방문에 노크를 했다. 그리고 줄리아가 스스로 잠긴 방문을 열길 기다렸다.
“나가요. 앗, 알렉 씨. 무슨 일인가요?”
드레스 차림의 줄리아는 살짝 피곤한 표정을 하고 있었지만 곧 미소 지어 보였다.
“줄리아. 할 얘기가 있어.”
“알겠습니다. 자, 안으로 들어오세요.”
나는 미나를 데리고 줄리아의 방으로 들어가 손님용 소파에 걸터앉았다.
“할 얘기라는 게 뭔가요?”
“실은 방금 전에 어새신 길드에 소속된 녀석에게 습격을 당했어.”
“……! 습격이라니……. 큰일을 겪으셨군요…….”
눈을 동그랗게 뜨고 놀라는 줄리아.
“하지만 녀석은 로리곤 백작과는 관계가 없을 거야.”
“어째서죠? 이유를 여쭤봐도 될까요?”

"물론이야. 로리곤 백작은 권모술수에 능하지 않아. 놈이 거느리는 부하들도 수준이 낮아서 너를 잡아가지 못했지. 결국 뚜껑이 열려서 내 목에 현상금을 걸기는 했지만, 그 이상의 조치는 아직 취하지 않았을 거야. 현상금을 내건 지 하루밖에 되지 않았으니까."

"그렇군요……. 어떻게 된 건지 알겠어요. 아마도 어새신 길드에 의뢰를 넣은 것은 발사모 자작가, 즉, 저희 아버지일 거예요."

발사모 자작은 어떻게 해서든 로리곤 백작과의 정략 결혼을 성사시키고 싶었을 테고, 그래서 방해꾼인 나를 제거하고자 어새신 길드에 의뢰를 넣었을 것이다. 그렇기 때문에 줄리아를 납치하려는 로리곤 백작과는 일을 처리하는 방식이 근본적으로 달랐다. 그리고 현상금을 노리는 모험가의 소행이었다면 암살자를 고용하는 대신 동료를 모아서 나를 습격했을 것이다.

"말릴 수 있겠어?"

"편지를 써볼게요. 부끄러운 얘기지만, 최근 아버지는 옥션의 한 물건 때문에 돈을 마련하려고 애쓰고 계세요. 로리곤 백작과의 결혼도 그 과정에서 정해진 거예요."

"물건을 사려고 딸을 팔아넘기다니. 차라리 가출해 버리는 게 낫지 않겠어?"

"그럴지도 모르죠……. 하지만 저는 아버지가 그렇게까지 집착하시는 이유를 알고 있어요. 1년 전에 병사하신 어머니를 되살릴 수 있는 '사자의 서'가 옥션에 나온다는 소식을 접하셨거든요."

쓸쓸한 표정으로 미소 짓는 줄리아. 소용없는 짓이라는 것을 알면서도 차마 말리지 못했을 것이다.

“그랬구나. 하지만 네 말대로라면 편지만으로는 어려울 텐데.”

“아뇨. 다른 귀족은 남편으로 받아들일 용의가 있다고 전하면 아버지도 납득하실 거예요. 제가 이번 혼인을 거절한 것은 어디까지나 로리곤 백작이 어린 소녀를 모으고 있다는 소문 때문이니까요.”

“아아, 그랬지. 저택의 잠입한 미나의 말에 따르면 피 냄새가 났다더군. 백작은 상당히 위험한 놈이야.”

“피 냄새가……. 살인까지 저질렀다고 생각하니 무섭네요.”

불안함을 느꼈는지 줄리아는 자신의 어깨를 끌어안고 몸을 떨었다.

“안심해, 줄리아. 국왕에게 이번 건을 보고했더니 조사해 준다고 했어. 로리곤 백작이 작위를 내려놓는 건 시간 문제야.”

“그렇군요. 고맙습니다. 그러면 저도 아버지께 편지를 쓰도록 할게요.”

“그래.”

만약 이게 잘 통한다면 어새신 길드의 습격도 멈추게 될 것이다. 멈추지 않더라도 로리곤 백작이 작위를 박탈당할 때까지 버티면 내 승리다.

“사키, 모험가 길드로 가서 신뢰할 만한 모험가한테 줄리아의 편지 배달을 의뢰해 줘. 2군 녀석들을 보내도 되지만 얼굴을 알고 있다면 위험할지도 모르거든.”

“알겠어. 달링의 목숨도 걸려있는 일이니까 돈을 아끼면 안 되겠지. A랭크 모험가를 고용해서 발사모 자작에게 전달할게."

사키는 편지가 완성되기도 전에 밖으로 나갔다. 하긴, 편지를 배달할 사람을 이곳으로 데려오면 되니까.

"알렉, 난 뭘 하면 될까?"

세리나가 물었다. 하지만 지금은 이쪽에서 행동에 나설 때가 아니었다.

"아무것도 할 필요 없어. 이곳의 경비를 맡아줘. 루카는 내 방으로 따라오고."

""알겠어.""

미나를 문 앞에 경비로 세운 뒤, 나는 루카와 함께 방 안으로 들어갔다.

"그래서? 나는 뭘 하면 돼?"

"일단은, 루카. 그 비키니 아머를 벗어줘야겠어."

"응? 혹시 어새신이 나로 변장했을까 봐서 그래?"

"아니. 너로 변장할 수 있다면 실력이 상당한 녀석이겠지만, 너는 계속 여관에 있었잖아?"

"응, 맞아."

"그렇다면 안심이야. 교대로 경비를 맡고 있는 이오네가 가짜를 꿰뚫어보지 못할 리 없으니까. 내가 지금 하려는 건 시간 때우기랄까, 단순한 심심풀이다. 이참에 용돈 벌이나 하고 가, 루카."

"아, 아아. 그쪽이었구나……."

쭈뼛거리며 시선을 배회하던 여전사는 뺨을 빨갛게 물들이며 비키니 아머를 벗기 시작했다. 한 번에 10골드짜리 매춘이다.

루카의 단단한 갈색 복근과 풍만한 유방의 대비는 예술적이었다. 나도 옷을 벗은 뒤 루카와 함께 침대 위로 올라갔다. 그렇게 키스를 나누고, 슬슬 본격적으로 행위에 접어들려는데 문에서 노크 소리가 들렸다.

"누구야?"

행복한 시간을 방해당한 나는 살짝 불쾌함을 느꼈다.

"죄송해요, 피아나예요. 신전에 다녀오려고 하는데요."

"신전에? 내일은 안 돼?"

지금은 경계에 전념할 때다. 그 사실은 피아나도 알고 있을 텐데.

"정 안 된다면 어쩔 수 없지만, 축제를 위한 의식이 있거든요. 사제님과 수도사분들이 밤을 새워서 기도를 바치는 의식이에요."

축제를 위한 의식이라. 어새신이 노리는 건 나뿐인 데다, 아무리 놈들이라도 신전까지 쳐들어가지는 않을 것이다. 그렇다면 괜찮겠다고 생각한 나는 허락해 주기로 했다.

"알겠어. 그러면 어디 보자……. 쥬가를 호위로 데려가."

"네. 고맙습니다."

왕도도 축제 준비로 분주한 모양이었다. 뭐, 나는 흥미도 없거니와 2군을 보내서 축제 준비도 도왔으니 관심을 끊기로 있다.

"이제 시작하자, 루카."

"으, 응."

루카가 긴장한 목소리로 대답했다. 항상 느끼지만 풋풋해서 좋았다.

제9화
전야제

하얀 시트 위에 갈색의 육체가 누워있다. 내가 손끝으로 피부를 슥 훑자 루카는 참지 못하고 신음을 흘렸다.

"아앗, 흐윽, 하앙!"

요염한 목소리. 루카는 투명한 에메랄드빛의 눈을 꾹 감고서 풍만한 육체를 정열적으로 꿈틀거렸다. 무의식중의 행동인 듯 보였다.

나는 흔들거리는 루카의 유방을 두 손으로 강하게 움켜쥐었다.

"아앗! 끄윽!"

가슴 전체가 성감대라도 되는 것인지 루카는 아랫입술을 깨물며 힘겹게 버텼다. 아픔 때문을 아닐 것이다. 몬스터가 깨물어도, 날붙이에 베여도 비명 한 번 내지르지 않는 터프한 녀석이니까.

나는 부드럽고 탄력적인 가슴을 쓰다듬고, 문지르고, 꼬집으면서 가지고 놀았다.

"흐앙, 으윽, 큭, 아앗! 알렉, 부탁이야. 좀 더, 좀 더 세게 주물러 줘!"

루카는 숨을 헐떡이면서도 욕망에 따라 내게 애걸해 왔다. 나는 그런 루카를 내려다보며 대답했다.

"좋아."

"아아앗!"

움켜쥔 손아귀에 힘을 주자 루카는 몸을 활처럼 젖히며 비명을 질렀다. 복근이 훤히 드러나고, 루카의 발끝이 시트를 붙잡았다. 안는 보람이 있는 여자다.

"이번에는 엉덩이다."

"아……."

나는 루카의 몸을 뒤집어 엎드리게 만들었다. 그러고는 눈앞에 있는 탄탄한 엉덩이를 두 손으로 덥석 움켜쥐었다.

"아흐윽!"

여기도 민감하군. 루카가 반사적으로 힘을 줄 때마다 루카의 둔부에서 근육이 느껴졌다. 나는 이번에도 쓰다듬고, 주무르면서 긴장을 풀어주었다.

"흐윽, 흑, 응, 하흑, 끄윽, 아앗, 흑, 하앗, 응으윽!"

루카는 거친 숨을 몰아쉬면서도 내게 순순히 몸을 맡겼다.

"일어나."

루카의 몸은 땀방울에 젖어 마도구의 불빛을 반사하기 시작했다. 나는 뒤쪽에서 그 매혹적인 육체를 공략해 나갔다.

"흐윽, 아앗! 알렉, 흐아앗! 앙! 거기는, 안 돼앳!"

등 뒤에서 귓불을 핥아주자 루카는 고개를 세차게 가로저었다.

"안 되기는."

이번에는 목덜미를 핥아보았다.

"아앗!"

여기도 성감대가 되어버린 것인지 루카는 몸을 움찔하며 야릇한 비명을 질렀다.

"슬슬 괜찮겠지?"

"아…… 아아……."

나는 먼저 루카를 침대에 드러눕혔다. 그러고는 가느다란 발목을 붙잡아 루카의 몸을 반대쪽으로 뒤집었다. 개구리처럼 엎드린 루카의 그곳은 땀이 아닌 액체로 끈적하게 젖어있었다. 남자를 받아들일 준비가 끝난 모양이었다.

나의 성검도 더할 나위 없이 단단해져 있었다. 준비 완료다.

나는 그 성검을 마땅히 들어가 있어야 할 칼집에 천천히 삽입했다.

"아흐윽! 아앗, 들어오고 있어……! 아아……!"

기대하고 있었는지 루카는 몸을 부르르 떨며 환희의 표정을 지었다.

물건을 더욱 깊숙히 삽입하자 루카의 육체가 내 물건을 꽉 조여 왔다.

"움직일게, 루카."

"아, 알겠어. 어, 언제든지 좋아, 알렉. 평소처럼 마음대로 해줘."

"그럴게. 흐읍, 하앗."

"끄윽, 아앗, 격렬해, 흐아앙!"

오늘의 컨셉은 레슬링이다. 나는 루카를 침대에 엎드리게 한 채로 거칠게 허리를 흔들었다. 뭐, 레슬링의 규칙은 잘 모르지만 남자와 여자가 몸을 섞는 데 자잘한 규칙은 필요치 않다. 프리스타일이면 된다.

루카는 견디지 못하겠다는 듯 고개를 좌우로 흔들었다. 검은색의 긴 머리카락이 사자 갈기처럼 휘날렸다. 그러고 보니 내일부터 축제였지. 나는 머릿속으로 영차, 영차 박자를 맞춰가며 신나게 허리를 흔들었다.

위아래로 출렁거리는 루카의 가슴을 바라보는 것도 꽤나 즐거웠다.

"핫, 하악! 끄윽!"

슬슬 흥분이 최고조에 달했는지 루카는 눈을 꾹 감고 몸을 비틀었다.

"루카. 나를 봐봐."

"큭."

쾌락에 몸을 맡기던 루카는 근성을 발휘해 지시대로 나를 바라보았다. 하지만 밀어닥치는 쾌감까지는 제어하지 못했는지 금세 표정을 무너트리며 눈을 감았다. 아직 멀었군.

이번에는 나도 눈을 감고 루카의 속살을 만끽했다. 일부러 움직이는 속도를 늦추자 애가 탄 루카가 스스로 허리를 흔들었다.

"아, 알렉! 난 지금 당장이라도 갈 것 같다고! 크윽, 그, 그러니까 장난 치지 말고 빨리 절정시켜 줘!"

여기서 애를 태우면 훨씬 더 기분 좋을 텐데. 정말이지, 참을성이 부족한 여자다.

"좋아. 자, 실컷 가버려."

나는 허리의 속도와 움직이는 간격을 늘려 라스트 스퍼트에 돌입했다.

"앗, 앗, 흐윽, 아앙, 알렉, 그거, 좋아! 엄청, 엄청나게 좋아! 최고, 최고야앗!"

루카는 엄청난 힘으로 나를 끌어안았고, 그 탓에 허리를 움직일 수가 없었다.

"크, 이런!"

타이밍이 살짝 어긋나고 말았지만 나도 한계에 도달해 사정을 시작했다.

"아앗……! 뜨거운 게 몸속으로 흘러 들어오고 있어……!"

몸을 부르르 떨면서 경련한 루카는 뱃속을 가득 메운 백탁액에 만족했는지 축 늘어지며 승천해 버렸다.

"후우."

나는 루카의 뺨을 가볍게 두드렸다.

"일어나, 루카. 2라운드 개시다. 이번에는 타이밍을 맞춰서 동시에 가는 거다."

"아, 알았어."

동료와 스킨십을 갖고, 호흡을 맞추는 것은 리더의 중요한 역할이다.

나는 루카와 타이밍을 맞추기 위해 저녁도 거르고 늦은 밤까지 특훈을 계속했다.

"일어나, 알렉."

이 목소리는 세리나인가? 내 몸을 마구 흔들어대다니.

"으으, 50분만 더……."

"안 돼. 지금 당장 일어나. 미나, 젖은 천으로 이 녀석의 얼굴을 닦아줘."

"네. 실례할게요, 주인님."

"부헙. 젠장, 그만해."

그렇게 나는 강제로 잠에서 깨고 말았다.

"그래서? 무슨 일인데?"

나는 토라진 마음을 뒤로하고 이유를 물었다. 이 녀석들이 일찍 나를 깨운 데는 그럴만한 이유가 있을 것이다.

"미안해, 형님. 피아나가 카게누이 녀석한테 납치당하고 말았어."

쥬가가 고개를 푹 숙인 채로 말했다.

"뭐라고? 어떻게 된 거야, 쥬가. 자세히 말해봐."

"그게, 신전에 갈 때까지는 아무런 문제도 없었어. 피아나를 무사히 신전까지 배웅하고, 나도 의식이 끝날 때까지 밤새 불침번을 섰어."

혹시 잠이 부족해서 당하고 말았나? 교대 인원을 붙여줘야 했던 걸까?

"그렇게 낡이 밝고 기도를 마친 피아나를 다시 여관까지 호위했어. 그런데 가는 도중에 근처에서 놈의 목소리가 들려온 거야. 자기를 카게누이 오보로라고 칭하길래 바로 그 목소리를 쫓아갔지."

"쳇. 쥬가, 녀석은 자기 목소리를 원하는 장소로 보낼 수 있어. 그건 함정이야."

"맞아. 눈치를 챘을 때는 이미 늦었더라. 돌아와 보니 피아나가 어딘가로 사라져 있었어."

"결국 피아나는 여관으로 돌아오지 않았어. 멋대로 개인 행동을 할 사람도 아니니 오보로에게 납치됐다고 보는 게 맞을 거야."

세리나가 말했다. 내가 보기에도 일리가 있었다.

"좋아, 상황은 파악했어. 인원을 나눠서 피아나를 찾아보자."

""알겠어!""

2군과 이오네는 줄리아의 경비를 위해 여관에 남았다. 대신 그 외의 모든 멤버들이 피아나의 수색에 동원되어 왕도를 뛰어다녔다.

어쩐지 평소보다 사람이 많다 싶었는데, 그럴 수밖에 없었다. 오늘은 축제날이었다.

곳곳에 동물 가면을 쓴 사람들이 보였고, 노점에서는 맛있는 냄새가 피어올랐다.

길거리에 울려 퍼지는 북소리와 피리 소리를 들으면서 나와 미나는 피아나의 흔적을 쫓았다.

바로 그때, 누군가가 친근한 목소리로 우리를 불렀다.

"이봐, 알렉. 어딜 그렇게 급히 가시나?"

제10화
여름의 모습

말을 걸어 온 것은 노점에서 문어 구이를 뜯고 있는 모험가였다. 머리 옆에 못생긴 가면을 착용하고 있었는데, 얼굴을 보니 국왕이었다.

"폐하……."

"아니, 여기에 있는 건 모험가 란돌이다. 국왕이 아니야. 시찰을 나왔으니 존댓말은 삼가 줘."

국왕이 윙크를 하면서 씨익 웃었다. 본인은 즐거워 보였지만 나는 그럴 상황이 아니었다.

"피아나가 납치당했어. 그래서 수색 중이야."

"뭐라고? 그거 큰일이군."

"서둘러야 하니 이만 실례하겠어. 아, 그리고 백작에 대한 조사는 어떻게 됐어?"

곧바로 달려가려던 나는 지하실의 조사 상황이 궁금해서 물었다. 그러자 국왕은 씁쓸한 표정을 지었다.

"알렉. 하루밖에 안 지났잖나. 어제는 축제 준비로 바빴고, 오늘은 축제 당일이다. 병사도, 기사도, 나도 다들 바쁘다고. 이것도 국왕으로서 중요한 업무니 이해해 줘. 피아나에 대해서는 병사들에게 전달해 두지."

"알았어."

국왕의 권력에 기대면 금세 해결되겠지만, 국왕은 국민들을 위해서도 할 일이 많을 것이다. 특별 취급을 요구하긴 힘들었다.

게다가 자신의 동료를, 아니, 연인 후보를 다른 사람한테 맡긴다면 알렉이라는 이름에 먹칠을 하는 것이다.

"아니, 잠깐……. 혹시 피아나도 백작의 저택에 팔린 건가?"

카게누이 오보로가 내게 질투 같은 개인적인 감정을 품고 있을 가능성도 있지만, 기본적으로 그는 어새신 길드의 의뢰를 수행하고 있을 뿐이다. 돈으로 움직이는 암살자라면 조금만 조사해도 내가 백작과 마찰을 빚고 있다는 사실을 알아낼 수 있을 것이다. 그러니 백작에게 피아나를 넘겨 겸사겸사 용돈이나 벌자고 생각해도 이상할 게 없었다.

"미나, 로리곤 백작의 저택으로 가자!"

"알겠습니다!"

나는 미나를 앞세워 로리곤 백작의 저택으로 향했다.

저택으로 향하던 도중, 반대편에서 사샤와 미샤가 달려오는 것이 보였다. 이 녀석들도 성실하게 조사하고 있었던 모양이다.

"사샤, 미샤. 너희도 따라와."

전력으로 삼기에는 조금 모자란 2군이지만 넓은 저택을 수색하는 데는 도움이 될 것이다.

""피아나를 찾아낸 거야?""

"짐작 가는 데가 있어. 이쪽이다."

백작의 저택이 가까워지자 미나가 주변의 냄새를 맡았다.

"찾았어요, 주인님. 피아나 씨의 냄새예요."

"예상대로군. 좋아, 추적하자."

"네!"

""출발!""

다만, 정문은 경비가 삼엄할 테니 뒷문을 통해서 진입하기로 했다. 그렇게 뒷문으로 향하자 웬걸 검은색 옷을 입은 오보로가 걸어 나왔다. 녀석은 좋은 일이라도 있었는지 폴짝 뛰어오르며 승리의 포즈를 취했다.

"좋아! 꼴 좋구나, 알렉 이 자식! 이걸로 나도 부자다! 바람의 검은고양이 녀석들한테 한 방 먹여줬다고 자랑하면 주점에서도 화제가 되겠지."

"호오. 네가 나한테 한 방 먹여줬다 이거냐, 오보로."

"뭣! 살아있었나, 알렉……! 그 독을 맞고도 죽지 않다니! 설마 불사신이냐?!"

나를 보고 화들짝 놀란 오보로는 두려웠는지 곧바로 도망치려 했다.

"놓치지 않겠어요! [그림자 꿰매기]!"

미나가 오보로의 발치에 쿠나이를 던졌다. 그러자 오보로는 발이 바닥에 붙어서 움직이지 못하게 되었다.

"으윽! 발이 안 떨어져! 이 기술은!"

인술 스킬이었다.

""받아랏!""

이번에는 쌍둥이가 오보로에게 비녀를 투척했다.

"크악!"

"오보로. 딱 한 번만 묻겠다. 피아나를 어떻게 했지?"

"모, 모른다! ……크헉!"

뭐, 자백하지 않아도 상관없었다. 녀석이 어디에서 돈을 받았는지 감안하면 피아나가 있는 장소는 확정된 것이나 다름없었다.

나는 오보로의 품속에 손을 집어넣어 금화와 은화가 든 주머니를 꺼내 들었다.

"아앗! 알렉 이 자식! 그건 내 돈이다!"

"그랬지. 하지만 이제는 내 돈이다. 남의 동료를 팔아넘긴 대가야. 이자까지 듬뿍 쳐서 받아가겠어. 그리고, 후후. 좋은 생각이 떠올랐다."

내가 그렇게 말하자 오보로의 안색이 굳어졌다.

"무, 무슨 짓을 하려고……."

"간단해, 오보로. 이 돈으로 네 목에 현상금을 걸어주지. 죄목은 '귀족 영애를 습격한 죄'다."

나는 씨익 웃으며 말했다. 쌍둥이도 옆에서 추임새를 넣었다.

""우와, 큰일 났다!""

"우, 웃기지 마! 이, 일단 진정해! 나는 너와 다르게 명성도 뭣도 없는 솔로 모험가다! 1만 골드만으로도 C랭크, D랭크 녀석들이 눈빛을 바꾸고 달려들 거라고!"

"그렇겠지. 너처럼 돈을 좋아하는 친구들이 잔뜩 찾아올 테니 자다가 목이 따이지 않도록 분발하도록 해, 오보로. 솔로라면 동료가 납치당할 일은 없으니 훨씬 쉽지 않겠어?"

"그, 그만둬! 제발 부탁이다! 들뜬 마음에 실수를 했어! 어새신 길드의 소개를 받았을 뿐이지, 너한테 원한이 있는 건 아니었다고……."

"나는 매번 말을 바꾸는 거짓말쟁이는 믿지 않아."

실수로 유괴에 살인까지 하는 위험한 인간을 용서할 생각은 없었다.

"제길, 제길, 제길! 내가 어쩌다 너 같은 놈에게…… 어째서냐고!"

"또 남 탓이군, 오보로."

"뭐라고?"

"너는 다른 사람을 과도하게 신경 쓰는 경향이 있어. 모험가로서 평가받고 싶다면 너 자신의 모험에 열중하면 되잖아."

"흥. 겉만 번지르르한 말이군. 이름을 떨치려면 결국 다른 누군가에게 이겨야만 해."

"네 목적은 이름을 떨치는 거냐? 한심하군."

"뭐라고? 그러면 알렉, 네 목적은 뭐냐."

"나? 글쎄. 나는 내가 원하는 대로 살 거야. 그뿐이다."

클랜을 키우고 싶다는 목표도 있지만, 그건 내가 원하는 것들 중 하나에 불과했다.

""알렉은 야한 짓을 하고 싶을 뿐이야.""

물론 그 말도 사실이었다.

"원하는 대로 산다고……? 흥, 그게 가능하면 고생은 하지도 않지. 제기랄."

"고생하지 않는다고 누가 그래?"

"윽."

"오보로. 너는 삶에 대한 진지함이 부족해."

"진지함이라……."

뭐, 현상금 정도는 나중에 천천히 걸어도 상관없을 것이다.

"가자."

"네, 주인님!"

""알겠어!""

우리는 피아나를 구출하기 위해 뒷문으로 몰래 숨어들었다.

""알렉, 그렇게 경계할 필요 없어. 여기에는 경비가 얼마 없거든.""

사샤와 미샤가 말했다.

"뭐? 그랬군."

당연히 경비병이 있을 것이라 생각했건만, 예상과 달리 백작의 저택은 몹시 무방비했다. 쌍둥이의 말대로 뒷문에는 아무도 없었다. 하지만 지금은 백작의 부족한 보안 의식을 나무랄 때가 아니었다. 나와 미나는 고개를 끄덕인 뒤 저택 안쪽으로 이동했다.

"피아나 씨는 이쪽이에요."

미나의 후각에 의지해 복도를 나아가는 우리들. 어둡고 조용한 백작의 저택은 어딘가 을씨년스러운 분위기를 풍겼다.

"으음, 갑자기 냄새가 옅어졌네요……."

"근처를 수색해 보자."

"잠깐만, 알렉. 그러고 보니 메이드장이 복도 끝에는 가면 안 된다고 말했어."

"맞아, 맞아. 그쪽이 수상해."

쌍둥이가 말했다. 두 사람의 추측대로 복도 끝에 다가가자 미나가 고개를 끄덕였다.

"냄새가 나요. 이 방이에요."

"좋아."

방문이 잠겨있었지만 검으로 손잡이째 부숴버렸다.

방 안으로 들어가자, 피아나뿐 아니라 여러 명의 아이들이 밧줄로 묶인 채 갇혀있었다.

"구하러 왔어, 피아나."

"알렉 씨! 죄송해요. 얌전히 따라오지 않으면 주변의 아이들을 죽이겠다고 오보로에게 협박을 받아서……."

그랬군. 그렇잖아도 피아나의 레벨이라면 저항을 하든, 주변에 도움을 요청하든 대처가 가능했을 것이라는 생각이 들던 참이었다. 오보로 녀석, 이렇게 협박으로 상대를 조종하는 게 특기인 모양이었다.

"그럴 때는 자신의 목숨을 최우선으로 생각해. 모르는 애들까지 신경을 쓰면 결국 아무도 지키지 못하게 돼, 피아나."

"네, 반성하고 있어요. 제가 용기를 내서 도움을 요청했다면 이런 일은 없었을 텐데. 자, 여러분도 어서 집으로 돌아가요."

"네, 사제님!"

"무서웠어, 언니!"

피아나와 쌍둥이에게 아이들의 구조를 맡긴 뒤, 나와 미나는 이 저택의 최심부인 지하실로 향했다.

반드시 국왕의 조사를 기다릴 필요는 없다. 여기서 로리곤 백작이 대량 살인을 했다는 증거를 입수하면 백작을 끌어내릴 수 있었다. 설령 끌어내리는 데 실패하더라도 줄리아의 아버지는 딸의 결혼을 취소시킬 것이다.

지하실로 이어지는 통로는 불빛 한 점 없이 깜깜했다. 하지만 [엿보기]와 [암시] 스킬이 있는 우리에게는 문제될 게 없었다.

새까만 통로를 한달음에 통과하자 낡아빠진 철문이 우리를 가로막았다.

“이 너머가 지하실이에요, 주인님.”

“좋아, 들어가자.”

우리는 둘이서 무거운 철문을 밀었다. 딱히 자물쇠가 걸려있지는 않았다. 철문이 거슬리는 금속음과 함께 서서히 열렸다.

“윽!”

“이건…….”

미나처럼 후각이 뛰어나지 않아도 알 수 있었다. 지하실은 역겨운 피 냄새와 썩은 내로 충만해 있었다.

지하실은 사방이 벽으로 둘러싸인 넓고 살풍경한 장소였다. 내부에는 가구는커녕 아무것도 없었지만, 돌바닥의 중심부에 정체 모를 거대한 마법진이 그려져 있었다.

“이 마법진은 무슨 목적으로 그려놓은 거지……?”

“글쎄요…….”

내 의문에 미나도 고개를 갸웃했다.

용사 소환 마법진이라면 나도 이 세계에 도착했을 때 본 적이 있었다. 하지만 눈앞의 마법진은 전혀 다른 모양을 하고 있었다. 소름 끼치는 붉은색의 문자와 선으로 그려진 이 마법진에서는 형언하기 힘든 불길함이 느껴졌다.

“그 마법진은 악마를 소환하기 위한 거야. 그것도 상당한 고위 악마지.”

불현듯 뒤쪽에서 목소리가 들려왔다. 나와 미나는 적인가 싶어서 화들짝 놀라고 말았다.

"레티 씨!"

"뭐야, 레티였군. 놀래키지 마."

"뭐야라니, 무슨 말이 그래. 쳇, 이럴 줄 알앗으면 와악! 하고 겁이나 줄 걸 그랬네."

"지금은 그런 농담이나 하고 있을 때가 아니야, 레티."

레티와 함께 있던 사키가 말했다.

"역시 달링도 여기가 수상하다고 생각했구나."

"맞아. 피아나는 방금 전에 발견해서 먼저 돌려보냈어."

"응. 밖에서 쥬가와 합류했으니 안심해도 괜찮아. 다들 쉿! 복도에서 누군가가 다가오고 있어."

"으윽."

복도는 일직선이라서 도망치거나 우회할 곳이 없었다.

어쩔 수 없이 우리는 지하실 구석에서 얌전히 숨어있기로 했다.

숨어있는 동안에 나는 무언가 쓸만한 스킬이 없는지 확인해 보았다. 그랬더니…….

[폰섹스 LV3] New!

처음 보는 스킬이 습득되어 있었다. 스킬 카피가 발동된 것이다. 아마도 오보로의 스킬일 가능성이 높았다. 에휴. 도대체 얼마나 성가신 스킬인가 싶었는데 이렇게 시시한 스킬이었을 줄이야. 목소리를 멀리 날려 보내는 게 고작인가. 심지어 이세계에 휴대폰이라니.

"이이익, 자작가의 딸을 납치하는 데 얼마나 걸리는 것이냐! 뭣하면 너희들을 산제물로 바쳐줄까!"

"죄, 죄송합니다, 주인님."

대화 내용으로 짐작건대 백작과 그의 부하인 수도복의 남자들인 모양이었다.

산제물이라……. 어린 소녀들의 소중한 목숨과 육체를 그런 짓에 사용하다니. 설령 하늘이 용서하더라도 내가 용서하지 않겠다!

나는 사키에게 눈짓을 하면서 검을 움켜쥐었다.

악을 처단할 시간이다. 여기에서 백작을 죽인다.

철문이 열리고, 상대가 안으로 한 걸음 들어선 순간. 우리는 좌우에서 백작 일행을 공격해 들어갔다.

"크악!"

누군가를 베는 감각이 손끝을 타고 전해져 왔다. 하지만 부하들 중 한 명이었던 모양이다.

"치, 침입자다! 맞서라! 해치워!"

"주인님, 도망가십시오!"

"쳇, 내 산제물을 빼앗으러 온 모험가들인가! 얼른 붙잡아라!"

얼굴이 삼각 김밥처럼 생긴 뚱뚱한 백작이 부하들을 세워놓고 혼자서 도망치기 시작했다.

"젠장! 백작을 쫓아! 여기서 해치우지 않으면 우리가 위험해!"

나는 쇄도해 오는 수도복의 남자들을 베어 넘기며 외쳤다.

"윽, 방해하지 말고 비켜!"

"비키세요!"

"크아악!"

아무리 레벨이 낮은 녀석들이라지만 좁은 통로를 틀어막고 있으니 우리도 마음대로 돌파할 수가 없었다. 이럴 때는…….

"레티! 어떻게 좀 해봐!"

나는 믿음직스러운 마도사에게 명령을 내렸다.

"어어, 이, 이럴 때는…… 플레임 스피어를 사용하면 우리 편한테 맞을 테고……."

"아니! 그거면 돼! 빨리 영창해!"

전에는 비슷한 상황에도 잘 대처했으면서 왜 저러는 걸까.

"아, 알았어! 주종의 맹약 아래 고하노라. 분노의 마신 이프리트여, 날카로운 업화가 되어 적을 멸하라! 플레임 스피어!"

그러고 보니 나도 마법을 배웠었지. 반사적으로 떠올리지 못하는 건 스스로를 검사라고 생각하고 있기 때문일까.

"자자자자자자자자자자자!"

나도 곧바로 아이스 자벨린을 연발했다.

"으악!"

"크헉!"

앞을 가로막은 부하들이 하나둘씩 쓰러져 나갔다.

하지만 건너편에 있는 백작에게는 아쉽게 닿지 않았고, 결국 백작을 눈앞에서 놓치고 말았다.

"쫓아가자!"

""알았어!""

"알았어요!"

우리는 지하실을 나와 저택의 복도를 내달렸다.

"계단을 올라가고 있어요!"

"좋았어!"

미나가 있으면 적을 놓칠 일은 없었다. 이대로라면 몰아넣을 수 있겠군.

"위험해요, 주인님!"

갑자기 미나가 내 몸을 밀쳐냈다. 그 직후, 무언가가 벽으로 날아와 부딪혔다.

"기긱!"

거대한 박쥐 날개와 악마를 닮은 새까만 실루엣. 게임에서도 흔히 등장하는 마법 생물이었다.

"혹시 가고일인가?"

"기익!"

가고일이 날개를 퍼덕여 다시 한번 내게 돌진해 왔다. 하지만 이번에는 미나가 가고일의 발톱을 막아냈다.

"주인님, 여기는 제가 맡을게요."

"혼자서 괜찮겠어, 미나?"

"걱정 마세요. 여차하면 사스케 씨한테 배운 인술로 도망칠 수 있어요."

"알겠어. 하지만 무리는 하지 마."

"네! 금방 뒤따라 갈게요!"

"조심해, 미나!"

미나는 수리검을 던져 가고일을 견제했고, 우리는 그 틈을 타서 옆을 빠져나갔다.

우리는 계단을 올라가 맨 위층에 도착했다.

하지만 복도 어디에도 백작의 모습은 없었다.

“어디로 갔지?”

“달링, 저쪽!”

사키가 가리킨 방향으로 고개를 돌리자 활짝 열린 창문과 바람에 휘날리는 커튼이 보였다.

“젠장! 저기서 뛰어내린 건가?!”

황급히 창문으로 달려가 밑을 내려다봤지만 백작의 모습은 없었다.

“영치기 영차! 영치기 영차!”

그 대신 반라의 남성들이 용을 형상화한 가마를 짊어진 채로 거리를 행진하고 있었다.

어디로 간 거지?

여기서 백작을 놓친다면 나도, ‘바람의 검은고양이’도 귀족을 습격한 죄로 처형당할 것이다. 내가 줄리아를 구했기 때문에. 내 어금니에서 까드득 소리가 났다. 절박함과 압박감으로 헛구역질이 올라올 것만 같았다.

바로 그때, 지붕 위에서 신발이 굴러 떨어지는 것이 보였다.

“위쪽인가!”

백작이 어떻게 지붕을 타고 올라갔는지는 불명이지만 위쪽에 있는 건 분명했다.

“지붕 위다! 쫓아가자!”

"알았어!"

사키는 창문을 밟고 능숙하게 지붕 위로 올라갔다. 등반 계열의 스킬이라도 습득하고 있는 모양이다. 뒤이어 나도 사키가 내려준 로프를 타고 지붕 위로 올라갔다.

"자, 로리곤 백작. 이제 도망갈 장소는 없어 보이는데?"

지붕 끄트머리에 매달려 있는 백작에게 내가 말했다. 그러자…….

"크큭. 하핫, 아하하하하핫!"

백작은 내 말이 재밌었는지 미친 사람처럼 웃기 시작했다.

맛이 가버린 건가? 한순간 그렇게 생각했지만, 이쪽을 노려보는 백작의 눈동자에는 아직 이성의 빛이 남아있었다.

"나를 여기까지 몰아세울 줄이야. 인간치고는 제법이구나, 알렉. 영광으로 알아라. 나의 진정한 모습을 네게 보여줄 테니. 만물의 정점에 서있는 고등 생물의 힘과 아름다움을 만끽하도록 해라!"

백작이 외쳤다. 그와 동시에 백작의 육체가 옷을 찢어발기며 팽창하기 시작했다.

백작의 양쪽 어깨가 부자연스럽게 부풀어 올라 기괴한 형태로 변모했고, 심지어 방금 전까지만 해도 맑았던 하늘에 먹구름이 몰려들었다.

이럴 수가, 저건 이미…….

제11화
별빛과 함께 사라지다

저건 이미 생물의 범주를 벗어난 존재다.

적어도 내게는 그렇게 느껴졌다.

그 정도로 이질적인 모습이었다. 저것을 똑바로 쳐다보고 싶지 않다는 거부감과, 이 현상에서 눈을 떼서는 안 된다는 위기감이 내 마음속에서 치열하게 경쟁했다.

이 느낌은 성방교회에서 녹색의 괴물로 변한 델라맥을 마주했을 때와 비슷했다.

백작의 전신에서 더듬이 같은 것이 솟아났고, 머리는 세 개가 되었으며, 발톱은 날카롭게 변했다. 피부는 비늘로 뒤덮였고, 뒤쪽에는 용의 꼬리가 자라났다.

한때 백작이었던 '그것'은 변신을 마치고 파충류처럼 길쭉해진 노란색 눈동자로 이쪽을 쳐다보았다.

그렇군. 애초부터 인간이 아니었던 건가.

소름이 끼칠 정도로 그로테스크한 생김새였다. 도대체 어디가 아름답다는 건지.

어이가 없어서 혀를 차던 그때였다. 백작이 씨익 웃으며 돌진해 왔다.

빠르다!

"달링!"

방금 전까지 내가 서있었던 지붕이 박살 나버렸다. 피하는 게 조금이라도 늦었다면 내 몸은 산산조각 나고 말았을 것이다.

엄청난 파워와 스피드였다. 이거 위험한걸.

“호오, 피한 건가? 변신한 내 공격을 피한 인간은 네가 처음이다, 알렉. 칭찬해 주마.”

“흥. 인간도 아닌 녀석한테 칭찬받아도 전혀 기쁘지 않은걸. 이번에는 내 차례다, 백작. 자자자자자자자자자!”

[초고속 혀놀림]을 활용한 마법 영창이다. 이번에는 처음부터 전력으로 가기로 했다. 그렇지 않으면 살아남지 못할 것 같다는 느낌이 들었다. 내 검끝에서 발사된 아이스 자벨린이 백작의 몸에 연달아 명중했다.

“오오!”

백작은 감탄하더니 내 공격을 회피하기 시작했다. 그래도 맞기는 싫었던 것일가. 두꺼비 같은 체형을 하고 있는 주제에 움직임은 제법 민첩했다. 젠장, 마법이 맞질 않는다.

“달링!”

사키가 백작의 등 뒤에서 탄환을 난사했다. 소위 말하는 샌드위치 전법이다. 나쁘지 않은 연계다.

“에에잇, 귀찮다!”

백작이 뒤를 돌아보며 외쳤다. 불길한 [예감]이 들었다. 무슨 짓을 할 생각이다.

“도망쳐! 사키!”

“꺄악!”

백작이 꼬리를 휘둘렀다. 그러자 꼬리가 길게 늘어나며 사키를 덮쳤다. 도대체 어떻게 생겨먹은 몸이지?

“괜찮아, 사키?”

"후우. 괜찮아."

꼬리에 맞아 지붕을 구른 사키는 곧 자세를 바로잡고 몸을 일으켰다. 피해를 받기는 했지만 아직 싸울 수 있는 모양이었다.

하지만 이렇게 되면 선불리 다가갈 수가 없었다.

저 기괴한 공격 방법은 그 자체만으로도 위협적이었다. 백작이 한 행동이라고는 꼬리를 휘두른 것뿐이건만…….

"크크큭. 뼈저리게 느꼈느냐, 하등 생물들아! 참고로 이런 것도 가능하다!"

이번에는 백작이 양쪽의 머리를 뱀처럼 길게 늘렸다. 두 개의 머리는 이빨을 따닥, 따닥 여닫으며 나와 사키를 노리고 날아왔다. 신체를 늘리는 건 만화나 애니메이션에서 흔히 등장하는 패턴이지만, 실제로 현실에서 이 공격을 당하면 대적할 방법이 없었다. 완전히 물리 법칙을 무시한 공격이었다.

"대단할 거 없어. 저건 에테르를 매개로 아스트랄계에서 구현화한 고위 정신체야. 한마디로 마력 생명체지!"

"윽! 너는!"

"후후후. 파괴의 화신, 걸어다니는 천재지변! 건들면 누구도 무사하지 못하는 마도사 레티, 등장!"

레티가 뒤늦게 모습을 드러냈다. 그런데 무슨 속셈인지 레티도 백작처럼 머리를 길게 늘어트리고 있었다. 엄청 기괴하다. 인간 맞아?

그래도 마력 생명체라면 돌파구는 있었다. 마력에는 마력이다.

"봉인하라! 마력의 거울이여, 나선을 이루어 마력을 걸어 잠가

라. 벡터 블록!"
레티가 마법진을 소환했다. 그랬다. 백작의 마력을 봉인하면 신체의 변형을 차단할 수 있을 것이다.
"제, 제길!"
백작은 마법진에서 도망치려 했지만 레티의 마법진은 스스로 이동해 백작을 추적했다. 레티 녀석, 역시 마법에 관해서는 초일류다.
"이 빌어먹을 마법사 같으니! 죽어라!"
백작이 무언가 손짓을 했지만 마력을 봉인당한 탓인지 아무 일도 일어나지 않았다. 백작의 특수능력, 즉, 물리 법칙을 무시한 팽창이나 변형이 없다면 한번 싸워 볼 만했다.
"하압!"
내가 검으로 공격해 들어가자 백작이 울부짖었다.
"얕보지 마라! 하등 생물 따위가!"
"크윽!"
백작의 펀치를 정통으로 얻어맞고 말았다. 스피드, 파워, 방어력 모두 엄청났다. 이 정도로 강하다면 처음부터 도망칠 필요는 없었을 텐데. 도대체 뭐가 어떻게 된 걸까.
"괜찮으세요, 주인님?"
지붕에서 굴러떨어질 뻔했지만 마침 도착한 미나가 나를 일으켜 세워주었다.
"그래. 너야말로 무사히 가고일을 쓰러트린 모양이네."
"네. 네네가 도와주러 왔거든요."

"꾸엑!"

"아, 마츠카제도 와줬어요."

'이 성가신 인간 놈들! 계속해서 늘어나는구나. 여기서 쓸데없는 마력을 소비하면 그분의 강림에 지장이 갈 텐데.'

네네가 [공감력☆] 스킬로 백작의 마음을 읽은 모양이었다. 아무래도 백작은 심상치 않은 계획을 꾸미고 있는 모양이었다.

"알렉, 괜찮아?"

세리나도 도착했군. 이제 승기가 보이기 시작했다.

"괜찮아. 하지만 조심해. 강한 적이다. 어떤 공격이든 좋으니 우선은 놈의 마력을 조금씩 깎아내겠어!"

""알았어!""

""알았어요!""

"뭣이? 내 마력을 깎겠다고? 이 자식, 무슨 속셈이냐?"

내가 한 말을 경계했는지 백작의 움직임이 둔해져 있었다. 날씨까지 변화시키는 강대한 적이다. 이대로 시간을 끌면 국왕이 부하들을 이끌고 이상 사태를 조사하러 올 게 분명했다. 피아나도 무사히 구출했으니 서두를 이유는 하나도 없었다.

"이얍! 꺄아악!"

"세리나!"

그러게 조심 좀 하라니까! 공격하는 건 좋지만 언제든지 회피할 수 있도록 대비했어야지.

"크크큭. 멍청한 하등 생물 놈들. 그 정도의 힘과 속도로 이 몸을 따라잡을 생각을 하다니. 이제 다 귀찮다. 단숨에 해치워 주마."

백작이 여섯 개의 눈으로 이쪽을 응시했다.

분하지만 지금의 백작과 정면으로 치고받는 것은 위험했다.

"죽어라, 벌레들아."

"크윽!"

돌진해 오는 백작. 그런데 그때, 옆에서 누군가가 브로드 소드를 휘둘러 백작을 날려버렸다.

"잘 버텼다, 알렉. 나머지는 내게 맡겨라."

국왕이 씨익 웃으며 말했다. 하지만 국왕 한 명에게 맡기려니 걱정이 되었다.

"그럴 수는 없습니다. 이 녀석은 제 사냥감입니다."

"그렇다면 먼저 잡는 놈이 임자인 걸로 하지. 어차피 포상은 내릴 생각이니까."

그렇게 말한 뒤, 국왕은 백작을 바라보았다.

"자, 괴물아. 너는 나의 소중한 나라를 어지럽히고, 귀중한 시찰 시간을 빼앗았다. 그 죄는 무거워."

"죄라고?! 인간 주제에 기어오르지 마라!"

백작이 분노를 드러내며 돌진해 왔다.

"흐읍!"

국왕이 정면에서 백작의 돌진을 막아냈지만 아무래도 힘에서 밀리는 눈치였다. 그래도 국왕은 재빨리 몸을 빼서 안전한 거리를 확보했다.

저 돌진을 정면으로 막아내긴 힘들었다. 그렇지만 빈틈을 노려서 세리나의 필살기를 꽂아 넣을 수만 있다면 쓰러트릴 수 있었다.

그러기 위해서는 한순간이라도 좋으니 빈틈을 만들어야 했다.

나는 몸을 일으킨 세리나에게 눈짓을 해서 내 의도를 전달했다. 세리나도 고개를 끄덕였으니 작전은 확실하게 전달됐다고 봐도 무방할 것이다.

"자, 우선은 너부터다. 알렉!"

내게로 돌진해 오는 백작. 미나가 내 앞을 막아섰지만 아무리 미나라도 백작을 막아내기는 불가능할 것이다.

하지만 내게는 한 가지 쓸만한 스킬이 있었다.

[폰섹스]

"괜찮겠어? 그쪽으로 달려가도. 네 엉덩이가 훤히 보이는데."

"윽?!"

백작이 아무도 없는 뒤쪽을 돌아보았다. 그로 인해 한순간의 빈틈이 생겨났다.

"지금이다! 세리나!"

"맡겨 줘! 이걸로 끝이야! 스타더스트 어택!"

모든 것을 무로 되돌리는 무지개색의 별빛. 그 흉악한 필살기가 백작의 몸을 스치고 지나갔다. 엄청난 순발력으로 직격은 피한 모양이었다.

"후우. 아깝게 됐구나, 인간. 방금 공격은 나도 등골이 서늘했어."

백작이 여유롭게 말했다. 하지만 나와 세리나는 이미 검을 칼집에 집어넣은 상태였다.

승부는 끝났다.

이제 남은 것은 백작을 애틋한 눈으로 바라보는 것뿐이다. 국왕도 이미 세리나의 스킬에 대한 정보를 입수했는지 여유로운 미소를 지으며 대기하고 있었다.

“뭐냐, 그 눈빛들은. 절망해서 저항하기를 포기한…… 크헉?! 모, 몸이!”

백작의 피부에서 윤기가 사라지고, 육체가 부스스 붕괴하기 시작했다.

“이럴 수가! 큰 피해는 없었단 말이다! 회, 회복약도 통하지 않는다고?! 그아아아아악……!”

마침내 시커먼 연기로 변한 백작은 단말마와 함께 자취를 감추었다.

그러자 하늘을 가리고 있던 먹구름이 사방으로 흩어지고 맑은 하늘이 모습을 드러냈다.

“해치웠네.”

“그래.”

세리나가 나를 향해서 활짝 웃어 보였다. 세리나의 하얀 이빨이 햇빛에 반사되어 눈부시게 빛났다.

“자, 그러면 우리도 군것질이나 해볼까.”

“““찬성!”””

에필로그

백작을 쓰러트렸다.

이제 줄리아는 아무것도 무서워할 필요가 없었다.

"의뢰를 훌륭히 완수해 주셨네요, 알렉 씨. 감사해요."

여관 '용의 안식처'에서 보고를 들은 줄리아가 환하게 미소 지었다.

"고마울 것까지야. 남편으로서 당연한 일을 했을 뿐이야."

나도 환하게 미소 지으며 대답했다.

"아, 그거 말인데요. 당신을 귀족이라는 신분으로 속박할 생각은 없어요. 그 혼약은 백작에게 대항하기 위한 임시 방편에 불과했으니 신경 쓰지 않으셔도 돼요. 그러니 이 자리에서 파혼을…… 꺄악?!"

내가 줄리아를 두 손으로 번쩍 안아 들자 줄리아는 당황하며 작게 비명을 질렀다.

"어이쿠. 파혼은 사제의 허락이 있어야만 가능하다며."

"그, 그건 그렇지만……. 이, 일단 놓아주세요. 레이디를 이런 식으로 대하는 건…… 앗!"

나는 줄리아를 침대 위에 던졌다. 그제야 줄리아도 정조의 위기를 느낀 모양이었다. 몸을 움츠리며 불안한 표정을 지었다.

"무, 무슨 생각이세요? 알다시피 저는 귀족이에요. 이상한 짓을 하면 무사히 끝나지는 않을 걸요."

"결혼한 사이잖아. 스스로 남편의 방까지 찾아와 놓고 착각하지 말라는 게 오히려 이상하지 않아?"

"그, 그건……."

"뭐, 너도 진짜로 결혼할 마음은 없었을 테지. 상황이 급했으니

나도 나무랄 생각은 없어. 혼약을 파기하고 싶다면 그렇게 해주마. 단, 나는 너를 필사적으로 구해줬어. 조금쯤은 포상을 해줘도 괜찮지 않을까?"

나는 그렇게 말하며 손끝으로 줄리아의 신발을 벗겼다.

"큭, 처음부터 제 몸이 목적이었군요! 세리나 씨의 말대로네요. 당신도 로리곤 백작과 동류였어요!"

"딱히 아니라고 한 적은 없는데."

"으으, 알겠어요! 당신이 귀족을 적으로 돌리면서까지 위험을 감수해 준 건 사실이니까요. 발사모 가문의 일원으로서 포상을 내리는 게 도리겠죠. 제 몸으로 만족한다면, 조, 좋을 대로 하세요."

축축하게 젖은 눈동자로 불안을 호소하는 줄리아. 하지만 홍조를 띤 뺨에서는 기대감을 엿볼 수 있었다.

본인이 좋을 대로 하라고 말했으니 동의한 것이나 마찬가지였다.

"그래. 그러면 그렇게 하지."

"윽……. 저, 저기, 제가 처음이라서 그런데, 아프지 않게 부탁드릴게요."

"물론이야. 남자를 좋아하는 몸으로 만들어 줄 테니까 안심해."

"아뇨, 그렇게까지 하실 필요는…… 꺄악!"

내가 허벅지로 손을 가져가자 줄리아는 움찔 하고 몸을 떨었다. 그러자 그 동작에 맞춰 줄리아의 우아한 금발이 살짝 흔들렸다. 줄리아의 새하얀 육체는 아직 남자를 모르고 있었다.

"아…… 아…… 으응!"

나는 줄리아의 옷을 벗겨 애무하기 시작했다. 내 손가락이 피부를 건드릴 때마다 줄리아는 조금씩 민감한 반응을 보였다.

지금부터 무슨 짓을 당할지는 메이드와 세리나에게 들어서 알고 있을 것이다. 하지만 그럼에도 줄리아로서는 처음 겪는 일이었다. 평소에는 드셌던 그녀도 불안으로 몸을 떨면서 내 애무를 견디고 있었다.

겉옷을 벗기자 하얀 레이스가 달린 속옷이 모습을 드러냈다. 작은 체구의 줄리아가 입기에는 다소 요염한 속옷이라는 생각이 들었지만 이것도 나쁘지는 않았다. 나는 속옷을 벗기지 않고 남겨둔 채로 봉긋하게 솟은 가슴의 감촉을 만끽했다.

"응으읏!"

손가락이 간지러웠는지 줄리아가 아랫입술을 깨물었다. 눈가에는 눈물이 고여있었다. 이거 범하는 보람이 있는걸. 사랑스러운 입술에 키스를 시도하자 줄리아가 고개를 돌렸다. 하지만 그것도 처음 한 번뿐. 곧 입맞춤에 응해주었다.

"쪼옥, 쪽, 아아……."

나는 입술 사이로 혓바닥을 침투시켰다. 줄리아는 입술을 굳게 닫았지만 나는 그 입술을 억지로 열어젖혔다.

"파하, 아앗, 쪽, 하앙!"

혀를 빨고, 핥아주자 그 쾌감에 매료되었는지 줄리아는 달콤한 신음을 흘렸다.

이번에는 아직 발육이 덜 된 가슴을 만지작거리며 브래지어를 벗겼다. 하지만 줄리아는 그 사실을 깨닫지도 못한 눈치였다. 가슴의 연분홍빛 돌기를 살짝 꼬집자 그제야 놀랐는지 몸을 흠칫 떨었다.

"꺄악! 거, 거기는 꼬집지 말아 주세요."

"안 돼. 이건 내게 주는 포상이잖아. 그러니 처음에는 내가 원하는 대로 하겠어. 두 번째부터는 네 요구에 따라주지."

"그, 그런 억지가! 앗, 아앙, 안 돼, 안 돼요! 그렇게 만지시면, 저는…… 하으윽!"

쾌감을 견디기 힘들었는지 줄리아의 몸이 활처럼 젖혀졌다.

"어디 보자. 여기는 어떨까."

이번에는 하반신의 자그만 균열을 손끝으로 훑어 보았다. 그러자 예상한 대로 축축하게 젖어있었다.

"끄윽! 아앗, 거, 거기는……!"

"혼자서 해본 적이 많은가 보네. 음란한 녀석 같으니."

"아, 아니에요. 그런 적 없어요."

"거짓말 마. 이렇게 조금만 문질러도……."

"아아앙!"

전류라도 통한 것처럼 경련하는 줄리아. 상당히 민감했다. 본인 스스로 개발을 끝냈다 이건가. 앞으로가 기대된다.

나는 레이스가 달린 팬티를 벗기고 그 안쪽을 핥았다.

"꺄악! 어, 어딜 핥는 건가요! 그만, 아앗, 그만하세요!"

말은 그렇게 하지만 줄리아의 손은 내 머리를 붙잡고 놔줄 생각이 없었다.

오히려 안쪽으로 잡아당겨진 나는 찌걱거리는 소리를 내며 줄리아의 가장 민감한 부분을 핥아나갔다.

"히익! 아아아아아앗……!"

줄리아가 한층 더 커다란 목소리로 소리를 질렀다. 줄리아의 몸이 경직되는가 싶더니 축 늘어져 의식을 잃고 말았다.

"가버렸군. 하지만 이제부터 시작이야, 줄리아."

나는 바지를 내려 터질 듯이 부풀어 오른 흉기를 꺼내 들었다.

줄리아의 작은 입으로 펠라치오를 받는 것도 괜찮아 보이지만, 첫 경험이니 입은 나중에 사용하기로 했다.

"큭, 꽤나 좁은걸."

천천히 삽입을 시도했지만 줄리아의 구멍은 생각했던 것보다 비좁았다. 그래도 고통을 호소하진 않으니 문제없을 것이다. 반밖에 들어가지 않았지만 일단은 허리를 움직여 보기로 했다.

"으으, 뭐, 뭐가 어떻게 된 거죠?"

"깨어났구나. 금방 끝나니까 몸에서 힘을 빼, 줄리아."

"무, 무슨 짓을…… 히익, 아파! 움직이지 말아요! 빼, 빼주세요!"

"힘을 빼래도. 스킬을 배우는 법은 알고 있지? 포인트를 나눠 줄 테니까 고통을 경감시켜 주는 스킬을 배워."

"큭. 배, 배웠어요. 후우."

"그래. 잘했다."

"자, 잠깐만요. 움직임을 멈추세요. 이제 아프진 않지만 제 몸이 망가지면 어쩌려고요."

"걱정 말고 나한테 맡겨. 너와 체형이 비슷한 녀석들을 많이 안아봤거든. 베테랑인 셈이지."

"네……? 읏, 아앗, 왜, 왠지, 이상한 느낌이 들기 시작했어요. 이, 이건…… 응으으읏!"

"슬슬 때가 됐군. 라스트 스퍼트다."

"에엑?! 끄읏, 아앗, 그만! 부탁이에요! 너무 거칠어요! 그만, 알렉 씨, 망가져! 망가져 버려요! 안 돼애애애애앳……!"

줄리아의 가냘픈 비명 소리에 흥분한 나머지 무심코 허리의 움직임이 거세지고 말았다. 이윽고 내 하반신에서 뜨거운 액체가 뿜어져 나왔다.

"후우. 괜찮아, 줄리아?"

"네, 네에. 괜찮아요. 하지만…… 굉장했어요. 하으으."

땀에 젖은 줄리아가 상기된 얼굴로 대답했다. 플레이에 만족한 모양이었다. 이 분위기라면 2회전도 간단히 수락해 줄 듯 보였다. 나는 히죽 웃으며 자그만 피앙세의 머리카락을 쓰다듬었다.

며칠 뒤. 나는 약속대로 국왕에게 포상을 받게 되었다. 근력의 보주 (중) 이었다. 내다 팔면 10만 골드 정도는 나올 것이다.

"잘했다, 알렉. 그날 이후로 우리 쪽에서도 조사를 진행했다. 로리곤 백작은 1년 전에 수상한 연금술사를 고용했다더군. 그 여자의 정체는 불명이지만 일련의 사건과 관련이 있을 거다."

"연금술사라. 어떤 색의 로브를 입고 있다던가요?"

보라색이라는 답변이 돌아오면 나는 레티를 심문해야 했다. 하지만 국왕의 대답은 달랐다.

"검은색이다. 젊고 아름다운 처자라더군. 후드를 깊게 눌러쓰고 있어서 정확한 생김새까지는 불명이지만 말이야. 그리고 성방교회에서도 그 연금술사를 봤다는 증언이 나왔다."

"성방교회에서도 말입니까?"

나는 미간을 찌푸렸다.

얼마 전, 돌멩이를 강매하는 성방교회의 대사제 델라맥이 대량의 인간을 감금하는 사건이 있었다. 그 델라맥도 최후에는 인간의 말을 하는 기괴한 몬스터로 변했었다. 마족이라는 말을 했던 것 같기도 하고…….

"그래. 어쨌든 고위직에 그런 수상한 녀석들이 섞여있으면 나라가 혼란에 빠지는 건 시간 문제야. 급하게 조사에 접어든 참이다."

국왕이 의자에 털썩 앉으며 말했다. 그러고는 답답한 듯 손가락으로 의자 손받이를 툭툭 두드렸다.

"……하지만 어느 신하가 괴물과 내통하고 있을지 모르는 상황이라 인원을 꾸리기가 쉽지 않아. 로리곤 백작도, 델라맥도 평소에는 인간의 모습이었다. 만약 조사를 명령받은 신하가 괴물이라면 '전부 결백합니다. 수상한 사람은 없습니다.'라고 보고해 버리면 조사를 하는 의미가 없어."

그건 그랬다. 조사를 보낼 인간은 신중히 골라야 했다.

"그래서 일단은 신용할 만한 모험가를 파논 대사제와 대면시키기로 했다. 그렇게 검증이 완료되면 조사에 투입하는 거지. 어떠냐, 알렉. 자네도 협력해 주겠나."

어이쿠. 이건 굉장히 성가신 부탁이다. 조사 대상이 귀족이라면 또 신분 문제로 불리한 상황에 처하고 말 것이다. 게다가 고레벨의 몬스터에게 습격당할 가능성이 있다는 점도 영 석연치 않았다.

"어흠. 폐하, 구체적인 퀘스트라면 고려해 보겠지만, 이런 사안은 말씀하신 대로 신뢰할 만한 A랭크 모험가에게 맡기는 게 좋지 않을까 싶습니다."

"뭐, 좋다. 그때가 되면 부탁하마. 어차피 너도 곧 A랭크로 올라갈 테니까."

"글쎄요. 잘 모르겠네요."

나는 어깨를 으쓱이고는 왕성을 뒤로했다.

제10장 화염의 검

수많은 모험가들이 일확천금을 꿈꾸고 명을 달리하는 '돌아올 수 없는 미궁'.

그곳의 5층, 얼음의 미궁. 여태껏 순조롭게 공략을 진행하던 우리는 현재 눈사람 모습을 한 보스에게 고전을 면치 못하고 있었다.

"돌진해 온다! 도망쳐!"

"큭! 누구라도 좋으니 미나 씨를 부탁드려요!"

클레릭인 피아나가 치료를 포기하고 일어나며 외쳤다.

미나는 의식을 잃은 채로 바닥에 쓰러져 있었다.

나라도 달려가서 일으켜 세워주고 싶었지만 거리가 너무 멀었다.

"세리나, 부탁해."

"아니, 나는 공격에 나설게."

"뭐라고? 미나가 어떻게 되든 상관없다는 거야?"

"그런 말 한 적 없어. 하지만 이대로 가봤자 전멸할 뿐이야. 어떻게든 스타라이트 어택으로 코어를 명중시켜야 돼."

"될지 안 될지도 모르는 작전은 집어치워. 네 기술의 사용 횟수에도 한계가 있을 텐데."

"그래도!"

"이봐, 두 사람! 말다툼이나 하고 있을 때냐고! 쳇, 여기서는 내가!"

"관둬. 너한테는 무리다, 쥬가. 넘어지면 위험하니까 그만둬."

의족을 착용했으니 못 일어날 일은 없겠지만 보스에게 쫓기는 상황인지라 조금이라도 지체되면 치명적이었다.

"아오, 늦었네! 이러면 공격을 못 하잖아!"

레티가 공격 주문을 포기하고 부유 마법으로 미나를 옮겼다. 덕분에 미나는 눈사람 보스의 공격으로부터 벗어날 수 있었다.

하지만 우리를 도우려고 다가온 루카와 이오네가 보스의 돌진에 당해 심각한 부상을 입고 말았다.

"젠장! 리리, 얼른 아이템으로 회복시켜."

이럴 때를 대비해서 시프인 리리에게 회복 포션을 맡겨놓았다.

"잠깐만 기다려 봐! 어디 보자, 피해가 가장 큰 사람이……."

"됐으니까 각성약과 포션을 대충 던져! 서둘러!"

뭐라도 적당한 스킬을 배우게 해둘 걸 그랬다. 상황이 이 정도로 급박하게 돌아갈 줄은 예상하지 못했다.

"이런! 나, 포션이 다 떨어졌어! 누가 예비용 포션을 넘겨줘!"

사키가 말했다. 회복 담당이 한 명 줄어들면 힘들어지는데. 아니, 이제 한계인가.

"공격 중지! 다들 시간을 벌어!"

나는 보스와의 전투를 포기하고 퇴각하기로 마음먹었다. 하지만 그것도 쉽지는 않을 듯했다.

보스방은 안으로 들어오면 자동으로 문이 닫히게 되어 있다.

하지만 내게는 [순간이동] 스킬이 있다.

이 스킬을 이용해 억지로 탈출을…… 할 수 있을까?

밑져야 본전이다. 나는 기절해서 벽에 기대어 놓은 네네를 안아 들고 [순간이동] 스킬을 사용했다.

그 결과, 의외로 간단히 바깥의 통로로 나올 수가 있었다. 네네도 함께 이동되었다.

혹시나 싶어서 네네의 HP도 확인해 봤지만 멀쩡했다.

"좋았어."

나는 다시 보스방으로 돌아가 미나를 안고 [순간이동]을 사용했다. 그다음은 레티였다.

"하아. 죽는 줄 알았어. 진짜로."

"알렉이 나만 두고 가면 어쩌나 하고 걱정했어! 우와앙!"

시간은 좀 걸렸지만 일행 전원을 무사히 밖으로 옮기는 데 성공했다.

지, 지쳤다…….

[스킬 경직 완화 LV5] New!

[스킬 소비 횟수 경감 LV5] New!

[스킬 사용 속도 상승 LV5] New!

잠시 휴식을 취한 뒤, 적절한 스킬들을 습득해 부족했던 부분을 개선했다.

"리리, 아이템 관련 스킬은 배웠어? 아니다, 내가 직접 확인해 볼게."

내게는 [파티 스테이터스 열람 LVMAX] 스킬이 있었다.

리리의 스킬을 살펴보니 [포션 뿌리기]라는 스킬이 추가되어 있었다. 뭐, 이거면 충분할 것이다.

우리는 말 없이 지상의 여관으로 돌아가 우울한 저녁 식사를 했다.

"왜들 그래? 오늘따라 다들 조용한걸. 이렇게 무사히 돌아와 놓고."

여주인인 에이다가 밝게 웃으며 말했다. 하지만 이번에는 정말로 아슬아슬했다.

한두 명쯤 사망자가 나와도 이상하지 않았다.

"어쩔 수 없어. 우리들, 정말로 죽을 뻔했다고."

쥬가가 말했다.

"그런 건 보면 알아. 하지만 너희는 이렇게 살아있어. 살아남았지. 그러니 얼굴들 피도록 해. 우울한 표정은 사망자가 나왔을 때만 지으면 돼. 뒤숭숭한 마음으로는 될 일도 안 되는 법이야."

역시 전직 A랭크 모험가다. 전부 꿰뚫어 보고 있구나.

뭐, 여기서는 얌전히 선배에게 가르침을 받아보기로 했다. 누군가가 죽은 다음에 후회하면 늦는다.

"에이다. 5층의 보스에 대해서 힌트를 좀 줬으면 해."

"아하. 눈사람 말이지? 그 녀석은 화염으로 소멸시키면 될걸. 너희 파티에는 마법사가 둘이나 있잖아."

"불가능해! 그 눈사람이 얼마나 큰데! 내가 익힌 화염 마법 중에서 제일 강한 걸로 명중시켰는데도 살짝 녹고 끝났어!"

레티가 열받았는지 테이블을 두드렸다.

"응? 크다고? 그야 뭐, 사람 몸집보다 크기는 하지."

"오호라. 그렇게 된 건가……."

아무래도 우리가 만난 눈사람은 일반적인 보스보다 훨씬 거대했던 모양이다.

분명 그 빌어먹을 안경 여신의 소행이다. 쓸데없이 난이도를 올리다니. 언젠가 다시 만나면 범해주겠어.

"레티의 마법으로도 무리라면 쉽지 않겠는걸. 역시 내 필살기로……."

세리나가 의욕을 불태웠다. 하지만 이미 실컷 베고도 쓰러트리지 못했으니 다른 방법을 강구하는 게 옳았다.

"한동안 미궁 공략은 쉬도록 하겠어. 각자 그 눈사람을 쓰러트릴 방법을 찾아보도록. 알았지?"

""알겠어.""

""알겠습니다.""

다음 날 아침. 11시. 슬금슬금 자리에서 일어나 식당으로 가보니, 여관으로 돌아온 세리나가 분을 삭히고 있었다.

"어휴, 열받아!"

"무슨 일인데."

"주점에서 공략법을 물어보고 다녔거든? 그런데 웬 녀석들이 지독한 소리를 하는 거야."

"흐음? 뭐라고 했길래?"

세리나라면 무턱대고 치근대는 남자들에게 [스타더스트 어택]을 날렸을 텐데.

"노예를 벽으로 삼아서 싸우면 식은 죽 먹기라잖아!"

"아하. 그건 별로 도움이 안 되는 조언이네."

"그렇지? 나 참. 사람의 목숨을 뭐라고 생각하는 건지."

게다가 그 눈사람의 중량이면 체격이 좋은 노예들을 세워놔 봤자 순식간에 허물어질 것이다.

"뭐, 우리는 그런 식의 전법은 사용하지 않아. 계속해서 조사에 힘써줘."

"응, 알았어. 그런데 식사가 아직이면 같이 어때? 화를 냈더니 배가 고프네."

"그러던가. 주인장, 아침 식사 부탁해."

"아침밥 차릴 시간은 지났어. 별도로 요금을 낸다면 차려주겠지만."

"하지만 내 기준으로는 아직 아침이다. 그러므로 이건 갑질이자 부당 대우야."

"그건 내가 알 바 아니고."

역시 안 통하는군.

"그냥 점심이라고 생각하고 먹으면 되잖아. 돈은 내가 지불할게. 에이다 씨, 빵이랑 닭튀김, 그리고 치즈 주세요. 아, 그리고 알렉한테는 야채 스프요."

"알았어."

그렇게 늦은 아침으로 끼니를 해결한 뒤, 나는 왕립 도서관을 방문하기로 했다.

주점은 이미 세리나가 둘러봤으니 다른 장소가 좋을 것이다.

"여기인가."

"네, 주인님."

나는 미나와 함께 눈앞의 거대한 건물을 올려다보았다.

도서관보다는 신전이라는 표현이 어울리는 건물이었다. 외벽을 따라 거대한 원기둥이 늘어서 있어 파르테논 신전이 연상되었다.

"가자."

"네."

우리는 도서관 안으로 들어갔다. 두 명의 병사가 입구에서 보초를 서고 있었다. 이 세계에서 서적은 귀중품으로 분류되니 이해가 되는 대목이었다.

간단히 복사가 가능한 현대와는 다를 수밖에 없었다.

"이봐. 여기는 도서관이다. 책을 읽는 곳이야."

병사가 나를 보더니 떨떠름한 얼굴로 설명해 주었다. 나도 알아.

"그래서 읽으러 왔는데."

두 명의 병사는 서로의 얼굴을 마주보더니 웃음을 터트렸다.

무례한 녀석들이네.

"저기, 저희 주인님은 B랭크 모험가세요. 글자도 물론 읽을 줄 아시고요. 게다가 국왕님과도 아는 사이세요."

"뭐?! B랭크라고?"

"폐하와 아는 사이?!"

저렇게까지 놀랄 일인가.

"미나. 쓸데없는 소리 마."

이런 장소에서 국왕과의 친분을 과시하면 권력을 휘두르는 인간으로 비춰질 우려가 있었다. 게다가 처세술적인 측면에서도 가급적 눈에 띠지 않는 편이 좋았다.

"네, 주인님."

"폐하의 지인이라면 신분을 증명할 만한 뭔가를 가지고 있겠지? 하지만 행색만 보면 도무지 믿기질 않는데."

"그러게."

병사들은 무시하는 듯한 태도로 나를 위아래로 훑어보았다. 흐음. 반팔에 반바지 차림은 좀 심했나. 시원해서 입은 건데.

엄격한 신분제 사회인 이곳에서는 옷차림도 스테이터스 중 하나였다. 평상복을 패션의 일종으로 봐주는 세상이 아니었다.

"아, 맞다. 이게 있었지."

나는 국왕에게 받은 통행증을 꺼내 들었다.

"이, 이건 플래티넘 통행증!"

"상급 귀족들만 소지하고 있다는 그거? 은이 아니고?"

"아니. 은이라면 빛깔이 더 어두웠을걸. 여기에 글자도 새겨져 있잖아."

"정말 그렇네……!"

두 병사가 새삼스럽게 나를 쳐다보았다. 정체를 모르겠다는 눈빛이었다.

"어흠. 이제 들어가도 되겠나?"

"예, 옙! 실례했습니다!"

"어, 어서 들어가십시오."

"괜찮아, 괜찮아. 신경 쓰지 말고 일들 보게나. 허허허."

나 자신도 모르게 말투가 거만해지는 것은 내가 권력에 익숙하지 않기 때문이었다.

이 두 병사는 잘못한 것이 없었다.

통행증은 사람을 통과시키기 위한 물건이다.

그러므로 통과가 되었으니 아무런 문제가 없었다.

"주인님……! 훌륭하세요!"

미나가 존경의 눈빛으로 나를 쳐다보았다. 그렇게 계속 쳐다보면 내가 착각해서 폭주할 게 분명하니 그만해 줬으면 좋겠다.

안으로 들어와 보니 도서관의 규모가 상당했다. 중앙은 텅 비어 있었지만 전후좌우 4층에 달하는 공간이 책으로 가득 차 있었다.

워낙에 많아서 정신이 아득해질 지경이었다.

"엄청나네요……."

미나도 나와 같은 심정인 듯했다. 자, 눈사람을 해치우는 방법을 알아내려면 어떤 책부터 보는 게 좋을까…….

이 커다란 도서관에서 책을 찾으려면 고생 좀 하겠다는 생각을 하고 있는데, 뒤쪽에서 목소리가 들려왔다.

"찾으시는 책이 있으신가요?"

여성의 목소리였다.

뒤를 돌아보니 사제복을 닮은 하늘색 옷차림의 미소녀가 상냥하게 미소 짓고 있었다. 아마도 이곳의 사서일 것이다.

"그래. 남녀간의 질척한 관계를 다룬 책을 찾는 중이야. 성적으로 흥분할 수 있도록 리얼하고 현장감 넘치는 묘사가 반영된 책

"아아, 관능 소설 말인가요. 알았어요, 저한테 맡겨주세요. 제 특기거든요, 후후. 만족하실 때까지 흥분시켜 드, 릴, 게, 요?"

수염이 거뭇거뭇한 남자가 의미심장한 말투로 내게 추파를 던지고 있다.

제기랄!

대부분의 정신 내성 스킬을 배워놨건만 이 엄청난 심리적 대미지는 뭐지?

나는 거의 무의식중에 한 가지 스킬을 사용하고 말았다.

"데스 터치."

레벨 86의 스펙터 오버로드, 어둠의 불사왕에게서 카피한 흉악한 스킬이다.

이 냉혹한 손길에 닿은 자는 영혼을 흡수당해 그대로 죽음을 맞이한다.

"어머나. 그럼 못써, 손님. 여기서는 신체 접촉 금지야. 하지만 나, 밤에는 '모로다시'라는 바에서 일하고 있거든. 거기로 찾아오면 만지게 해줄게."

"주, 주인님!"

"이럴…… 수가……!"

데스 터치에 당하고도 아무런 낌새가 없는 남자에게 나는 경악하고 말았다. 스킬 레벨이 5에 달하는 이 데스 터치는 A랭크 모험가도 즉사시킨 스킬이다.

내 생각보다 확률이 낮은 건가?

"어머나. 내 실력을 알고서 장난을 쳤던 게 아니었어? 어이. 대답여하에 따라서는 무사하지 못할 줄 알아라."

남자가 솥뚜껑 같은 손으로 내 손목을 붙잡았다.

크윽, 어떻게 돼먹은 힘이람. 뿌리칠 수가 없어!

"도, 도리아 씨!"

"주인님!"

"나한테 맡기고 가만히 있어, 소피."

"아야야! 잠깐, 내가 잘못했어! 나도 모르게 무심코 방어 본능이 발동하고 말았다! 지금 당장 이 스킬을 지워버릴 테니 용서해 줘!"

"어머, 재주도 좋은걸. 그러면 얼른 지워봐."

이 자식, 감정 계열의 스킬을 보유하고 있는 모양이다.

어차피 당해낼 수 있는 상대도 아니므로 순순히 [스킬 리셋]을 사용했다. 그리고 나도 무의식중에 인간을 죽이고 싶지는 않았다.

모험에 쓸만해 보여서 남겨뒀지만 이참에 지워버리는 편이 오히려 안전할 듯했다.

참고로 레어 스킬은 [스킬 리셋]으로도 삭제가 불가능하지만 데스 터치는 일반 스킬 카테고리에 속해 있었다.

[데스 터치 LV5] 삭제!

스킬 포인트가 2만 정도 늘어났다.

"이러면 됐지?"

"그래. 거짓말을 하지 않는 남자는 싫지 않아. 그리고 미안해, 손님. 나도 신체 접촉을 해버리고 말았네."

"아니, 나야말로 미안했어. 서로 잘못한 부분이 있으니 비긴 걸로 해주면 고맙겠는데."

"좋아. 그쪽의 강아지 아가씨한테도 사과할게. 주인님한테 실례되는 짓을 해서 미안해."

"아, 아뇨……."

"말이 나왔으니 말인데……. 당신, 고레벨의 [즉사 내성]이라도 익히고 있는 거야?"

나도 레벨 MAX까지 올리지 못한 스킬이다. 그래서 더욱 신경이 쓰였다.

"후후, 그럴 리가. 농담이 지나쳐. 인간이 그렇게 비싼 스킬의 레벨을 올릴 수 있을 리가 없잖아. 난 그저 즉사 무효 100%인 부적을 소지하고 있을 뿐이야."

뭐야, 그렇게 된 거였나.

"그렇다면 변상해야겠네. 망가진 거지?"

100% 내성을 가진 아이템에는 제약이 걸려있기 마련이다. 그래서 이러한 부적들은 대부분 1회용이었다.

"아니, 괜찮아. 이건 망가지지 않는 특별한 부적이거든."

남자가 검은색의 반지를 보여주며 윙크를 했다. 우웩.

하지만 즉사 내성 100% 장비라니. 대단한 물건을 가지고 있는 걸. 부럽다.

"100%로 방어가 가능하면서 영구 지속이라니! 아티팩트군요……!"

미소녀 사서가 눈을 동그랗게 떴다. 상당히 레어한 아이템인 모양이었다.

"후후. 다른 사람들한테는 비밀로 해줘."

"알겠습니다. 그나저나 도리아 씨는 도대체 정체가 뭔가요?"

"어머, 소피 양. 얼마 전에도 말해줬잖아. 나는 평범한 은퇴 모험가야. 우훗."

"그런가요……."

"그보다 저길 봐. 새로운 손님들이네. 어서 오세요~. 앗, 도망갔다. 무례한 사람들 같으니! 거기 서, 인마!"

"아, 제가 쫓아갈게요. 도리아 씨는 이곳에 계신 손님들을 상대해 주세요."

"그래, 알았어. 어라? 어디로 갔지? 저기요~? 손님~?"

배워놓길 잘했다. [순간이동]. 그리고 [기척 차단] 스킬.

저런 인간에게 붙잡혀 관능 소설을 낭독당하면 난 끝장이다. 죽음의 데스 보이스다.

마음을 다잡고 4층의 책장에서 진지하게 눈사람 공략법을 찾고 있자니, 머지않아 미나가 나를 발견하고 다가왔다.

미나는 이런 점이 좋았다. 후각이 뛰어나서 잠시 떨어져도 금세 나를 찾아오니까.

"주인님, 이번에도 지켜드리지 못해서 죄송해요……."

죄책감을 느꼈는지 머리도, 귀도, 꼬리도 축 처져있었다.

"신경 쓰지 마. 레벨 29인 너라도 당해내지 못하는 상대는 있어. 나나 세리나도 저 녀석한테는 무리다."

"그래도……."

"나는 이렇게 팔팔하잖아. 무사했으면 그걸로 된 거야. 너는 내 애인이자 애완동물이니까 나를 위해서 웃어라. 그게 내가 원하는 거야."

"아, 알겠습니다. 주인님."

미소 짓는 미나. 역시 이쪽이 훨씬 더 보기 좋았다.

"자, 그러면 책을 찾아볼까."

"네, 주인님!"

제2화
공략집 찾기

미궁 5층의 보스에게 죽을 뻔한 우리는 현재 공략법을 찾는 데 몰두하고 있었다. 나와 미나는 왕립 도서관에서 쓸만한 책이 없는지 조사해 보고 있었다.

"죄다 양피지에 두루마리라서 찾기 힘드네……."

제본된 책과 인터넷 검색에 익숙했던 나는 책이 사각형이 아니라는 점에서부터 이미 컬처 쇼크를 받고 있었다.

책장에는 끈으로 동여맨 양피지 묶음과 차곡차곡 쌓아놓은 두루마리밖에 없었다.

이러니 제목을 확인하는 것조차 쉽지 않았다.

대신, 이 세계에는 마법과 스킬이 존재했다.

[디텍트 LV5] New!

이거면 되겠지.

"찾고자 하는 물건이여, 내 부름에 응답하라. 디텍트! ……응?"

그런데 주문이 발동되기 직전 마력이 소멸하고 말았다. 무언가에 방해를 받은 느낌이었다.

"어머, 이런 데 있었구나."

전직 모험가이자 현역 호모인 도리아가 느닷없이 얼굴을 불쑥 내밀었다.

"제길, 발각됐다! 전투 태세! 도망치자, 미나!"

"네, 주인님!"

"기다려! 대독은 취소할 생각인 거지?"

"맞아. 아무도 너의 그 굵직한 목소리를 원하지 않아."

"아무도라니 너무하네. 나, 이래 봬도 인기 많은 편이거든?"

"거짓말 마."

"정말이야. 울던 아이도 뚝 그친다고 귀족 엄마들한테 호평이 자자하다니까."

"그건, 뭐. 그럴지도."

세상 무서운 줄 모르는 귀족 자제들도 도리아 앞에서는 온순한 아이로 변할 것이다.

"어쨌든, 나도 바쁜 몸이라서 술래잡기에 어울려 줄 생각은 없어. 그래도 마음이 변하면 언제든지 불러줘."

그렇게 말한 뒤, 도리아는 반대편으로 자취를 감추었다

도리아가 사라지자 뭐라고 표현하기 힘든 안도감이 느껴졌다.

미나도 한숨을 내쉬고 있었다.

"미나, 너도 저 녀석이 버거워?"

"네. 레벨이 높으니까요."

"아아. 레벨 쪽인가."

"참, 말하는 걸 깜빡했는데."

"우왓!"

또 나타났다.

"어휴. 괴물이라도 나타난 것처럼 반응하지 말아줘. 이곳에서는 마법 금지야. 특수한 마법진과 아이템으로 무효화 결계를 펼쳐놔서 사용할 수 없을 거야."

"아, 그래서였군. 그런데 왜 금지한 거야?"

"귀중한 장서가 불타거나 하면 큰일이니까 그렇지. 우리 사서는 이곳의 경비도 겸하고 있어."

과연. 그래서 우락부락한 전직 모험가가 고용된 건가. 다만 모든 사서에게 적용되는 사항은 아닐 것이다. 방금 전의 소피는 비전투원 사무직일 가능성이 높았다.

하지만 그렇다면 전투와 모험에 관해서는 도리아가 오히려 더 풍부한 지식을 보유하고 있을지도 몰랐다.

"도리아. 혹시 미궁 5층의 보스한테도 약점이 있을까?"

"아아, 5층이라면 눈사람 말이구나. 귀여운 겉모습과 다르게 육체파라서 나랑은 상성이 나빴어."

거짓말도 정도껏 해야지. 누가 봐도 육탄전이 특기인 체형을 하고 있는 주제에.

"말해두자면 내 주무기는 브로드 소드였어. 검으로는 그 애한테 고전할 거야."

"오호라. 참격에 내성이 있다는 거야?"

"맞아. 싸워봤으니 이미 알고 있지 않아? 평범한 참격으로는 그 애한테 거의 피해를 입힐 수 없어. 계속 달려들어서 난처하기도 하고."

"그러면 어떻게 하는 게 좋을까? 마법으로 해결하고 싶지만 화력이 부족해서 말이지."

"흠. 차라리 새로운 마법사를 고용하는 건 어때?"

"그건 안 돼. 우리 마법사들 중 하나가 자존심이 엄청 세거든. 분명히 삐질걸."

네네는 얌전한 편이라서 별말 없겠지만 레티라면 토라지거나 구시렁댈 게 뻔했다.

"이해해. 우리 파티에 있던 마법사도 자존심이 세서 다루기 힘들었거든. 마법사는 죄다 이상한 사람밖에 없다니까."

나도 같은 의견이었다. 이 녀석과 의견이 일치했다고 생각하니 생리적인 거부감이 느껴지긴 하지만.

"아, 그렇지. 마법이 안 되면 마도구나 마법검을 써보는 건 어때?"

"호오, 좀 더 자세히 말해봐."

"좋아. 원한다면야. 대신에 방금 그 대사에 '대답하지 않는다면 네 몸에 직접 물어봐 주마.'라고 덧붙여 주면 좋겠는데."

"거절한다."

"에휴, 차가운 남자구나. 마도구는 마법 랜턴이랑 비슷한 물건이라고 보면 돼. 당신도 본 적은 있을 거야."

"몇 번 봤지. 불을 내뿜는 마도구가 있다는 뜻인가?"

"맞아. 단, 강력한 마도구일수록 가격이 천정부지로 치솟아서 입수하기가 쉽지는 않을 거야. 옥션에 나오면 경쟁도 엄청 치열해."

"대여할 방법은 없을까?"

"대여라니, 무슨 소리래. 당신한테 백만 골드짜리 마도구가 있다고 쳐. 그걸 지나가던 모험가한테 100골드를 받고 빌려줄 수 있겠어?"

"절대로 못 빌려주지. 가지고 튀면 본전도 안 나오는데."

"내 말이 그 말이야. 지인을 경유하거나 동등한 가치의 담보를 맡긴다면 또 몰라도, 기본적으로 다른 사람한테 빌리겠다는 생각은 관두는 게 좋아. 파티가 전멸하거나 해서 마도구를 분실하면 분쟁을 피할 수 없거든. 내 친구가 속한 파티도 비슷한 이유로 해산해야 했어. 그 애한테는 아무 잘못이 없었는데도 말야."

"하지만 마도구 대여를 반대하지 않았던 그 파티원의 책임도 있잖아."

"뭐, 그렇게 볼 수도 있겠지. 하지만 그 무렵의 우리는 아직 젊었거든. 후우."

우수에 잠긴 눈 하지 마. 그리고 왠지 그 친구란 인물도 이 인간의 남자친구일 것 같아서 싫었다. 절대로 알고 싶지 않은 과거였다.

"이제 충분해. 나머지는 우리가 직접 찾아볼게."

"어머, 아직 이야기는 절반밖에 안 끝났다구. 성급한 남자네. 내 그리운 모험 이야기에 조금 더 어울려 줘."

"싫어. 네 말에서는 위험한 냄새가 나거든."

"후후. 스릴 넘치지?"

"그래. 다른 의미로 말이야. 스플래터물의 예감이 든다."

"무슨 의미인지는 잘 모르겠지만 무례한 말이라는 건 나도 알겠어. 너무해."

"저, 주인님은 더 하실 말씀이 없으신가 봐요. 애초에 주인님은 여성한테밖에 흥미가 없는 분이세요. 그리고, 저기, 주인님한테는 이미 저라는 애인이 있어요……!"

좋아, 미나. 잘 말했다. 좀 더 자신감 있게 선언해도 돼.

"어머, 귀여워라. 나도 그렇게 한결같은 사랑을 하던 시절이 있었지……. 그러면 오늘 밤 내가 있는 바로 오도록 해. 그런 표정 짓지 마. 추파를 던지는 게 아니라 마법검을 중개해 주려는 거니까. 마침 내 친구가 화염의 검을 소장하고 있거든. 사랑에 빠진 아가씨를 봐서 내가 힘을 써볼게."

도리아가 말했다. 적어도 거짓말은 아닐 것이다. 이 남자는 아티팩트급의 반지를 소장하고 있을 정도의 실력파니까.

"흐음, 마법검이라. 하지만 넌 렌탈을 안 좋게 본다면서. 구매하라는 뜻이야?"

"맞아. 당신, 꽤 부자지? 내 부적을 변상하겠다고 먼저 제안했을 정도니까."

눈치가 너무 뛰어나니 오히려 무서운걸. 이 녀석에게 돈이나 목숨을 노려진다면 그야말로 공포일 것이다.

"경계할 거 없어. 나도 모아둔 돈이 제법 있는 데다가, 지금의 나는 돈보단 사랑을 보고 살아가고 있거든. 우리 파티는 이미 다들 은퇴한 몸이야. 그러니 리더도 예비용 무기 정도는 양보해 줄 거야. 더는 사용할 일도 없으니까."

"그래? 마법검의 공격력은 얼마나 되지?"

"그렇게 엄청난 물건은 아니야. 550 정도였나. 화염도 제대로 나오니까 안심해."

충분하고도 남았다. 지금 내가 사용하는 검의 다섯 배나 되는 공격력이었다. 웰버드 선생에게 선물받은 검과 비교하면 열 배 넘게 차이가 났다. 국왕에게 받은 미스릴 소드와 비교해도 두 배 이상이었다.

가능하면 웰버드 선생에게 선물받은 검을 계속 사용하고 싶었지만, 이제는 공격력이 부족한 게 사실이었다. 사형인 프리츠가 말했듯이 검은 쓰다 버리는 소모품이 맞는 듯했다.

그래서 지금은 여관의 선반에 보관해 놓고 더는 사용하지 않고 있었다.

"충분해. 가격은?"

"가격이라. 발드라면 덤탱이를 씌우려고 3백만은 부르겠지만 나한테 맡겨! 내가 70만 골드로 깎아줄 테니까."

엄청난 할인인걸. 정말로 괜찮은 걸까.

"무리해서 깎을 필요는 없어. 반값 정도라면 파티원의 돈을 모아서 마련할 수 있으니까."

"무기 하나 얻자고 파티의 자금을 거덜 내면 못써. 언제 커다란 부상을 입을지도 모르고, 급할 때를 대비해서 여윳돈을 남겨놓는 게 좋아. 이름이 알려진 모험가라면 더더욱."

"나는 무명인데."

"글쎄? 내가 아는 알렉은 유명인이야. A랭크 모험가도 고전시킨 '어둠의 불사왕'을 물리치고, '7월의 재앙'을 쓰러트렸다면서. 술집에서 영웅담이 자자한데, 몰랐어?"

"전혀. 주점에는 잘 안 가거든."

저녁밥은 대부분 여관에서 해결하고, 가끔씩 레이디 타바사에서 외식을 하는 정도였다.

"가끔씩 얼굴을 내밀고 한턱 쏘면 좋을 텐데. 뭐, 어쨌든 70만 골드가 준비되면 나한테 연락을 넣어줘. 여기든, 바든 아무데나 상관없어. 발드를 불러서 싸게 구입하게 해줄게."

"알겠어. 고맙다."

"고맙긴 뭘. 그럼 난 이만 가볼게. 흑냥이 군과 흰둥이 아가씨."

"알렉이다. 알렉이라고 불러."

수염 난 아저씨한테 '흑냥이'라고 불리고 싶지 않았다. 등골이 서늘했다.

"알았어, 알았어. 나중에 봐, 알렉."

화염의 검이라. 비싸도 150만 골드 정도라면 하나쯤 마련해 보고 싶었다.

제3화
화염의 검을 위해서

화염의 검을 150만 골드 이하의 가격으로 구입하고 싶다.

여관으로 돌아온 나는 저녁 식사 후 1군 멤버들을 방에 모아놓고 이야기했다.

2군인 검은고양이 군단에게는 비밀로 했다. 아직 놈들을 신용하긴 어려웠다. 고가품을 거래한다는 말에 쓸데없는 흑심이라도 품으면 곤란했다.

"알았어. 150만 골드라면 나쁘지 않은 것 같네."

제일 거세게 반대할 줄 알았던 세리나가 의외로 찬성하고 나섰다.

"가격이 만만치 않네. 이 이야기, 나는 못 들은 걸로 할게."

루카가 포기를 선언했다. 하긴, 이 녀석은 지금 장비도 제대로 마련하지 못할 만큼 궁핍한 상황이었다.

트레이드 마크인 비키니 아머도 제대로 수리하지 못해 여기저기 손상된 흔적이 보였다.

그렇게 한 명이 포기했지만 아직은 여유가 있었다.

미나, 이오네, 네네, 사키. 이렇게 네 사람은 무조건적으로 찬성해 줄 테니까.

"나는 찬성! 그 눈사람을 쓰러트리려면 그 정도 무기는 필요하다고 보거든!"

"저, 죄송하지만 저한테는 지불할 만한 금액이……."

피아나가 곤혹스러운 얼굴로 말했다. 하지만 처음부터 피아나는 계산에 넣지 않고 있었다. 소꿉친구인 딜 어쩌고를 살려내기 위해 노예가 되면서까지 그랑소드로 넘어온 성직자다. 그런 피아나한테서 돈을 받는다면 아무리 나라도 천벌을 받을 것 같았다.

"걱정 마, 피아나. 네 사정이 여의치 않다는 것 정도는 알고 있어. 너한테서 돈을 받지는 않을 거야."

"그런가요. 고맙습니다."

피아나가 안도의 표정을 지었다. 한시라도 빨리 부자로 만들어 주고 싶었다.

"나도 찬성이긴 한데, 돈을 내기는 싫어."

"너는 너무 이기적이야, 리리."

"아니거든?"

"미안해, 형님. 나도 찬성은 하지만 낼 돈이 없어."

"아니. 쥬가도 부담 가질 필요 없어. 너도 그럴 상황이 아니니까. 우선은 모험가로서 궤도에 오르는 것부터 생각해."

"알겠어! 힘낼게!"

"나는 반대야."

하긴, 레티라면 이렇게 말할 것이라 생각했다. 파티의 마법사로서 본인의 마법으로 어떻게든 해결하고 싶을 테니까.

"반대하는 건 자유다만, 공략법은 찾은 거야?"

"으그극. 아직이야. 하지만 분명히 방법이 있을 거야!"

"일단 진정해, 레티. 너를 나무라는 게 아니야. 마법으로 돌파할 방법이 있다면 당연히 그쪽에 자금을 투자할 거야. 네게도 파티원으로서 반대할 권리가 있으니 오해하지 마."

"아, 응. 알았어."

"저는 찬성이에요. 30만 정도 지불할게요. 부족하면 아버지께 보내달라고 부탁해 볼까요?"

"무슨 소리야, 이오네. 선생님께 의지하는 건 절대로 안 돼."

딸을 지켜준다 해놓고 손까지 대버린 마당에 이 이상 웰버드 선생에게 민폐를 끼칠 수는 없었다.

“10만 골드 정도는 간단히 내주실 텐데…….”

“안 돼.”

“맞아. 나도 웰버드 선생님한테 부탁하는 건 반대야. 나는 50만 골드 낼게. 이오네의 30만과 합치면 80만이네. 찬성하는 사람들이 각자 10만 골드씩 내고, 알렉이 50만을 내면 여유롭게 달성할 수 있겠는걸.”

세리나가 50만 골드를 쾌척하며 말했다. 나더러 똑같은 금액을 내놓으라 이건가.

“세리나, 아쉽지만 내 수중에 그만한 돈이 없어. 지금 낼 수 있는 건 10만 골드다. 필요하면 더 지불할 생각이긴 하지만 일단은 이 금액을 토대로 계산해 보자.”

돈을 내기 싫었던 리리는 결국 반대로 돌아섰다. 그 대신 미나가 30만 골드를 내준 덕분에 합계 140만 골드가 모이게 되었다.

예상 금액보다 10만 골드가 모자라긴 하지만 상대에게 지불 기간을 조금 늦춰달라고 부탁하면 어떻게든 될 듯하다.

“다들, 돈을 내주는 건 고맙지만 그렇다고 무리할 필요는 없어. 반드시 사야 되는 물건도 아니거니와, 여차하면 잠시 공략을 멈추고 천천히 돈을 모아도 되니까.”

“그래도 난 빨리 추운 데서 졸업하고 싶은걸. 추운 미궁은 4층과 5층밖에 없다고 들었어.”

리리가 말했다. 너는 돈도 안 냈으니 조용해.

"동감이야. 참고로 6층의 날씨는 평범해. 7층은 오히려 덥지만……."

루카가 말했다. 춥기도 하고 덥기도 하다 이건가. 뭐, 각 층에 맞춰서 장비를 새로 마련해야 하니 역시 자금에는 여유가 있는 편이 좋았다.

"좋아. 그러면 도리아한테 연락해 보겠어. 2군 녀석들한테 이 이야기는 비밀로 하고. 고가의 아이템을 거래한다는 이야기가 새나가면 문제가 발생할 수도 있으니까."

""알겠어!""

""알겠습니다!""

다음 날. 나와 미나는 다시 도서관을 방문했다. 그리고 도리아를 만나 돈이 마련되었다는 이야기를 전했다.

"벌써 모았어? 조금 더 시간이 걸릴 줄 알았는데. 역시 부자 파티였구나. 알겠어. 오늘 중으로 발드에게 이야기해 둘게. 거래할 생각이라면 만나보겠다고 했거든."

상대도 거래에 관심이 있는 모양이고, 파티 멤버였던 인물이 중개도 해주니 구매가 성사될 가능성이 높았다.

"그러면 부탁할게."

"응, 알겠어. 그리고…… 아니, 관두자."

"뭔데? 신경 쓰이는 점이 있으면 그냥 말해."

"단순한 노파심이야. 거금이 움직이니까 돈 관리에 주의하라고 말하고 싶었어."

"알고 있으니 걱정 마. 관리는 내가 도맡고 있거든. 이미 현금으로 준비해 뒀다."

모든 금화는 내 [아이템 가방]에 들어가 있었다. 독립된 이차원 공간이므로 도둑질이나 소매치기를 당할 우려는 없었다.

"그렇구나. 돈을 걱정할 필요는 없겠네. 그리고 마도구를 얻더라도 너무 자랑하고 다니면 안 돼."

"물론이야. 그러다가 살해당한 모험가를 본 적이 있거든."

"맞아. 레어 아이템은 비싸면 비쌀수록 노리는 사람이 많아지…… 누구야?!"

인기척을 감지했는지 도리아가 자세를 잡았다.

미나도 코를 킁킁거렸다.

"아, 죄송합니다. 저예요. 엿들을 생각은 없었는데 소리가 들려서……."

파란 머리의 사서 소피가 책장 뒤쪽에서 모습을 드러냈다. 악의는 없었겠지만 다소 불편한 타이밍이었다.

"아, 소피구나. 들려버린 거라면 어쩔 수 없지. 안심해도 돼, 알렉. 소피는 착하고 성실한 아이거든. 우리는 사서를 뽑을 때 신용을 중시하고 있어."

"그렇겠지. 됐어. 나도 의심할 생각은 없어."

"죄송합니다."

용건은 이게 다였기 때문에 나는 그대로 도서관을 뒤로했다. 미나는 책을 찾아보고 싶다며 도서관에 남았지만, 나는 화염의 검으로 끝장을 볼 생각이었다. 설령 눈사람을 쓰러트릴 수 없더라도 다시 퇴각하면 된다.

"오, 알렉이다."

"알렉~."

여관으로 돌아가려는데 길가의 노점 앞에 서있던 쌍둥이가 손을 흔들며 달려왔다.

"미샤와 사샤로군. 또 군것질하면서 돌아다니고 있는 거야?"

"응, 맞아."

"맛있는 건 정의라구!"

"흥. 뭐, 휴일이니까 마음대로 보내라."

""네, 멋진 오빠♪""

두 사람은 활기차게 웃더니 내게 한쪽 손을 내밀었다.

"그 손은 뭐지?"

"먹을 거 사게 용돈 좀……."

"알렉은 부자잖아."

"지금은 나도 절약하는 중이야. 다른 사람을 알아봐."

"앗! 너무해!"

"변태 아저씨! 짠돌이! 흥, 메롱이다!"

다짜고짜 악담을 하기 시작하는 꼬맹이들. 이 녀석들한테는 함부로 돈을 주면 안 되겠다.

"어라, 알렉 씨. 반갑습니다."

검은색 갑옷을 입은 마른 체형의 남성이 내게 말을 걸었다. 평소처럼 도를 소지한 검사를 거느리고 있었는데, 아무래도 스쳐 지나가다 마주친 모양이었다.

야나타와 호위인 용사 미츠루기다. 노예 상인인 야나타는 말투만 정중할 뿐 노예를 장기말처럼 다루는 악독한 인간이다.

하지만 그보다 성가신 것은 뒤쪽에 거느리고 있는 미츠루기였다. 그가 이 세계에 소환되기 전에 리세마라를 했는지는 불명이지만 강력한 스킬을 보유하고 있다고 생각하는 게 좋았다.

"그래, 야나타. 우연인걸."

솔직히 말하자면 별로 만나고 싶지 않은 녀석들이지만 야나타와는 신사적으로 거래를 성립시킨 사이이므로 평범하게 인사를 나누었다.

그건 그렇고, 매번 느끼지만 갑옷이 어울리지 않는 녀석이었다. 몸을 지키고 위해서라고는 하는데 전투는 호위와 노예에게 맡기고 본인은 별로 단련하지 않는 모양이었다.

"그러게요. 알렉 씨도 순조롭게 모험을 해나가고 계신 것 같아서 다행입니다. '7월의 재앙' 때는 저희도 신세를 졌었죠. 괜찮다면 점심이나 같이 드실까요. 제가 내겠습니다."

"모처럼 권해줬는데 미안하지만 이제 막 식사를 마친 참이라서. 마음만 받아두겠어. 그리고…… 딱히 너희 가게에 도움을 준 기억은 적은 없는데. 무슨 일 있었어?"

"아뇨. 별 뜻은 없었습니다. '돌아올 수 없는 미궁'이 폐쇄되면 저희도 장사를 접어야 하니까요."

'7월의 재앙'이면 내가 된장국을 무한 증식시켰던 그 사건인가. 뭐, 누가 범인인지는 비밀에 부쳐두기로 하자. 내가 세상을 구한 용사로 받아들여진다면 그걸로 충분했다. 물론 템플 나이트인 엘리사의 도움도 있었지만.

"그런 뜻이었군. 뭐, 나 혼자서 해낸 일도 아닌걸. 모험가들과 힘을 합쳐서 이뤄낸 결과다."

"겸손하실 필요 없습니다. 그렇게 모험가들 사이에서 평판을 키워 장사의 기반을 다지시려는 거군요. 역시 수완이 대단하십니다."

내 딴에는 진심으로 한 말이건만, 이 녀석은 무슨 말이든 장사와 관련된 얘기로 받아들여 버리는 경향이 있었다. 귀찮은 녀석이다.

"그럴지도 모르지. 그럼 또 보자고."

"예. 이만 실례하겠습니다. 참, 알렉 씨."

"뭐지?"

"화염의 검을 찾고 계시다면서요. 저도 무기상들을 여럿 알고 있거든요. 도움이 되어드릴 수 있을지도 모릅니다."

어째서 야나타가 그 거래에 대해서 알고 있는 것일까.

뭔가 불길한 예감이 들기 시작했다.

제4화
정보 누설

나는 왕도의 길 한복판에서 노예상 야나타와 맞닥트렸다.

예전에 한 번 거래를 한 적은 있지만 솔직히 내키지 않는 상대였다. 인사를 나누긴 해도 화기애애하게 대화를 나눌 정도는 아니었다.

다음부터는 노예를 구입할 일이 생겨도 '노예알선'이 아니라 '마리아 루즈'를 이용할 생각이다.

문제는 어떻게 야나타가 '화염의 검'에 대해서 알고 있는가 하는 점이었다. 나는 그 점이 너무나도 신경 쓰였다.

"어라. 혹시 제가 잘못 들은 걸까요. 어떤 사람이 그러더군요. 당신이 화염의 검을 원한다는 소문을 들었다고."

"확실히 거래할 예정이기는 하다만…… 그런데 그 정보의 출처는?"

"모험가죠. 직업상 모험가들한테서 많은 정보가 들어오거든요. 가끔 이렇게 유익한 정보를 얻어서 장사에 활용하기도 한답니다. 제가 당신의 여관에 스파이를 심어놓았을 리도 없고 말이죠. 후후후."

글쎄다.

하긴, 야나타는 모험가 파티에 전투 노예를 대여해 주는 가게의 사장이다. 야나타의 말이 사실일 가능성도 충분히 있었다.

"그 모험가의 이름은?"

"꽤나 신경이 쓰이시나 보군요. 아쉽지만 저도 이름은 모릅니다. 점장을 통해서 전해 들은 이야기라서요."

"그렇군."

하지만 그런 보고가 점장으로부터 올라왔다는 말인즉, 야나타가 나를 의식하고 있다는 뜻이기도 했다. 뭐, 야나타로서는 우리의 움직임이 신경 쓰일 만도 했다.

"어떠신가요? 제가 아는 무기상들 중 하나가 짚이는 구석이 있다더군요."

"흐음. 됐어. 오늘 밤에 거래 상대와 만나기로 했거든."

"그러면 아직 계약서에 사인을 하지도, 돈을 지불하지도 않았다는 뜻이군요?"

"뭐, 그렇지."

"그렇다면 저희 쪽의 무기도 한번 보고 가시는 게 어떠신가요. 잘하면 더욱 값싸고 강한 무기가 손에 들어올지도 모르잖습니까. 알렉 씨라면 두 개를 전부 구입한다는 선택지도 있을 테죠."

"두 개를 다? 그 정도로 여유가 있지는 않은데. 그래도 뭐, 싸게 구입할 수 있다면 불가능한 이야기는 아닐지도."

5층의 눈사람은 강적이다. 강력한 화염의 검이 두 자루나 있으면 듬직한 건 사실이었다.

가능성은 낮지만 각각 70만 골드에 구입할 수 있다면 불가능한 얘기는 아니었다.

"저도 마침 그 무기 상인과 만날 예정이었습니다. 같이 가시겠습니까?"

이야기가 너무 순조롭게 진행되는걸. 이 녀석, 계속해서 등을 떠미는 걸 보니 뭔가 노리는 바가 있는 모양이다.

"아니. 모처럼 권해줬는데 미안하지만 선약을 우선하고 싶다. 이쪽의 교섭이 결렬되거나, 자금에 여유가 남으면 그쪽을 찾아가겠어."

"그러시군요. 알겠습니다. 저도 딱히 강요할 생각은 없었습니다. 알렉 씨의 거래에 행운이 있기를 기도하겠습니다."

"그래. 너도."

그렇게 야나타와 헤어지려던 찰나, 터번을 쓴 뚱뚱한 남자가 다가와 인사를 건넸다. 아무래도 이 남자가 예의 무기 상인인 모양이었다.

"어이쿠. 반갑습니다, 야나타 씨. 오래 기다리셨습니까?"

"아뇨. 지금부터 그쪽으로 찾아가려던 참이었습니다. 수고를 덜었네요. 소개해 드리죠. 이쪽은 그 7월의 재앙을 쓰러트린 영웅, 알렉 씨입니다. 저희 가게의 단골이기도 하시죠."

단골이라고 할 정도는 아닐 텐데. 야나타는 내 명성에 편승해 가게의 평판을 올릴 심산인 모양이었다.

이 정도라면 나도 딱히 걸고넘어질 생각은 없었다.

"오오. 당신이 그 알렉 님이시군요. 뵙게 되어 영광입니다."

"아니. 모험가에게 그렇게 격식을 차릴 필요는 없어. 당신이나 나나 귀족도 아니고 말이지. 어쨌든. 야나타의 말을 들어보니 당신이 화염의 검에 대해 아는 게 있다면서?"

"아, 예. 그렇습니다. 제 친구들 중에 음유시인이 하나 있는데, 녀석이 화염의 검을 소지하고 있습니다. 오늘 아침 이야기를 나눠봤더니 팔 의향이 있다더군요."

"음유시인? 검술에 능한 음유시인인가?"

"아니요. 노래가 전문인 녀석입니다. 그의 선조가 고명한 모험가에게 영웅담을 만들어 준 대가로 선물받았다고 들었습니다."

"헤에. 그렇게 대단한 검을 말이지."

답례치고는 과하다는 생각이 드는데.

"그만큼 노래 실력이 뛰어났을 테지요. 고명한 모험가들 중에는 예술에도 일가견이 있는 분들이 많습니다. 각계각층의 인사를 상대하기 때문이겠죠."

틀린 말은 아닐지도 모르지만 나와는 무관한 이야기였다.

예술품을 살 생각은 티끌만큼도 없었다.

"소일 씨. 자리를 옮기죠. 여기에 서서 이야기하는 것도 좀 그렇군요."

야나타가 작은 목소리로 말했다.

"오오, 내 정신 좀 봐. 그렇군요. 저기에 보이는 가게로 들어가서 이야기해 볼까요. 맛있는 홍차와 쿠키가 자랑인 가게입니다. 제가 내겠습니다."

"미안하지만 난……."

돈의 망자와, 살이 뒤룩뒤룩 찐 상인, 거기에 말 없는 장발의 검사. 이 인간들과 사이좋게 찻잔을 기울이라니. 도저히 의욕이 나지 않았다.

하물며 용사 미츠루기는 현상금이 걸린 어새신이었다.

"소일 씨는 알렉 씨가 원하시는 물건을 지참해 오셨을 겁니다."

야나타가 내게 귓속말을 했다.

즉, 지금 화염의 검을 가지고 있다는 뜻이다. 무기상을 슬쩍 쳐다보니 칼이 들어갈 법한 원통을 등에다 묶어놓고 있었다.

"맞습니다. 사람들 앞에서는 보여드리기 뭣하니 일단은 안으로 들어가시죠."

소일이 고개를 끄덕이며 거들었다.

"알겠어. 그러면 어떤 물건인지 보도록 할까."

화염의 검이 어떻게 생겼는지 궁금하긴 했기 때문에 나는 이들의 제안을 따르기로 했다.

제5화
현물

"자자, 우선은 과자부터 좀 드시죠."

무기상 소일이 내게 과자를 권했다.

이곳은 레이디 타바사와 비슷한 형태의 가게로, 찾아오는 손님들에게 룸을 배정해 주었다. 이렇게 거래 이야기를 나눌 때는 아무래도 격리된 공간이 편했다.

소일이 계속해서 과자를 권하길래 나도 하나 집어서 먹어보았다.

"응? 이건……."

일본에서 팔던 것과 비슷한 쿠키였다. 식감도 바삭바삭하고, 맛도 뛰어났다. 가지고 돌아가면 세리나가 리리가 기뻐할 것 같다.

"제법 맛있죠? 저도 마음에 들어서 주에 세 번씩은 이곳을 방문하고 있습니다. 아내는 절약 좀 하라고 시끄럽지만요."

"부인은 데려오지 않으시는 건가요?"

야나타가 물었다.

"아니요, 가끔 데려옵니다. 아내도 이곳의 과자가 마음에 든 눈치더군요. 하지만 자기도 모르게 집어먹게 돼서 돈이 왕창 깨진다나 뭐라나. 그래서 웬만하면 오고 싶지 않답니다."

"하하. 그렇군요. 착실한 분이시네요."

나는 잡담을 적당히 흘려 넘기며 화제가 바뀌기를 기다렸다. 그렇다고 재촉할 수는 없었다. 나는 어디까지나 굴러들어 온 돌이니 무례한 사람 취급을 받을 것이다.

"자, 소일 씨. 슬슬 보여주실 수 있을까요."

"그럴까요. 마침 알렉 씨도 지루해 보이시는군요. 실은 제가 잡설이 길다는 말을 자주 듣는 편입니다."

알고 있으면 얼른 화염의 검을 꺼내란 말이다.

"야나타 씨. 실례지만 잠시 방문이 잠겼는지 확인해도 되겠습니까?"

소일이 묻자 야나타가 고개를 끄덕였다.

"예, 물론입니다. 강도라도 당하면 큰일이니까요."

"뭐, 야나타 씨는 호위가 계셔서 강도가 얼씬도 못 하겠지만요."

소일이 어새신 용사 미츠루기를 보며 부럽다는 듯이 말했다.

"물론 이 자리에 계신 분들을 다 지킬 겁니다. 알렉 씨도 한 실력 하시는 분이고요."

"오오, 과연. 제가 실례되는 말씀을 드렸군요."

"아니. 됐으니까 어서 물건을 보여줘."

나는 무례라는 것을 알면서도 말했다. 이야기가 길어도 너무 길었다.

"예, 이겁니다. 친구 녀석에게 빌려 왔지요."

소일은 끈을 풀어 원통을 내려놓더니 안에 수납된 칼집을 꺼내 들었다. 새빨간 칼집이었다. 형태와 크기로 봐서 숏 소드로 짐작되었다.

도신의 길이는 80cm 정도로 짧았다.

장식도 심플했다. 겉모습만 보면 비쌀 것 같지는 않았다.

"자. 칼집을 만져보십시오."

소일이 제안했다. 나는 손을 뻗어 칼집을 만졌다.

따뜻하다.

뜨겁다고 할 정도는 아니지만 분명히 열기를 발하고 있었다.

"저도 한번 만져보겠습니다."

야나타도 칼집을 만지더니 고개를 끄덕이며 감탄을 표했다.

"호오. 확실히 뜨겁군요. 신기하네요."

"너는 이런 레어 아이템에 익숙할 줄 알았는데."

"아뇨, 설마요. 그렇지 않습니다. 이 정도 물건을 실제로 보는 건 저도 처음입니다. 소일 씨, 다른 것도 보여주실 수 있을까요? 화염을 뿜어낸다거나."

"알겠습니다. 조금만 뽑아 보도록 하죠. 위험하기 때문에 화재가 나지 않도록 조심해야 합니다."

"물을 준비해 두겠습니다."

"여차하면 내가 얼음 마법을 날리면 되니까 걱정할 거 없어."

"오오, 대단하시군요, 알렉 씨. 마법도 사용하실 줄 알다니."

"별거 아냐."

"별거 아니긴요. 이 마법으로 재앙을 쓰러트리셨는걸요."

야나타가 씨익 웃으며 말했다. 내가 어떤 전법으로 싸우는지 파악하고 있는 모양이다.

"그럼 뽑겠습니다……."

자리에서 일어나 칼집을 움켜쥔 소일이 천천히 검을 뽑았다.

그러자 칼집 안에서 검붉은 칼날이 모습을 드러냈다. 무엇보다 그 칼날은 폭 1cm 정도의 주황색 화염에 휩싸여 있었다. 틀림없이 불타고 있다.

"호오, 굉장하군요. 칼집에 꽂혀있을 땐 멀쩡하던 검이 뽑자마자 화염에 휩싸이다니. 이러면 들고 다니기 곤란하지 않을까요?"

야나타가 물었다.

"괜찮습니다. 칼집에 수납하면 열기가 가라앉거든요. 칼집에 들어가 있는 동안에는 전혀 위험하지 않습니다. 화염이 새어 나오지도 않고, 천 위에 올려놔도 불타지 않지요. 제가 사전에 확인했습니다."

소일이 대답했다.

"그렇군요."

"완전히 뽑아서 보여줄 수 있을까?"

나는 검의 전체 모습을 보고 싶었다.

"그러면 알렉 씨께서 직접 뽑아보시는 게 좋겠군요. 저는 검을 볼 줄은 알아도 다루는 건 서툴러서 말입니다."

"그러지."

나는 그렇게 말하며 검으로 손을 뻗었다. 그런데 그때, 누군가가 내 행동을 제지했다.

"잠깐. 야나타 씨는 일단 뒤쪽으로 물러나 주실까."

목소리의 주인공은 지금까지 가만히 있던 호위 미츠루기였다.

"미츠루기 선생님. 여기서 알렉 씨를 의심하는 건 무례한 행동입니다."

야나타가 항의했다.

"하지만 난 돈을 받고 당신을 호위하고 있다. 저건 꽤나 성가신 검이다. 게다가 저 모험가도 예전에 비해서 실력이 일취월장했지. 저자가 검을 뽑아서 휘두르면 당신을 상처 없이 보호할 자신이 없어."

"그렇다면 미츠루기. 당신이 뽑아봐."

내가 화염의 검을 내밀며 말했다.

"거절한다."

이보셔.

"어째서인가요?"

"나는 도(刀)를 다루는 인간이다. 그 검을 들면 실력을 발휘할 수 없어."

"어쩔 수 없네요. 실례했습니다. 제가 뒤로 물러나도록 하죠."

야나타가 미츠루기의 뒤쪽으로 물러나자 그제야 미츠루기도 납득한 듯했다.

나는 화염의 검을 천천히 뽑아 들었다.

그러자 방금 전보다도 강력한 화염이 피어올라 검을 새빨갛게 불태우기 시작했다.

"훌륭한걸."

손잡이에서는 열기가 느껴지지만 뜨겁다고 할 정도는 아니었다. 아마도 적에게만 열기가 전해지도록 만들어졌을 것이다. 소유자가 화상을 입으면 곤란하니까.

마법검의 구조를 대충 파악한 나는 이것이 상당한 물건이라고 확신했다.

"저 검으로 물건을 베면 어떻게 되나요?"

야나타가 흥미를 드러냈다. 하지만 이곳에는 마땅히 베어볼 만한 것이 없었다.

가게의 테이블을 자르면 점장에게 혼만 날 것이다.

"야나타 씨. 오늘은 이 정도로만 부탁드립니다. 시험 삼아서 뭘 자르기에는 장소가 좀……."

소일이 난처한 얼굴로 말했다.

"아, 이거 실례. 그것도 그렇네요. 알렉 씨, 이제 충분한 것 같습니다."

"그렇군."

나는 검을 칼집에 집어넣고 소일에게 돌려주었다. 소일도 자신의 수중에 들어오기 전까지는 안심할 수 없다 판단했는지 그제야 안도의 한숨을 내쉬었다.

"그런데 소일 씨. 가격은 어느 정도로 하실 건지……."

소일이 원통에 검을 돌려놓자, 야나타가 기다렸다는 듯이 입을 열었다.

"예. 물건이 물건이다 보니 아무래도 싸다고 말하기는 어려울 것 같습니다."

"정확한 가격은 묻지 않겠습니다. 대략적인 시세만이라도 알려주실 수 있을까요."

"예. 못해도 150만은 확실하다고 봅니다. 옥션에 내놓으면 3백만을 넘을지도 모르죠. 아니, 350만은 될 겁니다."

"그 정도인가요……."

너무 비싸잖아.

"덕분에 좋은 구경을 했어. 고맙다. 그러면 나는 이만."

나는 가격 교섭도 포기하고 곧장 자리에서 일어났다.

"앗, 잠시만요! 알렉 씨."

소일이 나를 불러 세웠다.

"왜 그러지?"

"방금 말씀드린 건 어디까지나 옥션에 내놨을 때의 가격입니다. 제 친구 녀석이 말하길, 알렉 씨라면 싸게 넘겨도 상관없다더군요."

"뭐? 나는 그 녀석과 만난 적도 없는데?"

"하지만 지금 당신은 화제의 인물입니다. 어느 주점에서도 당신의 이름이 언급되지 않는 날이 없어요."

그 정도로 유명해져 있을 줄은 몰랐다. 뭐, 상인이니 손님을 추켜세우는 데 익숙하겠지. 반쯤 걸러 듣기로 하자.

"그래서? 그 친구는 얼마에 팔겠대?"

"예. 저도 아직 구체적인 가격은 물어보지 못했습니다. 우선 알렉 씨에게 현물을 보여드린 다음에 구체적인 이야기를 진행하기로 했거든요."

"혹시 백만 이하로 팔 가능성도 있을까?"

"백만이라…… 쉽지 않겠는걸요. 그래도 녀석이 알렉 씨를 마음에 들어 한다면 싸게 넘길 수도 있다고 봅니다. 기분파거든요."

소일은 그렇게 말했지만 거래가 어떻게 진행될지 전혀 예상이 되지 않았다.

"흐음. 미안하지만 이미 팔겠다는 사람이 있어서 이번 거래는 어렵겠어."

"아쉽게 됐군요."

제6화
부동의 탱커

야나타의 지인이 화염의 검을 팔고 싶어한다. 여관에서 저녁 식사를 마치고 일행들에게 이 사실을 전달하자, 몇몇이 걱정의 목소리를 내비쳤다.

"그 야나타란 녀석한테 정보가 누설됐다는 사실이 영 마음에 안 드는걸. 누구야. 정보를 발설한 바보가."

사키가 자리에 모인 일행들을 노려보자 다들 당황하며 고개를 가로저었다.

"나는 아니야."

"나도 아무 말 안 했어!"

"하으으. 아무한테도 안 말했어요."

"쳇. 돈이 되는 정보였다니. 팔아넘길 걸 그랬다……."

"레티. 발설하면 그 즉시 파티에서 제명이야."

"앗, 취소! 가벼운 농담이야! 알렉도 참."

웃으면서 얼버무리는 레티. 너, 방금 진심이었지?

그때 밖에서 노크 소리가 들렸다. 2군의 반장인 클라이드였다.

"저, 알렉 씨. 아래층에 웬 무서운 사람이 찾아와서 저희 두목을 불러오라고 위협하고 있는데 말이죠……."

클라이드가 난감한 표정으로 말했다.

"흐음? 상대는 한 명이야?"

"네. 하지만 체격을 보니 상당히 단련한 사람 같습니다."

"내가 가서 보고 올까?"

세리나가 신중한 태도로 말했다.

"아니, 내가 갈게. 짚이는 사람이 있거든. 클라이드, 너 혹시 그 사람한테 실례되는 말을 하진 않았겠지?"

"아뇨, 저는 아무 말도. 몇몇이 우와, 괴물이다 같은 말을 하기는 했습니다만."

"역시나. 다음에는 그렇게 생각해도 입 밖으로 내지 말아줘. 내 지인이다."

"알겠습니다. 지인이라 하심은…… 아뇨, 아무것도 아닙니다."

"이상한 관계가 아니니까 걱정하지 마. 모험 쪽 관계자야."

"아, 그렇군요."

클라이드가 안심한 표정을 지었다. 쓸데없는 추측은 삼가줬으면 좋겠다.

"누군데?"

"뭐, 내려가 보면 알아."

나는 다른 일행을 데리고 여관의 1층으로 내려갔다. 그러자 형언하기 힘든 옷차림의 호모 모험가 도리아가 다리를 꼬고 의자에 앉아있었다.

2군 녀석들은 검을 뽑아 들고서 전투 태세로 도리아를 에워싸고 있었다. 그중 몇몇은 우웩, 하고 헛구역질을 하면서 괴로워하는 중이었다.

나도 헛구역질이 올라오는 것을 느꼈다. 제길! 메두사 같은 녀석이다.

앞으로는 거래도 해야 하니 이참에 스킬을 배워둘까?

[그로테스크 내성 LV5] New!

후우. 덕분에 맨정신으로 볼 수 있게 됐다. 그래도 가급적이면 쳐다보고 싶지 않은 녀석이다.

도서관의 제복을 입었을 때는 괜찮았지만 지금은 노출이 심한 여성용 의상에 화장까지 하고 있었다. 일부러 겁주려고 저런 차림을 했나 싶을 정도였다.

“앗, 왔다. 알렉, 부하들 좀 제대로 교육시켜야겠어.”

“이 녀석들의 무례는 사과할게. 하지만 너도 옷차림에 신경을 쓰는 게 어때.”

“내가 무슨 차림을 하든 내 마음이잖아? 너도 자기 자신을 해방시킨다면 이 쾌감을 이해할 수 있을 거야.”

“절대로 싫어! 다음에도 그 차림으로 온다면…… 아니. 나는 너의 단정한 제복 차림이 마음에 들었어. 화장법도 자연스러운 편이 낫고.”

"어머. 제복 페티쉬였구나. 빨리 좀 말해주지. 알겠어. 다음부터는 제복에 자연스러운 화장을 추구해 볼게. 후후."

그렇게 말하며 윙크를 날리는 도리아. 이봐, 지금 실제로 내 HP와 MP와 TP가 달았는데?

"자, 알렉. 주점으로 가자. 발드가 기다리고 있어."

도리아가 말했다. 기분이 좋아 보였다.

"그런데…… 발드도 너랑 취미가 같아?"

한 명이라면 그나마 견딜 만하지만 2명이면 나도 자신이 없었다.

"아니. 발드는 속내가 없는 올곧은 인물이야."

"그 말을 들으니 안심이 된다."

우리가 향하는 곳은 모로다시 바가 아닌 평범한 주점이었다.

발드가 이곳을 지정했다는 모양이다. 제대로 된 녀석 같다.

나는 미나, 사키, 세리나를 데리고 가기로 했다.

"저기 봐, 알렉이다."

"재앙을 쓰러트렸다는 그 녀석?"

"A랭크 파티도 재앙에는 애를 먹었다던데. 정말이야?"

"생긴 건 평범한데. 아우라 같은 게 없어."

"바보야. '바람의 검은고양이' 녀석들은 장비도 출중한 데다, 팀도 한둘이 아니야. 이미 훌륭한 클랜이라고."

"처음에는 별 볼 일 없는 루키라고만 생각했는데. 세상 일은 모르는 법이라니까."

주점에서 술을 마시던 녀석들이 나를 보더니 떠들어대기 시작했다. 그렇군. 정말로 유명인이 되어버린 모양이다.

"사실 난 남들의 눈을 피할 수 있는 장소가 좋다고 생각했거든. 하지만 발드는 그런 건 전혀 신경 쓰지 않는 사람이라서."

"그랬군."

하지만 이곳은 웃고 떠드는 소리와 말다툼하는 소리로 시끄러운 주점이었다. 바로 옆 테이블의 목소리도 듣기 힘드니 오히려 안전할지도 몰랐다.

"제일 안쪽에 있는 저 드워프야."

철갑옷과 바이킹 투구를 착용한 드워프가 맥주잔을 기울이고 있었다. 은퇴했다고 들어서 장비를 착용하고 있을 줄은 몰랐다.

"아, 손님. 죄송합니다. 지금은 만석이라서 조금만 기다려 주시겠어요? 아니면 합석을 시켜드릴까요?"

웨이트리스가 우리를 보더니 말했다.

"괜찮아. 이 사람은 내 동행이거든."

새끼손가락을 세우면서 그렇게 말하는 도리아.

"아아, 그러시군요."

"도리아. 새끼손가락을 세우고 말하지 마. 오해하잖아."

내가 주의를 주었다.

"뭐 어때. 예쁜 아가씨도 셋이나 데려왔잖아. 신경도 안 쓸 거야."

"내가 신경이 쓰인다고."

"어휴. 그냥 넘어가는 법이 없구나. 알겠어."

"어떻게 하지, 알렉. 나도 합석하는 편이 좋으려나? 아니면 근처에서 기다리고 있을까?"

세리나가 내게 물었다.

"괜찮아. 테이블도 비어있고, 발드는 자잘한 걸로 뭐라고 하는 타입이 아니거든."

도리아가 말했다. 발드는 털털한 성격의 소유자인 모양이었다.

"그럼 합석하기로 할게요."

"여기요, 에일 하나랑 와인 네 개 부탁해요. 도리아 언니는 어떻게 할래?"

웨이트리스에게 주문을 하던 사키가 도리아에게 물었다. 언니라니.

"나는 데킬라로 부탁해."

"들었죠?"

"알겠습니다."

그렇게 주문을 마친 우리는 테이블로 다가가 착석했다.

"발드, 데려왔어."

"그래. 네가 불사왕과 재앙을 쓰러트렸다는 그 녀석인가."

발드가 마시던 술잔을 턱 내려놓으며 물었다. 드워프 중에서는 체구가 큰 편에 속했지만 나보다는 작았다.

나는 발드의 질문에 대답했다.

"불사왕은 쓰러트린 게 아니야. 쫓아냈을 뿐이다. 레벨이 86이나 되는 강적이라 어쩔 수가 없었지. 앞으로 300년 정도 지나면 복수하러 오겠다고 하더군."

"하. 300년이면 쓰러트린 거나 다름없지. 나나 너나 그때까지 살아있진 못할 테니까."

"그건 그렇지."

"뭐, 일단 한잔 해라. 이봐! 술 추가다!"

"이미 주문해 놨어, 발드. 앗, 왔다."

"오래 기다리셨죠."

웨이트리스가 와인과 에일을 내려놓았다.

"마셔라."

발드가 내게 술을 권했다. 거래 중이라서 과음을 하고 싶지 않았던 나는 에일을 한 모금 들이켜얐다.

"췟. 마시는 게 영 시원찮군. 남자라면 벌컥벌컥 들이부어야지."

"억지 부리지 마, 발드. 인간은 그렇게 마시기 힘들어."

"흥. 너는 잘만 마시잖나."

"물론 나처럼 마시는 사람도 있기는 하지. 그보다 그 검, 싸게 넘겨주겠다면서."

"그래. 내가 가진 화염의 검을 사고 싶다지?"

발드가 목소리를 낮추며 말했다. 하지만 기본적으로 성량이 큰 인물인지라 주변 테이블에 앉아있던 사람들이 대화를 뚝 멈추었다.

아무래도 정보를 누설시킨 장본인은 발드인 모양이다. 하긴, 이제 와서 따져봤자 소용없는 짓인가.

"맞아."

"좋다. 어차피 더는 쓸 일도 없어. 네가 원하는 가격에 넘겨주마."

발드는 그렇게 말하며 테이블에 화염의 검을 대충 내려놓았다.

이것도 칼날의 길이는 70cm 정도인가. 붉은색 칼집에 들어가 있었다. 칼집과 손잡이에 멋들어진 장식이 새겨져 있어 한눈에 봐도 범상치 않은 물건임을 알 수 있었다.

"그래도 괜찮겠어?"

"물론이다. 도루가의 부탁이기도 하고, 적어도 넌 알랑방귀나 뀌는 상인은 아니니까."

"도리아야. 개명했다고 말했잖아."

"도리아든 도루가든 아무래도 좋아."

"에휴."

"그럼, 발드. 네 친구의 제안대로 70만에 어때? 우리도 여유가 별로 없거든. 미안하게 됐어."

나는 건성으로나마 사과해 두었다.

"상관없다. 미궁은 어디까지 공략했지? 5층이나 4층 정도인가?"

"5층의 보스한테 애먹고 있어."

"눈사람인가. 흥, 실력은 대단치 않군. 돈도 많으면서 말이야."

"무슨 말이 그래. 미안. 우리 파티는 돈 문제로 엄청 고생했었거든. 발드도 그 일로 조금 삐딱해지고 말았어."

도리아가 쓴웃음을 지으며 말했다. 딱히 드문 일도 아니었다.

"시끄러워. 누가 삐딱하다는 거냐."

"아니. 나도 제대로 벌기 시작한 건 최근부터거든. 어쨌든, 발드. 고맙다. 오늘 술값은 내가 낼게."

"멍청한 녀석. 새파란 후배한테 술값을 받으라니, '부동의 탱커'

로 불리는 이 발드의 이름에 먹칠할 생각은 없다."
"부동의 탱커라고?!"
"어디서 들어본 것 같은데."
"이 바보야. 이 나라의 유일한 S랭크 파티인 '포트리스'의 리더 잖아!"
"그 전설의 파티?!"
"베히모스의 돌진을 정면에서 막아냈다고 들었어."
"진짜냐……."
갑자기 주변이 소란스러워졌다. 그랬군. 도리아는 S랭크 파티의 일원이었던 건가. 어쩐지 좋은 아이템을 가지고 있더라니.
"옛날 이야기야. 우리는 이미 은퇴했거든."
"알고 있어."
나는 화염의 검을 [아이템 가방]에 넣고 슬그머니 주점을 빠져 나왔다.

자, 지금부터가 거래의 핵심이다.
"세리나, 사키. 너희는 주변을 빙글빙글 돌아서 미행을 뿌리치고 와."
나는 두 사람에게 지시를 내렸다.
"알겠어."
"오케이!"
조금만 조사해도 내가 어느 여관에 머무는지 알아낼 수 있겠지만, 한순간의 욕심에 눈이 먼 녀석들은 여기서 뿌리쳐 두는 편이 좋았다.

애초에 세리나와 사키를 데려온 이유도 이것 때문이었다.

"미나, 어때?"

"두 명이 미행하고 있어요."

"조금 유인해 볼까."

나는 뒷골목으로 들어가 막다른 길이 있는지 찾아보았다.

"전투를 하실 건가요? 주인님."

"아니. 귀찮은 상황은 피하고 싶어. 뿌리칠 생각이다."

나는 [오토 매핑]을 활용하여 높은 담장으로 둘러싸인 장소로 향했다.

좋아. 막다른 길이다.

"미나, 손을 내밀어 봐."

"네."

나는 미나의 손을 움켜잡고 [순간이동]을 이용해 벽 너머로 이동했다.

이걸로 나를 미행하던 녀석들은 닭 쫓던 신세가 되었을 것이다.

"어때?"

"더 이상 쫓아오지 않네요."

"좋아. 그럼 여관으로 돌아가자."

"네, 주인님!"

제7화
불과 얼음

우리는 무사히 화염의 검을 손에 넣는 데 성공했다.

"좋아. 이제 눈사람을 쓰러트릴 수 있겠어."

쓰러트리지 못하더라도 다시 다른 방법을 모색하면 된다.

우리 클랜에는 레벨이 가장 높은 사람에게 최강의 무기를 준다는 규칙이 있었다. 그래서 도끼가 주무기인 드워프 마테우스에게 양해를 구한 뒤, 2위인 레벨 31의 사키에게 화염의 검을 건네주었다.

우리는 곧바로 5층의 보스 퇴치에 나섰다.

"좋아, 공격이 먹히고 있어!"

사키가 외쳤다. 화염의 검으로 눈사람을 베자 눈사람의 재생력이 현저하게 떨어졌다. 딱히 회복할 수단도 없는 모양이었다.

덕분에 저번 싸움에서 고생했던 것이 거짓말처럼 느껴질 정도로 쉽게 쓰러트릴 수 있었다.

""이겼다!""

드랍된 아이템은 금고처럼 생긴 50cm 정도 크기의 철 상자였다. 열어보니 안에서 차가운 기운이 흘러나왔다.

"흐음. 마도구인가. 냉장고 같은데."

"오, 괜찮네. 아이스크림을 만들 수 있지 않을까?"

세리나가 말했다.

"그렇네."

나는 팔아치울 생각을 하고 있었지만 가끔은 군단의 멤버들에게 포상을 주는 것도 괜찮아 보였다. 아이스크림이라면 많은 인원에게 제공할 수도 있고.

"좋아. 가지고 돌아가자."

""와아!""

다만 냉장고가 [아이템 가방]에 들어가지 않았기 때문에 스킬의 레벨을 MAX까지 올려야 했다. 그제야 수납이 가능했다.

"자, 완성됐어. 엄청 맛있을걸?"

다음 날. 사키가 곧바로 아이스크림을 만들어 주었다. 바닐라와 초콜렛 두 종류였다.

나는 쇠숟가락으로 아이스크림을 떠서 먹어보았다.

"흠. 괜찮은걸."

부드러운 초콜렛 아이스크림이 입속 에서 녹아 목구멍을 타고 내려갔다. 차가우면서도 달콤한 게 마음에 들었다.

"와, 정말이네!"

"맛있어!"

"차가워~."

"맛있다! 뭐지 이게? 입안에서 녹는데?!"

"나는 차가운 건 별로…… 읍?! 뭐야 이게?! 엄청 맛있잖아!"

"이런 건 귀족들밖에 못 먹는 건데……."

""냠냠, 쩝쩝.""

사키의 실력은 예상보다 훨씬 뛰어났다. 다들 행복해 보였다.

"원래는 손수 만들면 식감이 거칠어지기 마련인데. 어떻게 한 거야?"

"후후. 녹말가루를 조금 섞어봤어."

"헤에."

"거기에다 내 [잘게 썰기] 스킬까지 동원했지. 어때, 맛있지?"

"""응!"""

"좋았어, 이거라면 팔아도 문제없겠는걸. 달링, 이 아이스크림 팔아도 될까?"

"마음대로 해."

"얏호! 잔뜩 벌어야지! 레티, 시급으로 10골드 지불할 테니까 거들어 줘."

"알겠어!"

박봉이네. 하긴, 10골드면 싸구려 여관비 정도의 값인가. 엔화로 치면 1000엔에서 2000엔 사이다. 적당한 수준이긴 하다.

나는 차가운 아이스크림을 핥으면서 앞으로의 모험에 대해 생각했다.

에필로그
서방염문록

지상에서의 휴일. 나는 가벼운 걸음으로 왕립 도서관에 도착했다.

오늘을 위해서 일부러 주점에서 사전 조사까지 해두었다.

"앗, 당신은."

"도서관에 오신 걸 환영합니다. 안으로 들어가시죠."

문지기 병사는 내 얼굴을 기억하고 있었는지 금세 통과시켜 주었다.

"고맙군."

나는 신사처럼 댄디한 미소를 지으며 도서관 안으로 들어섰다.

"알렉 씨군요. 오늘은 무슨 책을 찾으시나요?"

사서 소피가 웃으며 나를 맞이했다. 소피의 파란색 머리카락은 찰랑거릴 때마다 흐르는 물처럼 보일 정도로 아름다웠다.

"관능 소설을 찾고 있어. 흠, 크흠! 대독을 부탁하고 싶은데 오늘은 누가 담당이지?"

"아, 사실은 오늘 담당자분이 감기에 걸려서 나오지 않으셨거든요."

계획대로!

나는 사서 한 명에게 금화를 쥐어주며 땡땡이를 치게 만들었다.

아니, 이건 어디까지나 평소 신세를 진 데 대한 위로금이다. 그 사서는 단지 몸 상태가 좋지 않아서 오늘 하루 휴식을 취했을 뿐이다. 그러므로 나는 사서를 매수한 게 아니다. 결코 국왕에게 흠 잡힐 짓은 하지 않았다.

"흐음……. 곤란한걸."

"네. 아, 혹시 도리아 씨를 원하시는 건가요? 내일은 출근하실 거예요."

"아, 아니. 그 녀석한테는 부탁할 생각 없으니까 오해하지 말아 줘. 나는 남자한테 흥미 없어."

"……그러시군요. 그럼 다른 사서가 도착할 때까지 잠시 기다려 주실 수 있을까요?"

"응? 어, 글쎄. 가능하면 지금 바로 부탁하고 싶은데."

"죄송합니다. 지금 사서가 저 혼자뿐이라……. 임시 사서에게 연락을 넣겠습니다."

"임시 사서……. 아니, 괜찮아. 억지를 부려서 미안하다. 수고해."

"네, 들어가세요."

이런 젠장! 소피아의 근무 시간까지 확실하게 조사해 뒀건만. 설마 임시 사서를 부를 줄은 예상하지 못했다.

뭐, 좋다. 다음에는 어떻게 해서든 소피를 제외한 모든 사서들을 배제해 버리겠어.

결국 오늘은 완전히 헛걸음을 하고 말았다.

하지만 문득 괜찮은 생각이 떠오른 나는 책 한 권을 빌려가기로 했다. 이 도서관에서 책을 빌리려면 보증금을 맡겨놓을 필요가 있지만 큰 문제는 아니었다.

"어머, 알렉 씨. 오셨군요."

"이오네. 시간 있으면 지금 내 방으로 와줘."

"네. 갈게요."

방으로 들어간 나는 이오네에게 책을 건네주었다.

"이 서방염문록을 낭독해 줬으면 해."

"앗. 나, 낭독 말인가요. 알겠습니다."

호오? 반응을 보니 이오네는 내용을 알고 있는 모양이었다.

분명 이웃집의 변태 할아버지가 권해서 읽어봤다던가 했겠지.

쳇. 처음으로 읽을 때의 그 당황하는 얼굴을 볼 수 없다니. 얼굴을 새빨갛게 물들이고 침묵하는 이오네에게 "왜 그래. 빨리 읽어."라고 말하고 싶었다.

뭐, 좋다.

차분한 성격의 이오네가 이 책을 어떻게 읽을지 한번 구경해 보기로 하자.

"그럼 시작할게요."

"아, 그렇지. 이 방에는 방음용 마도구가 설치되어 있으니까 큰 소리로 부탁할게."

내가 방음용 마도구를 탁탁 두드리며 말했다.

"아, 알겠습니다. 어흠. ……모험가 야지는 비를 피하기 위해 여관으로 들어갔습니다. 그는 오늘 안으로 산을 넘을 예정이었기 때문에 비가 그치면 다시 출발할 생각이었습니다. 그런데 그때 한 무리의 엘프 샤먼이 여관을 방문했습니다. 야지는 급히 예정을 변경해 숙박을 하기로 결정했습니다."

이오네는 서방염문록을 막힘 없이 술술 읽어나갔다. 목소리도 아름답고, 낭독 실력도 흠잡을 곳이 없어서 기대감이 절로 고조되었다.

다만 스토리를 알고 있어서인지 은근히 긴장한 기색이 엿보였다. 훌륭해!

"야지는 샤먼들 중 한 명이 죽은 사람을 소환할 수 있다는 이야기를 들었습니다. 그래서 반신반의하면서도 그녀에게 사별한 아내를 불러내 달라고 부탁했습니다. 결과는 놀랍게도 성공이었습니다. 야지는 빙의된 여성이 자신의 아내임을 한눈에 알아보았습니다. 야지는 후회의 눈물을 흘리며 '너를 더 소중히 여길 걸 그랬어'라고 말했습니다."

자, 지금부터다. 잇츠 쇼타임!

"하지만 구제불능이었던 야지는 밤중에 그 미인 샤먼의 방에 숨어들었습니다. 눈이 보이지 않았던 소녀는 소리를 듣고 '누구신가요?'라고 물었습니다. 야지는 대답했습니다. '나다. 낮에 아내를 불러달라고 부탁했던 사람이다.'"

"아아, 그러셨군요. 늦은 시간에 무슨 일로 찾아오셨나요?"

"덕분에 오랜만에 사랑하는 아내와 재회할 수 있었다. 그래서 네게 고맙다는 말을 하고 싶었다. 아니, 솔직히 말하면 아내를 닮은 너를 잊을 수가 없었지. 야지는 그렇게 말하며 이불 밑으로 삐져나온 소녀의 하얀 다리를 쓰다듬었습니다."

"앗, 이, 이러시면 안 돼요. 아내분이 실망하실 거예요. 움찔 하고 몸을 떤 소녀는 황급히 다리를 뺐습니다."

"실망할 리가 있나. 내 아내는 이미 죽었다. 살아있는 사람들끼리 살을 맞대고 즐겨보자. 야지는 옷을 벗고 들짐승처럼 소녀를 덮쳤습니다."

"아앗! 이, 이러지 마세요! 그렇게 사이좋은 부부셨으면서, 아앗! ……하지만 저항하기도 잠시. 소녀의 목소리에는 점차 기대감과 흥분이 섞이기 시작했습니다. 사실은 소녀도 연애에 흥미가 많은 그런 나이였습니다."

"호색가였던 야지는 그 점을 예리하게 포착했습니다. '호오. 너, 실은 이렇게 덮쳐지길 원했구나?'"

"소녀는 얼굴을 새빨갛게 물들이며 고개를 가로저었습니다. '아니에요. 그렇지 않아요.'"

"야지는 말했습니다. '아니긴 뭐가 아니란 말이냐. 너는 소리를 지르지도, 도움을 요청하지도 않았지. 자, 더 만져주길 원한다면 스스로 부탁해 봐라.'"

"'부탁하라니…….' 소녀는 망설였습니다. 무리도 아닙니다. 상대는 오늘 처음 만난 남자였으니까요. 하지만 소녀는 마침내 결심을 다졌습니다. 비록 되먹지 못한 남자지만 그래도 상관없었습니다. 소녀는 야지에게 부탁했습니다. '저, 저의 다리를 만져주세요.'"

지금이다. 나는 책상 밑으로 손을 뻗어 이오네의 무릎을 만졌다. 아무것도 모르는 표정으로.

이오네가 화를 내면 "미안. 실수로 닿아버렸네"라고 얼버무릴 예정이다.

"앗. 나, 남자의 손길을 허락한 소녀는 자신의 가슴속에 음험한 욕망이 피어오르는 것을 느꼈습니다. 좀 더 만져줬으면 좋겠어. 안아줬으면 좋겠어. 하지만 어린 소녀는 그 감정을 차마 입 밖에 낼 수 없었습니다. 입을 다물고 버티는 것이 고작이었습니다."

헤에, 계속 읽는 건가. 그렇다면 나도.

나는 이오네의 허벅지로 손을 가져갔다.

"흐윽! 소, 소녀는 남자의 손길에 하얀 피부를 유린당하면서도 기쁨을 느꼈습니다. 아니, 어쩌면 쾌락일지도 모릅니다. 사실 어느 쪽이든 상관없었습니다. 앗, 으응, 남자가 클리토ㅇ스를 건들자 소녀는 몸을 비틀며, 흑, 아앗!"

나도 이야기에 맞춰 이오네의 옷 위로 사타구니를 만지작거렸다. 이오네도 몰입했는지 꽤나 느끼고 있었다.

"야, 야지는 소녀의 귓가에 대고 요구했습니다. '자, 말해봐. 질척하게 젖은 제 클리ㅇ리스에 포상을 내려달라고.'"

"소녀는 짓눌릴 것 같은 수치심을 느끼면서도 말했습니다. 질척하게 젖은, 윽, 제 클리ㅇ리스에, 아앗!"

슬슬 무르익기 시작했군. 하지만 좀 더 분발해 줘야겠어, 이오네 군.

"어흠. 이오네 군. 집중력이 부족한 것 아닌가? 잘못 읽은 부분이 있던데. 그 부분만 다시 읽어보도록. 질척하게 젖은, 이라는 대목부터 다시."

내가 진지한 목소리로 말했다.

"아, 알겠습니다……. 지, 질척하게 젖은, 히윽! 제 클리ㅇ리스에, 포상을, 내려주세요…… 흐윽!"

이오네는 가쁜 숨을 내쉬며 똑같은 내용을 읽어나갔다.

하지만 나는 매정하게 말했다.

"다시 한번."

물론, 나는 이오네가 제대로 읽지 못하도록 집요하게 하반신을 괴롭혀 주었다.

몇 번이고 다시 읽기를 요구하자, 마침내 이오네가 항복 선언

을 했다.

"저, 저기, 알렉 씨. 더는…… 더는 무리예요. 하반신이…… 머리가 멍해져서……."

"좋아. 그럼 할까."

"그, 그럴까요……."

여태껏 몇 번을 안겼는데도 이오네는 여전히 청순했다. 불안해하는 이오네의 모습은 내게도 좋은 자극이 되어주었다.

수수해 보이는 옷을 벗기자 이오네의 거유가 모습을 드러냈다. 나는 히죽히죽 웃으며 가슴을 가리고 있는 속옷을 내렸다.

"앗……."

이오네가 그 사실을 깨달았을 때에는 이미 풍만한 가슴이 눈앞에 훤히 노출되어 있었다. 피부는 우유처럼 새하얬고, 그 중심에는 분홍색의 돌기가 보였다. 손으로 덥석 움켜쥐자 손가락이 푹신한 가슴을 파고들었다.

"하으응!"

양손으로 가슴을 어루만지고, 분홍색 돌기를 꼬집어 주자 이오네는 견디지 못하고 헐떡이기 시작했다.

"하앙, 그, 그렇게 만지시면, 흐앗♥"

이오네는 몸을 비틀었지만 침대 시트를 붙잡기만 할 뿐 달아나려 하지는 않았다. 붉게 상기된 뺨은 그녀가 쾌락을 느끼고 있음을 알려주었다.

"나쁘지 않은걸, 이오네. 그러면 더욱더 기분 좋게 해주지."

"네? 잠깐, 아, 안 돼요. 거기는!"

나는 혓바닥을 이용해 이오네의 가장 민감한 부분, 즉, 가슴의 돌기를 빨기 시작했다. 흠칫 하고 몸을 떤 이오네는 기다란 금발을 좌우로 흔들며 저항했다.

"그, 그만, 그렇게 빨면…… 꺄악!"

나는 이오네를 억지로 침대에 밀어 넘어트렸다. 그러고는 그녀의 입으로 얼굴을 가져가 다자고짜 혀를 집어넣었다.

"하읍, 아앙, 쪽, 음으읍!"

가끔씩 새어 나오는 신음 소리에는 타액이 뒤엉키며 만들어진 질척한 소리가 섞여있었다.

그대로 입맞춤을 계속하자, 이오네도 적응이 되기 시작했는지 입맞춤에 화답해 오기 시작했다. 이오네의 부드러운 입술과 혀의 감촉을 충분히 만끽한 다음, 이번에는 그녀의 잘록한 배로 혀를 가져갔다. 그리고 밑으로, 더욱 밑으로.

"아아…… 알렉 씨. 이대로 가면, 전, 아앗♥"

흘러 나오는 이오네의 목소리에는 쾌락에 대한 기쁨과 기대감이 뒤섞여 있었다. 나는 이오네의 기대감에 부응하고자 그녀의 도톰한 언덕 사이로 혀를 밀어 넣었다.

"아아앗!"

이오네가 움찔 몸을 떨었다. 처음 경험해 본 쾌감에 놀란 모양이었다. 이오네는 허벅지를 닫으려 했지만 나는 양손으로 다리를 붙잡아 강제로 벌려버렸다.

"아앗, 안 돼요, 알렉 씨! 하윽, 그, 그런 곳을 핥으시면, 아앙♥"

"거짓말은 나쁜 거야, 이오네. 솔직히 말해 봐. 더 핥아줬으면 좋겠지."

"그, 그건, 그건…… 흐앙, 아아앗!"

대답을 들을 필요도 없었다.

이오네의 눈가에는 눈물이 맺혀있었고, 입에서는 침이 질질 흘러내렸다. 누가 봐도 느끼고 있었다.

"슬슬 넣을게."

나는 벨트를 풀고 바지를 내려 터질 듯이 부풀어 오른 남자의 상징을 꺼내 들었다.

"아…… 아……."

눈을 동그랗게 뜨고 내 하반신을 뚫어져라 응시하는 이오네. 본인이 과거에 느꼈던 쾌감을 떠올린 모양이다.

"몸에서 힘을 빼."

"아, 알겠습니다. 흐윽!"

이미 축축하게 젖어있어서 삽입은 어렵지 않았다. 나는 그대로 밀고 나아가 뿌리까지 집어넣었다.

"응으읏!"

"좋아. 움직일게."

"네? 앗, 흐윽, 아앗, 잠깐, 아아아!"

나는 이오네가 어디까지 견딜 수 있는지 유심히 살피면서 허리를 흔들어 나갔다.

"끄윽, 아앗, 괴, 굉장, 하으윽♥"

침대가 삐걱거리는 소리를 내며 흔들렸다. 우리의 쾌락도 그 소리에 맞춰 조금씩 고조되어 갔다.

“앗, 앗, 알렉 씨, 더 이상은……!”

“그래. 가버려도 좋아.”

나는 곧바로 라스트 스퍼트에 돌입했다.

“아아아앗……!”

내 품속에서 금발을 휘날리며 울부짖는 이오네. 절정에 달한 것이다.

후우. 오늘의 낭독회는 제법 만족스러웠다. 다음에는 쪼끄만 녀석들을 모아서 낭독회를 하는 것도 나쁘지 않겠는걸.

나는 속으로 못된 계획을 세우면서 음흉하게 웃었다.

제10장 (숨겨진 루트) 재빠른 자

프롤로그
신종 몬스터

우리는 장비를 갖추고 '돌아올 수 없는 미궁'으로 향했다.

어제 저녁을 먹을 때와는 다르게 다들 말수가 적었다. 무리도 아니었다. 지금부터 목숨의 위협이 있는 장소로 도전하러 가는 것이다. 들뜬 기분으로 임할 수는 없었다. 걸음을 내디딜 때마다 무기질적인 갑옷 소리만이 절그럭, 절그럭 울려 퍼졌다.

지금 나는 1층의 최단 루트를 떠올리고 있었다. 만일의 사태에 대비해 머리속으로 시뮬레이션을 반복했다. 이렇게 해야 실전에서도 당황하지 않고 대처할 수 있기 때문이다. 임기응변에 자신의 목숨을 걸고 싶지는 않았다.

이윽고 우리들의 행선지인 그랑소드의 중앙 광장이 보이기 시작했다.

이곳에 거대한 미궁으로 이어지는 계단이 존재했다. 미궁에는 수많은 몬스터가 우글거렸고, 안으로 들어가는 자는 죽음을 각오해야 했다. 미궁의 최하층이 어디로 이어져 있는지는 그 누구도 몰랐다.

어째서 마을 한복판에 이런 흉흉한 미궁이 존재하는 것인가?

그랑소드의 국왕도 현자들과 전문가를 모아 여러 방면으로 조사해 봤지만 별다른 소득이 없었던. 아니면 진실을 밝혀냈음에도 이유가 있어서 공표하지 않은 걸지도 몰랐다.

“저길 봐.”

“무슨 일일까요…….”

세리나와 이오네가 이상함을 느끼고 입을 열었다. 그 말대로 오늘은 광장의 분위기가 평소와 달랐다.

미궁으로 이어지는 계단 입구에 모험가들이 모여있었다. 평소보다 훨씬 많이. 게다가 계단으로 내려가는 사람은 한 명도 보이지 않았다. 다들 계단 앞에 멈춰 서 있었다.

아무래도 뭔가 문제가 생긴 모양이다. 내 직감이 그렇게 말했다.

하지만 리더로서 섣부른 발언은 금물이었다. 불안감은 파티원들을 금세 전염시키기 마련이다. 이런 대목에서 심각한 모습을 보이면 생존률이 크게 내려간다.

그래서 나는 심드렁한 얼굴로 인파를 향해 다가갔다. 계단 앞에 도착하니 병사들이 자리에 모인 모험가들에게 뭔가를 설명하고 있었다.

“그래서 아직 정확한 정보가 없는 상황이다. 너희도 아는 게 있다면…….”

“무슨 일 있었어?”

내가 병사의 말을 자르며 물었다. 이대로 끝까지 들어주다간 나만 초반부의 정보를 놓칠 우려가 있었다. 모험가에게 그건 치명적이었다. 매너 있는 행위는 아닐지도 모르지만 내 목숨이 걸려있으니 진지하게 임해야 했다.

“알렉이군. 1층에서 처음 보는 몬스터가 나왔다는 모양이다.”

"흐음. 어떤 녀석인데?"

"색상은 하얀색. 형태는 제대로 된 목격담이 없어서 확실하지 않다. 길드에서도 아직 조사 중이지만 신종일 가능성이 있어. 결과가 나올 때까지 조금만 기다려라."

"흥. 1층에서 신종이 나왔다고 해서 A랭크에게 죄다 맡기면 언제 앞으로 나아가겠어. 우리는 들어간다."

그러자 주변에 있던 모험가들이 술렁거렸다.

"뭐라고?"

"오오."

"대단한걸."

"잠깐만, 알렉. 위험하지 않을까?"

세리나가 날 말렸다.

"위험 요소는 있어. 하지만 맞닥트릴 가능성은 현저히 낮아, 세리나. 여기에 있는 모험가들이 전부 못 봤다면 기껏해야 한두 마리 정도밖에 없겠지. '대공황'일 가능성도 낮아. 대공황이 있기 전에는 전조 현상이 있지?"

나는 만약을 위해서 병사에게 확인했다.

"그래. 우리도 직접 목격한 적은 없다만, 대공황이 벌어지면 모든 몬스터가 일괄적으로 흉폭해진다고 들었다."

"최근 몬스터들의 상태는 어떤데?"

"……뭐, 평범했지. 이렇다 할 보고는 들어오지 않았다. 그 새하얀 몬스터를 제외하면 말이지."

이렇게 정보가 존재하는 것도 모험가가 그 새하얀 몬스터를 목격하고 살아남았기 때문이다.

"그렇다면 걱정할 정도는 아니야. 가자."

""알겠어.""

""알겠어요.""

어쨌든 큰 위험은 없을 가능성이 높았다. 우리 멤버들도 같은 생각인 듯했다.

"조심들 해."

"흥. 알렉 자식. B랭크 모험가가 된 지 얼마나 됐다고 저렇게 나대는지."

"저런 부류는 피하는 게 상책이야. 파티의 랭크가 올랐답시고 들뜨다가 큰 부상을 입는 광경을 몇 번이나 봤어."

"맞아. 돈은 그럭저럭 잘 버는 것 같던데. 도대체 무슨 방법을 쓴 거람. 불사왕과는 A랭크와 함께 싸웠다고 들었어. 재앙과 싸울 때는 성방국의 기사와 함께였다고 했나? 그 운이 앞으로도 계속 이어질 거라고 생각하면 큰 오산이야."

뒤쪽에서 모험가들이 뒷담화를 나누는 소리가 들려왔다. 하지만 나는 그런 어리숙한 녀석들과는 달랐다.

나는 상황을 냉정하게 분석한 뒤 위험하지 않다는 판단이 섰을 때만 행동에 나선다. 랭크는 어디까지나 길드가 내세우는 기준에 불과할 뿐, 내 레벨이나 강함을 나타내지 않았다. 그러므로 랭크에 연연할 생각은 없었다.

'불사왕' 스펙터 오버로드와 싸울 때는 다른 파티의 힘을 빌려야 했지만, '7월의 재앙'인 미믹은 에리사의 도움이 없어도 나 혼자 쓰러트릴 수 없었다. 운이 아니라 실력이다.

"평소에 고블린과 슬라임밖에 출몰하지 않아서 다들 저렇게 소란인 거겠지. 우리는 스켈레톤과도 조우했지만."

세리나가 어깨를 으쓱이며 말했다. 1층에서 우리를 고전하게 만든 스켈레톤 말이군. 해골로 변한 용사들. 하지만 우리도 그 정도로는 놀라지 않을 만큼 성장했다.

"단순한 착각 아닐까? 앗, 형님이 스켈레톤을 봤다는 말을 의심하는 건 아니고!"

쥬가가 말했다. 하얀색 몬스터라는 정보만 있을 뿐 명확한 목격담은 없으니 정말로 잘못 본 것일지도 몰랐다. 모험가의 망토를 몬스터로 착각했다면 나중에 주점에서 재밌는 해프닝으로 회자될 것이다.

제1화
최고 속도를 목표로

"주인님, 인간의 냄새가 나요."

"그래. 적당히 대화를 나누면서 지나가자. 상대도…… 응?"

눈앞의 파티도 대화를 나누고는 있었지만 말투가 상당히 거칠었다. 일반적인 잡담은 아닌 듯했다.

"제길. 이 자식, 뭐 하자는 거야!"

"죄, 죄송합니다. 일부러 그런 게 아니에요."

"당연하지! 일부러 그랬으면 PK잖아!"

"맞아! 쳐죽여도 할 말 없는 상황이라고!"

4인조의 전사에게 둘러싸인 미소녀가 어깨를 움츠린 채로 사과하고 있었다. 저 소녀가 뭔가 잘못한 모양이긴 한데……. 험악하게 생긴 남자들이 어여쁜 소녀에게 윽박을 지르고 있는 것이다. 가만히 내버려 둘 수 없었다. 심지어 소녀에게는 강아지 귀가 달려있었다.

"이봐. 무슨 일이야?"

"아앙? 관계 없는 녀석은 빠져있어!"

그러자 근처에 있던 남자가 화를 내는 남자에게 설명했다.

"잠깐. 저 녀석은 '바람의 검은고양이'의 리더 알렉이야."

"뭐라고? ……쳇. 이 쪼끄만 견인족이 갑자기 달려와서 내게 부딪쳤다고. 누가 봐도 잘못한 건 이 녀석이잖아?"

나는 견인족 소녀의 입장도 들어보려고 그쪽을 쳐다보았다. 하지만 소녀는 히익! 하고 비명을 내지르며 남자들 뒤로 숨어버렸다.

"어이. 도와주려는 사람한테 그게 무슨 태도야."

"죄, 죄송합니다……."

"푸흡. 알렉. 애가 무서워하니까 너무 나무라지 마. 모르는 아저씨가 갑자기 끼어들면 누구라도, 크큭. 무서워할 거야."

"세리나. 나중에 헐떡이게 만들어 줄 테니 각오해."

스팽킹 형벌에 처해주마.

"어휴……. 애들 앞에서 그런 이야기를 하면 어떡해."

"아, 아뇨. 전 이미 성인식을 치러서 애가 아니에요."

"호오."

"정말로?"

공략 대상인 미소녀가 나타났다. 그렇다면 곧바로 공략을……

크흠. 일단은 천천히 이야기를 들어보는 것이 신사의 도리겠지.

"이 남자들은 네가 와서 부딪쳤다는데. 실제로는 어떻게 된 거야?"

내가 다시 한번 물었다.

"죄, 죄송합니다. 저분들 말이 사실이에요. 제 잘못이 맞아요."

"응?"

아무리 성미가 사나운 전사들이라지만 이렇게 작은 소녀가 부딪친 정도로 저렇게 화를 낼까? 뭔가 묘한걸.

"실은 여기에서 달리기 연습을 하고 있었거든요. 앞이 보이질 않아서 전속력으로 부딪히고 말았어요. 죄송합니다. 혹시 다치진 않으셨나요?"

달리기 연습이라고? 어째서 그런 짓을.

"흥. 이 정도로 다칠 만큼 약해빠지진 않았어. 이제 됐어, 가자. 아야야……."

전사는 허리를 억누르며 엉거주춤한 자세로 달려가 버렸다. 본인이 됐다고 말했으니 더는 신경 쓸 필요 없을 것이다. 포션이 존재하는 세계이므로 가벼운 부상은 큰 문제가 되지 않았다.

"달리기 연습이라니? 연습을 왜 하는데?"

세리나가 궁금하다는 듯이 물었다.

"그게……. 실은 고향에서 곧 촌장 결정전이 열리거든요. 가장 빠른 견인족 소녀가 촌장으로 인정받게 돼요."

"앗, 나 그거 알아! 모프 왕국의 견인족들 풍습이잖아! 거짓말인지 사실인지는 모르겠는데, 세상에서 제일 빠른 대회라고 들었어."

레티가 말했다. 특정 지역에서 마을의 리더를 정하는 대회가 열리는 모양이었다. 달리기 실력으로 리더를 정한다는 점이 조금 의문이지만, 이곳은 이세계니 그럴 수도 있겠다 싶었다.

"아, 네. 맞아요."

"헤에. 특이한 풍습이네. 너도 촌장 자리에 입후보하고 싶은 거야?"

"아, 아뇨. 딱히 촌장이 되고 싶은 마음은 없어요. 하지만 성인은 반드시 대회에 참가해야 해요. 그리고 우승자는 포상으로 영주(靈酒)를 받거든요. 그걸 병에 걸린 언니에게 마시게 해주고 싶어서……."

"헤에, 기특한걸. 언니도 있구나."

나는 소녀의 머리부터 발끝까지 천천히 뜯어보았다. 곱슬기가 있는 흰색의 머리카락과 동그란 눈을 가진 귀여운 미소녀였다. 그러니 틀림없이 언니도 미인일 것이다. 벌써부터 군침이 도는군.

"잠깐만, 알렉. 설마 이상한 생각 하는 건 아니지?"

감이 날카로운 세리나가 나를 추궁했다. 당연히 나는 시치미를 뚝 뗐다.

"무슨 소리야? 이 아이를 도와주고 병든 언니를 치료하는 게 그렇게 이상한 일인가?"

"딱히 이상한 건 아니지만……."

"저라도 괜찮으면 언니분께 회복 마법을 걸어드릴게요."

성직자인 피아나가 상냥한 목소리로 제안했다.

"고맙습니다. 하지만 평범한 회복 마법으로는 고통이 완화될 뿐, 완치는 되지 않는 모양이에요……."

"그렇군요……."

"그보다 영주라는 게 뭐야?"

쥬가가 물었다. 나도 자세한 건 모르지만 특별한 방법으로 제조된 영험한 술일 것이다.

"마시면 절로 춤이 춰질 정도로 기분이 좋아지는 술이에요. 다리가 불편한 언니도 그걸 마시면 조금은 기운이 나지 않을까 싶어서요."

"오오. 그런 거라면 나도 마셔보고 싶은걸."

"아, 죄송해요. 견인족한테만 효과가 있는 모양이라……. 평범한 인간은 마셔도 소용이 없을 거예요."

"뭐야, 그렇구나."

"흐음. 다시 말해, 그 대회에서 우승하기 위해 이곳에서 달리기 연습을 하고 있다는 뜻이지? ……어째서? 미궁은 몬스터도 많고, 길도 지그재그라서 달리기 힘들잖아."

레티가 지적했다. 그 말대로 이곳은 연습을 하기에 부적절한 장소였다.

"아뇨. 촌장 결정전은 미로처럼 구불구불한 코스에서 진행돼요. 몬스터도 등장하기 때문에 이곳이 연습하기에는 최적의 장소예요."

제 딴에는 열심히 고민하고 있는 모양이었다. 하지만 방금 전에 전사와 부딪힌 것을 보면 재능은 딱히 없는 듯했다.

“좋아. 나는 알렉. 바람의 검은고양이 클랜의 리더다. 네가 촌장 결정전에서 우승해 영주를 손에 넣을 수 있도록 도와주마.”

“정말인가요?!”

“넘어가면 안 돼. 저 아저씨의 말에는 불순한 의도가 깔려있거든.”

“그래도 도와주신다면 뭐든 할게요! 부탁드립니다. 이대로라면 이길 수 없을 거예요. 부디 저를 도와주세요!”

“어, 어어?”

“괜찮지 않을까요, 세리나 씨. 보아하니 무척 절박한 모양이에요. 저희라면 무언가 쓸만한 연습 방법을 생각해 낼 수 있을지도 몰라요.”

이오네가 부드럽게 말했다.

“맞아. 병든 누님에게 잘 듣는 약을 마시게 해주고 싶다 이거잖아. 나는 도와줄래.”

루카도 말했다.

“으음. 어쩐지 내가 나쁜 사람이 되어버린 것 같네. 알렉, 이 아이한테 손대면 안 된다? 언니한테도 말야.”

“흥. 나는 어른으로서 지도해 주려는 것뿐이다. 그래도 이 녀석이 우승할 때까지는 손대지 않겠다고 약속하지.”

“우승하면 손을 대겠다는 소리잖아.”

당연하지.

“하여간 못 말려.”

"정해졌군. 자, 그럼 일단 던전에서 나가자. 여기에서 대화를 나누긴 힘들어."

"아직 안 정해졌거든? 어쨌든 알았어. 일단 지상으로 돌아가자. 병사한테도 신종 몬스터는 착각이었다고 보고해야겠네. 이얍!"

그렇게 말하며 검을 뽑은 세리나는 옆에서 나타난 고블린을 베어 넘겼다.

제2화
그곳에 여자가 있으니까

여관 '용의 안식처'로 돌아온 우리는 어떻게 하면 리리스가 촌장 결정전에서 우승할 수 있는지 토론하기 시작했다.

리리스는 내가 도와주기로 약속한 견인족 소녀의 이름이었다.

리리스는 이 던전에서 달리기 실력을 키우고 싶은 모양이었지만, 나는 그 생각을 철회할 것을 제안했다. 이런 던전에서 아무리 연습해 봤자 실전에서는 별로 쓸모가 없다. 실전과 동일한 장소, 동일한 조건하에서 연습을 하는 게 제일이었다.

하지만 세리나가 내 의견에 반대하고 나섰다.

"알렉, 난 반대야. 그러자고 모프 왕국까지 가는 건 좀 아니라고 봐."

"세리나. 설마 내가 견인족 소녀를 돕겠다는 이유만으로 모프 왕국에 간다고 생각하는 건 아니겠지?"

나는 날카로운 눈으로 세리나를 쳐다보았다.

"아니었어?"

"아니야. 세계 최속을 겨루는 레이스가 펼쳐지는 장소. 그곳에는 반드시 속도와 관련된 노하우가 숨겨져 있을 거다. 그건 앞으로 우리가 모험을 하는 데 큰 도움이 되겠지."

불순한 동기로 가는 것이 아니다. 어디까지나 모험을 위해서다. ……라는 걸로 해두기로 했다. 이론 무장은 완벽했다.

"흐음. 그런가……."

세리나는 복잡한 표정을 지으며 신음을 흘렸다. 그래도 반론은 하지 않았다.

"그 외에 반대하는 사람은 없지?"

내가 묻자, 쥬가가 주먹을 움켜쥐며 대답했다.

"그럼! 물론이지! 설령 형님이 틀렸더라도 어디든지 쫓아가겠어!"

"주인님의 의견을 거스르는 사람은 정론을 펼치더라도 제가 힘으로 굴복시킬게요!"

너희들. 사실은 내가 잘못했다고 생각하는 거지?

"반대 의견이 있다면 자유롭게 말해도 좋아. 쥬가와 미나가 하는 말은 무시하고."

주변을 둘러봤지만 손을 들거나 불만스러운 표정을 짓는 사람은 없었다.

"뭐, 괜찮지 않을까? 모프 왕국이라면 그렇게 멀지도 않고. 다시 '돌아올 수 없는 미궁'으로 돌아올 거지?"

루카가 확인차 물었다. 루카는 돈을 벌기 위해서 미궁에 도전하고 있었다. 그러니 오랫동안 자리를 비우고 싶지는 않을 것이다. 비키니 아머도 새로 장만하고 싶은 모양이고.

“그래. 공략이 아직 끝나지 않았으니까. 가보지 않은 장소와 습득하지 못한 보물상자도 많아. 이번 일이 끝나면 다시 ‘돌아올 수 없는 미궁’에 도전할 생각이다.”

위험한 미궁이긴 하지만 지금의 우리라면 좀 더 깊은 곳까지 나아갈 수 있을 것이다.

“그럼 결정됐네요.”

이오네가 미소 지었다.

“좋아. 그러면 귀여운 견인족 소녀를 만나러 가볼까.”

“으음. 반대할 수는 없지만 왠지 알렉의 취미에 끌려다니는 기분이 드네.”

“세리나. 너는 ‘왠지’라거나, ‘기분이 든다’는 이유로 파티원의 행동을 정할 생각이냐? 리더의 의견에 반대할 생각이라면 근거를 가지고 와. 이론 무장은 완벽한데 어디가 불만이라는 거야.”

“앗! 지금 이론 무장이라 그랬지? 역시 불순한 동기가 이유잖아.”

“흥, 시끄럽긴. 그게 뭐가 나쁜데.”

“우와. 이제는 대놓고 막 나가네.”

“히히, 알렉은 원래 이런 사람이잖아. 리리도 알렉이 착한 일을 하려고 먼 나라까지 갈 리가 없다고 생각했어!”

“나는 처음부터 여자가 목적이라고 생각했는데? 남자라면 그 정도는 돼야지.”

“하와와.”

"여자한테 잘 보이려고 옆 나라까지 간다고? 나는 잘 모르겠네."

"당연하지, 레티. 네가 여자니까. 그 여자를 돈이나 희귀한 소재로 바꿔서 생각해 봐."

"헉. 금화와 콜렉션을 위해서라면 어디라도 가고 싶어……! 알겠어, 찬성할게. 가자!"

"결국 레티는 여자한테 흥미 없는 거잖아. 왜 찬성하는 거야."

"자자, 알렉 씨의 취미는 둘째 치더라도 속도에 관해서는 저도 흥미가 있어요. 오랜만의 관광이라고 생각하면 되지 않을까요, 세리나 씨."

"관광이라. 그런 거라면야."

그렇게 반대하던 세리나가 단숨에 수긍해 버렸다. 관광이란 무엇인가.

"마지막에 납득한 이유가 마음에 들진 않지만…… 뭐, 됐어. 출발하자!"

"""출발!"""

이리하여 우리는 모프 왕국으로 출발하게 되었다.

제3화
모프 대삼림

"손님. 여기서부터는 마차가 나아가지 못해."

"뭐라고? 앞으로 조금만 더 가면 되잖아."

우리에게 고용된 마부가 말했다. 마차에서 내려 주변을 확인한

나는 그대로 납득해 버리고 말았다.

"흐음."

주변에는 나무들이 울창하게 들어서 있었고, 나무와 나무 사이는 수많은 덩굴로 뒤덮여 있었다. 마부의 말대로 이 이상 나아가기는 힘들어 보였다. 정글을 방불케 하는 광경이었다.

"리리스. 마차가 지나갈 만한 길이 없을까?"

내가 지리에 밝을 리리스에게 물었다.

"아뇨. 어디엔가 있기는 하겠지만 저는 잘 모르겠어요……. 죄송합니다."

리리스가 몸을 움츠리며 사과했다. 고향 땅이라길래 기대했는데. 뭐, 모른다니 어쩔 수 없었다.

"알겠어. 그러면 여기서부터 걸어가자."

"""에엑?"""

몇몇 일행으로부터 불만이 터져 나왔다. 리리, 레티, 그리고 쌍둥이인 사샤와 미샤였다. 쌍둥이는 굳이 데려올 필요가 없었지만 내가 모프 왕국에 간다는 말을 듣더니 따라가고 싶다고 난리를 피웠다. 그래서 어쩔 수 없이 야한 짓을 대가로 데려가 주기로 했다.

"레티. 뭔가 쓸만한 마법 없어?"

파티원에게 의지하려는 건 아니지만, 대책이라고 할 만한 게 마법밖에 떠오르지 않았기 때문에 파티의 마법사인 레티에게 물어보았다.

"음, 고속으로 이동하는 마법이 있기는 한데. 이걸 쓰면 나무에 부딪혀서 죽거나, 몬스터와 충돌해서 빈사 상태에 빠지거나 둘

중 하나라서 미묘해."

"미묘한 게 아니라 완전 꽝이잖아."

체념한 우리는 마차에서 내려 리리스가 거주하는 마을까지 걸어가기로 했다.

"지루해. 걷기도 힘들고. 으, 누구야. 이런 데 오자고 한 사람이."

걷기 시작한 지 얼마 되지도 않아서 레티가 불평을 토하기 시작했다.

"나다. 하지만 레티, 너도 다 알고서 동의한 거잖아."

"내가 아는 건 책에서 읽은 내용뿐이라구. 헤에, 희귀한 풍습이 다 있구나~. 정도밖에 몰랐단 말야. 하아. 찬성하는 게 아니었어."

"가기 싫으면 왕도로 돌아가도 좋아, 레티. 마법사라면 네네가 있으니까."

"뭣! 네네는 아직 미숙하다고! 내가 옆에 붙어있지 않으면 위험해서 안 돼."

"하으으. 죄송합니다."

"꾸엑!"

흰색 쿠보(새) 위에 올라타 있던 또 한 명의 마법사 네네가 고개를 떨구며 사과했다.

"신경 쓰지 마, 네네. 레티는 따돌림을 당할까 봐 무서워서 저러는 거니까."

"맞아. 전투에서는 네네도 마법사로서 제 몫을 하고 있잖아. 나는 이미 네네가 어엿한 마법사라고 생각해."

세리나가 말했다.

"그럴까요……."

"헹! 아직 중급 마법도 못 배웠는데 어엿한 마법사라니. 웃겨서 배꼽이 떨어지겠네. 아직 가르쳐 줄 게 산더미라구!"

귀찮은 녀석 같으니. 그래도 덕분에 네네도 어느 정도 자신감을 되찾은 모양이다.

"네, 레티 선생님. 앞으로도 열심히 할게요!"

"그래. 열심히 배우도록. 후후!"

네네는 쓴웃음을 지으며 스승에게 고개를 끄덕였다. 네네 쪽이 정신적으로 더 어른스러워 보였다.

마음을 다잡고 정글을 나아가기도 잠시. 선두에서 걸어가고 있던 미나가 갑자기 걸음을 멈추었다.

"미나?"

"주인님, 뱀이에요! 전방과 후방, 두 마리한테 포위당했어요!"

몬스터의 습격. 미나의 보고를 들은 우리는 곧바로 검을 뽑아 들었다.

이윽고 거대한 뱀이 나무 뒤쪽에서 슬그머니 모습을 드러냈다. 직경 2미터에 달하는 뱀이었다. 만만치 않을 것 같다는 예감이 들었다.

우선은 [감정]이다.

〈명칭〉 자이언트 록 보아 〈레벨〉 52

〈HP〉 3651/3651 〈MP〉 22

〈상태〉 보통

[해설]

표피의 일부가 돌로 뒤덮여 있는 거대한 뱀.
사나운 성격. 접근해 오는 상대에게 공격적.
사냥감을 휘감아서 옥죄어 죽이는 것이 특기.
이때의 완력은 오거를 능가한다.

칫, 보스급 적이군.

"놈들은 휘감는 공격이 특기니까 조심해. 후열의 멤버들은 뒤쪽의 적을 경계하고. 세리나, 후방은 네게 맡길게."

""알겠어!""

""알겠어요!""

나는 지시를 내리며 검으로 뱀을 공격해 들어갔다.

이 뱀의 몸통은 윗부분이 새까만 바위로 뒤덮여 있었기 때문에 그 부분을 피해서 배를 노렸다.

푹! 하는 소리와 함께 칼이 절반 정도 박혔다. 하지만 복부의 피부도 생각보다 단단했다.

이 이상 무리하는 건 위험했다. 뱀의 복부에서 칼을 뽑은 나는 뱀에게 사로잡히기 전에 재빨리 자리를 옮겼다. 움직임이 느리기 때문에 주의를 기울이면 휘감길 일은 없었다.

"으랴압! 크. 이 자식, 단단한걸. 제길!"

"쥬가, 공격을 하면 곧바로 거리를 벌려! 일격으로 쓰러트리는 건 무리다. 자칫 휘감기기라도 하면 빠져나오기 쉽지 않을 거야."

루카가 주의를 주었다. 요즘 루카가 동료들에게 조언을 하는 빈

도수가 많이 늘어났다. 우리 파티에 적응하기 시작한 모양이다.

"이오네, 그쪽으로 갔어!"

자리에 멈춰서 눈을 감고 있는 이오네에게 사키가 말했다.

"네, 알고 있어요. 수조검 오의! 물방울 떨구기!"

이오네가 가느다란 롱소드를 수직으로 내질렀다. 그 동작을 한두 번도 아니고 초고속으로 수십 차례 반복했다.

그 결과, 뱀의 몸통 반대쪽이 퍽 하고 터지더니 두 동강이 나버리고 말았다. 굉장하다.

"제법인걸, 이오네! 나도 간다, 스타라이트 어택!"

세리나가 뒤쪽에 있는 뱀을 처치하는 동안, 나는 토막 난 채로 날뛰고 있는 뱀의 아가리에 아이스 자벨린을 쏟아부었다.

"자자자자자자자자자자자자자자자자자자자!"

머리에 대량의 자벨린을 명중당한 뱀은 완전히 얼어붙어 하얀 연기로 변해버렸다. 펑.

"클리어!"

"이쪽도 클리어!"

"다들 너무해. 모처럼 새로 개발한 마법을 선보이려고 했는데. 조금은 천천히 해치우란 말야."

레티는 개인적인 이유로 몬스터를 응원하고 있었던 모양이다. 하지만 전투는 볼거리가 아니다. 시시하더라도 빠르게 해치울 수 있다면 그게 제일이다.

"괴…… 괴……."

리리스가 눈을 동그랗게 뜬 채로 어버버거리고 있었다.

"응? 왜 그래, 리리스? 혹시 이 뱀들을 처음 보는 거야?"
사키가 물었다.
"아뇨, 몇 번인가 본 적은 있어요. 하지만…… 굉장해요! 이 뱀을 쓰러트리다니……!"
아무래도리리스가 거주하는 마을의 사람들은 뱀을 마주치면 그 즉시 도망가는 모양이었다.
그렇군. 그래서 달리기 실력이 중요한 건가.
"좋아. 다시 이동하자."
"""네!"""
"""출발!"""
나는 리리스를 달리기 대회에서 승리시키고, 마을의 여자들의 눈을 하트 마크로 만들어 주기 위해 발걸음을 재촉했다. 벌써부터 "꺄악! 코치 오빠 대단해요!"라는 말이 들려오는 것만 같았다.

제4화
리리스의 마을

"이곳이 제가 사는 마을이에요."
리리스가 태어난 마을은 정글 깊숙한 곳에 자리 잡고 있었다.
널찍한 공터에 밭과 초가집이 드문드문 세워져 있는 목가적인 마을이다. 뭐, 마차도 제대로 오가지 못하는 마을이니 새삼스러울 것도 없었다.
"어머, 리리스 아니니."

"앗, 에, 엘리자베트 씨……. 아, 안녕하세요."

리리스가 만나고 싶지 않았다는 얼굴로 인사를 건넸다. 가슴을 훤히 드러낸 반라의 옷차림을 기대하던 나였지만, 아무래도 이 마을 사람들의 문명 수준은 내가 생각했던 것보다 높은 모양이었다. 엘리자베트라는 소녀는 프릴이 달린 고급스러운 드레스를 입고 있었고, 심지어 한쪽 손에 양산까지 들고 있었다.

"후후. 설마 레이스에 참가할 생각은 아니지? 리리스. 마을에서 다리가 가장 느린 네가 참가해 봤자 바뀌는 건 아무것도 없어. 촌장을 정하는 중요한 대회잖니. 참가상도, 격려상도 없는데 굳이 참가할 필요가 있을까? 오호호."

"저, 저는……."

"하지만 이 마을에 거주하는 사람이면 누구든 참가할 수 있는 거지?"

내가 확인차 물었다. 만약 리리스에게 참가 자격이 없다면 여기까지 온 의미가 없기 때문이다.

"네, 맞아요. 그런데 당신은 누구죠?"

엘리자베트는 의아한 눈으로 나를 바라보았다.

"나는 리리스의 전속 코치다. 리리스를 대회에서 승리시켜 주기 위해 이곳에 왔어."

"……풉. 아하하하! 코치라고요? 덕분에 실컷 웃었네요. 하지만 쓸데없는 짓이에요. 아무리 우수한 선생이 가르쳐도 소질이 없는 인간은 평생 이기지 못하거든요."

"그건 두고 보면 알겠지."

"읏. 모르시겠지만, 저는 이 마을 촌장의 외동딸인 엘리자베트. 그리고 촌장은 가장 빠른 자에게만 허락된 특별한 자리죠. 그 부모님의 혈통을 물려받은 엘리트가 바로 저란 말씀. 거기에 있는 잡종과는 태생이 다르다고요. 여태껏 어느 시합에서도, 연습에서도 제게 이겨 본 적이 없는걸요. 그렇지? 리리스."

"마…… 맞아요."

"켁. 마음에 안 드네. 리리스도 미궁까지 찾아올 만큼 필사적으로 연습했다고. 승부는 해보기 전까진 모르는 거야."

듣다 화가 났는지 쥬가가 끼어들었다.

"맞아. 보아하니 너도 그다지 빨라 보이진 않는걸? 몸도 호리호리하고 말이지."

루카도 거들었다.

"……제가 빨라 보이지 않는다고요? 당신의 눈은 옹이구멍인가 보군요. 똑똑히 보세요!"

양산을 내던진 엘리자베트는 몸을 앞으로 기울이더니 순식간에 루카의 코앞까지 질주했다.

"크!"

루카도 반응을 하기는 했지만 검의 손잡이에 손을 얹는 게 고작이었다.

헤에, 빠른걸. 심지어 드레스 차림으로 이 정도의 속도를 내다니.

……그러고 보니 우리는 리리스가 달리는 모습을 본 적이 없군. 한편 당사자인 리리스는 아랫입술을 깨물며 고개를 숙이고 있었다.

엘리자베트는 그 모습에 만족했는지 미소를 지으며 양산을 집어 들었다.

"그러면 잘들 있으세요. 리리스, 이건 장난이 아니란다. 알았으면 얌전히 마을을 떠나."

"……저는! 대회에 참가해서 영주를 얻을 거예요!"

"……뭐어? 잡종 주제에 못 하는 말이 없네. 흥, 마음대로 해. 어차피 부끄러움을 감수하는 건 네 몫이니까. 무능한 인간이 아무리 애써봤자지. 이미 내 승리는 결정된 사항이건만. 왜 이해를 못 할까."

엘리자베트는 그렇게 중얼거리며 떠나갔다.

"뭐랄까, 재수 없는 아가씨네. 저런 인물이 촌장이 되면 눈앞이 캄캄하겠어."

사키가 말했다. 촌장으로서의 능력은 모르겠지만 주민들이 고생할 것 같기는 했다.

""확 암살해 버릴까?""

쌍둥이가 제안했다.

"절대 안 돼."

"맞아. 암살은 최후의 수단으로 해두자."

"무슨 소릴 하는 거야, 알렉."

"진정해. 정정당당하게 달리기 대회에서 승리하면 아무 문제없어. 그런데 리리스. 대회 개최일은 언제지?"

"어…… 다음번 보름달이 뜨는 날의 정오니까…… 일주일 정도 남았어요."

"뭐? 얼마 안 남았잖아."

"그러게. 연습 시간이 많지 않겠는걸."

"부디 이 소녀에게 신의 가호가 있기를. 그런데 리리스 씨, 언니는 어디에 계신가요?"

피아나가 기도를 바치더니 물었다. 그러고 보니 병든 언니에게 회복 마법을 걸어주겠다고 했었지.

"앗, 그렇지. 저희 집은 이쪽이에요. 절 따라오세요. 음, 하지만 일행분들을 모두 재워드릴 수 있을지……."

"걱정할 거 없어. 텐트를 준비해 왔거든."

"그런가요. 헤에, [아이템 가방] 스킬을 가지고 계시군요. 부럽다."

리리스가 부러운 눈으로 세리나를 쳐다보았다.

이거다.

리리스에게 스킬 포인트를 나눠줘서 쓸만한 스킬을 배우게 하면 승산이 있을지도 모른다.

세리나도 그 사실을 깨달았는지 웃으며 내게 눈짓을 했다.

"그러면 리리스의 집으로 가볼까."

"그래. 하지만 알렉은 들어가지 말고 밖에서 기다려."

"뭐라고?"

모처럼 손님으로 초대받았는데 나만 밖에서 기다리라니. 그게 무슨 소리야.

"아니에요. 알렉 씨도 언니에게 소개시켜 드릴게요."

"어휴. 그래서 안 된다는 거야."

"세리나. 리리스의 배려를 함부로 하는 건 좋지 않아."

"차라리 미인이 아니면 다행일 텐데. 아픈 사람이니까 손대면 안 된다?"

"걱정 마. 나도 그 정도의 사리 분간은 할 줄 아니까."

완전히 회복시켜 준 다음에 감사를 받으며 맛보는 것이 제일이다.

리리스가 안내한 곳은 초가 지붕을 얹어놓은 작은 집이었다.

"언니!"

"아아, 리리스. 돌아왔구나. 무사해서 다행이다."

리리스와 똑같은 흰색 머리의 소녀였다. 호오, 제법 미인인걸. 다소 야위어 있기는 했지만 문제가 될 정도는 아니었다.

"이분들은?"

"알렉 씨와 그 일행들이셔. 내가 대회에서 이길 수 있도록 도와주시겠대."

"뭐? 폭력은 안 돼, 리리스."

우리가 검과 갑옷을 장비한 모험가이다 보니 리리스의 언니는 불안한 기색을 내비쳤다. 환자를 걱정시키는 일이 없도록 내가 말했다.

"걱정 마. 리리스의 실력으로 정정당당하게 이길 생각이다."

"그렇다면 다행이지만…… 우승 후보인 엘리자베트는 같은 세대 중에서도 가장 빠른 선수예요. 리리스가 아무리 노력한들……. 리리스, 영주 때문이라면 무리하지 않아도 돼. 그걸 마신다고 내 다리가 낫는다는 보장도 없으니까."

"나도 그건 알지만…… 그래도 난 언니가 조금이라도 건강해졌으면 좋겠어."

"……고마워. 너의 그 마음만으로도 충분해."

리리스의 언니는 미소를 지으며 울먹이는 리리스의 머리를 쓰다듬어 주었다. 저 모습을 보니 어떻게 해서든 리리스를 이기게 해주고 싶은걸.

"리리스. 갑작스럽지만 작전회의를 시작하겠어. 못다 한 이야기는 일주일이 지나고 레이스가 끝난 다음에 하도록 해."

"앗, 그렇네요. 알겠습니다."

자, 그럼 머리를 쥐어짜 볼까.

제5화
작전회의

환자 옆에서 이야기를 나누면 환자가 제대로 휴식을 취할 수 없기 때문에 우리는 장소를 옮기기로 했다.

"좋아. 우선 다들, 아이디어를 제시해 봐."

최종적으로는 나의 [포인트 양도] 스킬로 리리스에게 스킬을 배우게 할 생각이었다. 하지만 더 좋은 아이디어가 나올지도 모르거니와, 파티를 강하게 만드는 것은 전투뿐만이 아니었다. 지금처럼 토론을 통해서 지적인 부분의 성장을 도모할 수 있었다. 그러니 단련할 수 있을 때 단련해 두어야 했다.

"아이디어는 모르겠고, 근성이야! 근성밖에 없어!"

쥬가가 주먹을 움켜쥐며 외쳤다. 하긴, 마음가짐도 중요하긴 하다.

"그래. 근성은 중요하지. 리리스, 마음 단단히 먹어. 언니를 위해서다."

나는 형식적으로나마 쥬가의 의견에 긍정적으로 대응했다. 브레인스토밍을 실시할 때 발안자의 의견을 곧바로 부정하는 건 금물이다. 비판은 의견이 충분히 나온 다음에 하는 게 좋았다. 그래야 다음 사람이 자유롭게 의견을 낼 수 있었다.

"아, 알겠습니다!"

"나는 자세를 봐줄게. 팔을 이렇게 가로가 아니라 세로로 흔들면 훨씬 빨라질 거야."

육상 기술에 조예가 있는 세리나가 리리스에게 달리기 자세를 가르쳐 주었다.

"그렇군요. 일단은 저도 비슷한 방식으로 달리고 있는 것 같아요."

리리스는 경험적으로 이미 올바른 주법을 습득하고 있는 모양이었다. 본인 나름대로 착실하게 연습해 온 것이겠지.

"히히, 좋은 생각이 떠올랐어! 코스에다 함정을 설치하면 어떨까?"

리리가 말했다. 이 녀석은 맨날 장난 칠 생각만 하는군.

"안 돼. 그건 반칙……."

"뭐, 그것도 최후의 수단이다. 좋아, 다음."

세리나가 질책하려 했지만 나는 손으로 제지하며 다음 의견을 재촉했다.

“무아의 경지에서는 불도 차갑게 느껴진다는 말이 있죠. 호흡을 멈추고 달려보는 게 어떨까요.”

이오네가 어려운 말을 늘어놓았다. 뭐, 시험 삼아서 연습해 보는 것도 나쁘진 않겠지. 리리스가 익히기는 어려울 테지만.

“잠깐만, 장거리 달리기면 어떡해? 장거리 달리기에서 호흡을 멈췄다간 정말로 죽을걸. 리리스, 코스의 거리가 얼마나 돼?”

사키가 중요한 부분을 물었다.

“마을을 한 바퀴 돌면 되는데, 나중에 안내해 드릴게요. 호흡은…… 최대한 노력해 볼게요.”

“흐음. 마을 한 바퀴라. 코스가 그렇게 길지는 않겠는걸.”

“아뇨. 꽤 길다고 봐요.”

리리스가 세리나의 말을 부정했다. 나중에 확인해 보면 알겠지.

“저, 저기, 마츠카제…… 아니, 쿠보를 사용하는 건…… 안 될까요?”

네네가 용기를 짜내어 제안했다. 엘리자베트도 자신의 다리로 달렸으니 탑승물을 사용하는 건 인정되지 않을 가능성이 높았다.

“흐음. 저도 그건 잘 모르겠네요. 나중에 물어볼게요.”

“그렇게 해. 대회의 룰과 규정은 확실하게 숙지해 두도록.”

“네.”

나도 나중에 리리스의 언니에게 물어보기로 했다. 플래그는 적극적으로 세워 둘 필요가 있으니까.

“시합 중에 전투도 가능한가?”

루카가 물었다. 전투가 인정되는 배틀로얄 형식이라면 아이템이나 장비로 다양한 전략을 구사할 수 있을 것이다.

"아니요. 공격이나 악질적인 방해는 금지되어 있어요……."

"흠. 그렇구나."

"그러면 아이템도 버프 계열밖에 사용하지 못하겠네. 으으, 나는 사람을 매수하는 방법에 안 떠올라."

사키가 머리를 긁적이며 말했다. 매수라. 흔히 쓰이는 방법이다.

"뭐, 매수도 방법이 될 수 있겠지. 하지만 들키면 실격이니 최후의 수단이다."

말은 그렇게 했지만 엘리자베트가 우리에게 매수될 리도 없으니 이번 레이스에서는 써먹기 힘들었다.

"그러게. 달링은 뭔가 뾰족한 수 없어? 그 방법은 비장의 수단이라 치고."

"글쎄다, 그 방법을 제외하면……. 우선 리리스에게 자신감이 없다는 게 마음에 걸리는걸."

"아, 확실히."

"어…… 자신감이요?"

"그래. 너, 대회에서 이기겠다고 진심으로 생각해 본 적 없지?"

내가 지적했다.

"아뇨. 언니를 위해서 진심으로 달릴 생각이에요."

"하지만 머릿속에 이긴다는 이미지가 없어. 그렇지?"

"그건……."

리리스가 고개를 푹 숙였다.

처음부터 포기해 버리면 도전이고 뭐고 불가능하다.

무엇을 하든지 본인의 의욕이 대전제다.

뭔가 쓸만한 스킬을…… 아니지. 스킬에 의지할 필요도 없나.

"좋아. 시합이 시작되면 나도 뒤에서 리리스를 쫓아가겠어. 만약 리리스가 나한테 붙잡히면 그 자리에서 범하는 걸로 하자고."

"흐엑?!"

명안이다. 이걸로 리리스도 진심으로 뛸 수 있겠지.

"파렴치한 계획이네. 꿈도 꾸지 마."

세리나가 나를 빤히 쳐다보며 말했다.

"어째서?"

"어째서라니, 상식적으로 생각해 봐. 진지하게."

"난 진지한데? 이 눈빛을 봐."

"아, 몰라. 어쨌든 안 돼."

"왜~? 재밌을 것 같은데. 세리나는 맨날 이것도 안 돼, 저것도 안 돼, 하면서 반대만 하잖아. 누가 보면 똑똑한 줄 알겠네. 사실은 은근히 바보면서."

"뭐? 이보셔, 리리. 나는 모의시험에서 전국 100등 안에 들어간 적도 있는 우등생이라고. 바보는 누가 바보라는 거야."

리리에게 바보 취급을 받아서인지 세리나가 역정을 냈다.

"모이시험?"

하지만 리리는 들어본 적 없는 단어의 등장에 고개를 갸웃할 뿐이었다.

"세리나. 써먹을 데도 없는 지식을 여기서 어필해 봤자 무의미한 짓이야. 문제 해결에 아무런 도움도 안 되잖아."

"큭. 그래도……."

"알렉이 귀갑 묶기로 라이벌 선수들을 전부 묶어버리면 되지 않을까?"

"맞아, 맞아."

쌍둥이인 사샤와 미샤가 제안했다. 하지만 누가 봐도 실격될 만한 행동이었다.

"기각. 진지하게 고민해."

"뭐어? 머리에 야한 생각밖에 없는 아저씨한테는 듣고 싶지 않네요~."

"맞아, 맞아. 변태 아저씨나 진지하게 고민하세요~."

"흥."

"아, 그렇지. 리리가 허접, 허접 하고 놀리면 스피드가 올라가지 않을까?"

"오, 그것도 괜찮겠다. 꺄하핫, 이 허접♥"

"윽……."

"그만둬. 그런 방식으로 흥분이 가능한 건 일부 남성들뿐이다."

"저, 주인님. 제가 대신해서 달리는 건 어떨까요."

"흐음."

미나라면 리리스보다 레벨이 높으니 다리도 빠를지 몰랐다. 하지만 이건 촌장을 결정하는 레이스다. 마을 사람밖에 참가하지 못하는…… 아니, 잠깐만?

"그래. 상품으로 영주만 받아 갈 생각이라면 나쁘지 않은 방법일지도. 참가비도 따로 지불하면 되잖아.”

“오, 듣고 보니 그렇네. 나중에 내가 이곳의 촌장하고 교섭해 볼게.”

사키라면 교섭에서 괜찮은 성과를 내 줄 것이다. 뭐, 밑져야 본전이다.

피아나는 리리스의 언니 옆에 남아서 회복에 힘쓰고 있었다. 그러므로 남은 발언자는 레티뿐이었다.

“아이디어는 거의 다 나온 것 같네. 파티의 브레인으로서 한마디 하자면, 죄다 초라하고 시시한 의견들뿐이었어.”

“아앙? 지금 뭐랬어, 레티. 근성이 뭐가 시시한데!”

““재수없어!””

“레티도 머리가 썩 좋은 편은 아니니까 너무 폼 잡지 마.”

“맞아.”

멤버들로부터 쓴소리를 들은 레티는 입술을 삐죽 내밀었다.

“우씨. 이래서 일반인들이란…….”

“괜찮으니까 말해 봐, 레티.”

“알았어. 대신에 놀리지 마.”

“그건 아이디어 나름이지.”

“그럼 말 안 할래.”

귀찮으니 얼른 좀 말해라.

“말은 그렇게 해놓고 사실은 아무것도 떠오르지 않은 거 아냐? 레티.”

“뭣?! 말할게, 말하면 되잖아. 간단해. 마법으로 다리를 강화하면 돼. 연금술도 동원해서 전신을 우락부락한 몸으로 만들어 줄게."

레티가 어떠냐는 듯이 팔짱을 끼고 으스댔다.

"……그런데 레티. 달리기가 끝나면 몸은 원래대로 돌아오는 거야?"

세리나가 중요한 점을 질문했다.

"으음, 완전히는 어렵지만 걸어다닐 수 있을 정도로는 회복될 거야. 반점이나 뿔 같은 게 흔적으로 남기는 하겠지만."

"히익!"

"기각! 외모를 건드리는 건 금지야."

뿔이 뭐람, 뿔이.

"에엑? 그러면 일시적으로 살짝 강화하는 게 고작인데."

"그거면 충분해. 눈에 띄지 않는 마법으로 시합 전에 강화시켜 줘."

"알았어. 흠. 그래도 뭔가 좀 심심한걸. 알렉, 실험 좀 도와줄래?"

"싫어. 네 몸으로 해. 나는 모르모트가 아니야."

"칫. 그럼 관둘래."

자기 몸으로 실험하랬더니 관두겠다고 말하는 모습이 참으로 얄밉다.

"어쨌든 알렉은 스킬을 활용할 생각이지?"

"맞아. 일단은 코스부터 확인해 보고."

코스에 따라서 필요한 스킬이 달라질 수 있었다. 예를 들어 장애물이 있는 코스라면 [점프] 같은 스킬이 도움이 될 것이다.

"네. 제가 안내할게요. 이쪽이에요."

우리는 리리스의 안내를 받아 코스로 이동했다. 하지만 제대로 정비된 코스라기보다는 수풀이 우거진 숲길을 한 바퀴 완주하는 느낌에 가까웠다. 심지어 중간에 몬스터가 등장해서 전투로 쓰러트려야 했다.

"정말로 여기를 경쟁하며 달리는 거야? 장애물로 가득한데."

"네. 그래도 얼마든지 피할 수 있어요. 보세요, 이렇게…… 꺄악!"

리리스는 나무를 피해 지그지그로 달려갔지만 뒤쪽에서 불쑥 나타난 나무에 부딪히고 말았다.

"어이쿠. 자, 포션. 아픈 데는 없고?"

"으으, 괜찮아요. 고맙습니다……."

얼굴이 빨개진 리리스는 눈물을 글썽이며 이마를 문질렀다.

"그래. 뭐, 대강 알겠어. [동체시력] 스킬은 필수겠군. 공간을 파악하게 해주는 스킬도 배우면 좋겠어."

"실은……. 저, 배울 수 있는 스킬은 전부 배워버려서……. 지금부터 레벨을 올리기도 힘들고……."

리리스가 난처한 얼굴로 말했다.

"후후, 걱정 마. 알렉이라면 문제없어."

세리나가 빙그레 미소 지었다.

"예……?"

리리스는 아직 내 능력을 모르는 모양이었다.

"나한테 맡겨. 리리스. 반드시 널 이기게 해줄게. 영주도 네 차지가 될 거다."

나는 씨익 웃으며 승리를 약속해 주었다.

제6화
촌장 결정전

"자, 드디어 이날이 왔습니다. 제76회 촌장 결정전! 영광을 차지하고 새로운 촌장이 될 인물은 과연 누구인가! 진행은 마을 제일의 수다쟁이인 저 부치가 맡도록 하겠습니다. 특별 게스트로 B랭크 모험가인 알렉 씨와, 같은 파티에 소속된 마도사 레티 씨를 모셨습니다. 두 분 모두 잘 부탁드립니다."

""잘 부탁드립니다.""

나는 야외에 마련된 기다란 중계석에 앉아서 리리스의 시합을 지켜보기로 했다. 눈앞에는 레티의 수정구가 놓여있었는데, 그 안에는 스타트 지점이 비치고 있었다. 아쉽지만 카메라 역할을 하는 마법진은 설치된 구역밖에 비추지 못하고, 설치에도 시간이 걸리기 때문에 모험에서 활용하기는 힘들어 보였다. 하지만 이번에 중계를 진행하기에는 충분했다.

"힘내! 리리스!"

"우리가 응원하고 있어!"

"고맙습니다!"

"미나와 네네도 열심히 해!"

"네!" "하으으." "꾸엑!"

스타트 지점에는 수많은 마을 사람들이 모여 있었고, 이들은 출전하는 여덟 명의 선수를 향해 응원을 보내고 있었다. 출전 자격이 있는 젊은이들은 이외에도 몇 명이 더 있었지만 동세대 최강인 엘리자베트에게는 승산이 없다 판단하고 포기한 모양이었다.

하지만 엘리자베트가 언제나 최상의 컨디션이라는 보장은 없었다. 몸 상태가 나쁠 수도 있고, 어쩌면 시합에 나와 부담감을 느끼고 있을지도 몰랐다. ……뭐, 환하게 웃으며 주변에 손을 흔드는 걸 보면 그럴 가능성은 한없이 낮았지만. 엘리자베트의 표정에서는 자신감이 넘쳤고 안색도 좋아 보였다.

반면에 리리스의 표정은 딱딱했다. 누가 봐도 긴장하고 있었다.

"리리스! 릴렉스해, 릴렉스!"

"편하게 가자, 편하게~."

세리나와 사키가 응원을 보내고 있으니 멘탈 쪽은 두 사람에게 맡기기로 했다. 미나와 네네도 영주만을 포상으로 받는 조건으로 참가가 허락되었다. 이 3명 중 아무나 승리하면 되는 것이다.

"그러면 출전 선수를 소개해 드리겠습니다. 1번 인기, 최강으로 칭송받는 촌장의 딸 엘리자베트. 여유로운 웃음이군요. 부담감을 느끼지 않을까가 유일한 걱정거리였습니다만, 기우였나 보군요."

"최강이라는 이름에 걸맞은 질주를 기대해 보겠습니다."

"탈락해 버려라, 으읍! 무슨 짓이야, 알렉."

나는 편파 해설을 하려는 레티의 입을 틀어막았다. 아무래도 해설자의 역할이 무엇인지 이해하지 못하는 모양이었다.

"저기, 레티 씨가 방금 뭐라고 하신 건가요?"

"아무도 탈락하지 않았으면 좋겠다는군요."

내가 은근슬쩍 얼버무렸다.

"이번 중계는 촌장님의 허가를 받아 진행되고 있으니 두 분 모두 중립을 지켜주시기 바랍니다. 참고로 이번에는 특별히 외부인인 미나 씨와 네네 씨가 참가하게 되었습니다. 이 두 선수는 우승을 하더라도 촌장 자격은 얻을 수 없다고 합니다. 대신 영주는 포상으로 받을 수 있다는군요."

"같은 견인족으로서 분발해 주었으면 합니다."

"그렇네요. 자, 준비가 끝난 모양입니다. 지금, 심판이 출발을 알리는 깃발을 내렸습니다! 각 선수 일제히 달려나갑니다! 오오, 빠르군요! 훌륭한 스타트입니다! 결정전에 어울리는 시합이 될 것 같습니다!"

여덟 명의 견인족들이 맹렬한 속도로 땅을 박차고 뛰쳐나갔다. 세계 최속이라는 평판대로 뒤쪽에 흙먼지가 피어오를 만큼 대단한 속도였다. 선수들이 눈 깜짝할 사이에 스타트 라인에서 멀어지며 영상이 전환되었다.

"자, 첫 코너에 1등으로 도착한 사람은? 역시 이 선수! 촌장의 딸 엘리자베트! 빠릅니다, 후속 선수들과 6미터나 벌어져 있어요. 벌써부터 독주 중입니다!"

"페이스 분배가 걱정되는군요. 코스에는 아직 장애물들이 많이 남아있습니다. 섣부른 판단은 금물이에요."

일단 해설은 했지만 뭔가 이상했다. 나는 리리스에게 비싼 포인트의 스킬을 다수 습득시켰다. 그런데도 이만큼 차이가 벌어진 것이다. 솔직히 쉽지 않겠다는 생각이 들었다. 미나와 쿠보에 탑승한 네네도 뒤처지고 있었다.

"맞아. 뒤쪽에도 강력한 선수들이 있으니까. ……어쩔 거야, 알렉."

"일단 지켜봐."

나와 레티는 진행자에게 들리지 않도록 작은 목소리로 대화를 나누며 시합을 지켜보았다. 물론 중계석에서 마법을 쓰거나 방해 공작을 할 생각은 없었다. 진행자도 마을 사람이니 부정 행위에 대해서는 심판처럼 엄격하게 나올 것이다.

"두 번째로 도착한 선수는 버니어 왕국 출신의 견인족 미나! 팔을 흔들지 않는 독특한 주법을 쓰는군요. 그런데도 빠릅니다!"

"닌자 주법이군요. 적과의 공방에 대비한 주법입니다만, 터득하려면 혹독한 수행이 필요합니다."

미나가 어떤 수행을 받았는지 자세하게 아는 건 아니지만 일단 그렇게 설명해 두었다.

"세 번째로 도착한 선수는 하얀 쿠보에 올라탄 견인족 네네 선수! 살짝 위태롭긴 하지만 시원스러운 달리기를 보여주고 있군요!"

"호흡이 척척 맞는 콤비입니다. 직선 코스에서 단숨에 치고 올라오지 않을까요."

보고 있는 나도 걱정이 되었지만 마츠카제는 똑똑한 녀석이니

기수를 떨어트리지는 않을 것이다.

"네네, 힘내!"

"자, 네 번째로 도착한 선수는…… 오오, 8번 인기인 리리스입니다! 한동안 마을을 떠나 있었던 리리스 선수가 기대를 등에 업고 고향으로 돌아왔습니다! 그야말로 눈부신 성장입니다! 울보였던 그 리리스가 맞나 싶을 정도군요!"

"이 선수도 매일같이 연습해 온 선수니까요. 아픈 언니를 위해서 분발해 주었으면 합니다."

은근슬쩍 개인사를 언급해서 마을 사람들의 동정심을 유발했다. 만에 하나 패배하는 일이 있어도 영주가 우리 손에 들어오게 하려는 속셈이다.

"자, 지금부터는 나무가 울창한 난코스가 시작됩니다. 선두를 달리는 엘리자베트, 속도가 살짝 떨어졌군요. 후속 선수들과의 거리가 줄어들고 있습니다."

"가라, 가라! 따라잡아~!"

레티는 쉽게 말하지만 지금의 속도를 유지하긴 힘들었다. 엘리자베트가 했던 것처럼 속도를 늦추지 않으면 나무를 피해가지 못할 것이다. 리리스도 그 사실을 모르지는 않을 텐데…….

"뒤따르는 미나 선수도 코스를 앞에 두고 스피드를 떨어트립니다. 아앗, 4등인 리리스 선수! 스피드를 떨어트리지 않고 거리를 좁히기 시작합니다! 이건 너무 빠르지 않나요?!"

"문제없습니다. 리리스 선수는 그랑소드 왕국의 '돌아올 수 없는 미궁'에서 [직각 드라이브] 스킬을 배웠거든요."

"[직각 드라이브] 맞습니까? 해설역의 알렉 씨, 그게 무슨 스킬일까요? 이런! 지금 엄청난 움직임이 나왔습니다! 리리스 선수, 이 움직임은 대체 뭔가요!"

"저것이 [직각 드라이브]의 효과입니다. 스피드를 유지한 채로 진행 방향을 90도로 꺾는 스킬이죠."

"뭐, 오른쪽과 왼쪽으로밖에 못 꺾지만."

약점까지 해설해 버리는 레티. 하지만 딱히 문제될 건 없었다. 알아봤자 선두에 있는 엘리자베트가 어찌할 방법은 없으니까.

"뭐? 그런 스킬이 존재해도 되는 건가요?! 뭔가 이상하잖아요!"

"뒤쪽을 신경 쓰는 엘리자베트! 안 됩니다, 본인의 레이스에 집중해야죠! 어이쿠 3번 인기 선수가 뒤쪽에 정신이 팔려 나무에 부딪혔습니다! 괜찮은 걸까요? 의료반이 달려옵니다. 오오, 아무래도 무사한 모양입니다. 3번 인기 선수, 곧바로 일어나 레이스에 복귀합니다. 하지만 순위는 최하위로 떨어져 버렸군요! 뼈아픕니다. 뼈아픈 타임 로스! 골에서 대기하던 마을 사람들 사이에서 낙담 섞인 비명이 터져 나옵니다."

"혹시 이거 내기 시합이야?"

레티가 물었다.

"맞습니다. 참고로 저도 엘리자베트 선수에게 100골드를 걸었습니다. 합법입니다."

진행자가 돈을 걸어도 되는 거냐. 갑자기 공정성에 대한 의심이 피어올랐지만 이 마을의 규칙상 문제가 없는 모양이었다.

"자, 이제 레이스는 지그재그 코스를 빠져나와 두 번째 코너,

중반에 접어들었습니다. 이곳에는 거대한 나무가 쓰러져 있어서 점프로 통과해야 하는데요! 시야를 가릴 정도로 거대한 나무이기 때문에 점프를 하는 타이밍이 중요합니다!"

진행자의 말대로 수정구에 비친 장소에는 거대한 나무들이 옆으로 쓰러져 있었다. 우리가 사전 조사를 했을 때 보기만 하고 우회했던 장소인가…….

"엘리자베트, 깔끔한 점프! 타이밍도 정확합니다. 알렉 씨는 어떻게 보십니까?"

"승부복으로 스커트를 입은 건 좋은 선택이지만 속바지는 용서가 안 되는군요."

"아아. 남자로서 이해가 되는 부분입니다만, 아, 여기까지만 말하겠습니다. 그 뒤를 따르는 미나 선수, 어이쿠? 갑자기 코스를 벗어났습니다. 이러면 실격인데요!"

"미나? 아, 그렇군. 코스 바깥에 거대 뱀이 출몰했군요. 다른 선수의 안전을 위해 전투에 나선 모양입니다. 세리나, 지원 부탁해."

혹시 몰라서 언급해 두긴 했지만, 세리나 일행도 곧장 미나에게로 향한 듯했다.

"무사하면 좋겠습니다만……. B랭크 모험가분들이라면 어떻게든 해주실 테지요. 자, 뒤따르던 네네 선수, 점프합니다! 깔끔하게 뛰어넘었군요. 기수는 입에 거품을 물고 있습니다만, 쿠보는 상당히 안정된 달리기를 보여주고 있군요."

"낙마, 아니, 낙조하는 일만큼은 없었으면 좋겠군요."

"어라? 옆에서 경쟁하던 4번 인기 선수, 품속에서 육포를 꺼내 들었는데요……? 쿠보 앞에 육포를 던졌습니다! 아앗, 먹고 있어요! 큰일이군요, 네네 선수. 미끼에 낚이고 말았습니다. 심지어 코트 이탈! 실격입니다!"

"야, 마츠카제! 뭐 하는 거야~!"

야비한 방법이긴 했지만 저건 선수를 공격한 것도 아니고, 그렇다고 방해한 것도 아니었다. 심판도 문제없다는 신호를 보냈다. 쳇, 어쩔 수 없지. 이제 믿을 건 리리스뿐인가.

"3등으로 올라온 리리스 선수. 어라? 아직 타이밍이 이른데요! 거기서 점프하면……!"

"아뇨, 괜찮습니다."

"힘차게 점프한 리리스 선수! 오오오? 엄청난 높이로 뛰어올랐습니다. 알렉 씨, 이것도 스킬인 겁니까?"

"맞습니다. [활기찬 배관공]이라는 스킬을 배우게…… 배웠다고 들었습니다."

"그렇군요. 그런데 어째서 배관공이 저만큼이나 뛰어오를 수 있는 걸까요? 착지가 가능할지 걱정될 정도의 높이입니다! 괜찮은 걸까요? 오오, 착지! 성공했습니다! 무려 다섯 개의 나무를 뛰어넘었습니다! 단숨에 2등까지 치고 올라오는 리리스 선수! 전대미문의 상황입니다!"

"우와, 다행이다. 간담이 서늘했어."

레티가 가슴을 쓸어내리며 말했다. 나도 심장이 콩알만 해졌다. 리리스가 스킬을 연습할 시간은 일주일밖에 없었다. 심지어 겁도 많은 성격인지라 "더는 못 뛰겠어요."라면서 울기도 했다.

그래도 실전에서 멋지게 성공해 보였다. 리리스는 할 때는 하는 아이다.

"드디어 레이스도 최종 국면을 맞이했습니다. 마지막 코너를 지나면 골까지는 일직선! 심장의 한계를 시험하는 언덕을 올라가면 더 이상 장애물은 없습니다. 여기서부터는 순수한 스피드 승부! 이곳에서 모프 왕국 견인족의 긍지와, 선수 본인의 저력이 시험받게 됩니다! 선두는 여전히 엘리자베트. 하지만 2등인 리리스 선수가 맹추격을 하고 있습니다! 빠릅니다! 조금씩 거리가 좁혀지고 있군요! 과연 따라잡을 수 있을 것인가? 어떻게 보십니까, 알렉 씨! 어라? 알렉 씨? 어디로 가셨죠?"

"어흠. 알렉 해설은 잠시 자리를 비웠어. 그러니 내가 해설을 대신하겠어. 리리스는 [붉은 혜성]이라는 또 하나의 스킬을 보유하고 있어. 세 배의 속도로 달릴 수 있게 해주는 스킬이지. 그나저나 빠르네, 엘리자베트……."

"세 배! 엄청난 스킬이군요. 아앗! 코스 주변에 수상한 그림자가! 저건…… 알렉 씨입니다! 리리스를 쫓아가고 있는데요. 도대체 왜 저러는 걸까요!"

"크흠. 단순한 응원이야. 알렉 해설은 리리스의 코치이기도 하니까."

"그렇지만 멋대로 레이스에 참가하는 건……. 선수가 응원 깃발에 부딪혀서 대참사가 벌어질 수도 있습니다."

"코스 밖이잖아! 잘 봐. 코스에는 들어가지 않았어. 깃발도 안 가지고 있고!"

"오오, 그렇군요."

나이스 서포트다, 레티.

"자, 리리스. 빨리 진짜 실력을 발휘해. 나한테 붙잡히면 약속대로 그 자리에서 범해주겠어."

나는 리리스에게만 들리도록 작은 목소리로 말했다. 신사라는 설정이니 대놓고 떠들어댈 수는 없었다. 그랬다간 곧바로 마을에서 추방당할 것이다.

"히익! 그, 그런 약속은 한 적 없어요~!"

"리리스 선수, 울먹이는 표정을 짓기 시작했습니다! 스태미너 부족일까요?! 하지만 스피드는 오히려 증가했습니다! 엄청난 추격입니다! 자, 선두의 엘리자베트가 코앞에 있습니다! 엄청난 전개의 레이스입니다! 지금의 순위를 누가 예상이나 했을까요! 두 선수의 거리는 3미터, 2미터, 더욱더 줄어듭니다! 마침내 두 선수, 골을 목전에 두고 나란히 섰습니다!"

"흐흐, 빨리 달리지 않으면 붙잡힐 텐데?"

"싫어~!"

"다, 당신은 뭔가요? 앗!"

"이런! 엘리자베트 선수, 뒤쪽을 신경 쓰다가 속도가 떨어지고 말았습니다! 리리스 선수가 그 틈을 타서 한 끗 차이로 골인! 기적 같은 결과입니다! 골에 서있던 마을 사람들이 펄쩍 뛰면서 이 결과에 기뻐하고 있습니다! 장하다, 리리스 선수! 돈을 잃은 건 슬프지만 새로운 촌장의 탄생입니다! 아앗, 전 촌장이 심판에게 항의합니다! 레이스는 아직 심의 중! 확정된 것이 아닙니다!"

"방금 그건 레이스 방해일 텐데, 심판."

촌장이 심판에게 항의했다.

"아니요. 알렉 씨는 골 앞에서 응원을 했을 뿐입니다. 코스 안으로 들어가지도 않았고, 앞에서 가로막지도 않았습니다. 따라서 레이스 성립입니다!"

"하지만 뭐라고 중얼거리지 않았나."

"규칙상 성원을 보내는 것은 금지되어 있지 않습니다. 촌장님 말씀대로라면 촌장님의 성원을 받은 엘리자베트 양도 실격으로 처리됩니다만, 괜찮겠습니까?"

"젠장. 알겠다. 레이스는 성립이다! 실격이라는 불명예만큼은 피해야겠지."

"심판이 웃으며 엄지를 세웠습니다! 전 촌장도 레이스에 문제가 없음을 인정한 모양입니다! 제76회 촌장 결정전의 우승자는 리리스로 결정되었습니다!"

에필로그
눈 가리고 아웅하기

나는 골을 통과해 울고 있는 리리스에게 달려가 상냥하게 말을 걸었다.

"훌륭한 레이스였어, 리리스."

"힉! 다가오지 마세요."

어라?

"알렉, 썩 물러나시지. 우는 여자아이를 덮치는 건 내가 용서하지 않겠어."

세리나가 앞을 가로막았다.

"분명히 말해두지만 방금 건 연기였어. 리리스를 이기게 해주기 위한 작전이었다고."

"글쎄. 그 말이 사실이라 하더라도 연기가 너무 리얼해서 애가 겁먹은 건 사실이잖아. 이제 괜찮아, 리리스. 내가 옆에 있으니까."

"고, 고맙습니다."

세리나가 겁먹은 리리스를 살포시 끌어안았다. 아무래도 침대까지 데려가기는 어려워 보였다.

계산 착오다.

대회의 열기가 진정되기 전까지 리리스가 나를 다시 보게 만들어야겠다.

그래도 아직 이 마을에 찾아온 목적이 전부 좌초된 것은 아니었다. 리리스의 언니도 있고.

아직 찬스는 있었다.

"알렉!"

"왜 그래, 리리."

"리리스네 언니가 집에서 기다리고 있겠대."

"호오?"

리리스의 언니라. 그렇군. 여동생을 도와준 답례로 섹스를 해주겠다는 건가.

참으로 기특한 언니다.

리리스는 세리나의 방해로 놓치고 말았지만 아직은 실망할 때가 아니다. 크크크. 착한 일을 하면 이렇게 보답을 받는 법이다.

"히히. 분명히 전했다!"

"그래. 수고했어, 리리. 나중에 경단이라도 사줄게."

"응!"

리리는 히죽히죽 웃으며 어딘가로 달려가 버렸다.

나는 서둘러 리리스의 집으로 향했다. 세리나에게 발견되면 귀찮아지므로 주변을 둘러보며 재빠르게 이동했다.

"좋아, 여기군."

잠시 후, 나는 작은 초가집 앞에 도착했다.

세리나는 근처에 없는 듯했다. 아주 좋군.

헛기침을 한 나는 등을 똑바로 펴고 집 안으로 들어섰다.

"오래 기다렸지. 알렉이다."

안으로 들어가 댄디한 목소리로 집주인을 찾았지만 대답이 없었다.

"응?"

너무 일찍 와버린 걸까?

어떻게 된 건가 싶어서 주변을 둘러보니 침실에서 인기척이 났다.

"뭐야. 있었잖아. 후후후."

나는 흐뭇하게 웃으며 침실로 향했다. 미소녀의 방을 방문할 때의 이 고양감.

리리스의 언니는 부끄러운지 머리에 침대 시트를 뒤집어쓰고 있었다.
순진해서 귀여웠다.
바지를 내려 임전태세의 성검을 드러낸 나는 침대로 다가가 시트의 끝부분을 들추었다.
"……!"
그러자 리리스의 언니는 시트를 붙잡아 내가 그 이상 들추지 못하도록 저항했다. 하지만 안쪽으로 엿보이는 그녀의 몸은 완전한 전라였다. 이쯤 되면 합의가 된 것이나 마찬가지였다. 의심의 여지가 없다.
"안심해. 아프게 하지는 않을 테니까. 나는 테크닉이 뛰어나거든."
나는 그렇게 말하며 그녀의 새하얀 발을 쓰다듬었다.
"읏……."
리리스의 언니가 작은 신음을 흘렸다. 별다른 저항은 없었다.
즉, 마음대로 만져도 된다는 뜻이다. 오오, 왠지 즐거워지기 시작했다.
나는 눈앞의 가느다란 다리로 두 손을 뻗어 종아리와 허벅지를 어루만졌다.
"핫, 으응."
소리를 참으려는 건지 힘겹게 신음하는 리리스의 언니.
도전을 받아들이지. 머잖아 큰 소리로 헐떡이게 만들어 주마. 나는 혀로 입술을 핥으며 생각했다.
이번에는 그녀의 가슴을 주물렀다. 사이즈가 그렇게 크지는 않지만 형태가 좋아서 주무르는 보람이 있었다.

"아앗!"

그러자 리리스의 언니는 시트를 뒤집어쓴 채로 내게 등을 돌렸다.

아무래도 내게 얼굴을 보이는 것이 창피한 모양이었다.

눈 가리고 아웅하는 꼴이지만 그래도 상관없었다.

나는 귀여운 엉덩이를 마음껏 쓰다듬어 주었다.

"아앗!"

마침내 리리스의 언니가 쾌락을 견디지 못하고 큰 소리로 외쳤다. 그런데…….

"어라, 이 목소리는? 너, 미나지?"

"네……. 죄송합니다, 주인님."

"뭐야, 그런 거였나……."

완전히 속아넘어가고 말았다. 이유는 쉽게 짐작이 갔다. 리리스의 언니는 나와 잠자리를 갖는 게 내키지 않았을 테고, 그래서 미나가 대타를 자처했을 것이다. 쳇. 그렇다면 리리와 세리나도 한통속이겠군.

……뭐, 됐어. 미나도 아직 파릇파릇한 견인족 소녀다. 흥분해 있는 나의 하반신과 마음을 진정시키기 위해서라도 일단은 한 발 뽑기로 했다.

"평소대로 하자, 미나."

"아, 네. 실례하겠습니다."

미나가 다가와 나를 끌어안았고, 우리는 그대로 입맞춤을 나누었다. 그리고 나는 미나의 약점인 목덜미와 쇄골, 옆구리를 애무해 주었다.

"아아, 흑, 응으읏♥"

금세 달콤한 신음 소리를 내기 시작하는 미나.

"좋아. 이제 넣을게."

"아, 알겠습니다, 주인님."

나는 미나의 몸 위로 올라가 정상위로 삽입을 개시했다.

"아앗!"

미나가 큰 소리로 외치며 몸을 부르르 떨었다. 쾌락을 숨기려고도 하지 않았다. 미나의 안은 축축하게 젖어있었고, 나도 본능에 따라 거칠게 허리를 흔들어 나갔다.

"앗, 앗, 아앙! 주인님!"

미나는 나를 껴안더니 내 리듬에 맞춰 허리를 움직이기 시작했다. 지금껏 여러 차례 몸을 섞어온 연인이기에 가능한 기예였다.

리드미컬한 소리와 함께 우리의 애정 어린 댄스가 시작되었다.

"앗, 앗, 앗, 아앙, 하윽, 으읏, 앙, 아앗♥"

쾌락으로 몸을 비틀어대면서 뜨거운 신음을 흘리는 미나. 내 몸도 뜨겁게 달아올라 전신에서 땀이 배어 나왔다.

나는 가끔씩 미묘하게 각도를 바꾸어 미나의 뱃속에 자극을 가했다.

"아앙! 주인님, 주인님! 그거, 안 돼요, 저, 더는…… 흐앙!"

"괜찮아. 언제든지 가버려도 돼."

미나가 절정에 달하는 순간, 나도 타이밍을 맞추기 위해 라스트 스퍼트에 돌입했다.

"아, 알겠, 아아아아아앗……!"

극한의 쾌락에 빠진 미나는 몸을 활처럼 젖힌 채 바들바들 경련했다.

나도 미나의 뱃속에 하얀 액체를 쏟아부으며 쾌락과 행복감을 맛보았다.

"미나. 나를 속인 죄는 무겁다. 1라운드 정도로는 갚을 수 없어."

"아, 알겠습니다. 각오는 됐어요……. 주인님이 원하시는 만큼 안아주세요."

나는 여전히 단단해져 있는 하반신을 다시금 미나의 몸속에 삽입했다.

이리하여 우리는 한 명의 견인족 소녀에게 우승을 안겨 주고 모프 왕국을 뒤로했다.

그리고 며칠 뒤, 리리스로부터 세리나에게 편지가 도착했다. 언니의 병세가 회복되어 다시 걸을 수 있게 되었다는 내용이었다.

그건 기뻐할 만한 일이지만, 어째서 전속 코치인 나한테는 편지를 보내지 않는 거지?

언젠가 시간이 나면 모프 왕국을 방문해 리리스를 철저히 단련시켜 주겠다고 맹세했다.

습득한 스킬

[쫓아가기 LV1] New!

[들고 박기 LV1] New!

막간 처녀를 바치지 않으면 나갈 수 없는 방

제1화
새로운 층

우리는 '돌아올 수 없는 미궁' 6층의 공략을 개시했다.

"이 아래가 6층인가. 가자."

"네."

6층은 돌벽으로 둘러싸인 이전 층들과는 달리 천연 동굴로 이루어진 미궁이었다.

그리고 상당히 어두웠다.

"루카. 여기서는 어떤 적들이 나오지?"

경험자인 루카에게 내가 물었다. 루카는 7층까지 들어가 본 베테랑이다.

"일반 몬스터로 오거와 츠치노코가 있고, 보스는 베히모스야. 오거와 베히모스한테는 꽤 고전하게 될 거야."

비키니 아머 차림의 루카가 뒤를 돌아보며 말했다.

"그렇군."

"주인님, 전방에 뭔가 있어요."

"좋아. 전투태세!"

냄새를 맡은 미나가 보고해 왔다. 우리는 검을 뽑아 들고 대비했다.

쉬익, 쉬익 하고 바람이 빠지는 소리와 다다다닥……하는 정체

불명의 소리가 동시에 들려왔다.

"리리, 불빛을 비춰봐. 레티도 광원 마법을 부탁해."

""알았어.""

시야가 밝아지자 땅을 기어서 다가오는 츠치노코 무리가 보였다. 갈색이라서 바닥과 구별하기가 힘들었다.

겉모습은 그냥 뚱뚱한 뱀인데…….

"루카. 이 녀석들, 독을 가지고 있어?"

독이 있다면 루카도 일찌감치 주의를 주었을 테지만 일단은 확인해 보았다.

"아니. 물어서 공격하는 게 고작이야. 하지만 뚱뚱한 주제에 점프력이 상당하니까 조심해."

루카가 그렇게 말하기 무섭게 몇 마리의 츠치노코들이 도약해 왔다.

"히익, 아야야! 물렸어!"

중간에 있는 리리한테까지 닿는 건가. 하지만 공격력은 대단치 않은 모양이다.

"당황하지 마. 같은 편을 공격하지 않도록 조심하면서 한 마리씩 확실하게 쓰러트리자!"

"네, 주인님!"

"알았어!"

"맡겨 줘!"

"네!"

"해보자 이거야!"

당황하지 않고 대답하는 전위 멤버들. 역시 우리 파티의 전위조는 안정감이 있었다. 미나, 세리나, 이오네, 쥬가, 그리고 루카까지 다섯 명.

이곳은 넓은 통로지만 좁은 곳으로 들어가면 놀게 되는 전위가 생기기 때문에 슬슬 파티의 편성도 고민해 봐야 될 것 같다. 그러고 보니 사키도 전위에 설 수 있다고 들었다.

“클리어!”

“오옷! 보주 (中) 발견! 시작이 좋은걸.”

“호오. 이 정도 난이도에 (中)짜리를 떨어트리는 건가. 사냥하자.”

“좋은 생각이야!”

“오케이!”

우리는 맵 탐색을 뒤로 미루고 통로를 왔다 갔다 하면서 츠치노코 사냥에 전념했다.

하지만 때때로 오거가 출몰했기 때문에 사냥이 편하지만은 않았다.

“캬아아아악!”

근육질의 몸을 가진 검붉은색의 오거가 포효하며 돌진해 왔다.

“읏! 꺄악!”

“이런, 세리나! 누가 커버 부탁해!”

세리나는 검으로 오거의 주먹을 튕겨내려 했지만 힘에서 밀리고 말았다.

세리나도 약한 편은 아니건만. 이 정도의 완력이면 멤버들 중에서 제일 힘이 센 쥬가도 당해내기 힘들 것이다.

"다들, 막아내지 말고 회피해!"

""알겠어!""

""알겠어요!""

내 지시로 멤버들은 오거의 공격을 회피하면서 피해를 입혀 나갔다다. 하지만 오거가 성가신 진짜 이유는 완력 때문이 아니었다.

"칫, 끈질겨!"

"잡았어요! 어라?!"

"캬아아악!"

이오네가 등 뒤에서 오거를 찔렀지만 그래도 오거는 살아서 계속 움직였다.

"터프하단 말이지, 이 녀석들. 섣불리 숨통을 끊으려고 하지 않는 게 좋아."

루카가 말했다. HP를 깎아서 쓰러트리려면 시간이 오래 걸릴 듯하다.

"훗, 아무래도 내가 나설 차례 같네. ……뜨여라, 제3의 눈이여! 욱신거리는 왼손은 선택받은 자의 증거! 부끄러운 과거의 일기를 들추는 심정으로 나를 두려워하라. 거짓된 운명에서 벗어나 피조차 얼어붙는 어둠에 몸을 맡길지니. 저자의 목숨을 거두어라, 데스!"

레티가 주문을 외우자 오거의 움직임이 뚝 멈추었다. 그대로 앞으로 쓰러진 오거는 펑! 하고 연기가 되어 사라졌다.

"와, 굉장하다. 방금 그거 즉사 주문이야?"

"놀랐어. 이런 주문을 사용할 수 있다니. 아무래도 로이드보다 뛰어난 마법사인가 보네."

다들 감탄한 표정으로 레티를 쳐다보았다.

"후후. 계속 칭찬해 줘."

"어어, 뜨여라, 제3의 눈. 욱신거리는 왼손은 선택받은 자의……."

네네가 암기하려는 것인지 주문을 복창했다.

"아, 네네. 너한테 이 주문은 아직 무리야. 마력도 부족하긴 하지만, 사신과 계약할 필요가 있거든."

"아하. 그렇군요, 선생님."

"레티. 너 사신과 계약한 거야?"

나는 신경이 쓰여서 물었다.

"응, 맞는데?"

"정말로 괜찮은 걸까요……."

피아나가 걱정스럽다는 듯이 말했다. 그래도 당장 큰 문제는 없어 보였다. 정말이지, 늘 이상한 부분에서 수준이 높은 마도사다.

"끄응, 알렉. 아이템으로 도끼가 떨어졌는데 대신 좀 주워줘. 무거워서 못 들겠어."

리리가 말했다. 그 말대로 커다란 전투 도끼가 떨어져 있었다. 드워프인 마테우스한테 보여주는 게 좋겠군. 마테우스도 못 쓴다면 팔아치울 수밖에 없었다.

"알았어."

들어보니 20킬로는 가뿐히 넘을 듯했다. 나는 아이템 가방에

도끼를 집어 넣었다.

"좋아, 계속 움직이자."

""출발!""

6층 공략은 아직까진 순조롭게 진행되고 있었다.

제2화
샛길 (전편)

"잠깐 정지!"

구불구불한 미궁을 나아가고 있는데 사키가 날카롭게 외쳤다.

"왜 그래, 사키."

주변을 경계했지만 적의 모습은 보이지 않았다.

"뭐라고 말하면 좋을까. 이 근처에서 수상한 느낌이 들어."

"흐음?"

"딱히 특별한 점은 없어 보이는데…… 응? 맵을 확인해 보니까 좌측에 빈 공간이 있네. 이쪽에 아직 들어가지 않은 방이 있나 봐."

세리나가 지도를 참조하며 말했다.

"하지만 입구가 없는걸!"

"헤에, 그럼 숨겨진 방인가."

"후후. 얼른 칭찬해 줘, 달링."

나는 옆으로 다가온 사키의 머리를 쓰다듬어 주었다.

"그래. 잘했다."

간단한 성과라도 당연한 것으로 치부하기보다는 잘했다고 솔직하게 말해주는 편이 나았다. 그래야 서로서로 기분도 좋았다.

"열려라 참깨! 안 통하네. 어차피 다른 곳으로 통하는 공간도 아니잖아. 그냥 내버려 두자."

레티가 벽을 조사해 보며 말했다. 일리가 있었다. 이전에 폐쇄된 에리어에 갇혀서 호된 꼴을 당한 적도 있었다.

"그래도 저기에 보물 상자가 있으면 어떡해. 아깝잖아."

"뭐? 말해두지만 나 오늘은 골렘을 소환할 생각 없어. 오늘의 운세에서 골렘을 소환하면 불행해진다고 했거든."

레티가 쓸데없는 이유로 벽에 구멍 내기를 거부했다. 뭐, 토라지면 귀찮으니 강요하진 않기로 했다.

"오늘의 운세라. 알겠어. 나도 금전운 같은 건 신경을 쓰는 편이거든. 그러면 다른 입구가 없는지 찾아볼까."

"찾아봤자 아무것도 없을 것 같기는 한데. 뭐, 그러자고!"

우리는 미궁의 벽을 면밀히 조사하기 시작했다.

'들리시나요, 용사여……. 모퉁이에서 네 번째에 위치한 종유석을 누르세요.'

"네네?"

"하으으. 갑자기 어떤 여성분이 부르는 듯한 기분이 들어서."

[공감력] 스킬이로군. 심지어 여자인가.

"네네. 젊은 여자였어?"

내가 중요한 점을 물었다.

"알렉!"

세리나가 그 말을 듣고 화를 냈다.

"잘 모르겠어요. 하지만 목소리는 예뻤어요."

당첨인 것 같은데.

"좋아. 누군가가 구조를 요청하는 걸지도 몰라. 조사해 보자."

이렇게 말하면 세리나도 반대하지 못할 것이다. 아니나 다를까, 세리나는 자진해서 네 번째 종유석을 누르러 갔다.

"앗, 종유석을 눌렀더니 벽이 움직였어."

"뭐?"

세리나가 벽에 솟아난 종유석을 누르자 벽이 안쪽으로 밀려났다.

"헤에, 재밌는데. 나도 한번 눌러볼래."

쥬가가 다른 종유석을 눌렀다. 나는 반대편에서 몬스터가 튀어나오진 않을까 걱정이 되었다.

"미나, 몬스터의 냄새가 나?"

"지금은 아무런 냄새도 안 나요. 근처에는 없는 것 같아요."

그렇다면 문제없겠군.

"오오, 쑥 들어갔어."

"앗! 그럼 리리도 할래!"

누가 보면 놀러 온 줄 알겠군. 어쨌든 리리도 신이 나서 종유석을 눌렀다. 그러자 벽에 사람이 통과할 만한 구멍이 만들어졌다.

"좋아, 들어가자."

"""응."""

"""들어가죠."""

파티원 전원이 통로를 따라 안으로 이동했다. 그러자 눈앞에

막다른 공간이 나타났다.

"뭐야. 막다른 길이잖아."

"아니. 기다려, 쥬가. 이곳의 벽도 움직일 수 있는지 조사해 보자."

"오오! 그렇군!"

우리는 사방의 벽을 누르며 확인해 보았다.

"앗! 이 바위, 누를 수 있게 되어있어요."

이오네가 단서를 발견했다. 길을 막으려고 세워놓은 것처럼 보이는 네모난 바위였다.

"나도 도울게, 이오네."

"고마워요, 루카."

루카가 이오네의 옆으로 가서 함께 바위를 밀었다. 쿠구궁…… 하는 소리와 함께 바위가 안쪽으로 이동했다.

"봐봐. 저쪽 통로로 나갈 수 있겠는걸. 앞으로 조금이야. 두 사람 다 힘내."

세리나가 근처의 벽을 확인하며 말했다.

오호라. 이 통로는 게임에서 흔히 보이는 구조로 되어 있었다. 플레이어가 미로를 가로막은 바위를 옆으로 치워서 앞으로 나아가는 퍼즐 게임들 말이다.

그렇다면 벽을 너무 과하게 미는 것도 좋지 않았다.

"좋아. 사람이 통과할 정도로만 밀도록 해. 신중하게."

"네."

"알았어."

"크크큭……. 알렉, 그래서 어느 세월에 다 밀겠어? 이 대마도사 레티님께 맡겨 둬!"

"기, 기다려, 레티! 무슨 짓을 하려고! 이제 그 벽은 움직일 필요가……."

하지만 내가 말릴 틈도 없이 레티가 마법을 완성시켜 버렸다. 제길! 이럴 때만 영창을 생략한다니까.

"받아랏! [이판사판 태클]!"

다음 순간, 레티의 몸이 푸르스름하게 빛나더니 무시무시한 속도로 바위에 돌진했다.

"끄억!" 하는 단말마와 함께.

""앗!""

"괜찮아, 레티?"

"아야야야……. 프로텍션 마법을 사용할 걸 그랬네. 그래도! 저길 봐봐! 끝까지 밀었어!"

만신창이가 된 모습으로 가슴을 펴고 해맑에 웃어 보이는 레티. 나는 그런 레티의 머리에 꿀밤을 먹였다.

"멍청아!"

"아야! 왜 때리는 거야."

"이런 통로는 과하게 밀면 막히는 경우가 있어. 행동하기 전에 생각을 해라. 지시하면 무시하지 좀 말고."

"어? 아……."

레티도 내 말을 이해한 모양이었다.

"피아나. 치료해 줘."

"알겠습니다. 자, 레티 씨. 여신 에일이시여, 제 기도를 들어주소서. 힐!"

"후우. 미, 미안……. 하지만 설명을 늦게 한 알렉한테도 책임이 있어."

"흥. 다음부터는 리더인 내가 멈추라고 말하면 곧바로 멈춰. 지금은 딱히 서두를 필요도 없는 상황이었잖아."

"으윽."

"나도 동의해. 그래도 아직 통로가 이어져 있으니까 들어가서 조사해 보자."

우리는 마음을 다잡고 미로를 나아갔다.

"오, 형님. 이 바위도 밀 수 있게 돼있어."

"좋아, 쥬가. 그 위치를 잘 기억해 둬. 아직은 밀지 말고."

"알겠어!"

"여기에도 밀 수 있는 바위가 있어. 흐음, 은근히 복잡하네. 막다른 길도 많아서 고민 좀 해봐야겠는걸."

"어디 보자. 반대쪽에서 이쪽의 벽을 열려면…… 기다려 봐. [오토 매핑]을 보면서 생각해 볼게."

세리나가 생각하는 동안, 나도 지도를 띄워놓고 어느 쪽으로 길을 뚫어야 할지 고민했다. 미나와 루카는 주변을 몬스터의 출몰에 대비해 주변을 경계하고 있었다. 우리 파티도 경험이 쌓여서 일일이 지시하지 않아도 이 정도는 가능했다.

"앗! 알아냈어! 방금 전에 쥬가가 발견한 바위를 누르고, 그다음에 사키가 발견한 바위를 누르면 안쪽에 통로가 생길 거야."

흠. 세리나가 정답을 발견한 모양이다. 제법 빠른걸. 나도 세리나의 방법을 검증해 보았지만 틀린 부분은 없어 보였다.

"좋아. 시험해 보자."

"으랏차! 나한테 맡겨, 형님!"

쥬가가 주먹을 맞부딪쳐 기합을 넣고는 벽을 밀기 시작했다.

"쥬가, 사람이 통과할 정도면 충분하니까 너무 밀지 않도록 해."

"아, 알겠어. 쉽지 않네. 이 정도면 되나?"

"응. 이제 됐어."

"다음은 내 차례네. 그런데 여길 밀면 돌아가는 길이 막히는 거 아냐?"

사키가 걱정스럽게 말했다. 그 말대로 바위를 되돌리지 않으면 돌아가는 길이 없어지고 만다.

"으음. 그것도 걱정이네."

이 암반에는 잡아당길 만한 손잡이도 없고, 단단해서 부수기도 힘들어 보였다. 즉, 미는 것만 가능했다.

숨겨진 방으로 들어온 건 좋지만, 돌아가는 길이 사라져서 나가지 못하는 신세가 되고 싶지는 않았다.

"잠깐. 내가 여기에서 기다렸다가 멤버들이 돌아오면 바위를 반대로 밀게. 그럼 되잖아."

쥬가가 말했다. 오호라. 마침 쥬가는 사키가 밀려는 벽의 반대편에 위치해 있었다.

"앗, 그렇네."

"그러면 혹시 모르니 루카와 네네도 쥬가랑 같이 대기해 줘. 30

분 안으로 돌아올게.”

“알겠어.”

“알겠습니다.”

“그러면 다음 벽에는 나랑 레티, 이오네. 이렇게 셋이서 대기할게.”

“그래, 사키. 부탁해.”

“나도? 뭐, 알았어.”

“네, 알겠습니다.”

돌아가는 길이 막히지 않도록 추가로 세 명을 대기시킨 뒤, 다시 바위를 밀어 앞으로 나아갔다.

“여기가 마지막이네.”

이번에도 바위가 앞길을 가로막았다. 하지만 다른 통로에 영향을 미치지 않는 벽이라서 복잡하게 생각할 필요는 없어 보였다.

“좋아, 밀자. 대기조는 없어도 돼.”

“네. 도와드릴게요, 주인님.”

미나와 함께 바위를 왼쪽으로 밀자 통로가 나타났다.

이후 통로를 따라서 앞으로 나아가자 10미터 크기의 네모난 방이 나타났다. 여기가 종착지인 모양이다.

“어라? 보물상자가 있을 줄 알았는데 아무것도 없네?”

리리의 말대로 방안에 보물상자는 없었다. 벽쪽에 하얀 여신상이 세워져 있을 뿐이었다. 혹시나 싶어서 여신상에 [감정] 스킬을 사용했지만 평범한 석상이었다.

“쳇. 네네를 이곳으로 데려올 걸 그랬네.”

[공감력] 스킬이 없으니 목소리를 들을 수도 없었다.

"굳이 그럴 필요가 있을까? 어차피 헛걸음인 건 마찬가지잖아. 상대도 인간이 아니었던 것 같고."

세리나가 여신상을 조사하며 말했다. 뭐, 그 말이 맞을지도 모르겠다. 평범한 모험가라면 부르더라도 더 현실감 있게 불렀을 것이다. "도와주세요! 여기 갇혔어요!"라는 식으로.

"에휴! 시시해."

리리가 이 방에도 누를 수 있는 부분이 있는지 확인하기 시작했다.

나는 불길한 [예감]이 들었다.

제3화
샛길 (후편)

"멈춰, 리리!"

"기다려, 리리!"

"응?"

세리나도 나와 비슷한 느낌을 받은 모양이었다. 하지만 나도 세리나도 한발 늦고 말았다. 쿠구궁! 하는 소리와 함께 우리가 들어온 벽이 닫히며 유일한 입구가 막히고 말았다.

"제길. 함정이었나."

"앗. 미, 미안."

"아니. 신경 쓰지 마, 리리. 방금 건 어쩔 수 없었어."

리리가 아니더라도 평범한 모험가라면 지금까지의 흐름대로 벽을 눌러가며 확인해 보았을 것이다.

'돌아올 수 없는 미궁'은 이래서 무섭다니까.

"맞아. 다른 멤버들이 바깥에 있으니까 괜찮아. 우리가 돌아오지 않으면 걱정이 돼서 와줄 거야. 바깥에 몇 명을 남겨두고 오길 잘했네."

"그러게."

할 게 없어진 우리는 자리에 쪼그려 앉아 동료들의 구조를 기다렸다.

"아아, 신이시여. 부디 저희에게 이 시련을 극복할 용기와 가호를 내려주소서……."

피아나가 작은 목소리로 기도를 올렸다.

"있잖아, 알렉. 입구 위쪽에 글자가……."

벽을 조사하던 세리나가 말했다.

"응? 뭔데 그래."

입구 위쪽에 작은 글씨로 '그대, 이 방에서 나가고 싶다면 처녀를 바쳐라'라는 글귀가 적혀있었다.

"호오, 처녀라."

"무슨 소리래! 웃기지 말라 그래!"

세리나가 나를 노려보며 역정을 냈다. 딱히 내가 노린 것도 아니건만. 어디까지나 이 미궁이 벌인 짓이다.

현재 이곳에 들어와 있는 멤버는 다섯 명. 나와 세리나, 미나, 리리, 그리고 피아나. 이중에 처녀는 한 명뿐이었다.

"어흠. 피아나……."

"잠깐! 밖에 있는 동료들을 기다리면 되잖아."

"하지만 세리나. 닫힌 입구가 움직이리라는 보장이 없어."

"어…… 그건……."

우리가 들어왔던 입구는 혼자서 저절로 닫혔다. 마력이나 초자연적인 힘이 작용했다고밖에 볼 수 없었다. 5층에서 미궁에 갇혔을 때는 A랭크급 실력자인 레티조차 얼음벽을 녹이는 게 고작이었다. 그러니 6층에서도 쉽게 빠져나가긴 힘들 것이다. 엄밀히 따지면 숨겨진 방으로 들어오겠다는 판단 자체가 잘못된 거지만 지금은 순순히 인정하고 반성하는 수밖에 없었다.

이미 들어와 버렸으니 신이 내린 시련이라 생각하고 극복할 수밖에. 바깥에 있는 동료들이 무사한지도 걱정되었다. ……그러니 명분은 완벽했다.

"저, 저는 괜찮아요, 세리나 씨."

하얀 로브를 입은 성직자가 자리에서 일어나 조심스럽게 입을 열었다.

"어? 피아나, 지금 본인이 무슨 말을 하는지 알고 있어?"

"네. 지금 여기에 있는 사람들 중에서 처, 처녀는 저밖에 없으니까요……."

각오를 다진 목소리였다. 숭고한 희생 정신이 아닐 수 없다. 신이 내린 시련이라면 어쩔 수 없지.

"피아나. 동료를 걱정하는 네 마음, 확실하게 전해졌다. 리더로서 감사를 표하지."

"저, 저기, 알렉 씨. 다른 분들께 이 일은 비밀로……."

"물론이다. 알겠지, 다들. 리더 명령이다. 이번 일은 언급 금지야."

"알겠습니다, 주인님. 명령을 어긴 사람은 제가 처벌할게요."

"뭐어? 알았어. 빨리 여기에서 나가고 싶으니까."

"세리나."

"으. 딱히 떠들고 다닐 생각은 없어. 그래도 난 기다리는 게 낫다고 생각해."

"만약 그 판단이 잘못되었으면? 후회했을 때는 이미 늦어. 게다가 밖의 동료들이 무사하다는 보장도 없어."

"어?"

"그렇네요. 서두르죠."

나는 [아이템 가방]에서 모포를 꺼내 바닥에 깔았다.

"히힛."

"리리, 방해하면 못써."

"칫."

세리나가 눈치껏 리리에게 주의를 주었다.

미나도 이쪽에 등을 돌리고 섰지만, 피아나는 이곳에 사람이 있다는 사실만으로도 견디기 힘들 것이다.

"피아나. 지금부터는 나만 보도록 해."

"아, 알겠습니다."

나는 긴장한 피아나를 끌어당기며 가볍게 입맞춤을 했다.

그리고 그 상태로 피아나의 옷을 벗겨나갔다.

"흐윽!"

흰색 사제복 아래로 피아나의 살갗이 모습을 드러냈다. 청초함이 느껴지는 유백색의 피부였다.

나는 손을 뻗어 하늘색 머리카락에 가려져 있는 유방을 어루만졌다.

"앗."

피아나의 입에서 작은 비명이 새어 나왔다. 입술이 파르르 떨리고 있었다.

"내가 무서워?"

"아, 아니요. 하지만 부끄러워서 긴장이 되네요……."

"무리도 아니지. 걱정 마. 전부 나한테 맡겨."

"네, 네에……."

나는 피아나의 부드러운 유방을 마구 주물렀다. 피아나의 유방은 내 손가락에 의해 다양한 형태로 모습을 바꿔나갔다.

"으응, 앗, 흐윽……."

가슴이 일그러질 때마다 몸을 움찔거리는 피아나. 상당히 민감한 체질인 모양이다.

나는 옷을 벗어 던지고 피아나를 모포에 눕혔다. 그리고 피아나의 가녀린 몸을 감싸듯이 그 위로 올라갔다.

서로의 살갗이 닿자 피아나는 그것만으로도 느껴버린 듯 참지 못하고 신음을 흘렸다.

"아앗, 흐앙!"

살을 맞대서 고양된 것일까. 아니면 지금부터 시작될 남녀의 의식에 흥분한 것일까.

뭐, 어느 쪽이든 상관없었다. 어차피 할 일은 하나뿐이니까.

나는 가슴의 꼭대기에 있는 분홍색 돌기를 입속에 집어넣었다. 그리고 혀끝으로 집요하게 핥기 시작했다.

"흐으윽, 아앗, 그마안!"

기분이 좋았던 것일까. 피아나는 손톱을 세워가며 내 등을 필사적으로 끌어안았다.

쭙쭙 소리를 내가며 피아나의 양쪽 돌기를 전부 발기시킨 나는, 혓바닥을 밀착시킨 채로 조금씩 밑으로 내려갔다. 움푹 들어간 배꼽을 지나 하복부로.

"앗, 아앗!"

하지만 나는 피아나가 기대하고 있었을 분홍색 크레바스를 지나쳐 허벅지로 이동했다. 그러자 피아나는 머리를 좌우로 흔들며 몸부림쳤다.

"하윽, 앗, 아앙!"

작은 크레바스에서 흘러넘친 액체가 빛을 반사해 음란하게 번들거렸다. 그 모습을 확인한 나는 그제야 크레바스의 중심으로 혀를 가져갔다.

"끄윽……!"

피아나는 몸을 경련하며 무언의 비명을 내질렀다. 가볍게 가버린 모양이다.

이 과정을 수차례 반복하자, 피아나는 눈을 질끈 감은 채로 헐떡이며 애원해 왔다.

"아, 알렉 씨, 저, 이제 한계예요……. 어, 어서……."
"알았어. 너를 어른으로 만들어 주지."
나는 사납게 솟아오른 물건을 피아나의 몸속에 삽입했다.
"흐윽!"
상당히 부드럽게 안으로 들어갔다.
"움직일게."
"아, 알겠습니다. 아앗, 앗, 응, 아앗!"
규칙적으로 앞뒤로 움직이자 내 물건이 피아나의 뱃속에서 기분 좋게 미끄러졌다.
두 사람의 의식이 그 하나의 감각으로 집중되었다. 두 사람의 파장이 맞물려 융합되어 가는 것이 느껴졌다.
"아아아앗……!"
마지막으로 피아나가 큰 소리를 내질렀고, 그 소리는 우리를 절정으로 인도해 주었다.
'용사여. 그대에게 빛의 가호가 있기를.'
"응? 피아나? 방금 뭐라고 했어?"
내가 물었지만 피아나는 의식을 잃은 채 축 늘어져 있었다.
그때 갑자기 덜컹! 하는 소리가 났다. 놀라서 고개를 돌려보니 입구의 문이 열린 모양이었다.
"좋아, 다들. 밖으로 나가자."
""알았어.""
우리는 피아나를 데리고 여신상이 있는 방을 뒤로했다.

며칠 뒤. 여관에서 홍차을 마시고 있던 세리나가 문득 생각났다는 듯이 내게 물었다.

"그 여신상이 있는 방 말인데, 내부 분열을 시키는 함정이었던 걸까?"

"어째서 그렇게 생각하는데?"

"파티에 항상 연인이 있으라는 법은 없잖아. 저번에는 피아나의 희생으로 빠져나올 수 있었지만……."

"글쎄. 서로에게 마음을 전하지 못하는 연인 후보들을 맺어주는 사랑의 여신일지도 모르지."

조건이 부합하지 않았다면 그 여성의 목소리도 들리지 않았을지 모른다. 왠지 모르게 그런 생각이 들었다.

"뭐? 하긴, 그럴 수도 있겠네."

어찌 됐든 무사히 빠져나올 수 있었으니 우리에게는 행운의 여신인 셈이었다.

제11장 카쿠 코인

프롤로그
연금술

여관의 1층으로 내려오자 군단에 소속된 녀석들이 카드 게임으로 내기를 하고 있었다. 질리지도 않는가 보구나, 이놈들.

"좋아, 투 페어다!"

"으악, 죽을걸! 젠장, 속아넘어가다니……."

게임에 사용되는 카드는 보물상자에서 나온 것으로 튼튼하고 깨끗했다. 일본에서 시판되는 물건과 전혀 차이가 없었다.

"하핫. 받아가겠어. 지드, 너도 슬슬 포커 페이스를 익히는 게 어때. 얼굴에 훤히 드러난다고."

"그게 어디 마음대로 되나. 앗! 알렉 씨, 좋은 아침입니다!"

지드가 나를 보더니 활짝 웃으며 큰 소리로 인사를 했다.

"그래."

"오늘은 어디 외출하시나요?"

"아니. 딱히 예정은 없어. 무슨 일인데?"

"아뇨. 혹시 한가하시면 저희와 점심이라도 같이하시는 게 어떨까 해서요."

"흠. 아니, 관두지. 클라이드, 내가 낼 테니까 팀원들 데리고 밖에서 놀다 와."

나는 '검은고양이 2반'의 리더인 클라이드에게 은화를 던졌다.

"고맙습니다. 어디로 갈래?"

"평소에 가던 주점이면 되지 않을까?"

"아니, 은화잖아. 기왕이면 여자지. 창관에 가자."

"응? 알렉 씨, 괜찮을까요?"

"뭐, 좋을 대로 해."

""오오!""

뭐, 가끔은 괜찮겠지.

"대신에 제대로 된 가게로 가라."

이상한 병이라도 걸리면 곤란하므로 나는 은화를 한 닢 더 던져줬다.

""감사합니다!""

군단 녀석들이 줄줄이 여관을 나서는 모습을 지켜본 나는 안쪽의 식당 테이블로 가서 앉았다.

"에이다, 스프 부탁해. 에이다?"

대답이 없었다. 부재 중인 모양이다.

"쳇. 이 여관이랑은 영 맞지를 않는다니까."

그래도 시트는 매일같이 깨끗하게 갈아주고 있었다. 확실히 그 부분은 만족스러웠다.

어쩔 수 없이 노점이나 음식점에서 끼니를 해결하기로 했다.

"앗, 알렉 씨."

밖으로 나가자 붙임성 좋은 갈색 머리의 젊은이가 말을 걸어 왔다. 포커 페이스에 서툰 지드였다.

"응? 지드인가. 다른 녀석들이랑 창관에 간 거 아니었어?"

"그런 데는 좀……. 사실은 좋아하는 사람이 있어서요."

지드가 어깰르 으쓱이며 순박하게 웃었다.

"그렇군. 뭐, 아무래도 좋지만. 돈은 받았고?"

"네. 조금 나눠 받았어요."

"그럼 됐어."

"저, 알렉 씨."

"뭐지?"

내게 남자와 대화를 나누는 취미는 없었다. 친근하게 대하는 건 좋지만 적당히 해줬으면 했다.

"그 애한테 선물을 하려는데, 뭐가 좋을까요?"

"몰라. 스스로 생각해."

"에이, 그러지 마시고. 인기남인 알렉 씨께서 한수 가르쳐 주세요."

나도 안경 여신에게 받은 [매력☆ LV3] 스킬의 덕을 보고 있을 뿐이건만.

"모험에서 성과를 내서 좋은 장비와 스킬을 갖추면 돼."

"그런 거 말고요. 어떤 선물이 좋을지 알고 싶어요."

"그러니까 모른대도. 끈질긴 녀석이네."

"반지는 어떨까요?"

듣지를 않는군. 하지만 나도 살짝 궁금해져서 물었다.

"싸구려 반지야?"

"아뇨. 제대로 보석이 달린 반지예요."

"잠깐. 너한테 그런 돈이 있을 리가 없잖아."

1만 골드 이상의 돈을 모았다면 노예 신분부터 관뒀을 것이다. 내가 평민으로 만들어 주겠다는 약속을 했기 때문이다.

내게는 노예의 문장을 조작하는 스킬이 있었다. 피아나에게 시험해 본 결과 말끔하게 지워버리는 것도 가능했다. 그랑소드 국왕에게도 은근슬쩍 물어본 적이 있는데, 대놓고 사용하지만 않는다면 노예를 풀어줘도 상관없다는 모양이다.

"실은 짭짤한 정보가 하나 있거든요."

"호오? 뭔데?"

나는 수상함을 느끼며 물었다.

"뒷골목에 골드를 카쿠 제국의 코인으로 교환해 주는 환전상이 있어요."

"카쿠 제국? 기란 제국이 아니고?"

들어본 적 없는 나라다.

"네, 카쿠 제국이에요. 보세요. 여기에 하얀 개가 새겨져 있잖아요."

지드가 내민 짝퉁 코인을 본 나는 황당함을 금치 못했다.

"이봐, 지드. 이거 나무로 된 동전이잖아."

척 봐도 짝퉁이었다. 대충 깎은 나무 토막에 개 마크를 대충 그려넣은 게 전부였다.

"네, 하지만 돈으로 교환할 수 있어요. 고가의 경품으로 바꿀 수도 있고요!"

속고 있다. 무조건 속고 있다.

"알렉 씨?"

나는 이마를 짚으며 한숨을 푹 내쉬었다.

"얼마나 교환했는데."

"다해서 2천 골드 정도네요. 하지만 카쿠 코인은 지금 떡상 중이에요. 벌써 환율이 2만 골드를 찍었다니까요! 엄청나죠?"

"이 바보야. 그런 꿈 같은 이야기가 있을 리 없잖아. 애초에 어린이 은행에서나 쓸 법한 장난감 코인을 누가 원하겠어?"

"제대로 유통되고 있다니까요."

"당연히 짜고 쳤겠지."

작당한 사기꾼들이 지드 앞에서 코인으로 물건을 사고파는 모습을 보여주었을 것이다.

"네? 이미 여기저기서 많이들 사용하는걸요. 평범한 가게에서도요."

"그게 어딘데?"

"예를 들면…… 저기에 있는 꼬치구이 가게요. 알렉 씨, 점심은 드셨나요?"

"아니. 지금 먹으러 가던 중이었어."

"그러면 평소에 잘 챙겨주신 답례로 제가 한턱 쏠게요. 아저씨, 꼬치구이 두 개만 주세요."

"그래. 4골드야."

"좀 비싼걸. 뭐, 아무렴 어때. 이것도 받으시나요?"

지드가 나무 코인을 건넸다.

"오오, 그건가. 그래. 상관없어."

"보셨죠?"

"흐음. 글쎄. 꼬치구이는 얼마 안 하잖아."

"어휴. 의심이 많으시네요. 그러면 알렉 씨, 제가 100골드치 코인을 드릴 테니까 마음대로 사용해 보세요. 분명 제 말을 믿게 되실 거예요."

"됐어. 필요 없대도."

하지만 지드는 기어코 장난감 코인을 내 손에 쥐여주고 말았다.

"자, 이제 여자친구한테 줄 선물 좀 알려주세요. 방금 건 정보료라 생각하시고."

"이봐, 지드. 거래에서 그런 행동은 금기야. 베푸는 것처럼 돈을 건네준 다음에 상대가 몰랐던 대가를 요구하다니. 함정을 판 거랑 똑같잖아."

"아, 죄송합니다. 그러면 한 장 더 얹어드릴게요."

"아오, 됐다니까!"

나는 바닥에 나무 코인을 패대기쳤다. 돌에 부딪친 코인은 손쉽게 갈라져 버렸다.

"아앗, 아까워라! 내일은 가격이 배로 뛸지도 모르는데."

"아니, 그럴 리 없어. 화폐 시스템을 모르니까 그런 소리를 하는 거야."

화폐란 누군가가 혼자서 만들어 내는 것이 아니다. 무언가를 거래할 때 그 대가로서 거래되는 '약속된 물건'이다.

은행에 맡기면 이자가 붙지만, 이는 예금자에게 돈을 빌린 은행이 그 돈을 다시 기업에게 빌려줌으로써 수입을 내기에 가능한 것이다. 돈이 저절로 불어나서가 아니다.

만약 담보 없이 돈을 늘리고자 한다면 그 인간의 '신용'이 시험받는다.

반드시 돈을 갚을 인간이라는 게 입증되면 그 사람을 믿고 돈을 빌려줄 것이다.

하지만 담보가 없는 상태에서 돈도 갚지 않는다면 엄청난 사태가 벌어진다. 그 대표적인 예시가 리먼 쇼크다.

리먼 쇼크는 금융 공학을 구사하여 담보를 조작해 발생한 사건이다. 무에서 유를 창조하는 연금술이었던 것이다.

그리고 세상은 그 대가를 요구받았다. 한꺼번에. 아무도 원하지 않는 형태로.

내 생각은 이렇다.

세상에 실재하는 '재화의 총합'은 유한하며 '신용의 총합'은 그 한계를 넘을 수 없다.

전자 화폐도 마찬가지다. 대가가 필요했다.

'얼마나 많은 금액을 가지고 있는가'는 중요한 게 아니다.

'얼마나 높은 화폐 가치를 지니고 있는가'도 중요한 게 아니다.

'누가 지불해 주는가'가 중요한 것이다.

"네? 하지만 이 코인은 사용할 수 있잖아요."

그렇다면 어째서 나무로 만들어져 있을까.

발행자가 부호라면 금이나 은을 사용해서 내구성이 우수한 화폐를 발행했을 것이다.

그 내구성은 간단히 위조하는 것을 막기 위함이기도 했다.

나는 지드에게 말했다.

"지금은 그렇지. 어쨌든 이제 그 코인에 돈을 쏟아붓는 건 그만둬라. 클랜 리더로서의 명령이다."

"그, 그럴 수가……. 그러면 반지는 무슨 돈으로 사죠?"

"모험을 해서 벌어. 아니지, 이참에 그 코인으로 고가의 장식품을 살 수 있는지 시험해 볼까. 지드, 가지고 있는 코인을 전부 가지고 와. 여자친구가 홀딱 넘어올 반지를 골라주마."

"알겠습니다!"

뭐, [감정] 스킬의 도움을 받긴 하겠지만 호언장담한 것처럼 드라마틱한 효과가 붙은 반지는 없을 것이다.

어쨌든 최대한 빨리 돈이 될만한 물건으로 코인을 바꿔야 겠다.

이것도 사기라면 사기겠지.

제1화
열차에 늦게 탑승한 용사?

우리 군단에 속한 멤버들 중 하나가 수상한 사기에 휘말리고 말았다.

카쿠 제국의 코인. 피해 금액은 2천 골드.

나한테는 별로 대단한 액수가 아니지만 노예인 지드에게는 전재산에 가까웠다.

정말이지. 지드를 리더에서 해임시키는 게 좋으려나.

꼬치구이를 먹으면서 지드를 기다리고 있는데, 리리와 쥬가가 다가왔다.

"아, 변태 아저씨다."

"응? 오오, 형님이잖아!"

"리리. 사람들이 왕래하는 장소에서 오해를 불러일으킬 만한 발언은 삼가줘."

"그치만 오해가 아니라 사실인걸."

"그래도 안 돼. 엄연한 명예훼손이다. 기억해 둬."

"에엥?"

"무슨 말인지 모르겠지만, 형님도 식사 중인가 보네."

"맞아. 나한테는 아침이야."

"나도 하나 사줘!"

"좋아. 뭐가 먹고 싶은데, 리리."

"저걸로 할래."

리리가 까치발을 들고 손가락으로 경단을 가리켰다.

"아저씨. 저걸로 3개 부탁해."

"알겠수다."

"자, 받아."

"고마워. 음, 맛있다."

"땡큐, 형님. 이야, 맛있네."

"혹시나 해서 물어보는데, 너희들 혹시…… 이런 코인을 가지고 있지는 않겠지?"

나는 발밑에 패대기친 채로 놔두었던 코인을 주워서 보여주었다.

그러자 리리와 쥬가는 자랑하듯이 웃으며 고개를 끄덕였다.

"아, 카쿠 코인 말이지? 가지고 있어! 여기."

"나도 어제 1만 골드치 교환했어, 형님!"

"뭐? 바보냐, 너희들?"

"왜 화를 내……."

"엥? 뭐 잘못됐어?"

"얼마나 가지고 있는데. 말해."

"싫어. 내 거란 말야!"

"골드로 따지면 2만 정도 있어. 그나저나 일주일 전에는 천 골드밖에 안 했는데 지금은 2만 골드라니. 보고도 믿기질 않는단 말이지."

"이것들이……. 돈이란 게 그렇게 간단히 불어날 리 없잖아."

"그치만 진짜로 불어났는걸."

"내 말이. 증거가 있잖아."

리리도 쥬가도 전혀 의심하지 않는 모양이었다.

"일시적인 현상일 뿐이야. 들떠있을 수 있는 것도 지금뿐이다, 너희들."

"세리나도 똑같이 말했어. 그런데 실제로 사용할 수 있다는 걸 알고서는 태도를 확 바꾸던데?"

"뭐라고?"

……나 원. 우리 클랜의 피해가 어디까지 확대되고 있는 거야.

안 좋은 느낌이 들기 시작했다.

그나저나 세리나까지……. 그래도 머리가 돌아가는 편이라고 생각했는데.

"리리. 지금 바로 여관으로 돌아가서 군단원 모두에게 전해. 카쿠 코인은 구입 금지다."

"뭐? 어째서! 모으기도 쉽고, 가볍고, 사용하기도 편한걸."

"됐으니까 내 말대로 해. 누가 발행했는지도 모르는 화폐야. 심지어 장난감이잖아."

"그치만 사용할 수 있잖아."

"클랜 리더의 명령이다."

"그래도 싫어."

"쳇, 쥬가. 네가 다녀와."

"알겠어! 형님의 명령이면 틀린 것도 맞게 만들어야지!"

"시끄럽고 빨리 가기나 해. 모두에게 전해야 된다."

"맡겨둬!"

쥬가가 여관으로 달려갔다. 이걸로 대처는 했다. 임시방편이지만.

"알렉 씨!"

그때 마침 지드가 돌아왔다.

"지드. 전부 가지고 온 거야?"

"네. 싹 다 모아 왔어요. 이게 제가 가지고 있는 전재산이에요."

지드가 돈주머니를 들고 환하게 웃었다. 얼마나 있는지 볼까.

주머니 안을 들여다보니 아니나 다를까 전부 나무 코인이었다.

"흐음……."

"부족한가요?"

"아니, 그건 아니야. 이제 장신구점으로 가자."

"네!"

"앗, 나도 갈래!"

"그래. 너도 따라와."

나는 지드와 리리를 데리고 귀족을 대상으로 하는 장신구점으로 향했다.

"멈춰라."

하지만 문앞에 다가가자 풀 플레이트 아머를 입은 문지기 병사가 우리를 제지했다.

역시 드레스 코드가 존재하는 가게였나.

잠깐, 그걸 시험해 볼까.

"이거면 통과할 수 있을까?"

나는 품속에서 그것을 꺼내 들었다.

"대체 뭘…… 앗, 이건! 실례했습니다. 들어가시죠."

국왕에게 받은 플래티넘 통행증. 편리하구만. 그래도 다음에 이곳을 방문할 땐 제대로 된 옷을 입고 오기로 하자.

"우와. 멋있다, 알렉."

"역시 알렉 씨군요."

따라오던 두 사람이 나를 바라보며 감탄했다.

"어서 오십시오. 모험가분들이시군요. 어떤 물건을 원하십니까?"

웨이스트 코트를 빼입은 점원이 우리를 마중 나왔다. 역시 사람을 보는 안목이 뛰어나군.

그렇다면 이 점원에게 골라달라고 하는 것도 괜찮겠군.

"이 녀석이 여자친구에게 어울리는 선물을 하고 싶다는데."

"실례지만 상대분은 귀족이신가요?"

"앗, 아닙니다. 빵집에서 일하는 평범한 소녀인데……."

지드가 화들짝 놀라 대답했다.

"그렇다면 이 목걸이가 괜찮아 보이는군요."

"아, 저는 반지를 선물하고 싶어서요."

"그러시군요. 하지만 빵집에서 일하시는 분이라면 손을 씻거나 빵을 반죽하는 일이 많으시겠죠. 반지를 끼면 불편하지 않으실까요."

"오오, 그것도 그렇군요. 그러면 목걸이로 할게요. 저, 가격은……."

"3천 골드입니다."

"제가 2천 골드밖에 준비를 못 해서……."

"죄송합니다. 저희 가게에는 이것보다 저렴한 물건이 없는지라……."

"그런가요."

"부족한 부분은 내가 대신 내줄게. 지드, 그걸 사용할 수 있는지 확인해 봐."

"알겠습니다. 혹시 이걸로 지불할 수 있나요?"

"흠. 카쿠 코인이군요. 죄송하지만 저희 가게에서는 이 코인을 취급하지 않습니다."

"안 되는군요……."

"그러면 이 은화로 부탁해."

"예. 구입해 주셔서 감사합니다."

거래가 됐으면 나도 살짝 당황할 뻔했다. 하지만 역시 고가의 아이템으로는 교환이 불가능한 모양이었다.

"지드. 이거 받아."

나는 점원에게 받은 목걸이를 그대로 지드에게 넘겼다.

"괜찮으시겠어요?"

"됐어. 하지만 목걸이 값은 빚으로 달아둘 거야."

"알겠습니다. 반드시 갚을게요."

"그래. 그럼 다음 가게로 가자. 리리, 너도 사고 싶은 게 있으면 말해."

"음. 알렉이 사주는 거라면 아무거나 좋아."

"그러면 다음 가게에 가서 둘러보기로 할까."

이번에는 평민도 들어갈 수 있는 가게로 가보았다. 다만 이곳도 고급품을 다루는 가게로 싸구려 장식품은 놓여있지 않았다.

"2천 골드로 살만한 장식품 없을까?"

"이게 좋겠네요. 진짜 은을 사용한 반지입니다."

점원이 반지를 내밀었다. [감정] 스킬을 사용해 보니 진품이 맞았다.

감정으로 평가된 가격은 천 골드. 살짝 바가지를 쓰는 느낌도 들었지만 납득은 가는 수준이었다.

"지드. 2천 골드는 먼저 돌려받겠어. 방금 전의 주머니를 내게 줘."

"알겠습니다. 하지만 이곳에서 사용할 수 있을까요?"

"일단 먼저 보여주시겠어요? 아아, 카쿠 코인이군요. 저희 가게에서는 취급하고 있습니다."

여기서는 사용할 수 있는 모양이었다.

"봐, 알렉. 사용할 수 있다잖아."

"그러게."

"포장은 어떻게 하시겠어요?"

"딱히 필요 없어."

"알겠습니다. 여기 받으세요."

나는 점원에게 받은 은반지를 리리에게 건넸다.

"자, 너 가져라."

"와. 정말로?"

"그래."

"고마워! 알렉이 최고야!"

리리가 나를 와락 껴안았다. 어지간히도 기쁜 모양이다. 가끔은 선물도 나쁘지 않은걸.

우리는 가게를 나왔다.

"지드, 방금 전에는 바보 취급을 해서 미안하다. 아무래도 이 코인은 상당히 광범위하게 사용되고 있는 모양이야."

내 예상과 달리 멀쩡한 가게에서도 사용할 수가 있었다.

"아뇨. 사과하실 필요 없어요. 처음 가게에서는 사용하지 못했는걸요."

"나한테도 사과해."

"너한테는 사과할 생각 없어."

"뭐? 어째서."

"너는 태생이 다르잖아. 진품 여부는 한눈에 구별할 줄 알아야지."

"으으."

나도 리리도 잊어버리기 일쑤지만 이 녀석은 원래 여왕이었다.

"지드는 그만 돌아가도 좋아. 하지만 이 코인은 이제 사지 마."

"네. 목걸이 감사합니다, 알렉 씨. 지금 바로 여자친구에게 선물하러 갈게요!"

"그래."

기쁜 얼굴로 돌아가는 지드. 피해를 입지 않고 끝나서 다행이었다.

"리리, 조금만 더 어울려 줘."

"알았어. 어디로 가게?"

"상인 길드."

두 번째로 방문한 중간 규모의 장신구점에서도 코인을 사용할 수가 있었다. 그러니 아마도 상인 길드가 엮여있을 것이다.

조사해 볼 필요가 있었다.

제2화
카쿠 코인 관계자

개의 얼굴을 대충 그려 넣은 나무 토막이 화폐랍시고 가게에서 실제로 통용되고 있었다.

처음에는 별 볼 일 없는 사기꾼 집단이 주거니 받거니 하는 정도라 생각했지만, 실제로는 훨씬 커다란 규모의 거래가 이루어지고 있었다.

"헤에. 여기가 상인 길드구나. 나 처음 와봤어."

같이 따라온 리리가 길드를 둘러보며 신기하다는 듯이 말했다.

"뭐, 상인이 아니면 딱히 올 이유가 없으니까."

나는 이곳에서 보주를 거래하고 있었다. 하지만 리리에게 그 사실을 알려주면 보주를 슬쩍해서 몰래 이곳에 팔아치우려고 들지도 몰랐다.

쓸데없는 말은 하지 않기로 했다.

"알렉은 뭘 하려고 온 건데?"

"카쿠 코인을 조사해 보려고."

"아하. 아직도 의심하고 있구나."

"당연하지. 아, 유미."

붉은 머리의 상인이 나를 발견하고 다가왔다. 유미는 길드 내에서도 1, 2위를 다투는 재능의 소유자다.

그렇기에 이 녀석이 적이냐, 아군이냐에 따라 이야기가 180도 달라지게 된다.

"기다리게 해드려 죄송합니다, 알렉 씨. 오늘은 무슨 용건으로 오셨나요?"

"진지하게 할 이야기가 있어. 개인실을 준비해 줄 수 있을까?"

"네. 물론입니다. 이쪽으로 오시죠. 2층 응접실로 안내하겠습니다."

화려한 나선 계단을 올라간 우리는 2층에 설치된 문들 중 하나로 들어갔다. 아마 다른 방에서도 중요한 거래나 밀담이 오가고 있을 것이다.

"잠시만 기다려 주세요. 차를 내오겠습니다."

"알겠어."

"나는 케이크가 먹고 싶어!"

리리가 억지를 부렸다. 뭐, 여기라면 준비해 줄 테지만.

"리리. 나한테 코인을 하나 줘봐."

"알았어. 백 골드야."

"에휴. 자, 여기."

동화로 맞교환을 해야 했다.

"오래 기다리셨습니다."

얼마 지나지 않아 유미가 쟁반에 차와 케이크를 얹고 돌아왔다.

"오오, 정말로 내왔어……!"

자기가 부탁해 놓고 감격에 빠지는 리리. 나는 그런 리리를 내버려 둔 채 본론에 들어갔다.

"이 코인에 대해서 자세히 알고 싶어."

유미를 상대로 뜸을 들여봤자 소용없기 때문에 단도직입적으로 코인을 보여주었다.

한순간 유미의 눈썹이 움찔했다. 유미의 얼굴을 유심히 관찰하지 않았다면 알아챌 수 없을 정도로 미세한 움직임이었다.

뭔가가 있는 모양이군.

"현재 상인 길드에서 취급하고 있는 코인이군요."

"상인 길드 전체에서 취급하는 거야, 아니면 대상인들 중 일부가 발행하고 있는 거야. 어느 쪽이지?"

"발안자는 대상인들 중 일부였지만 의결이 통과되어 길드 차원에서 취급하고 있습니다. 의결권은 출자액을 기반으로 정해집니다만…… 쉽게 말해서 부자에게 유리한 다수결이라고 생각하시면 됩니다."

"아, 그 부분은 설명할 필요 없어. 발안자의 이름은?"

"원래 외부인에게는 알려드릴 수 없는 사항입니다만, 바움이라는 이름의 상인입니다. 최근 세를 불리기 시작한 상인이죠."

"신용할 수 있는 인간이야?"

"글쎄요……. 알렉 님이 어떤 의미로 하신 말씀인지에 따라 달라집니다만, 금전을 지불할 능력이라면 충분합니다. 이번 코인 건을 보면 장사를 벌이는 재능도 있다고 생각합니다. 다만, 개인적으로는 협업하고 싶지 않은 상대지만요."

"충분해. 이 녀석의 뒤는 누가 봐주고 있지?"

"본보야지 백작입니다."

"흐음. 거물이야?"

"네. 작위는 백작이지만 폭넓게 교역을 진행하고 있고, 기란 제국과도 연줄이 닿아있습니다. 대귀족이라고 할 정도는 아니지만 유력한 귀족이라고 생각해 주세요."

"그랑소드 국왕과는 가까운 사이인가?"

"아니요. 개혁안에 반대하는 경우가 많다고 합니다. 겉으로는 국왕과 백작 모두 사이좋게 지내고 있습니다만, 실제로는 견원지간일 겁니다."

"그 말을 들으니 안심이네."

여차할 때는 그 국왕이 어떻게든 해줄 것이다. 국왕까지 한통속이었으면 바로 발을 뺄 생각이었다.

"저, 이런 질문이 실례인 줄은 압니다만, 알렉 님은 뭘 하시려는 건가요?"

"우리 군단 녀석들이 그 코인을 대량으로 사들이려 하고 있거든. 그러지 못하게 막으려는 것뿐이야."

"대박 날 기회인데."

"얌전히 있어, 리리."

"……이건 상당히 커다란 프로젝트입니다. 고참 상인들 중에는 사기나 다를 바 없다며 반발하는 분들도 계십니다. 파벌간의 싸움으로까지 이어져서 상당히 민감한 사항이라고나 할까요……."

상인 길드 내부에서도 의견이 통일되진 않았다 이건가.

"알았다. 딱히 일을 키울 생각은 없어. '바람의 검은고양이' 클랜의 멤버들이 그 코인을 사지 않는다면 그걸로 충분해."

"그 말씀을 들으니 안심입니다. 그러면 클랜원분들께 코인을 권하는 일이 없도록 길드원들에 연락을 넣어두겠습니다."

"그래. 부탁해."

나는 소파에서 몸을 일으켰다. 그러자 리리가 엄청난 속도로 내 접시의 케이크를 뺏어 가 버렸다. 부끄러우니까 그만해 줬으면 좋겠다.

"알렉 님. 다른 용건은 없으신가요?"
"아니, 딱히 없어. 방해해서 미안했다."
"아닙니다."
"아, 맞다. 야나타도 이번 건과 관련돼 있어?"
"직접 엮여있지는 않습니다만, 바움도 야나타와 같은 '화이트 독' 클랜의 멤버입니다."
"그러면 야나타의 '노예알선'에서도 카쿠 코인을 취급하고 있는 건가?"
"예. 취급하고 있습니다."
"흐음."
야나타라면 자신에게 손해가 되는 일은 절대로 하지 않을 거라고 생각했는데. 카쿠 코인이 믿을 만하다고 판단한 걸가? 아니면 야나타도 한통속인 걸까.
뭐, 어느 쪽이든 상관없었다.
카쿠 코인만 사지 않으면 사기를 당할 일은 절대로 없으니까.

제3화
예기치 못한 파문

여관으로 돌아가자 세리나가 팔짱을 끼고 대기하고 있었다.
"알렉. 도대체 뭐 하자는 거야?"
"나는 그 코인이 마음에 안 들어. 그러니까 사지 말라는 거다."
"마음에 안 드니까 사지 말라고? 뭐, 못생긴 개가 그려져 있기는 하지만."

세리나가 어깨를 으쓱이며 말했다.

"디자인을 말하는 게 아니야. 그 코인은 위험해."

"응. 하지만 가게에서도 취급하던걸. 사용할 수 없는 가게도 있긴 하지만."

"일단 단가가 높은 가게에서는 사용할 수 없었어. 즉, 아무데서나 사용할 수 있는 것도 아니란 거야. 환금성이 낮다는 거지. 찔끔찔끔 교환하는 건 상관이 없지만 한꺼번에 바꾸려 들면 어디에서도 교환해 주지 않을걸."

"뭐? 그건 전자 화폐도 마찬가지잖아. 단순히 도입이 늦어서 거래가 불가능한 거 아냐?"

"아니. 겉보기에는 비슷해도 본질은 전혀 달라. 우선 전자 화폐는 은행 결제를 온라인화시킨 것에 불과해. 그리고 전자 화폐는 '투자'를 목적으로 한 자산이 아니야."

"그건 알겠어. 하지만 투자가 목적이라고 나쁠 건 없잖아? 지금 제일 잘 나가는 사업가인 에로인 사쿠 씨도 코인을 구매하겠다고 선언했는걸."

"흥. 그건 또 누구래. 사고 싶으면 선언하지 말고 조용히 사면 되잖아. 그보다 너한테 코인을 권하는 사람이 이렇게 말하지 않았어? '무조건 대박 날 겁니다'라고."

"그러고 보니……."

"전형적인 사기꾼 멘트잖아."

"으윽."

"다단계 판매라고 알아?"

"다단계라면…… 물건이 잘 팔리는 동안에는 팔려는 사람이 계속 늘어나지만, 결국에는 사는 사람이 없어져서 악성 재고만 남게 되는 그거지?"

"맞아. 이걸 설계한 건 상인 길드에 소속된 대상인이야. 하지만 대상인이 가진 돈이라고 해봤자 한계가 뚜렷하지. 무엇보다 국가에서 발행하는 통화는 법률로 이상한 짓을 못하도록 차단할 수 있지만, 개인이 발행하는 화폐는 그게 안 돼."

"그래도 유통만 잘 된다면…… 아닌가."

본인도 깨달은 모양이군.

"맞아. 유통만 잘 된다면 문제는 없겠지. 하지만 뒤집어 말하면 유통되는 동안만 괜찮다는 거야. 원래 리스크가 표면에 드러나는 건 문제가 터지고 나서다. 애초에 말야, 천정부지로 치솟는 코인의 가격을 누가 정한다고 생각해?"

"그건…… 구입하는 사람?"

"아니야. 파는 사람이다. 팔리지 않아도 가격표는 붙일 수 있으니까."

"아아……. 그렇구나. 그런데 알렉, 어떻게 그렇게 잘 알아?"

"현자로 전직했거든."

"뭐?"

"상인 길드 내부에서도 반신반의인 모양이더군. 길드가 총대를 맨 이상 무턱대고 발을 빼지는 않겠지만, 우리 클랜은 리스크를 짊어지지 않는 방향으로 가겠어. 알겠지?"

"……알겠어. 하지만 이미 교환해 버린 코인은 어떻게 하는 게 좋을까."

"교환한 곳으로 가서 환금을 요구해. '조금만 버티면 가격이 더 오를 겁니다'라면서 널 설득하려고 하면 그놈이 조심해야 할 놈이다."

"그렇겠네. 그럼 다들 교환하러 가자."

"그러자."

"네……."

"하아……. 한탕 할 수 있을 줄 알았는데."

루카와 네네, 레티까지 코인을 구매한 모양이다. 일찌감치 알아채서 다행이다.

"사키, 너는 안 샀어?"

"당연하지. 그런 싸구려 코인을 어떻게 믿겠어. 누가 봐도 수상하잖아. 내가 신용하는 건 현금뿐이야. 이쪽 세상에서는 골드지."

"오늘부로 너를 클랜의 재무 담당으로 임명한다."

"오오! 맡겨만 줘. 몇 배로 불려줄게."

"잠깐. 관리만 해줘도 충분해."

"아하하. 투자에는 관심 없으니까 안심해. 장사로 벌겠다는 뜻이야."

"아아, 그렇다면야."

이걸로 한시름 놓을 수 있겠지. 그렇게 생각하며 여관에서 쉬고 있는데, 네네가 다급한 모습으로 돌아왔다.

"하으으, 알렉 주인님! 크, 큰일났어요!"

"무슨 일인데?"

"다 같이 코인 환전소로 가서 카쿠 코인을 교환하려는데, 지금은 환금이 어렵다고 거절당해서 말다툼이 벌어졌어요. 그랬더니 옆에 있던 손님도 돈을 돌려달라고 화를 내기 시작했어요. 결국에는 싸움으로 변해서 병사분들이 출동하셨어요."

"뭐라고? 젠장, 일이 커졌군. 당장 위병소로 가자."

"사망자가 나오지 않았으면 좋겠는데. 세리나도 화를 내면 무섭잖아."

"……서두르자."

위병소로 가보니 세리나와 다른 멤버들이 감옥에 갇혀 있었다. 에휴.

나는 통행증을 사용해서 면회 허가를 얻었다.

"그래서? 사망자도 나왔어?"

철창 너머에 불만스럽게 앉아있는 세리나에게 내가 물었다.

"아니, 부상자뿐이야. 내가 다치게 만든 것도 아니고."

"같이 있던 손님이 그랬어. 그나저나 이렇게 큰 소란이 벌어질 줄은 생각지도 못했어."

루카가 부연설명을 해줬다. 교환하러 왔던 그 손님도 내심 불안했던 것이겠지. 그런데 점원이 돈으로 바꿀 수 없다고 말하니 폭발할 수밖에.

실제로 본 적은 없지만 은행에서도 비슷한 일들이 종종 벌어진다고 들었다.

"네 말대로였네. 반성하고 있어."

세리나가 심드렁하게 말했다.

"됐어. 나도 교환에는 순순히 응해줄 거라고 생각했거든."

"아니, 실은 환전상도 나랑 네네 몫까지는 곧바로 교환해 줬어. 근데 세리나가……."

레티가 그렇게 말하며 이상한 표정을 지었다.

"뭔데?"

"세리나가 수중의 5만 골드를 환금 신청했거든. 그랬더니 평가액이 50만 골드로 산정된 거야."

"뭐?! 세리나 너, 그렇게나 많이 가지고 있었어?"

"그치만 가격이 계속해서 오르는걸. 돈이 되겠다 싶었지."

"화염의 검을 구입한 지 얼마나 됐다고. 용케 그만한 돈을 모았구만."

"알렉처럼 쓸데없이 낭비하고 다니지 않으니까."

"시끄러워. 전투 노예는 모험에 필수라고."

"레이디 타바사는?"

"으윽. 그건 데이트 비용이다."

"아, 그러셔?"

"난 환전상이 하는 말도 일리가 있다고 봐. 50만 골드를 바로 마련하긴 어려울 테니까."

레티의 말대로였다.

"하지만 금화로 5천 개면 충분히 가지고 있을 만하잖아?"

"글쎄. 환전상은 언제 바꿔주겠대?"

"당장은 모르겠고, 점장과 상담해 보겠대. 심지어는 액수가 많아서 환율이 낮아질 수도 있다나. 그래서 이건 아니다 싶더라고."

애매한 상황이군. 가격의 변동이 적은 일반적인 화폐라면 환전 금액이 달라지지는 않았을 텐데.

어쨌든 귀찮은 사건에 고개를 들이민 이 녀석이 나빴다.

"몰라. 전부 네 탓이다."

"너무해."

"어쨌든, 실력 좋은 변호사를 고용해 줄 테니까 얌전히 있어."

"국왕한테 부탁해 볼 생각은 없어?"

"부탁하면 국왕도 들어주기야 하겠지만, 매번 기대면 서로 불편해질 뿐이야."

"혹시 감옥에 들어간 게 나라서 그런 건 아니고?"

"아냐. 내가 감옥에 들어갔어도 똑같이 행동했을 거다. 하여튼 상황을 들어보니 감옥에 오래 있지는 않을 것 같아. 그러니 원만하게 가자고. 그렇잖아도 지금 꽤 위험한 상황일지도 모르거든."

"위험한 상황이라니?"

"이번에 코인을 발행한 건 '화이트 독' 클랜 녀석들이야. 야나타도 그곳의 멤버지."

"아, 전에 그 사람이랑 트러블이 있었지? 피아나와 쥬가 일로."

"맞아. 그래서 이번에 우리 클랜이 의도적으로 카쿠 코인을 망치려 한 것으로 오해받을 수도 있어. 그렇다면 성가셔지겠지……."

"미안……. 거기까진 미처 생각하지 못했어."

"뭐, 적어도 이 일에 관해선 네가 죄책감을 가질 필요 없어. 너희들은 클랜의 리더인 내가 지켜줄 테니까 걱정하지 마."

동료를 지키는 건 당연한 일이다.

"응. 고마워……!"

자, 이쪽 세계에도 변호사 제도가 존재하는지는 불명이지만 법에 해박한 녀석은 있을 것이다.

우선은 그 인물과 접선해서 조언을 구해보기로 하자.

제4화
고결한 법률가

세리나를 비롯한 몇몇 멤버가 소동에 휘말려 감옥에 들어가고 말았다.

국왕에게 부탁하면 금방 해결되겠지만 이 정도 일로 국왕에게 의지하긴 싫었다.

그래서 나는 변호사를 고용해 동료들을 풀어줄 권한이 있는 사람과 교섭을 진행해 볼 생각이었다.

물론, 내가 아는 사람들 중에는 법률에 빠삭한 사람이 없기 때문에 누군가에게 소개를 받아야 했다.

뭐, 이런 일에는 상인 길드의 유미가 제격일 것이다.

이곳의 모험가 길드는 별로 믿음이 가지 않았다.

다만…… 문제를 일으키지 않겠다고 호언장담한 지 하루밖에 지나지 않았기에 유미가 눈살을 찌푸릴지도 몰랐다. 하지만 이번 일은 정말로 내 의도와는 무관했다.

고의가 아닌 것이다.

나는 그렇게 생각하며 상인 길드로 향했다. 길드 건물 앞에는 다수의 인파가 모여있었는데, 이들은 큰 소리로 구호를 외치고 있었다.

"책임자를 데려와라! 우리는 상인 길드에 현금 반환을 요구한다!"

""요구한다! 요구한다!""

앞을 보니 병사들이 입구를 지키고 있었다. 안으로 들어가기는 힘들어 보였다.

분위기가 심각했다. 일이 본격적으로 커지기 시작한 모양이다.

나는 조용히 자리를 빠져나가려 했다. 그런데 그때, 누군가가 등 뒤에서 내 목을 덥석 움켜쥐었다.

"으극!"

"죽고 싶지 않다면 움직이지 마라."

어떻게 하지?

그래도 나를 죽일 생각이었다면 등 뒤에서 칼침을 놓았을 것이다. 일단은 상황을 지켜보기로 하자.

"이쪽으로 와."

"나를 어쩔 생각이지?"

"걱정 마라. 사람을 만나러 가는 것뿐이다."

남자는 그렇게 말하며 머리에 봉투를 씌우더니 나를 마차에 밀어 넣었다.

두 손목은 밧줄로 묶여있었다.

유괴인가?

도대체 누가?

"내가 '바람의 검은고양이' 클랜의 알렉이라는 사실을 알고서 이러는 거냐?"

"물론이다."

남자가 대답했다.

"목적이 뭐지?"

"말했을 텐데. 사람을 만나러 갈 거다. 금방 도착한다. 그러니 목소리 낮춰. 다치게 할 생각은 없다."

"나더러 그 말을 믿으라고?"

"믿지 않으면 어쩔 건데."

말문이 막힌 나는 얌전히 상황을 지켜보기로 했다. 이윽고 마차가 멈추더니 남자가 나를 데리고 내렸다.

머리에는 여전히 봉투가 씌워져 있었기 때문에 아무것도 보이지 않았다.

"계단을 내려갈 거다."

문이 열리는 소리가 나고, 우리는 지하실로 이동했다. [오토 매핑]을 사용했지만 일부밖에 채워져 있지 않아서 위치를 특정할 수 없었다. 뒷골목의 민가 같기는 한데.

야나타가 나를 고문실로 끌고 온 것이라면 울고 싶어질 거다.

"데려왔다."

"얼굴을 보여줘."

여자 목소리가 들렸다. 남자는 그녀의 말대로 내 머리의 봉투를 벗겼다.

"뭐야, 너였군."

눈앞에 있는 것은 유미였다.

"죄송합니다. 묶을 생각은 없었는데. 내가 다치지 않게 데려오라고 했잖아?"

"흥. 상대는 재앙을 쓰러트린 녀석이다. 여유 같은 걸 부릴 수는 없다고. 정중하게 데려오길 원했다면 A랭크를 고용하지 그래."

용병이 불만스럽게 받아쳤다.

"후우. 이제 됐어. 밖에서 망을 봐줘."

"알겠다."

"알렉 님, 저를 속이신 건가요?"

유미가 밧줄을 풀면서 내게 말했다.

"그렇지 않아. 우연한 사고였어. 세리나가 소지하고 있던 코인이 다소 많기는 했던 모양이지만."

"난처하네요. 길드원들에게 연락을 넣자마자 그런 문제가 터지다니. 덕분에 제 입장은 지금 최악이에요. 아니, 클랜 자체가 망할 위기에 처했어요."

"네가 소속된 클랜의 이름은?"

"더블 밸런서."

"상인 길드에 속한 클랜인가?"

"아니요. 좀 더 규모가 큰 클랜이에요. 귀족과 장인들도 소속되어 있거든요."

"흐음. 그래서? 나를 부른 건 사정을 듣기 위해서였어?"

"예. 그리고 알렉 님이 밖을 활보하게 놔두면 '화이트 독'의 수하들에게 선수를 뺏길 수 있겠다고 판단했거든요."

"선수? 나를 공격할 거라는 소리야?"

"맞아요. '화이트 독' 클랜은 이번 소동을 알렉 님의 적대 행위로 받아들였을 겁니다. 알렉 님은 그랑소드 국왕과도 친분이 있으신 데다가, 최근에 화이트 독의 관계자가 탈세 혐의로 적발되는 일이 있었거든요."

"탈세? 그건 나랑은 완전히 무관한 일이잖아. 참고로 국왕과는 거리를 두려고 하고 있었어."

"큭! 그 말은 '화이트 독' 측에 붙겠다는 말씀이신가요?"

유미가 언성을 높이며 뒷걸음질을 쳤다.

"착각하지 마. 내가 녀석들과 한 팀을 맺을 일은 절대로 없어. 하는 짓이 마음에 안 들거든. 나는 단지 국왕과 친근하게 지낼 생각이 없을 뿐이야."

"그러시군요. 그렇다면, 후후, 저는 도박에서 이긴 걸지도 모르겠네요."

유미가 씨익 웃어 보였다.

"무슨 말인지 이해가 안 되는데."

"아아, 죄송합니다. 현재 상인 길드는 세 개의 커다란 파벌로 나눠져 있습니다. '화이트 독'과 여기에 대항하는 반대파, 그리고 어디에도 속하지 않는 중립파로 말이죠. 여기서 전쟁을 각오하는 게 옳은지, 누구한테 붙어야 하는지…… 앞을 내다보기 어려운 만큼 제게는 커다란 도박이었습니다."

"즉, 너는 '화이트 독 반대파'에 속해서 전쟁을 하겠다는 뜻이야?"

"맞습니다. 알렉 님이 뚝심 있는 분이셔서 살았습니다. 저희 클랜원들 중에도 매수당해서 화이트 독으로 넘어간 자들이 있거든요."

"그건…… 나랑은 무관한 이야기군. 어쨌든, 나는 멤버들을 감옥에서 꺼내고 싶어. 이쪽 방면의 교섭 전문가를 소개시켜 줘."

"전문가라……."

유미가 입가에 손을 대고 생각에 빠졌다. 이 세계에 변호사라는 직업은 존재하지 않는 것일까. 그렇다면 뇌물을 쥐여주는 수밖에 없는데, 그런 짓을 하면 국왕이 싫어할 게 분명했다.

"알렉 님, 혹시 이 나라에 알고 지내는 귀족이 있으신가요?"

"그런 게 있을 리가…… 아니, 잠깐. 얼마 전에 줄리아라는 소녀를 알게 됐어. 자작가의 딸이다."

"그러면 그분의 힘을 빌리도록 하죠."

"그래. 그리고 유미. 앞으로 이런 식의 접촉은 삼가줘. 차라리 편지를 보내던가 해."

"예, 다시는 하지 않겠습니다. 워낙 긴급한 상황이었거든요."

"긴급한 상황이라. 어쨌든 이걸로 네 용건은 끝난 거지?"

"네. 제 방침은 정해졌습니다. 역시 귀족을 아군으로 두는 게 좋겠네요."

어쩐지 이 녀석의 손바닥 위에서 놀아나는 기분이 드는데. 그래도 유미는 내게 불이익을 줄 만한 행동은 하지 않을 것이다.

왜냐하면 '화이트 독'이 우리를 적대하는 이상 유미도 우리와 같은 편이기 때문이다. 적의 적은 아군이니까.

설령 그것이 일시적인 동맹관계에 불과하다 할지라도.

나는 유미가 준비한 마차에 탑승해 줄리아의 저택으로 향했다. 마차에 탑승할 때는 다른 사람의 눈에 띄지 않도록 조심해야 했다.

"알렉 씨. 오셨군요."

작달막한 은발의 영애가 미소를 지으며 나를 반겼다. 보아하니 지금의 생활에 큰 문제는 없는 모양이었다. 나는 줄리아에게 용건을 전달했다.

"줄리아, 실은 이쪽에 문제가 좀 생겼거든. 네 힘을 빌리고 싶어."

"들어볼게요."

내 이야기를 들은 줄리아는 짚이는 사람이 있다며 교섭의 전문가라고 할 만한 인물을 가르쳐 주었다.

"세렌 후작이라는 분이에요. 직위만 없을 뿐 대귀족이라 해도 무방한 명문가의 귀족이시죠. 조금 특이한 분이긴 하지만 자선활동에 열심이셔서 다방면으로 좋은 평판을 받고 계세요. 물론 본인의 활동 때문에 적도 많지만요."

"국왕과 대립하는 관계인가?"

억울하게 갇힌 사람을 석방시키기 위해서는 왕성에 상소문을 올려야 한다. 나는 국왕과 마찰을 빚고 싶지 않았기 때문에 약간 걱정이 되었다.

"아뇨. 두 분의 관계는 양호하다고 들었어요. 대외적으로는 중립을 유지하고 있는 모양이지만요."

"흐음."

"세렌 경은 평소에도 누명을 쓴 분들을 위해 활동하고 계시기 때문에 분명 도움을 주실 거예요."

"고마워. 이번 일이 해결되면 언제 한번 들를게."

"네."

나와 유미는 곧장 줄리아가 가르쳐 준 주소로 향했다. 담장으로 둘러싸인 넓은 저택으로, 후작은 상당한 거물인 듯했다.

저택의 문지기에게 면회를 희망한다고 전하자 금세 안으로 들여보내 주었다.

"아무나 만나주는 모양이네. 경비가 마음에 걸리는걸."

"그렇네요. 주의하시라고 충고해 드리는 게 좋겠어요. 앞으로는 흉흉해질 테니까요."

유미의 말을 듣다 보면 마치 내가 역병신이라도 되는 것 같군. 뭐, 후작도 본인이 좋아서 하는 일일 테니 나도 양심의 가책은 별로 없었다.

"이쪽으로 가시면 됩니다. 검은 맡아두겠습니다."

집사에게 검을 맡긴 뒤, 나와 유미는 차분한 인테리어의 응접실로 안내받았다. 유미가 고용한 호위는 마차 안에서 대기하고 있었다. 누군가가 습격해 오면 곧바로 탈출하기 위해서였다.

응접실에는 부드럽게 미소 짓는 여성의 초상화가 걸려있었다. 사제복을 입은 여성이었는데, 세렌 경은 신전과도 깊은 관계를 맺고 있는 모양이었다.

솔직히 말하면 나는 자선 활동을 좋아하지 않았다.

아무리 생각해도 위선으로밖에 안 느껴지니까.

박애의 정신으로 무장한 은둔 귀족이 과연 얼마나 도움이 될까.

하지만 잠시 후 등장한 것은 베토벤처럼 매서운 눈썹을 가진 남성으로, 내가 상상하던 인물상과는 사뭇 달랐다.

"그러면 이야기를 들려주게."

후작은 바쁘다는 듯이 바로 본론에 들어갔다.

제5화
갑작스러운 개전

"처음 뵙겠습니다, 후작 각하. 바쁘신 와중에 시간을 내주셔서 감사합니다. 저는 상인 길드에 소속된 유미라고 합니다. 오늘은……."

나와 유미가 자리에서 일어나 인사를 하려 했지만 후작은 가볍게 손을 흔들어 제지했다.

"아니, 긴 인사는 됐다. 나도 시간이 많지 않거든."

"죄송합니다. 알겠습니다."

"사과할 필요는 없다. 유미라고 했나. 들어본 적 있는 이름이군. 페로스의 부하였지, 아마. 수완도 좋다고 들었다. 어머님의 용태는 좀 어떤가?"

"앗, 예. 지금은 많이 안정된 상태입니다."

대화를 들어보니 유미의 어머니는 병환을 앓고 있는 모양이다. 어머니를 치료하기 위해서 열심히 돈을 벌고 있는 것일까. 그렇다면 대견한 딸이었다.

“그렇군. 혹시 희귀한 약이 필요해지면 내게 말해라. 도움이 될지도 모르니.”

“예, 감사합니다. 그때가 되면 찾아뵙도록 하겠습니다. 다만, 오늘은 다른 용건으로 찾아왔습니다.”

“오늘 대로에서 소동이 일어났다던데, 그 건인가?”

“예, 맞습니다.”

“흐음. 자네는 누군가?”

“B랭크 모험가인 ‘바람의 검은고양이’의 리더 알렉이다.”

살짝 무례한 말투로 반응을 살폈지만 세렌 후작은 딱히 화를 내거나 하지는 않았다. 모험가와 함께 일을 해본 경험이 많다는 뜻이다. 생각보다 훨씬 수완이 좋은 인물이었다.

“‘재앙을 일으킨’ 영웅과 만나게 되다니. 오늘은 꽤나 즐거운 날이로군. 자네들 두 사람이 함께 찾아왔다는 건…… 카쿠 코인에 대해서 이야기하러 온 건가?”

“대단하시네요. 어떻게 아셨죠?”

“사건에 대한 후각이 단련되어 있거든. 레어 스킬도 보유하고 있지.”

“그렇군요. 그래서 이런 일을 하고 계신 건가요?”

“아니, 나는 과거에 재무 대신이었다. 하지만 지금은 내 옛날이야기나 할 때가 아니지 않나. 무슨 일이 있었지?”

나는 붙잡힌 세리나를 석방시켜 줬으면 좋겠다고 이야기했다.

“흐음. 별다른 전과가 없는 B랭크라. 사망자는 나오지 않았다고? 그렇다면 간단하지. 오늘 중으로 해결이 가능하다."

""고맙습니다.""

"이 서류를 관할 기사에게 보여주도록. 단, 왕성에 보석금을 맡기고 사건이 종결될 때까지 도주하지 것이 조건이다. 보석금은 담보인 만큼 비싼 편이다. 지불할 수 있겠나?"

"얼마나 될까요?"

"B랭크 파티면 한 명당 5만골드 정도겠군."

유미가 나를 쳐다보았다. 그 정도면 마련할 수 있었다. 부족하다면 화염의 검을 팔아도 좋았다.

"문제없어."

"해결됐군. 그러면 어서 동료를 꺼내주러 가거라."

"고맙습니다, 각하. 염치없는 부탁인 줄은 압니다만, 제가 소속된 클랜이 '화이트 독'과 전쟁에 돌입할 예정입니다. 추후에 이 건에 관해서도 편의를 봐주시면 감사드리겠습니다."

유미가 부탁했다.

"거절한다. 나는 철저히 중립을 고수하는 입장이다. 뭐, 너무 걱정할 필요는 없다. 위에서 적절한 처분을 내릴 테니."

"국왕 폐하가 움직인다는 말씀이신가요?"

"내가 괜한 소리를 했군. 다만, 부당하게 모은 돈을 변상하지 않고 소란까지 일으키면 폐하도 가만히 계시진 않을 거다. 유착이나 횡령에는 엄격한 분이시니까."

"알겠습니다."

"이건 순수한 충고의 의미로 하는 말인데, 우리를 만났으니 이곳에도 자객이 쳐들어올지 몰라. 경비를 강화해 두는 편이 좋아."

내가 고맙다는 인사를 대신해 말했다.

"걱정할 거 없다. 제이드!"

"예."

불현듯 내 뒤쪽에서 목소리가 들려왔다.

"크윽!"

내가 돌아보기도 전에 목에 두 자루의 나이프가 닿아있었다. 유능한 보디가드를 거느리고 있는 모양이다.

"어이쿠, 죽이면 안 된다. 소개차 부른 거니까."

"그럼 실례."

등이 굽어있는 그 남자는 나이프를 거두더니 희미한 미소를 지으며 뒤로 물러났다. 꺼림칙한 녀석.

그보다 뒤를 잡혔다는 사실조차 알아채지 못했다. 은신이 특기인 암살자일 것이다.

이번에는 무사히 넘어갔지만, 만일에 대비해 스킬로 강화해 두기로 했다.

[색적 범위 상승 LV5] New!

[뒤통수의 눈 LV5] New!

[기척 감지 LV5] New!

〈상위 스킬을 습득했으므로 기존에 배운 [기척 탐지]가 [기척 감지]로 통합됩니다. 30포인트 환원.〉

[식스 센스 LV5] New!

[엿듣기 LV5] New!

이 정도면 됐겠지.

"저 녀석도 당신이 무죄로 만들어 준 녀석이야?"

어새신을 부하로 거느리고 있다니. 선량한 변호사와는 거리가 멀었다.

"아니다. 직업을 찾고 있다고 찾아와선 내게 나이프를 들이대더군."

"자신을 위협한 인간을 고용했다 이건가. 대담한 양반이네."

"훗, 대담하다라. 자신의 목숨을 소중히 여긴다면 그럴 수밖에."

뭔가 뒷사정이 있는 모양이다. 하지만 나는 세리나가 석방되면 그걸로 충분했다.

"그런데 이번 사례금은 얼마면 되지?"

"필요 없다. 돈을 벌자고 하는 짓이 아니니까. 신념에 따라 하는 일일 뿐이다."

"헤에. 당신의 이름은 기억해 두도록 하지, 후작."

"앞으로 맡기실 일이 있다면 언제든지 말씀해 주세요."

후작의 부탁이라면 저렴한 값에 의뢰를 들어주는 것도 괜찮아 보였다. 단, 나를 해결사처럼 부려먹는 사람은 국왕 한 명으로 족하니 적당히 거리를 두기로 했다.

스킬 리스트를 확인해 보니 [기습 LV5] 스킬이 생겨나 있었다. 방금 전 어새신의 스킬일 것이다.

이건 전투에서 유용하게 써먹을 수 있을 듯했다.

후작에게 다시 한번 감사를 표한 뒤, 우리는 왕성으로 가서 담당 기사에게 서류를 제출했다.

"알렉!"

결과적으로 세리나와 루카, 레티가 무사히 감옥에서 석방되었다.

"고마워. 대신 부탁해 줬구나."

"그래. 하지만 공짜는 아냐. 보석금으로 1인당 5만 골드가 들었어."

"5만이나……? 뭐, 어쩔 수 없지."

"미안해."

루카가 책임을 느끼고 사과했다. 하지만 잘못한 건 50만 골드나 환금하려 한 세리나다.

"유미가 대신 지불해 줬으니 나중에 너희가 알아서 갚도록 해."

"알았어."

"유미 씨. 5만 일만 기다려 줘. 제대로 갚을게."

"아, 알겠습니다."

하루에 1골드씩 갚을 생각이냐. 레티한테서는 이자를 받아도 좋아, 유미.

성을 나와 여관으로 돌아가려는데, 바닥에 나무 코인이 잔뜩 떨어져 있었다.

"우와! 돈이다!"

"줍지 마, 레티. 이제 그건 아무 짝에도 쓸모없는 나무 토막이니까."

"어? 하긴, 그래서 버렸구나."

"다들, 준비 단단히 해둬. 이렇게 돼버린 이상 우리는 '화이트 독'과 전쟁을 하게 될 가능성이 커. 뭐, 결과적으로 럭키 용사 세리나가 악덕 상인들의 악행을 폭로한 셈인가."

"럭키 용사라니. 남의 이름으로 장난 치지 말아줘. 혹시 내가 환금을 하는 바람에 이런 사태가 된 거야?"

"이번에는. 하지만 결국 언젠가는 이렇게 되었을 테니 신경 쓰지 마."

"……으, 응! 알렉이 하는 말이니까 믿을게."

그렇지 않으면 대공황을 일으킨 장본인이 될 테니까.

하지만 결국 세리나는 좀 많은 돈을 환전했을 뿐이다. 진짜 원인은 코인이었다.

잠시 후, 여관 '용의 안식처'에 도착하자 낯선 모험가들이 잔뜩 모여있었다.

그들은 여관을 포위하듯이 어슬렁거리고 있었다.

다들 눈빛이 험악했다. 얼굴에 상처가 난 자도 있었다. 온화함이나 선량함 같은 단어와는 인연이 없는 녀석들이 분명했다.

"조심하세요. 분명 '화이트 독'이 고용한 용병들일 겁니다."

유미가 말했다. 우리는 걷는 속도를 늦추며 경계 태세에 돌입했다.

"어떻게 할래? 머릿수가 많은데."

세리나가 물었다.

"가능하면 여관에 있는 녀석들과 합류하고 싶어. 그때까지는 먼저 공격하지 마."

"어이, 네놈이 알렉이지?"

바로 그때, 용병들 중 하나가 내 앞을 가로막았다.

"그렇다면 어쩔 거지?"

"헤헤, 네가 누구한테 싸움을 걸었는지 똑똑히 가르쳐 주마. 죽어라!"

용병들이 일제히 검을 뽑아 달려들었다.

"쳇. 레티, 아무거나 좋으니 강력한 마법을 때려 박아!"

"맡겨 줘! 여기서는 비장의 마법을……! 일곱 개 열쇠의 소유자여, 고대의 혈맹에 의거해 고하노라. 폭발하라! 아트 이즈 언 익스플로전!"

레티가 재빠르게 주문을 완성시키자, 이쪽으로 달려오던 모험가들의 발밑에서 거대한 폭발이 일어났다.

"끄악!"

"우와앗!"

"끄헉!"

"아악!"

좋아, 소리도 충분하다. 이것으로 여관에 있는 동료들이 눈치를 챘을 것이다.

제6화
클랜전

'화이트 독'에 고용된 것으로 짐작되는 용병들이 우리를 습격해 왔다.

상대는 50명 정도.

레벨이 엇비슷한 상태라면 힘든 싸움이 되겠지만, 용병들의 레벨이 그 정도로 높아 보이진 않았다.

레티의 폭발 마법으로 쓰러진 것은 5명 정도인가. 그 중의 한 명을 감정해 보니 15레벨이었다.

15레벨이라고?

나도 참 얕보였군.

이 정도의 전력으로 '바람의 검은고양이'가 무너질 거라고 생각한 건가?

"달링!"

머잖아 여관에서 사키가 뛰쳐나왔다. 완전 무장 상태다. 여관 근처를 어슬렁거리는 녀석들이 적이라는 사실을 일찌감치 눈치채고 있었던 모양이다.

그렇다면 다른 멤버들도 곧 완전 무장 상태로 모습을 드러낼 것이다.

"유미를 여관 안으로 데려가!"

나는 비전투원인 유미를 사키에게 맡긴 뒤, 검을 뽑아서 나를 공격해 온 용병의 공격을 막아냈다.

"썩 돌아가! 검을 든 손님은 사절이야!"

여관의 주인인 에이다가 화를 내며 외쳤다. 에이다는 가시 박힌 쇠몽둥이를 휘둘러 안으로 들어가려는 용병을 일격에 날려버렸다.

나중에 수리비를 요구할까 봐 걱정이다. 일단 이곳을 정리한 다음 교섭을 해봐야겠다.

"여관으로 접근하지 못하게 해!"

내가 에이다의 호감을 사기 위해 외쳤다.

"칫. 이게 어떻게 된 거야. 알렉, 설명해 봐."

다른 숙박객인 머피가 가세해 주었다. 머피는 C랭크 파티의 리더였다.

"나중에. 하지만 우리는 아무 잘못도 하지 않았어."

"그렇다면 다행이지만."

전투가 난전이 되면 적과 아군의 구분이 중요해진다.

여관에서 안면을 튼 숙박객 동료와 급조된 용병 군단. 어느 쪽이 유리한지는 명박했다.

물론, 파티원들간의 연계도 이쪽이 위였다.

"세리나, 뒤쪽이야!"

"고마워, 사키!"

"빚진 거다?"

"알았어."

"으랴앗! 어이, 머피! 무리하지 말고 우리한테 맡겨!"

"시끄러워, 쥬가! 우리도 여관비가 걸려있다고! 함께 싸워줬으니 좀 깎아줄 거지? 에이다!"

"글쎄다! 그건 어렵겠는걸! 나 혼자서도 정리할 수 있을 것 같거든!"

"뭐? 젠장. 여관 주인이 저렇게 강해도 되는 거냐."
머피가 불평했다. 은퇴했다고는 해도 39레벨의 전직 A랭크 모험가다. 심지어 전사 계열이라 터프했다.
"스타라이트 어택!"
"수조검 오의! 스완 리브즈!"
"서클 웨이브!"
"서클 웨이브!"
"주종의 맹약 아래 고하노라. 분노의 마신 이프리트여, 날카로운 업화가 되어 적을 멸하라! 플레임 스피어!"
"파, 파이어 볼!"
"으랴, 으랴, 으랴아앗!"
"자자자자자자자자자자자자벨린!"
우리는 몇 분 지나지 않아 용병을 소탕하는 데 성공했다.
"이, 이럴 수가. 그렇게 많은 인원수를 데려왔는데……."
정보를 뽑아낼 생각으로 살려둔 용병이 믿기지 않는다는 듯이 입을 쩍 벌렸다.
"이봐, 아까 누구한테 싸움을 걸었는지 가르쳐 주겠다고 그랬지?"
"나, 난……."
위압감이 부족했나. 그렇다면 호랑이 수인한테 배운 [갑옷 벗기기 LV1]을 사용해 보자.
다리를 지면에 고정시켜 놓고 만세!
"허억?! 내, 내 갑옷이!"

"이걸로 넌 한주먹감이다. 무슨 뜻인지 알겠지?"

나는 [협박 LV1]을 사용해 용병의 머리 옆에서 주먹을 움켜쥐었다. 가죽 장갑이 구겨지며 뿌드득 소리를 냈다.

"히익…… 그, 그러지 마."

"죽고 싶지 않으면 얼른 고용주가 누군지 불어! 내 여관에서 손님을 습격했으니 대가는 톡톡히 치러야겠어!"

에이다가 피로 물든 쇠몽둥이를 휘두르며 외쳤다. 음. 이 사람이 제일 무섭군.

"히익, 말할게! 말한다고! 화이트 독의 바움 님이야."

"카쿠 코인의 발행자인가. 뭐, 예상은 했어."

"이, 이봐, 알렉. '화이트 독'은 위험해."

머피가 허둥대기 시작했다.

"그래? 고용한 용병들의 수준을 보면 대단할 것 같지는 않은데."

"이 바보야. 녀석들은 모험가 길드와 상인 길드, 심지어는 귀족들과도 이어져 있어. 왕도에 발도 못 붙이게 될걸?"

"흥. 나는 잘못한 게 없어. 왕도를 떠날 바에는 사기꾼 클랜과 길드 녀석들을 전부 파멸시켜 주겠어."

그래. 사기꾼 클랜으로 결정.

세리나에게 돈을 돌려주지 않고 습격해 왔으니 사기가 분명하다.

참고로 내가 사기를 치려고 했던 일은 불문에 부치기로 했다.

우리는 어디까지나 피해자다.

"좋아. 세리나, 네 돈은 반드시 되찾아 주마."

"으음. 왠지 모르게 죄책감이 들기는 하지만, 알겠어! 나도 각오를 다져야지. 알렉만 믿고 따라갈게."

당연한 말을. 여기서 우리를 습격한 상인 길드에 붙으면 그건 그냥 바보다.

"들었지, 유미. 어디부터 무너트리는 게 좋을까?"

"야나타의 '노예알선'입니다. 이곳에는 다수의 전투 노예가 있으니 병사들이 움직이기 전에 제압해 두는 편이 좋습니다."

"그래. 이제 우리가 복수할 차례다. 아니, 정당방위지. '노예알선'을 무너트리러 가자."

""아, 알겠어!""

""아, 알겠습니다!""

다들 불안한 기색이었다. 하지만 습격을 당해놓고 얌전히 있으면 그건 최악의 대처다.

법적인 수단으로 맞서도 되겠지만 상인 길드가 적이라면 사법관을 매수할 가능성이 있었다.

무엇보다 먼저 폭력을 동원한 건 상대 쪽이다.

"2군은 여관에서 방어에 전념해. 그럼 출발하자."

나는 고용주를 발설한 용병을 질질 끌고 이동을 개시했다.

"자, 잠깐! 나, 나는 이제 필요 없잖아. 전부 실토했으니까 보내 줘."

"안 돼. 저쪽이 시치미를 떼면 귀찮아지거든. 너는 입이 찢어지더라도 증언해 줘야겠어."

"마, 말도 안 되는 소리! 그랬다간 놈들한테 살해당할 거라고!"

"안심해. 네 신병은 병사들에게 넘길 거니까. 국왕에게도 선처를 부탁해 두겠어."

"아니, 그래도 안 돼! 병사들 중에도 '화이트 독'의 멤버가 있다고!"

"그러면 내가 직접 숨겨주지. 에이다! 들었지! 이 녀석의 방을 하나 잡아줘."

"어쩔 수 없지. 알겠어. 머피? 정보가 누설되면 네 탓이라고 생각할 테니까 엄한 생각은 관두는 게 좋아."

"이보셔. 나는 '화이트 독'보다 에이다 당신이 더 무섭다고. 말할 리가 없잖아."

"그럼 됐고. 이쪽은 우리가 어떻게든 할 테니까 조심해서 다녀와, 알렉."

"그래. 다녀올게."

우리는 검을 뽑아 들고 '노예알선'으로 향했다.

제7화
메두사

"이, 이봐, 알렉. 아니, 알렉 씨. 다시 생각해 보면 안 될까? 당신은 습격을 막아냈잖아. 이쯤에서 멈추고 화해를 제안하면 원만하게 해결될지도 몰라. 끄헉!"

나는 끌고 가던 용병을 주먹으로 후려쳤다. 이 멍청이가 회유책을 제안하다니.

"예고도 없이 쳐들어온 녀석들한테 실실 웃으며 악수를 청하라고? 그건 바보나 하는 짓이야."

"그렇지만 상대는 네가 생각하는 것보다도 훨씬 커다란 조직이라고."

"그게 어쨌는데. 그렇다고 바뀌는 건 없어. 말해두지만 승산도 있어."

허세가 아니다.

쳐들어온 용병들의 레벨, 우리 측의 인원수, 국왕과의 연줄, 그리고 상인 길드의 파벌 관계.

이러한 점들을 종합적으로 고려해 보면 '화이트 독'을 쓰러트리는 것도 불가능한 일은 아니었다.

더군다나 야나타는 모험가들에게 원성을 사고 있었다.

"승산이라니……. 상대는 원한다면 A랭크 파티를 고용할 수도 있다고."

"그러면 왜 고용하지 않았지?"

"그야 우리만으로 정리할 수 있을 거라고 생각했을 테니까."

즉, 놈들은 지금 방심하고 있었다.

그러니 본인들의 실수를 깨닫기 전에 신속하게 무너트려야 했다.

게다가 도리아나 발드 같은 S랭크 파티만 아니라면 어느 정도는 해볼 만했다.

발드는 이미 은퇴한 몸이기도 하고, 성향상 '화이트 독'에 붙지는 않을 것이다.

세라가 나온다면 설득하는 방법도 있었다.

어쨌든 지금은 전쟁만이 답이다.

무슨 일인가 하고 이쪽을 쳐다보는 주민들을 무시하며 왕도를 가로질러 나아가는 우리들. 이윽고 우리는 화려한 검은색 간판을 내걸고 있는 야나타의 '노예알선' 앞에 도착했다.

역시 야나타도 무능한 상인은 아니었다.

우리의 움직임을 포착했는지, 아니면 이러한 상황을 예상했는지 가게의 경비병이 대폭 늘어나 있었다.

그리고 야나타 본인도 이곳에 있었다. 흑발의 사무라이 용사 미츠루기도 마찬가지였다.

"반가워, 야나타. 준비를 많이 했는걸."

나는 웃으며 검은색의 갑옷을 입은 야나타에게 인사를 건넸다.

"언젠가 이렇게 될 거라고 생각했습니다. 그나저나 상인 길드에 반기를 들 줄이야. 당신이 이 정도로 얼빠진 분일 줄은 생각지 못했습니다."

"얼빠진 물건을 파는 건 너희겠지. 심지어 돈을 돌려주지도 않고 습격하다니. 아무리 생각해도 너희가 나빠."

"글쎄요? 교환에도 제대로 응했고, 습격한 적도 없는데 말이죠."

"자, 말해."

"힉, 저기, 그게! 아윽!"

나는 용병을 한 대 때려주었다. 목숨을 빼앗으려 했으니 두세 대 정도는 맞아도 싸다.

"죄송합니다, 야나타 씨! 바움 씨의 의뢰로 습격을 감행했지만,

하하, 격퇴당하고 말았습니다.”

“흐음. ……아무래도 저 용병은 거짓말을 하고 있는 것 같네요.”

“예? 아, 아닙니다! 사실이에요!”

“뭐, 전부 시치미를 떼겠다는 거겠지. 네가 우리한테 사과하고 50만 골드를 지불해 줬다면 나도 물러가 줄 의향이 있었는데.”

“농담이 지나치시군요. 그 일은 바움씨의 독단이지, 저와는 무관합니다. 금액이라면 그분께 청구해 주세요.”

“누구든 상관없어. 이건 ‘화이트 독’과의 전쟁이다. 너희가 상인 길드를 방패 삼아서 책임을 회피하니 우리도 이렇게 나올 수밖에. PL법…… 제조물책임법이라고 들어봤어?”

“글쎄요? 이 나라에 그런 법률은 존재하지 않거든요. 뭐, 좋습니다. 상대해 드리죠. 비델 선생님, 선생님이 나설 차례입니다.”

“알았다.”

가게 안에서 짐승의 모피를 두른 사냥꾼 차림의 거한이 걸어 나왔다.

묘한 분위기가 감도는 녀석이다.

양손에 방패를 하나씩 착용하고 있었는데, 아무래도 칼은 보유하고 있지 않은 모양이었다.

쌍검도 아니고 쌍방패라 이건가.

뒤이어 전신 갑옷을 입은 전사 두 명과 신관이 한 명 앞으로 나와 비델과 나란히 섰다. 특기할 부분은 전원이 왼팔에 방패를 착용하고 있다는 점이었다. 방어에 치중한 스타일 같았다.

뭐 하는 녀석들이지?

보통은 마법사든, 활잡이든 공격을 전담하는 멤버가 한 명쯤은 있기 마련이다.

철저하게 시간을 벌면서 원군을 기다리려는 수작인가?

하긴…… 병사가 도착하면 야나타를 쓰러트리기란 불가능해질 것이다.

뭐, 고민해 봤자 소용없었다.

지금은 공격만이 답이다.

불길한 [예감]이 들기는 했지만 나는 마음을 다잡고 걸음을 내디뎠다.

그때 내게 끌려온 용병이 큰 소리로 웃었다.

"하핫! 끝났어! 넌 끝났다고, 알렉! 이제 대가를 치를 때다! 메두사 비델 씨는 A랭크 모험가지! 저분이 나서기로 한 이상 너희는 몇 초 만에 돌로……!"

그렇군. 이 녀석이 그 소문의 메두사인가. 예전에 고용했던 A랭크 파티원들도 "그 녀석들은 귀찮아."라고 언급한 적이 있었다. 메두사면 상태 이상 스킬의 사용자겠군.

그렇다면 확실히 성가신 상대다.

누군지 몰랐다면 말이지.

비델의 양쪽 눈이 번쩍 빛났다. 나는 황급히 검을 들어 상대의 눈이 보이지 않도록 시야를 가렸다.

"죄다 까발려 주시는군, 멍청이가. 일격에 해치우는 게 가장 확실하단 말이다. 유명해지는 것도 생각해 볼 문제구만. 이봐, 야나타. 발목이나 붙잡는 저런 놈들은 고용하지 말라고."

"죄송합니다. 제가 고용한 게 아니라서요. 그래도 뭐, 처음 공격으로 다섯 명이나 돌로 만들었으니 충분한 성과잖습니까."

뒤를 돌아보니 리리, 네네, 쥬가, 피아나, 루카가 석상처럼 회색으로 변해있었다.

"쳇."

파티의 절반이 당해버렸나. 특히 회복 담당인 피아나가 당한 건 뼈아팠다.

메두사의 정보를 누설하던 용병도 함께 돌이 되어버렸다. 뭐, 되거나 말거나.

"저 녀석의 눈을 보지 마! 사키, 석화 해제 아이템을 사다 줘!"

나는 곧바로 지시를 내렸다.

"알았어! 금방 돌아올 테니까 기다려, 달링!"

사키가 도구점을 향해 달려갔다.

나는 그동안에 14000포인트를 소비해 [석화 내성 LV2] 스킬을 MAX로 올렸다.

[석화 내성 LV5] New!

이걸로 나는 대비가 됐지만 다른 멤버들 모두에게 내성을 습득시켜 줄 만큼의 포인트는 남아있지 않았다.

어쩔 수 없군.

"내 필살기는 이것뿐만이 아니다. 착각하면 곤란해!"

비델이 말했다. 저건 무조건 허세로군.

만약 필살기가 또 있었다면 저렇게 가르쳐 줄 리가 없었다.

"세리나! 이오네! 레티! 너희는 조무래기들을 맡아. 미나는 아군들을 보호해!"

""알았어!""

""알았어요!""

석화 상태에서 파괴되면 목숨이 위험해질 것이라 판단한 나는 미나를 방어에 전념시켰다.

그래도 내가 자유롭게 움직일 수 있으므로 인원수에는 아직 여유가 있었다.

"스타더스트 어택!"

세리나가 전신 갑옷을 입은 전사에게 필살기를 날렸다.

세리나의 검에서 반짝이는 무지갯빛 가루가 흩날리는가 싶더니, 적이 장비하고 있던 갑옷이 둘로 쪼개져 버렸다.

흥. 필살기는 네놈들의 전매 특허가 아니라 이거야.

"재밌는 놈들이군."

비델은 아직 여유를 보이고 있었다. 하지만 그의 동료들은 세리나를 경계해 적극적으로 나서지 못하고 있었다. 거리도 처음보다 조금 더 벌어져 있었다.

나는 야나타 옆에 서있는 용사 미츠루기를 경계했으나, 미츠루기는 지그시 눈을 감은 채로 움직이지 않고 있었다.

공격은 비델에게 맡기고 야나타의 호위 역할에만 전념할 생각인 듯하다.

나는 빈틈을 봐서 야나타를 해치우려 했지만 아무래도 쉽지 않을 듯했다.

"어디를 보는 거냐. 네 상대는 나다. 이쪽을 봐라!"

비델이 버럭 외쳤다. 남자 얼굴에는 관심이 없다고.

비델은 지금 최대한 많은 적들을 범위에 넣고 석화시키려 하고 있었다. 그러니 비델이 찬스를 포착하게 둘 수는 없었다.

나는 괜찮더라도 우리 파티원들이 석화에 휘말릴 우려가 있었다.

만약에 비델이 석화 공격을 연속으로 사용할 수 있었다면 일찌감치 사용했을 것이다. 아마도 연사가 불가능한 스킬일 가능성이 높았다.

“꺄악!”

그때 미나가 전사의 일격을 허용하고 말았다. 치명상은 아니지만 서둘러 치료하는 게 좋아 보였다.

비델의 석화에 대비하다 보면 상대의 공격을 보기가 힘들어진다. 회피율이 내려가는 건 어쩔 수 없었다.

최대한 빨리 결판을 내고 싶었다. 그러나 서두르는 건 금물이다.

처음부터 눈을 감고 [심안] 상태로 싸우고 있는 이오네가 미나를 보조해 주었다.

우리 파티도 A랭크와 충분히 해볼 만한 수준까지 성장한 모양이다.

개개인의 스킬로 따지면 오히려 상대보다 뛰어나지 않을까.

그런데 그때, 파티 최강의 공격력을 보유한 멤버의 움직임이 멈추었다.

“세리나, 갑자기 왜 그래.”

석화된 건 아니었다.

"하지만 이 녀석, 빈틈이 없는걸."

신관을 뒤쫓던 세리나가 미츠루기 앞에서 멈춰 서버린 것이다.

넌 상대가 누구든 [스타라이트 어택☆]으로 일격에 보내버릴 수 있잖아.

하긴, 조용히 서있는 사무라이는 어떤 공격을 해 올지 모르니 무서울 수도 있겠다 싶었다.

그렇다면 내가 녀석의 빈틈을 만들어 줘야겠지.

제8화
카운터

야나타를 지키는 호위, 미츠루기.

이 녀석을 쓰러트리지 못하는 이상 우리에게 승리는 없다.

이대로 병사들이 도착한다면 야나타는 시치미를 뚝 떼고 변명으로 일관할 것이다. 병사들 앞에서 전투를 계속할 수는 없으니 야나타를 쓰러트리기는 힘들어진다.

게다가 돈이 많은 야나타는 앞으로 경비를 더욱 강화할 것이다. 그때가 되면 정말로 손 쓸 방법이 없어진다.

그러니 기회는 지금뿐이었다. 시간적으로도 여유가 없었다.

메두사 비델은 상태 이상을 공격을 해 오는 성가신 상대지만 내 적수는 아니다.

[심안] 스킬로 눈을 감고 싸우는 이오네도 석화에 면역이었다.

그러니 아슬아슬한 순간까지 비델을 살려둘 작정이다.

이 녀석을 쓰러트리면 야나타가 위기를 느끼고 도주할 가능성이 있다.

"왜 그러지! 덤벼라, 알렉! 겁먹은 거냐!"

양손에 방패를 든 비델은 공격 수단이 없기에 도발로 적을 끌어들이는 게 전부였다.

동료 전사가 공격 역할을 전담하고 있지만, 이들도 한 손에 방패를 착용하고 있어 공격력은 높지 않았다. 게다가 두 명의 전사들 중 하나는 이미 세리나에게 쓰러진 상태였다.

"흥. 말은 그렇게 하면서 부하들 뒤에만 숨어있잖아. 상대해 줄 테니 앞으로 나와라, 비델. 내 필살기 범위로 들어와 봐. 설마 B랭크가 무섭다고 하진 않겠지?"

물론 나한테 필살기 같은 건 존재하지 않는다. 기껏해야 [귀갑묶기] 정도일까.

그렇지만 이렇게 여유로운 태도를 보이면 비델은 반드시 경계할 것이다.

세리나의 [스타더스트 어택☆]을 봤으니 동료에게도 그에 버금가는 필살기가 생각할 의심할 게 분명했다.

하물며 나는 파티의 리더다. 비델의 의심은 더욱 깊어질 것이다.

뭐, 나한테 세리나처럼 강력한 레어 스킬은 없지만.

그때 비델의 눈이 반짝였다.

석화 공격이다.

"큭!"

세리나가 자신의 눈을 가리며 미츠루기로부터 거리를 벌렸다.

하지만 미츠루기는 여전히 움직이지 않았다.

도대체 뭘 하는 거람.

빨리 공격하란 말이다.

네 스킬은 공격해야 의미가 있잖아, 세리나.

세리나의 모습에 답답해진 나는 비델을 향해 걸어갔다.

"칠흑의 화염에게 고하니, 모든 것을 불태워 잿더미로 만들어 버려라! 파이어 월!"

바로 그때, 레티가 비델의 뒤쪽에 화염의 벽을 소환했다.

하지만 이렇게 되면 미츠루기와 야나타의 모습이 화염의 벽에 가려지고 만다.

레티가 엄지를 치켜세우면서 내게 윙크를 보냈다. 짜증 나는 녀석이다. 내 작전을 하나도 이해하지 못했으면서 무슨 자신감인지.

우리가 지금 쓰러트려야 할 상대는 야나타고, 제일 위험한 상대는 미츠루기란 말이다.

"쳇. 귀찮군! 어이, 마법사!"

그래도 비델은 레티를 성가신 적으로 판단한 모양이었다.

"훗, 불러봤자 안 쳐다볼 거야. 절대로! 그런 얄팍한 수작에는 안 넘어가!"

"레티, 위험해요! 옆에!"

이오네가 외쳤지만 한발 늦었다. 전사가 달려와 레티를 공격했다.

"어? 끄아악!"

비델은 레티를 부른 게 아니라 전사에게 레티를 공격하라고 지시했던 것이다. 전장에는 다른 적도 있으니까 경계를 하라고!

불안한 마음에 레티의 스테이터스 창을 확인해 보니 레티의 HP는 30 정도 남아있었다. 하지만 기절한 상태였다.

남은 멤버는 나와 세리나, 이오네, 미나까지 네 명인가.

메두사 비델을 쓰러트리는 건 어렵지 않지만, 아직 용사 미츠루기가 남아있는 상황.

예전에 감정을 해봤기 때문에 녀석의 레벨이 40을 넘는다는 사실은 알고 있었다. 그래도 다시 한번 미츠루기를 [감정]해 보았다.

〈이름〉 미츠루기 야히코 〈연령〉 28
〈레벨〉 42　　　　〈클래스〉 용사/어새신
〈종족〉 인간　　　〈성별〉 남자
〈HP〉 341/341　　〈상태〉 건강
[해설]
기란 제국에서 소환된 이세계의 용사.
떠돌이 암살자로 활약 중.
성실한 성격으로, 때때로 공격적.
현상금 30만 골드.

레벨은 이전과 똑같군. 늘어난 건 현상금과 나이뿐인가.

생일 축하한다.

참고로 내 레벨은 29로, 미츠루기에 비하면 한참 낮았다.

"미나. 포션으로 치료해 둬."

"네, 주인님."

"사장님! 병사가 왔습니다!"

"후우. 드디어 도착했군요."

야나타가 안도의 한숨을 내쉬었다.

쳇. 가능하면 데이터를 세이브한 다음에 공격하고 싶은 대목이지만, 현실 세계에 세이브 기능 따위는 존재하지 않는다. 주어진 시간도 없다.

에라이, 될 대로 되라지!

나는 검을 휘두르며 [순간이동 LV5] 스킬과 [기습 LV5] 스킬을 동시에 사용했다.

눈앞의 배경이 바뀌며 미츠루기의 등이 보였다. 그리고 그 너머에는 화염의 벽이 있었다.

좋아. 레티의 방해가 있기는 했지만 무사히 화염의 벽을 넘어 접근하는 데 성공했다.

심지어 미츠루기의 뒤까지 잡았다!

이제 해야 할 일은 하나뿐.

나는 전력을 다해 오른손의 검을 휘둘렀다.

미츠루기는 움직이지 않았다. 나라는 존재를 눈치채지도 못했을 것이다.

이 녀석의 장비는 일본도 하나뿐. 갑옷은 착용하지 않았다. 그러니 공격이 명중하기만 하면 상당한 피해를 입힐 수 있을 것이다.

해볼 만하다.

세리나는 빈틈이 없다며 주저했지만, 공격이 빗나가지만 않는다면…….

서걱!

내 귀에 호쾌한 소리가 들려왔다. 흩날리는 피도 보였다.

하지만 뭔가 이상했다. 미츠루기의 몸에는 상처 한 점 없었다.

어떻게 된 거지?

"알렉!"

세리나가 비명을 지르며 이쪽으로 달려오기 시작했다.

그제야 나도 상황을 이해했다.

제길, 내 팔이 바닥에 떨어져 있었다.

도대체 무슨 짓을 한 거지. 도구를 사용한 건지, 스킬을 사용한 건지도 파악하지 못했다.

심지어 미츠루기는 여전히 내게 등을 보이고 있었다.

자세가 살짝 바뀐 것을 보면 도를 뽑기는 한 모양인데…….

휘두르는 모습은커녕 도를 뽑는 모습조차 못 봤다는 건가?

이 자식, 엄청난 실력자잖아. 등줄기가 서늘해질 정도다.

스테이터스에 표시된 레벨 이상의 실력이다.

86레벨을 자랑했던 스펙터 오버로드급으로 무시무시했다.

"무, 무슨 일이 있었는지 설명할게……!"라고 말하던 폴나레프의 심정이 이해가 갔다. 경악스러운 사태다.

"제기랄."

나는 미츠루기로부터 거리를 벌리며 [아이스 자벨린]을 연사했다.

물론 미츠루기가 아닌 옆에 있는 야나타를 노렸다.

공격이라기보다는 적을 유인하는 미끼에 가까웠다.

비로소 나를 돌아본 미츠루기는 도를 휘둘러 날아오는 얼음의 창들을 쳐내기 시작했다. 처음부터 이 거리에서 공격할 걸 그랬다.

어째서 나는 접근할 생각을 했던 걸까?

뭐, 세렌 후작의 저택에서 어새신에게 뒤를 잡힌 기억 때문이겠지. 무의식중에 이 [기습] 스킬이 쓸만하다고 생각했던 것이다.

어쨌든, 상황을 냉정하게 이해할 필요가 있었다.

지금 나는 미츠루기에게 오른팔을 잘린 상태다. 따라서 검을 쓸 수 없었다.

사용할 수 있는 건 마법뿐이다.

"알렉! 지금 구하러……."

"세리나! 무리해서 다가오지 마!"

"꺄악!"

한순간 간담이 서늘해졌지만 세리나는 무사히 미츠루기의 도를 튕겨냈다.

하지만 보고서 막아낸 건 아닌 모양이었다.

그렇다면 이제는…….

우리 파티 최강의 검사에게 맡기는 수밖에 없었다. 나는 수조검사 이오네를 바라보았다. 그러자 이오네는 알아들었다는 듯이 미츠루기와의 거리를 좁히기 시작했다.

"수조검 오의! 하야부사!"

설명하지.

하야부사란 세상에서 가장 빠른 새의 이름으로, 그 속도는 무려 시속 390km에 달했다.

어떤 게임에서는 하야부사라는 이름의 검을 장비하는 것만으로도 1턴에 2회의 공격이 가능했다. 공격의 속도가 두 배로 늘어났음을 표현하기 위한 장치였다.

눈으로 쫓기도 힘든 참격이 미츠루기에게 쏟아졌다. 마치 날아가는 새처럼 빠르고 날카로운 공격이었다.

채앵! 채앵! 채앵! 챙!

이오네와 미츠루기가 합을 겨루었다. 검과 검이 격렬하게 부딪히며 불꽃이 튀었다.

하지만…….

"꺄악!"

"""이오네!"""

이오네가 균형을 잃고 뒷걸음질을 쳤다. 반면 미츠루기는 표정 하나 변하지 않고 제 자리에 서있었다.

이렇게 되면 근접전은 포기할 수밖에 없나.

우선 순위를 따지자면 야나타의 숨통을 끊는 것보다 우리가 살아남는 게 중요했다.

최악의 경우 여기서 야나타를 도망치게 놔두는 것도 괜찮겠다는 생각마저 들었다. 하지만 레티가 소환한 화염의 벽이 아직 남아있어 야나타는 현재 달아날 장소가 없었다.

"큭! 너희들, 빨리 공격하란 말이다!"

야나타가 점원과 용병들을 다그쳤다. 하지만 정작 본인도 방어밖에 하지 않으니 설득력이 없었다.

상대 입장에서 우리는 B랭크 모험가다. 그것도 평범한 B랭크가 아닌, A랭크도 애를 먹는 B랭크인 것이다.

반면, 야나타의 가게에는 랭크가 낮은 노예밖에 없었다.

'노예알선'은 낮은 가격으로 승부를 보는 곳이기 때문이다. 수준 높은 용병은 처음부터 고려 대상이 아니었다.

심지어 레어 장비는 본인이 독식하고 있으니 주변의 노예들은 전혀 위협적이지 않았다.

예외가 있다면 호위인 미츠루기와, 최근에 고용한 것으로 보이는 비델뿐이었다.

"지금 도착했어! 오래 기다렸지!"

반면에 우리에게는 신뢰할 수 있는 동료가 잔뜩 있었다.

목숨의 위험을 무릅쓰고 돌아와 준 사키.

설령 A랭크 모험가가 적이라도 상관없었다.

우리를 이어주는 것은 타산이 아닌 신뢰, 그리고 신뢰를 통해서 쌓아온 인연이었다.

진정으로 대등한 관계이기 때문에 동료들은 나를 배신하지 않고, 나도 동료들을 배신하지 않는다.

"저 녀석을 공격하라니까! 얼른!"

야나타가 노예들에게 명령했다.

"히익! 아파아앗!"

"으아아아악!"

주변에 있는 노예들이 고통에 찬 비명을 내지르기 시작했다. 노예의 문장을 사용해서 강제로 명령을 수행하게 한 건가.

하지만 목숨의 위협 앞에서는 노예의 문장에도 한계가 있었다.

아무리 아프더라도 내 아이스 자벨린에 목숨을 잃는 것보다는 나을 테니까.

"클리어! 비델을 해치웠어!"

석화에서 회복된 루카가 이쪽으로 달려왔다.

"클리어! 다른 한 명의 전사도 쓰러트렸습니다!"

이오네가 두 명째 전사를 처치했다.

"신관이 도망쳤어! 쥬가가 쫓고 있어!"

리리가 보고해 왔다.

"이제 남은 건 야나타와 미츠루기뿐이야! 다들, 이쪽을 지원해 줘!"

세리나가 지원을 부탁하며 미츠루기를 공격해 들어갔다.

공격할 대상을 잘못 골랐어, 세리나.

"세리나! 야나타를 해치워!"

나는 승리를 확신하며 지시를 내렸다.

"알았어!"

검을 사용한 근접전에서는 무적인 미츠루기지만 호위라는 측면에서는 그의 능력에도 한계가 있었다.

이전에 가게에서 화염의 검을 거래하려 했을 때, 미츠루기는 나를 경계하며 야나타를 뒤로 무르게 했다.

나는 그 사실을 기억하고 있었다.

"스타라이트……!"

"거기까지다!"

세리나아 필살기를 사용하려던 그 순간, 익숙한 목소리가 그녀를 제지했다.

"국왕 폐하……!"

근처에 있던 몇몇이 경악과 존경이 담긴 목소리로 외쳤다. 췟, 제일 성가신 녀석이 등장했군.

이렇게 되면 아이스 자벨린으로…….

"어이쿠. 움직이지 마라, 알렉."

그랑소드 국왕은 마치 순간이동이라도 한 것처럼 눈앞에 나타나 내 목에 대검을 들이댔다.

알고는 있었지만 국왕의 레벨은 지금의 나와 하늘과 땅 차이였다.

나는 그저 노려볼 수밖에 없었다.

"후우. 덕분에 살았습니다, 국왕 폐하. 이야, 대단하시네요."

야나타는 구사일생했다는 듯이 안도의 한숨을 내쉬었다.

"착각하지 마라, 야나타. 내가 아무것도 모를 거라고 생각한 모양이다만, '화이트 독'이 이번 소동의 주범이라는 사실은 이미 파악하고 있다."

"감히 말씀드리지만 그건 제가 저지른 게……."

"너도 '화이트 독' 소속의 클랜원이다. 여태껏 클랜의 이름 덕을 톡톡히 봤겠지? 그러니 시치미를 떼도 소용없어. 빚을 졌으면 갚는 게 도리다. 돈이 있다면 말이지만."

"이 녀석은 노예를 혹사시키면서 꾸준히 돈을 모았어. 얼마 전에도 미스릴 갑옷을 팔아서 320만 골드를 혼자 독식했지."

나는 이때다 싶어 고자질을 했다.

"호오. 그러면 카쿠 코인을 전액 변상하고도 잔돈이 남겠군. 그래도 부족하다면 야나타를 노예로 만들어 팔아넘기는 수밖에. 자, 체포해라!"

"""예!"""

국왕과 함께 도착한 병사와 기사들이 줄줄이 가게 안으로 들어갔다.

"이, 이럴 수가. 이, 이런 곳에서 내 꿈이……."

절망한 야나타가 무릎을 꿇으며 바닥에 손을 짚었다.

노예들의 피를 빨아먹으며 타인의 생명을 대가로 꿈을 이루려 했던 야나타. 이제는 그 대가를 치를 때다.

한편 미츠루기는 대화가 오가는 동안에도 잠자코 있었다.

더는 야나타를 공격할 일이 없으니 당연했다.

그리고 잠시 후.

"항복이다."

미츠루기가 검을 집어넣었다.

이 녀석이 마음만 먹는다면 끈질기게 물고 늘어질 수도 있었을 것이다. 하지만 제아무리 미츠루기라도 혼자서 세 명의 마법 공격을 당해내기는 힘들 것이다.

게다가 지금 이곳에는 국왕도 있었다. 주인이 계약금을 지불하지 못하게 되었으니 용병으로서 더 이상은 싸울 이유가 없었다.

"야나타가 보석금으로 빠져나오지 못하게 해줘."

내가 국왕에게 말했다. 돈이 많은 녀석들은 온갖 방법을 써서 탈출을 시도하기 마련이다.

"안심해라. 국왕의 명령으로 노예가 되면 돈으로는 번복할 수 없으니까. 그보다, 알렉. 얼른 신전에 가서 치료를 받아라. 출혈이 심하군."

"맞아. 나머진 우리가 알아서 할 테니까 알렉은 미나랑 같이 신전에 가봐."

세리나가 내 팔을 주워 들면서 말했다.

"알았다. 뒤는 맡길게."

나는 씨익 웃으며 미나와 함께 신전으로 향했다.

에필로그
기도와 기적

야나타의 가게를 나온 뒤, 미나는 좌우를 확인해 안전을 확보하고는 나를 바라보았다.

"주인님, 지혈할게요."

"그래."

미나는 붕대를 꺼내더니 내 오른팔과 어깨에 둘둘 휘감았다.

마침내 출혈이 멈추고 통각도 느껴지기 시작했다. 그래도 미츠루기의 공격이 너무나도 예리했기 때문인지 생각보단 아프지 않았다.

그나저나, 이거 붙기는 하려나……?

일본이라면 수술로 가능할 것도 같은데…….

"알렉 씨!"

피아나가 우리를 쫓아왔다. 석화에서 회복된 모양이다. 그래, 성직자가 있으니 회복 마법을 부탁해 보기로 할까.

"피아나 씨, 서둘러 회복 마법을 부탁드려요."

"네. 하지만 중상이라서 제 마법으로는 힘들 거예요. 일단 신전으로 가시죠."

"알았어."

미나가 남아있는 내 왼손을 붙잡고 걸음을 재촉했다. 그렇게 우리는 신전으로 향했다.

"중상자입니다! 부탁드려요. 제발, 제발 통과시켜 주세요!"

신전 앞에는 병사가 대기하고 있었다. 병사는 미나의 필사적인 애원에 마음이 동했는지 금세 길을 비켜주었다.

제길. 숨이 가빠지기 시작했다. 스테이터스 창을 확인해 보니 HP가 100포인트 정도 남아있었다.

포션을 마셔봤지만 회복량이 20포인트도 되지 않았다.

당장 죽지는 않을 테지만, 팔의 부상을 치료하기 전까지 완쾌는 요원해 보였다.

"중상자입니다! 돈은 얼마든지 지불할게요!"

미나가 신전에 들어가자마자 외쳤다. 이 세계의 신전에서는 돈이 많으면 많을수록 좋은 치료를 제공받을 수 있었다.

"이쪽이다."

"오오, 이거 심하군."

몇 명의 사제가 다가와 복잡한 표정을 지었다. 간단히 나을 만한 부상이 아닌 모양이다.

뭐, 예상은 했다. 하지만 팔이 없어져도 검 대신 마법을 사용하면 되니 앞날이 캄캄할 정도는 아니었다.

"저 침대에 눕히거라."

긴 눈썹을 가진 대사제가 사제들에게 지시를 내렸다. 그러자 미나가 눈물을 흘리며 도게자를 했다.

"부탁드립니다! 제 팔을 잘라서 가져가도 좋으니 주인님의 팔을 원래대로 돌려주세요!"

"억지 부리지 말거라. 물론 나도 최대한 노력할 생각이다. 일단은 신께 기도하면서 얌전히 지켜보거라."

"알겠습니다……."

미나는 눈을 감고 중얼중얼 기도를 바치기 시작했다. 하지만 나는 신에게 의지할 생각이 없었다.

지금 상황에서 가장 좋은 회복 방법은 무엇일까?

그것이 내가 생각해야 할 과제였다.

외과의인 코지마에게는 이미 세리나가 연락을 넣었을 것이다.

하지만 이곳은 마차로 며칠이나 걸리는 거리다. 코지마만 기다리고 있을 수는 없었다.

게다가 현대 일본과 달리 이곳에는 수술 도구나 장비도 없었다.

다른 방법을 모색하기 위해서 습득 가능한 스킬 리스트를 확인해 봤지만 회복 마법이라고는 [힐]밖에 없었다.

현자로 전직했으니 조금 더 서비스해 줘도 좋으련만. 역시 회복 마법은 종류가 빈약했다.

그래도 없는 것보다는 나았다. 나는 곧바로 힐을 배워 레벨을 MAX까지 올렸다. 하지만 힐을 사용하려고 왼손을 오른팔에 가져가자, 사제가 내 손을 거칠게 쳐냈다.

"무슨 짓이야."

"자네야말로 무슨 짓인가. 저급 회복 마법을 쓰면 상처가 어중간하게 아물어서 팔을 원래대로 되돌리지 못하게 돼."

"아. 그런 건가……."

그래서 피아나도 회복 마법을 사용하지 않았구나.

대사제는 내 팔을 유심히 관찰하고 있었다. 상위 마법을 펼치는 데 필요한 과정일 테지.

"알렉, 괜찮아?"

리리가 찾아왔다. 놀릴 줄 알았는데 의외로 진지한 표정을 짓고 있었다.

"뭐, 죽지는 않을 것 같아. 팔은 전망이 어둡지만."

"그렇구나……."

"그쪽 상황은 어때?"

"응, 괜찮아. 세리나랑 사키가 병사들한테 잘 설명해서 체포되지 않고 끝났어. 나중에 사정을 듣겠다고는 했지만."

"대충 예상한 대로네."

"나한테 부탁할 거 없어?"

"다른 멤버들한테 내가 무사하다고 전달해 줘. 그리고 회복 스킬을 가진 녀석을……."

"아, 응. 찾아올게. 이미 여기에 많기는 하지만."

"그렇고말고. 내가 이 나라 톱 클래스의 레어 스킬 보유자다. 믿어보거라."

"칫, 레어 스킬인가."

"그럼 못 써먹겠네."

"아쉽네요……."

"뭐라고! 이 천벌받을 녀석들!"

대사제 할아범이 화를 냈다. 일반 스킬이면 카피해서 스킬 레벨을 올릴 수 있다는 뜻인데 오해한 모양이다.

어쨌든 회복 마법 계열은 이 할아범으로도 충분할 것이다. 그렇다면…….

"레티를 불러와 줘."

"실은……. 갑자기 어딘가로 달려가 버렸어. 여기로 온 거 아니었어?"

"안 왔어요."

미나가 코를 킁킁거리며 대답했다.

레티의 마법 지식이라면 어떻게든 되지 않을까 싶었는데. 뭐, 그렇다고 레티가 도망쳤을 리는 없었다.

조금 더 기다려 보기로 할까.

"알렉! 알렉은?!"

왔다. 레티다.

"여기야!"

"오오, 있었구나. 자, 이거 받아."

레티가 검은색 도마뱀과, 빨간색 도마뱀, 초록색 도마뱀을 한 가득 내밀었다.

심지어 전부 살아있었다. 기분 나쁘네.

"그걸로 뭘 어쩌려고? 저리 치워."

"어휴. 스킬 말야, 스킬."

"오오. 그런 방법이 있었군."

뒤늦게 레티의 의도를 알아차린 나는 스킬 창을 확인해 보았다.

[벽에 달라붙기 LV5] New!

[천장에 달라붙기 LV5] New!

[광학 미채 LV2] New!

[꼬리 자르기 LV4] New!

[재생력 LV2] New!

"레티. 1000포인트 선물로 주마."

"앗싸!"

나는 [꼬리 자르기]를…… 지운 다음, [재생력] 스킬을 레벨 5로 올렸다.

곧바로 사용해 보기로 했다.

그러자 팔의 절단면이 부풀어 오르더니, 끝부분에서 자그만 손가락이 불쑥 튀어나왔다. 그런데 색깔이 빨갰다.

"우웩! 기분 나빠."

"주인님의 손가락, 주인님의 손가락, 주인님의 손가락, 아으……."

"움직여? 움직일 수 있겠어? 빨리 움직여 봐."

우와. 내 손가락이지만 쳐다보기가 싫었다.

"헛! 그 팔은! 설마 네놈, 악마였느냐!"

"아니야. 이건 내 스킬이다."

"뭐라고? 크흠……."

"정말이에요. 주인님은 다양한 스킬을 습득하고 계시거든요."

"맞아요."

"흠. 이 소녀가 하는 말이니 사실이겠지."

돌팔이 의사 같으니. 환자인 내 말은 무시하고 미나가 하는 말만 믿고 있다.

"그러면 이대로 회복 마법을 걸어보마. 만물의 치료자인 여신 에일이시여, 경건한 사도의 부탁을 들어주소서. 스프링 힐!"

"오오."

팔에 자라난 손가락의 크기가 한층 커졌다.

"으음. 역시 한 번으로는 부족하군. 잠시 휴식이다. 후우."

늙은 대사제는 지쳤는지 숨을 가다듬었다.

"죄송합니다. 제가 수준 높은 회복 마법을 사용할 줄 알았더라면……. 제 수행이 부족한 탓이에요."

피아나가 내게 사과했다.

"신경 쓰지 마."

피아나라고 수행을 게을리하지는 않았을 것이다.

"신이시여, 부디 저희 주인님의 팔을 원래대로 돌려주세요……!"

미나가 필사적인 모습으로 기도를 바쳤다.

바닥으로 흘러 떨어지는 미나의 눈물.

그 모습을 보면서 마음이 아팠지만, 동시에 나를 이렇게까지 걱정해 준다는 사실이 고마웠다.

"그렇네요. 하다 못해 기도만이라도."

피아나도 자리에 무릎을 꿇고 앉아 기도를 시작했다.

그러자 놀랍게도 미나의 몸이 희미하게 빛나기 시작했다.

"미나?"

"네? 어라?"

미나가 자신의 몸을 신기하다는 듯이 쳐다보았다. 그리고 어째선지 내 팔의 회복도 가속되고 있었다.

"허엇! 소녀여, 무슨 짓을 한 것이냐."

대사제가 화들짝 놀라서 물었다.

"저, 저는 그저 기도를 바쳤을 뿐인데……. 피아나 씨의 마법인가요?"

미나가 물었지만 피아나도 당황하긴 마찬가지였다.

"아뇨. 제 마법이 아니에요. 하지만 이건…… 설마……."

"놀랍군. 수행한 사제도 아니건만 신께서 기도에 응답하실 줄이야……. 기적이로다! 자, 그대로 기도를 계속하거라!"

"치유의 여신 에일이시여, 부디 제 부탁을 들어주소서……!"

이번에는 피아나의 몸이 빛나기 시작했다.

"오오?"

이윽고 내 몸에서도 희미한 빛이 피어올랐다. 이대로 몸을 맡기고 싶어지는 따스한 빛이었다.

몸 주변에 자그만 빛의 입자가 떠다니기 시작하더니, 어느새 수많은 입자가 나를 둘러쌌다. 지금껏 한 번도 본 적 없는 현상이었다. 나는 홀린 것처럼 멍하니 눈앞의 광경을 바라보았다.

이것은 신의 뜻일까.

아니면 미나와 피아나의 기도가 이뤄낸 성과인 것일까.

순식간에 성장해 나가는 새 오른팔. 그 결과, 색은 조금 하얬지만 무사히 원래의 모습으로 복구되었다.

"미나, 피아나. 이제 충분해. 봐봐, 원래대로 돌아왔어."

나는 미소를 지으며 새로 자라난 팔로 주먹을 쥐었다 펴는 동작을 했다.

"아아, 다행이다……."

"그러게."

"신이시여, 감사합니다."

"잘됐네, 알렉."

"그래. 걱정을 끼쳐서 미안하다."

"네……. 흑, 으흑."

미나가 얼굴을 일그러트리며 눈물을 흘렸다. 나는 미나의 머리를 상냥하게 쓰다듬어 주었다.

"어흠. 이걸로 완치된 모양이구나."

"대사제님, 감사합니다."

미나와 피아나, 레티의 역할이 컸지만 이곳은 신전이니 얌전히 감사를 표하기로 했다.

"그래. 그만한 상처를 치료해 내다니. 역시 '내 마법'이다. 게다가 신의 가호까지 있었지.”

“예. 그런데…… 기부금은 얼마나…….”

이곳 신전은 철저하게 돈의 논리가 지배하는 곳이다. 얼마나 뜯어낼 생각일까.

“기부금이라. 흠. 백 골드만 내거라.”

“오오?”

“그 대신, 이곳에서 일어난 일을 다른 이들에게도 솔직하게 이야기하거라.”

“알겠습니다. 음유시인들을 통해 대사제님의 위업을 널리 알리겠습니다.”

“그래. 이것도 신의 인도겠지. 허허허!”

다행히 비싼 치료비를 아낄 수 있었다. 이게 웬 떡이람.

이제 ‘화이트 독’의 잔당을 어떻게 처리할지 유미와 국왕에게 상담해 보기로 할까.

나는 온화한 표정을 짓고 있는 여신상을 올려다본 뒤, 발걸음을 돌려 신전을 나갔다.

제12장 거품과 죄

프롤로그

베히모스

카쿠 제국은 붕괴했다.

코인은 전부 환전되지 못했고, 결국 수많은 피해자가 나왔다.

국왕은 이 코인을 위법으로 단정하고 '화이트 독'에게 전액을 배상할 것을 명령했지만, 간부들 대부분이 국외로 도망쳐 버렸다.

처음부터 도망칠 계획을 하고 있었는지, 아니면 단순히 실패해서 도망간 것인지는 지금까지도 불명이었다.

뭐, 우리는 평소처럼 모험에 전념할 뿐이다. 현재 공략 중인 곳은 '돌아올 수 없는 미궁' 제6층. 천연 동굴로 이루어진 층이었다.

이미 매핑을 전부 마치고 보스만을 남겨놓은 상태였다.

"조심해. 보스가 베히모스라는 보장은 없으니까."

""알았어.""

""알았어요.""

이윽고 우리는 넓은 대공동에 도착했다.

느껴졌다. 피부가 저릿할 정도의 긴장감. 압도적인 존재감이.

"레티. 선수 필승이다. 가장 강력한 마법으로 부탁해."

"아무거나 괜찮아?"

"그래. 아무거나."

"알았어! ……하늘의 별이여!"

"아, 메테오 스트라이크는 금지야."

"아무거나 괜찮다고 했으면서."

"바보야. 동굴이 무너지면 끝이잖아."

"쳇. 그럼 이걸로 가야지. ……화염의 무기를 원하는 자, 영겁의 불길을 얻을지니. 서쪽에서 떠오르는 태양처럼 모순된 시련을 뛰어넘어 종언의 때를 맞이하리라, 바스켓 슈타인 데스!"

일행 전원의 무기가 라이트ㅇ이버로 변했다.

"좋아, 가자!"

"부오오오오오오오오오!"

거대한 멧돼지가 포효하며 땅을 긁었다.

"윽. 내가 전에 봤던 녀석보다 훨씬 커……!"

루카가 베히모스를 올려다보며 말했다. 용사 파티인 우리를 위해 마련된 특별 보스였다. 난감할 따름이다.

"직격은 피하도록 해."

"“알겠어!”"

"“알겠어요!”"

베히모스가 돌진을 개시했다. 달리는 것만으로도 땅이 울렸다.

"스타라이트 어택!"

세리나의 필살기가 베히모스의 몸통에 적중했다,

"부오오오오오오오오오!"

어떠냐?

베히모스의 거체가 희미하게 빛나더니 연기로 변했다. 펑!

"해냈다!"

"굉장해, 세리나!"
"일격이라니. 이래도 되는 건가."
다들 놀라긴 했지만 어쨌든 이기면 장땡이다.
[무한의 체력 LV5] New!
새로운 스킬이 생겼다. [감정]해 보기로 했다.

[무한의 체력 LV5]
[해설]
스킬 소유자의 HP가 10만 늘어난다.
상처의 회복이 빨라지며 자연 치유 효과를 얻는다.
효과는 영구적.

흠. 이제 섹스도 지치지 않고 할 수 있겠군.
드랍된 아이템은 녹색의 풀 플레이트 아머였다.
"으음. 방어력은 엄청 높아지겠네. 하지만 움직이기 힘든 갑옷은 나한테 좀 치명적이라."
"나도 됐어. 스타라이트 어택을 맞히려면 속도가 생명이거든."
우리 파티에는 중갑옷을 착용하는 탱커가 없었다. 나중에 2군의 마테우스와 이야기해 봐야겠다.
"그러면 일단 내가 맡겠어."
나는 갑옷을 아이템 가방에 집어넣었다.
아직은 여유가 있었기 때문에 우리는 그대로 7층까지 내려가 보았다.

그렇게 도착한 미궁 7층. 천연 동굴인 점은 6층과 같았으나, 이곳은 바닥에 용암이 흐르고 있었다.

"덥다……."

보나 마나 화염 속성의 적들이 튀어나올 테니 미리 [화염 내성]을 배워두기로 했다.

[화염 내성 LV5] New!

이제 남은 스킬 포인트는 1만 정도였다. 또 대량의 포인트가 들어오기 전까지는 절약하기로 했다.

"주인님, 적이 있어요."

"그래."

미나가 보고를 들을 것까지도 없었다. 이미 내 눈에도 보이고 있었다.

2미터 정도의 붉은 도마뱀이었다.

"레드 리저드야. 화염을 뿜으니까 조심해."

루카가 그렇게 말하며 돌진했다.

비키니 아머를 입고 있으니까 너무 무리하진 말라고, 루카.

"루카를 지원해!"

"네!"

"알았어."

곧 미나와 세리나가 공격에 가세했다. 레드 리저드는 불을 뿜으며 저항했지만 순식간에 쓰러트릴 수 있었다.

"굉장한걸, 이 파티. 어쩌면 한나네 파티보다 강할지도 모르겠어."

루카가 말했다.

B랭크 파티인 '백은의 전갈'을 말하는 건가. 루카의 말대로 이제는 우리가 더 강할지도 몰랐다.

카피 스킬로 [화염 브레스 LV3]을 얻었지만 파이어 볼이 있으므로 필요가 없었다. 리셋시켜 포인트로 환원하기로 했다.

환원된 포인트는 4000포인트. 쓸모없는 스킬치고는 제법 두둑했다. 모험가 중에서 이런 스킬을 배우는 녀석은 없을 것이다. 소모되는 포인트 대비 성장률이 너무 나빴다.

다음 날.

여관에서 2골드나 되는 아침을 먹고 있는데, 같은 숙박객인 머피가 다가와 말했다.

"주인장. 체크아웃 부탁할게. 알렉의 식사가 끝나고 처리해 줘도 상관없어."

"어라, 머피. 고향으로 돌아가려고?"

"말도 안 되는 소리. 우리는 5층에서 아이스 골렘을 상대로 순조롭게 해나가고 있다고. 최근에는 B랭크로 승격까지 했는데 뭐가 아쉽다고 돌아가겠어."

"그러면 우리 여관을 나갈 필요가 없잖아."

"더 싼 여관으로 바꿀 생각이야. 1박에 1골드거든."

"뭐? 허름한 여관이라도 좋다면야 말리지는 않을게."

"쯧쯧쯧. 평범한 집이야. 나중에 구경하러 와, 에이다. 놀랄걸?"

"글쎄. 뭔가 꿍꿍이가 있을 것 같은데."

"아무것도 없어. 렌트 하우스라고 하는데, 새로운 제도래."
"렌트 하우스? 집을 대여하는 거야?"
"맞아."
"빌려주기만 하고 끝이겠지. 서비스는 기대하지 않는 게 좋아."
"어차피 여기도 서비스가 좋은 편은 아니잖아. 안 그래, 알렉?"
"동의한다."
"무례한 녀석들이네. 뭐, 네가 원한다면 말리진 않을게. 마음대로 해."
경비를 절약할 수 있다는 점은 매력적이다. 하지만 최근 우리 클랜을 적대하는 자들이 꽤 많아진 상태다. 안전을 생각하면 이곳이 제일이었다.
레벨 39의 전직 A랭크 모험가, 에이다. 이 여주인이 존재하는 한 어지간한 악당들은 들어올 엄두도 내지 못한다.
나는 렌트 하우스라는 제도에 흥미를 느끼지 못한 채 스프를 입으로 가져갔다.

제1화
온천

'돌아올 수 없는 미궁' 제7층.
우리는 붉은 도마뱀과 샐러맨더를 쓰러트리며 작열하는 용암이 흐르는 동굴을 나아갔다.
"젠장, 형님이 밉다! 저 시원해 보이는 얼굴 좀 봐."

쥬가가 땀을 뻘뻘 흘리며 나를 원망스러운 눈으로 쳐다보았다. 아쉽지만 멤버 전원에게 [화염 내성]을 습득시켜 줄 만큼의 여유는 없었다.

"수분 보충은 빠트리지 말고 틈틈히 하도록 해."

대신에 그렇게 조언해 두었다. 쿨하게.

이미 한 번 조사를 마쳤기 때문에 다들 수통은 넉넉하게 챙겨 왔다.

"주인님, 여기로는 지나가지 못할 것 같아요."

선두에 있던 미나가 걸음을 멈추었다. 용암 웅덩이가 통로를 가로막고 있었다.

다만, 통로 자체는 안쪽으로 계속 이어져 있었다.

"잠깐 기다려. 매핑만 하고 돌아올게."

나는 벽에 달라붙어 도마뱀처럼 재빠르게 이동했다.

[벽에 달라붙기 LV5] 스킬이었다. 여차할 땐 부유 스킬을 이용하면 된다.

"최근 들어서 알렉이 점점 인간에서 멀어지는 것 같은 느낌이……."

"동감이야."

"주인님은 주인님이세요."

"솔직히 좀 징그럽네. 차라리 날아서 가는 게 낫겠다."

"아아, 신이시여. 저분이 나쁜 길로 들어서지 않도록 지켜봐 주소서."

"그런데 어째서 요즘 [부유] 스킬을 사용하지 않는 걸까?"

"도마뱀처럼 기어다니는 게 마음에 들었겠지. 나도 해보고 싶다!"

레티가 말했다. 그렇게 해보고 싶으면 마법을 써서 도마뱀으로 변신해 보던가.

"응? 뭐야, 벌써 막다른 길인가."

모퉁이를 지나가자 바로 막다른 길이 등장했다. 다만, 제단 위에 금색의 보물상자가 있었다.

"보물상자야."

"""오오."""

"내가 가서 열어볼게!"

내가 함정 해제 스킬을 배워도 되겠지만, 이번에는 사키가 의욕을 보이고 나섰다. [부유] 스킬을 발동시킨 나는 공주님 안기로 사키를 보물상자가 있는 곳까지 데려다 주었다.

그리고 사키에게 1000포인트를 양도하여 함정 해제 스킬을 강화시켰다. 텔레포트 함정이라도 발동하면 무서우니까.

"후후, 달링의 사랑이 느껴지네. 자, 성공이야."

보물상자 안에는 루비가 박힌 반지가 들어있었다.

감정 스킬을 사용한 사키의 말에 따르면 화염 무효 효과가 있다는 모양이다.

"칫. 나는 못 쓰겠네."

나는 [화염 내성]을 레벨 MAX까지 올렸기 때문에 불길에 닿아도 끄떡없었다.

다만, 옷이나 장비는 버티는 데 한계가 있기 때문에 용암에 다

이빙 같은 짓은 하지 않았다.

"뭐 어때. 파티원들한테는 유용할 거야."

"하긴. 그럼 세리나한테 주도록 할까."

"헤에. 정실이라 이건가?"

"아냐. 세리나한테는 [스타라이트 어택]이 있잖아."

"그렇네."

그리하여 나는 세리나에게 반지를 건네주게 되었다. 그러자 세리나는 얼굴을 붉히며 몸을 배배 꼬았다.

"고, 고마워…… 알렉. 소중히 할게."

"아니, 딱히 그런 의미로 준 건 아닌데."

""휘익, 휘익!""

"시끄러워. 자, 계속 움직이자."

""알겠어.""

""알겠습니다.""

계속해서 바위 지대를 나아가다 보니 다시 한번 용암으로 길이 막히고 말았다.

"여기서 기다려."

나는 용암을 건너 반대편의 상황을 살폈다. 그러자 이번에는 뜨거운 물이 고여있는 장소가 등장했다.

손을 넣어보니 물의 온도도 적당했다.

"다들 이쪽으로 와봐."

나는 [부유] 마법으로 파티원들을 이동시켰다.

"온천 같은데?"

"그러네."

"들어가도 돼?"

"미나, 주변에 적이 있어?"

"아무도 없는 것 같아요."

"그러면 보초를 한 명 세우자."

"야호!"

보초는 미나가 서 주기로 했다. 우리는 옷을 벗고 온천에 몸을 담갔다.

"후우. 온도가 딱 좋은걸."

"그러게."

중간에 커다란 바위가 놓여있어 남탕과 여탕을 분리시키고 있었다. 아쉽지만 어쩔 수 없지.

이곳은 던전이다. 방심할 만한 장소도 아니므로 몸을 청결하게 하는 용도로만 이용하기로 하자.

"슬슬 출발하자."

"아……. 벌써?"

여성진들 중 몇 명이 불만을 제기했다. 여관에 목욕탕을 설치하는 걸 진지하게 고민해 보는 게 좋을 듯하다.

아니, 잠깐만. 잘하면 짭짤한 돈벌이가 될지도 모르겠다.

"지상으로 돌아가겠어."

일단 지상으로 올라온 나는 '렌트 하우스' 사업 신청을 위해 상인 길드로 향했다. 지금은 신청서 작성을 위해 유미에게 설명을 듣는 중이었다.

"이름과 장소를 등록하면 누구든지 가능해요. 가격도 자유고요."

"헤에. 생각보다 간단한 제도네."

"네. 최근 '돌아올 수 없는 미궁'으로 향하는 모험가가 급격히 늘어났거든요. 여관이 부족해져서 상인 길드에서 국왕 폐하께 제안하고 승인을 얻은 제도예요."

"혹시 네가 제안한 거야?"

"아뇨. 야나타가……."

"호오. 녀석도 마지막에는 도움이 되는 일을 하고 갔구만."

"그렇네요."

야나타는 노예 신분이 되어 상인 길드에서 추방당했다. 녀석에게 정말로 장사의 재능이 있다면 다시 일어서겠지. 하지만 노예 알선 같은 가게에서 일하게 된다면 찬스를 얻기는 힘들 것이다.

미츠루기도 병사들의 손에 넘겨졌다. 현상범이기 때문에 어떤 처분을 받게 될지는 나도 모르겠다.

뭐, 이변이 없다면 감옥 살이를 하게 되겠지. 그것도 꽤 오랜 기간.

"서류는 이거면 되려나?"

나는 유미에게 신청서를 건넸다.

"네. 어…… 장소가 던전 7층이라고 되어 있는데 맞나요?"

"맞아. 매일 영업은 무리겠지만 딱히 문제될 건 없겠지."

"왕성에 제출해 보겠습니다. 반려당하면 순순히 포기해 주세요."

"흥. 그래, 알겠어. 그때는 우리가 독차지하면 되지, 뭐."

요금은 미혼 여성은 공짜, 그 외에는 1박당 100골드다.

예약제 운영되며, A랭크 파티원 다섯 명이 안내 겸 호위를 맡는다. 단, 손님은 제7층 경험자로 한정할 생각이다.

현재 우리는 모험가 길드의 인정을 받아 A랭크 파티가 되어 있었다. 우리는 가만히 있었는데 모험가 길드가 알아서 랭크를 올려 버렸다.

'화이트 독'이 괴멸해 버렸으니 모험가 길드로서는 힘 있는 클랜을 자기편으로 끌어들이고 싶었을 것이다.

어쨌든, 얼마 지나지 않아 두 파티로부터 렌트 신청이 들어왔다. 세라와 엘리사의 파티였다.

하긴 7층 경험자면 대부분 아는 얼굴들일 수밖에 없었다.

"알렉, 잘 부탁해."

"잘 부탁드립니다."

"'바람의 검은고양이' 온천에 신청해 주셔서 감사합니다. 책임자인 알렉입니다."

"풉! 다 아는 사이면서! 아하하!"

세라가 웃었다.

"하긴. 평소대로 할게."

"응응. 그런데 세리나나 다른 애들은?"

"그 녀석들은 오늘 휴일이야. 던전에 들어가기에는 인원수가 많기도 하고. 다른 뜻은 없어."

세리나같이 방해할 것 같은 녀석들에게는 이 프로젝트 자체가 비밀이었다.

"자, 준비가 끝났으면 출발해 볼까."

사키가 말했다. 나는 이번에 사키, 미나, 이오네, 네네를 데리고 왔다. 파티에서도 입이 무거운 녀석들이다.

"그나저나 온천이라. 재밌는 생각을 했는걸, 알렉."

벌써부터 술병을 기울이고 있는 주정뱅이 아저씨 에드거가 말했다. 당신은 돌아가.

하긴, 여자들만 데려가면 수상하게 여길 수 있으니 남자도 한두 명 포함시키는 편이 현명했다.

"7층을 탐색하다가 우연히 발견했어. 들어가 보니 기분이 꽤 괜찮더라고. 다른 사람한테도 소개해 주고 싶었어."

"응? 소개가 목적이면 길드에 정보를 팔면 되잖아."

"장소가 7층이잖아. 무리해서 놀러갔다가 사망자라도 나오면 뒷맛이 씁쓸하니까."

"뭐, 그렇다 치자."

"그런데 던전에서 목욕을 한다는 게 정말 가능할까요?"

성실한 성격의 청년 아벨도 걱정이 되는 모양이었다. 너도 돌아가.

"네 눈으로 직접 보고 판단하면 되겠지. 뭐, 우리를 믿고 따라와 봐."

"물론이다. 알렉이라면 신용할 수 있지."

엘리사가 고개를 끄덕이며 말했다. 하지만 마린을 비롯한 몇몇 여성진은 불안한 표정을 지었다.

"나는 알렉에 대해서 잘 모르거든. 세라랑은 사이가 좋은 것 같지만.”

세라 파티의 마법사가 말했다. 붉은 머리에 검은색 로브를 입은 여성으로, 쿨한 스타일의 미인이다.

“맞아. 우리 사이좋아.”

“세라는 겁이 없는 편이라서 판단이 어렵네요…….”

세라 파티의 사제가 쓴웃음을 지으며 말했다. 내성적인 성격을 지닌 녹색 머리의 소녀였다. 처녀가 분명했다.

“4층 퀘스트 때도 난리가 났었잖아. 이번에도 무슨 일 나는 거 아니야?”

덩치 큰 여전사가 말했다. 그러고 보니 그런 일도 있었지.

“이번에는 몬스터가 없는 것도 확인했고, 미궁을 개조하는 것도 아니니 괜찮을 거야.”

“그렇다면 다행이지만.”

이리하여 세 개의 파티로 이루어진 혼성 파티는 느긋하게 미궁을 나아갔다.

제2화

당연히 엿보려고 그러지. 일일이 말하게 만들지 마

우리는 4층의 로그하우스에서 하룻밤을 보내고 다음 층으로 향했다. 고레벨의 멤버들과 함께 최단 루트로 이동하니 매우 쉽게 돌파가 가능했다.

“이 파티 괜찮다. 거침이 없네.”

세라가 싱글벙글 웃으며 말했다.

"그러게. 색적 담당으로 견인족을 들이는 것도 나쁘지 않겠어."

덩치 큰 여전사도 동의했다.

"응? 제이미, 새로운 멤버를 모집하려고?"

"아니. 구체적인 이야기는 아냐."

"저희도 견인족을 멤버로 넣는 게 좋을지도 모르겠네요."

"인간만으로 충분합니다."

하웰이 운을 띄웠지만 아벨이 단칼에 거절했다. 왜 저렇게 견인족에 예민한 걸까.

귀와 꼬리를 제외하면 인간과 똑같은데 말이지.

이윽고 우리는 6층의 보스방인 대공동에 도착했다.

"윽."

"왜 그래, 엘리사."

"괜찮다. 여기서 겪은 사투가 떠올랐거든……."

"저희한테는 조금 버거운 적이었죠."

"그래서 내가 항상 말하잖아. 느긋하게 공략하자고. 목숨이 있어야 임무도 있는 거야. 어차피 본국 녀석들은 조사 결과에 별 관심도 없을걸."

하긴, 베히모스와 정면으로 싸운다면 만만치 않을 것이다. 엘리사네 파티도 용케 쓰러트렸군.

"그럴 수는 없다. 임무를 받은 이상 템플 나이트로서 성실하게 수행할 뿐이다."

"예, 예. 알겠습니다."

"제7층 도착. 그래서 온천은 어디에 있어?"

"저쪽이다."

일단은 용암으로 가로막힌 곳까지 이동한 뒤, 내가 부유 스킬을 이용해 한 명씩 건너편으로 옮겨주었다.

"아아, 이쪽이구나. 우리는 보스방으로 직진하느라 몰랐어."

"뭐, 이미 8층의 탐색을 진행하고 있잖아. 7층은 더우니까 이만 됐어."

여전사가 말했다. 세라 파티는 8층을 공략 중인가.

"여기가 '바람의 검은고양이' 온천이다."

온천 앞에는 간판 대신에 돌에 글자를 새겨서 세워놓았다.

"오오, 정말로 온천이네."

"저, 온천은 처음 봤어요."

"남탕은 저쪽이고, 여탕은 저쪽이다. 우리는 호위를 맡을 테니까 마음껏 이용하도록 해."

"잠깐! 호위를 맡아주는 건 고마운데, 혹시 너희가 주변을 순찰하는 거야?"

"걱정 붙들어 매. 나는 여탕에 들어가지 않으니까."

"그럼 됐고."

그래. '탕에는' 들어가지 않을 생각이다.

하지만 내게는 여태껏 손에 넣은 수많은 에로 스킬들이 있었다.

[기척 차단 LV5] New!

[엿보기 LV5] New!

[벽에 달라붙기 LV5] New!
[천장에 달라붙기 LV5] New!
[광학미채 LV5] New!

레벨도 전부 MAX로 올렸다. 완벽하다.

"그러면 호위를 시작하자."

"알겠어. 후후."

"네, 주인님."

"네."

"아, 알겠습니다. 아으으."

사키, 미나, 이오네, 네네에게는 평범하게 호위를 시킨 뒤, 나는 바위에 숨어 [광학미채]로 자신의 몸을 투명화했다. 그러고는 기척을 차단한 상태로 벽과 천장에 달라붙었다.

하지만 저들도 모험가다. 야외라고 수줍음을 타는 성격들이 아닌지라 이미 알몸으로 탕에 들어가 있었다.

스트립 쇼를 즐기려면 처음부터 전력을 다할 필요가 있어 보였다.

"아아, 기분 좋다. 설마 던전에서 온천을 즐기게 될 줄이야."

"몬스터가 나올까 봐 마음이 놓이진 않네. 게다가 그 변태 아저씨가 훔쳐보러 올 것 같아."

"아하하. 충분히 가능하지."

쳇. 몇몇은 수건으로 가슴을 가리고 있었다.

'온천에는 수건을 가지고 들어가지 말아 주세요'라고 간판에 적어놓아야겠다.

세라와 엘리사는 숨기지 않고 알몸을 당당히 드러내고 있었지만, 두 사람과는 섹스를 한 사이이기 때문에 신선한 맛이 없었다.

물론 감상은 제대로 할 거지만.

다음으로 세라의 파티 멤버인 붉은 머리의 마법사가 알몸을 보여주고 있었다. 아담한 유방에 선명한 분홍색 젖꼭지가 꽤나 매력적이다.

조금만 더 다가가 볼까.

"읏."

아웃 오브 안중인 여전사가 이쪽을 쳐다보았다.

"왜 그래, 제이미?"

"무슨 소리가 들린 거 같았거든. 저쪽에서."

큰일 났다. 귀가 밝구나, 저 녀석. 젠장…….

"흐음. 괜찮지 않을까? '몬스터는' 없는 것 같아. 후후훗."

세라도 일찌감치 눈치챈 모양이다. 이런.

"여러분~ 물 온도는 어떠신가요?"

사키가 여탕에 모습을 드러냈다. 나는 [부유]으로 사키 뒤에 숨어서 제이미의 경계망으로부터 벗어났다.

"응! 최고야! 조금만 더 일찍 알았으면 좋았을 텐데."

"딱 좋아."

"문제없어요."

"다행이다. 술을 가져왔으니 마시고 싶은 사람은 말씀하세요~."

"앗, 마실래!"
"세라, 던전에서 술은 위험해."
"괜찮아, 괜찮아. 알렉네 파티가 호위해 주고 있잖아."
"아무리 그래도……."
"주변에 몬스터도 없는걸. 제이미는 걱정이 지나쳐서 탈이야."
"역시 난 관둘래."
"응. 난 마실게."
"네. 여기요, 세라 씨."
"고마워. 음! 이거 좋은걸."
"그렇게나 맛있어?"
"시에라도 마셔봐."
"그럴까요. 그럼 조금만……."
세라 파티의 사제가 잔을 받아 들이켰다.
"앗, 맛있네요."
상당히 비싼 술이었다. 덕분에 적자가 났지만 그런 건 아무래도 좋았다.
"한 잔만 더 주세요."
"자, 여기."
"시에라, 너무 많이 마시지는 마."
"네. 그럼 이것까지만 마실게요."
두 잔으로 취했는지 시에라의 얼굴은 벌써부터 붉어져 있었다. 시에라는 자리에서 일어나 본인의 수건을 훌러덩 벗어버렸다.
"후우. 왠지 덥네요. 기분 좋다……."

훌륭한 거유다. 엿볼 수밖에 없다니 아쉽구만.

어쨌든 이 광경을 제대로 눈에 담아두도록 하자.

"다들, 지금 당장 온천에서 나와!"

젠장, 세리나가 왜 여기에?!

"어라? 세리나, 무슨 일인데?"

"이건 알렉의 함정이야. 그 인간은 [광학미채] 스킬을 배우고 있거든."

빌어먹을. 그걸 말하면 어떡해.

"하지만 기척이 없는걸."

"잠깐. 저번에 알렉이 기척을 숨기는 기술을 사용하지 않았어? 불사왕 때 말야."

"그러고 보니……. 큭, 어디냐! 당장 나와!"

쳇. 여기까지군.

나는 부유 스킬로 바위 뒤편으로 이동해 [광학미채]와 [기척 차단]을 해제했다.

"세리나. 근거 없는 모함은 삼가줘."

"앗, 알렉."

"꺄악!"

"저리 가!"

"알았다, 알았어. 소리가 들리길래 확인하러 왔을 뿐이야."

내가 지금 막 도착했다는 듯이 말했다.

그리고 엿보기는 상대가 눈치챘을 때 더 흥분된다는 사실을 깨달았다. 부끄러워하며 몸을 가리는 시에라를 보니 느껴지는 바가 있었다.

이번 온천 투어는 쓸데없는 방해가 들어왔으므로 이만 장사를 접기로 했다. 만약 부유 마법이 있는 레티를 매수했다면 아무리 세리나라도 여기까지 도달하지 못했을 테지만.

그래도 역시 던전 안에서 느긋하게 온천을 즐기기는 힘들어 보였다.

차라리 여관에 목욕탕을 만드는 게 낫겠다는 생각이 들었다.

제3화
목욕탕용 마도구를 찾기 위해

제7층 온천 투어는 현실적으로 어려운 부분이 많았다.

그러므로 여관에 목욕탕을 만들기로 했다.

여성진한테도 나쁜 이야기는 아닐 것이다.

"그렇게 됐으니 뜨거운 물을 만들어내는 마도구에 대해서 조사해 봐."

"……노림수가 뻔히 보이네."

"무슨 소린지 전혀 모르겠는데. 좋았잖아, 온천. 세리나 넌 목욕탕에 들어가기 싫은 거냐?"

"들어가고 싶지. 하지만 엿보기는 안 돼."

"시끄럽고. 어쨌든 협력해. 너나 나나 목적은 같잖아."

"다르다고 보는데. 뭐, 좋아. 목욕은 하고 싶으니 협력해 줄게."

"하지만 달링. 마도구를 사용하려면 가격이 상당할 거야."

"흠. 일단 찾아낸 다음에 고민해 보자고. 싸게 얻을 수 있으면 더 좋고."

"마법으로 뜨거운 물을 만들어내는 게 생각보다 어렵단 말이지."

레티가 말했다. 욕조에 파이어 볼을 투척하면 물이 증발해 버릴 뿐, 목욕물로 변하지는 않는다.

그래도 우리는 조사를 강행했고, 세라가 쓸만한 물건을 가져다 주었다.

"자, 알렉. 뜨거운 물을 만들어내는 마도구야."

사자 얼굴을 본뜬 10cm 크기의 돌이었다. 개수는 두 개였다.

"오오. 가격은 얼마면 돼?"

"공짜로 해줄게. 나도 공짜로 받은 거거든."

"공짜로? 뭔가 꿍꿍이가 있었을 것 같은데."

"뭐, 나한테 흑심이 있어 보이는 귀족한테 받았어. 이것저것 선물을 해주거든. 나는 사귀어 줄 생각이 전혀 없는데 말이야."

"이뤄질 수 없는 사랑이구만. 그러면 감사히 사용해 보실까."

나는 곧바로 에이다와 목공에게 상담해 1층에 대욕탕을 만들었다. 만드는 김에 내 방 옆에다가 작은 욕탕을 하나 더 설치했다.

욕조에 마도구를 박아 넣자 뜨거운 물이 졸졸졸 흘러 나왔다. 굉장히 편리한 물건이다.

자, 누구를 제물 1호로 삼을까.

"반가워, 시에라."

밖으로 나온 나는 장을 마치고 돌아가던 시에라에게 말을 걸었다. 세라의 파티 멤버로, 녹색 머리에 상냥한 눈을 가진 사제다.

"아아, 알렉 씨군요. 우연이네요."

시에라가 웃으면서 내게 말했다.

"그러게."

실은 시에라가 여관을 나왔을 때부터 미행하고 있었지만 그건 비밀이었다.

"지금 돌아가려고?"

"네. 비누를 사고 싶었거든요."

"호오. 실은 여관에 '바람의 검은고양이' 목욕탕을 만들었거든."

"네? 혹시 지상에서도 목욕이 가능한 건가요?"

"맞아."

"와. 개장은 언제 하나요?"

"아직은 준비 중이지만 곧 개장할 예정이야. 최종 테스트가 이제 막 끝난 참이거든. 혹시 시에라만 괜찮다면 특별히 들어가게 해줄게. 지인이니까."

"와아. 정말요?"

시에라가 눈을 반짝였다. 관심이 있는 모양이었다.

"물론이야. 세라한테는 도움을 많이 받았거든. 4층에서도 너희게 민폐를 끼쳤지."

"아니에요. 확실히 힘든 의뢰이긴 했지만요. 제이미도 큰 불만은 없는 모양이에요."

"그러면 됐고. 뭐, 술도 준비해 줄게. 한번 들렀다 가."

"네!"

나는 방 옆에 설치한 욕조로 시에라를 안내했다.

"1층에 더 커다란 목욕탕도 만들었는데, 그쪽은 아직 준비 중이야."

"알겠습니다. 온천에 비하면 살짝 좁기는 하지만, 필요한 건 전부 갖춰져 있네요. 고맙습니다."

"그러면 마음껏 쓰도록 해. 나중에 술을 가져다 줄게."

"네."

나는 시에라의 몸이 충분히 데워지기를 기다린 다음, 쟁반에 술병을 얹어 안으로 들어갔다.

그러자 욕조에 몸을 담그고 있던 시에라가 허둥지둥 자신의 가슴을 가렸다.

"꺄악! 저, 저기, 알렉 씨."

"자, 술이야."

"앗, 네. 하지만 여기, 여탕인데……."

"틀린 말은 아니군. 하지만 이 목욕탕은…… 혼욕이다!"

내가 주먹을 불끈 쥐며 선언했다.

"네……? 혼욕?"

"남녀가 같이 들어갈 수 있다는 뜻이야."

"네에? 하지만 그런 말은 듣지 못했는걸요."

"당연하지. 지금 처음 말했으니까. 그래도 안심해. 나는 들어가지 않을 테니까. 자, 마셔."

"아, 네. 저기, 나가주시면 좋겠는데……."

"7층의 온천에서도 슬쩍 봤지만, 꽤 매력적인 몸을 가지고 있는걸.”

“네?!”

시에라가 얼굴을 새빨갛게 물들였다. 하지만 화는 내지 않는군. 부끄러워하고 있을 뿐인가.

“모처럼 가져다 준 술이잖아. 일단은 마셔.”

“네……. 그럼 잘 마실게요. 아, 맛있다.”

“비싼 술이거든. 던전에 들어와 있는 것도 아니니까 마음껏 마셔도 안전해.”

“아, 그렇네요. 저기…….”

“왜 그래. 세라의 친구인 내가 네 지갑이라도 훔칠까 봐 걱정돼?”

“아뇨, 그런 건 아니에요. 그러면 잘 마실게요.”

조금은 익숙해졌는지 술잔을 기울이기 시작하는 시에라. 그렇게 몇 잔을 더 권하자 취해서 기분이 좋아진 시에라가 가슴을 가리고 있던 손을 풀었다.

“우후후. 저, 살짝 취하고 말았네요.”

“현기증이라도 나면 몸에 안 좋아. 잠깐 밖으로 나오도록 해.”

“네? 저기, 그건 좀…….”

“일단 한잔 더 하고.”

“아, 네.”

억지로 술을 따라주자 시에라는 어쩔 수 없다는 듯이 잔을 입으로 가져갔다.

얼굴이 붉어진 시에라.

“하후우. 이제 충분해요.”

"그래. 얼굴이 상당히 붉어졌군."

"네, 네에……. 이제 나가주시면 안 될까요."

"손님의 안전을 위해서라도 그럴 수는 없어. 네 몸에 무슨 일이라도 생기면 앞으로 장사는 물 건너간 거야."

"그건, 그렇네요……. 일단은 정말로 한계라서 그만 일어날게요. 꺄악."

"어이쿠."

나는 비틀거리는 시에라를 부축해 욕조에서 내보내 주었다.

"저, 저기, 그렇게 뚫어져라 쳐다보시면 부끄러워요."

"무슨 말이야. 자신감을 가져, 시에라. 넌 정말로 좋은 몸을 가지고 있어."

"하으으……."

"내게 가슴을 보여줄 수 없을까. 나도 모험가로서 위험한 국면들을 거쳐왔거든. 어쩌면 내일 당장 죽을지도 몰라. 인생에서 후회만큼은 남기고 싶지 않아."

"네? 알렉 씨가 돌아가실 일은 없다고 생각하는데……."

"모르는 거야. 조금만 보여줘. 너로서도 손해는 아니잖아. 보여준다고 닳는 것도 아니니까."

"그건 그렇지만, 부, 부끄러워서……."

"조금만 참아줘. 나도 이런 말을 하기는 부끄럽지만, 너를 보자마자 한눈에 반했거든."

"네에?!"

"네게 고백하려고 전부터 기회를 엿보고 있었는데, 눈치 못

챘어?"

"네. 전혀……. 그, 그랬군요."

"시에라. 사랑해."

"앗?! 가, 갑자기 무슨 말씀을."

허둥대고는 있지만 싫어하는 표정은 아니었다. 시에라도 내심 마음이 있었던 모양이다.

"보여줘. 네 가슴을 봤을 때 굉장히 행복했거든. 훌륭한 가슴이라서 더욱더 그랬어. 아니, 네가 아니면 안 돼."

"네? 제가 아니면 안 되는 건가요……?"

"그래."

"아, 알겠습니다. 그러면 조, 조금만……."

시에라는 당황하면서도 가슴에서 손을 내렸다.

박력 넘치는 두 개의 유방이 눈앞에 모습을 드러냈다.

유륜은 살짝 큰 편이지만 허용 범위였다.

나는 시에라의 육체를 지그시 감상한 다음, 그 커다란 유방을 덥석 움켜쥐었다.

"앗! 저기!"

"아름다워."

"네? 그래도 만지시는 건 좀……."

"평생의 부탁이야. 조금만 만지게 해줘."

"하지만 정말로 부끄러운걸요, 흐앙! 주, 주무르지 말아주세요."

이거 되겠는걸. 생각보다 싫지는 않은 눈치였다. 시에라도 고레벨 모험가니 조금 취했어도 마음만 먹으면 저항할 수 있었을 것이다.

“견디지 못할 정도로 싫은 거야?”

“그, 그건 아니지만…….”

“그러면 부탁해, 시에라. 이 빚은 나중에 꼭 갚을게.”

“네? 저기, 앗, 그만, 그렇게 주무르시면, 끄응, 하아…… 하아…….”

슬슬 느끼기 시작한 모양이다. 민감한 가슴이다.

젖꼭지는 어떨까?

“흐으윽! 저, 저기, 꼬집지 말아주세요, 아앙!”

더욱 민감한 모양이군. 나는 자리에 주저앉은 시에라를 공주님 안기로 내 침실에 옮겼다.

“현기증이 난 모양이네. 몸을 닦아줄게.”

“네, 네에.”

나는 수건으로 시에라의 몸을 깨끗하게 닦아주었다.

하지만 잔뜩 민감해진 시에라는 이것만으로도 느껴버린 모양이었다.

“읏, 저기, 제가 닦을 테니, 하윽!”

“됐어. 감사의 표시다.”

“아뇨, 감사는 됐으니까, 아앙!”

나는 시에라의 몸을 구석구석 닦아준 뒤 젖꼭지를 빨았다.

“아앗! 자, 잠깐, 알렉 씨, 그건, 흐윽! 아아앙!”

그렇게 말하면서도 마음에 들었는지 내 머리를 끌어당기는 시에라.

이것으로 합의 성립이다.

옷을 벗은 나는 긴장한 채 이쪽을 쳐다보는 시에라의 몸 위로 올라갔다.

"앗, 으응, 앗, 아앙, 아앗!"

얌전해진 시에라를 듬뿍 귀여워해 준 뒤, 기회를 봐서 삽입했다.

"아아아앗!"

이윽고 절정에 달해 축 늘어져 버린 시에라. 그 모습을 바라보던 나는 문득 흥미로운 생각이 떠올랐다.

"시에라. 가슴으로 내 물건을 감싸줄래?"

"이, 이렇게요?"

"맞아."

파이즈리는 내성적인 시에라에게 상당히 허들이 높은 플레이일 것이다. 그럼에도 시에라는 능동적으로 내 물건을 감싸고 있었다.

"좋아, 시에라. 의외로 네게는 남자를 포로로 만드는 재능이 있는걸."

"재, 재능이라뇨. 그런 재능은 필요 없어요……. 으응, 아앗!"

"뭐야. 파이즈리로 느끼는 거야? 야한 몸이네."

"저, 저는, 하윽!"

"그러면 라스트 스퍼트다. 이걸로 마지막이니까 분발해 줘."

"앗, 앗, 앗, 아앙, 안 돼요, 알렉 씨! 그렇게 빨리 움직이시면, 제가 받아내지 못해요, 아아앗!"

나는 시에라의 얼굴에 흰 액체를 뿌려주었다.

넋이 나간 표정을 짓는 시에라는 꽤나 에로했다.

"고생했어, 시에라. 보답으로 네게는 이 목욕탕을 공짜로 사용하게 해줄게."

"고, 고맙습니다. 하지만 그 말은……."

"걱정 마. 매번 섹스를 요구하지는 않을 테니까. 네가 원할 때만으로도 충분해."

"그, 그렇군요."

태도를 보니 섹스도 마음에 들었던 모양이다. 가끔씩 꼬셔서 반응을 보기로 하자.

제4화
현장 조사

우리는 '돌아올 수 없는 미궁' 7층의 공략을 진행하면서 '바람의 검은고양이' 목욕탕을 오픈했다.

목욕탕.

예상대로 여성진들에게는 호평이었고, 다른 숙박객과 모험가들도 소문을 듣고 찾아왔다.

다만, 세리나가 눈을 번뜩이고 있어 대욕탕에 숨어들 기회는 좀처럼 나지 않았다.

하지만 아무리 세리나라도 두 곳을 동시에 감시하지는 못했기 때문에 방 옆에 설치된 목욕탕에는 원할 때마다 여자를 들이고 있었다.

"알렉, 잠깐 괜찮을까?"

혼자서 늦은 아침 식사를 하고 있는데, 세리나가 내게 다가와 말했다.

"뭔데?"

"얼마 전에 시에라라는 애한테 손댔지?"

칫. 소문이 빠르군.

"그게 뭐. 합의하의 관계였어."

나는 내심 조마조마하면서 당당하게 말했다.

"어휴. 우리 파티에도 여자가 잔뜩 있잖아. 좀 심해."

"너는 뭔가 착각을 하고 있어, 세리나."

"무슨 착각? 어차피 시원찮은 유○버 같은 변명이나 하겠지만, 들어는 줄게."

"흥. 그런 놈들과 똑같이 취급하지 마. 잘 들어. 남자는 본능적으로 많은 유전자를 남기도록 태어났어. 일부일처제를 고수하는 국가는 전세계에서도 절반에 불과하고, 인류의 역사를 놓고 봐도 일부일처제가 생겨난 건 농경 사회가 시작된 이후야. 극히 최근이지. 포유류 중에서도 일부일처제를 채택한 종은 고작해야 5퍼센트 정도다."

"헤에. 그러면 알렉은 유명인이 불륜을 저질러도 그렇게 옹호할 거야?"

"말도 안 되는 소리. 자식이 있는 기혼자에게 손대는 건 아웃이다. 그건 아이를 상처 입히는 짓이니까……."

나는 가슴이 찢어진다는 듯이 말했다. 사실 마음에 들지 않는 유명인을 욕하는 건 즐거우니까 그러는 거다. 욕할 수만 있다면 이유는 뭐든 상관없었다. 그러니 불륜을 저지른 놈이 나쁜 것이다.

"그러셔. 뭐, 그럴듯한 논리는 갖추고 있네."

"당연하지."

"하지만 시에라를 끌어들인 목욕탕은 조사를 해야겠어."

"뭐라고? 세리나, 너한테 무슨 권한이 있어서 리더한테 그런 고압적인 요구를 하는 거지?"

"파티 멤버니까. 다른 멤버들에게도 동의를 구했어. 뭣하면 멤버를 전부 모아서 조사를 진행해도 좋고."

"알았다, 알았어. 조사해 보고 싶으면 얼마든지 해. 일일이 소란 피우지 말고."

"그래. 네 말대로 조사해 볼게. 그렇게 계속 모르는 여자들을 끌어들이면 언젠가 트러블이 발생할 테니까."

"흥."

트러블이 생기지 않을만한 미소녀만 노리니까 괜찮다고 받아치고 싶었지만, 온갖 이유를 들어서 반론해 올 것 같았기 때문에 관두었다.

"자. 이게 또 하나의 목욕탕이다."

방으로 올라간 나는 숨겨진 문을 열어서 세리나에게 보여주었다.

"어이가 없네. 도대체 언제 이런 걸 만들어 놓은 거야? 전혀 몰랐어."

세리나는 [오토 매핑] 스킬을 보유하고 있지만 여관의 모든 방에 일일이 들어가 확인해 볼 생각은 없는 모양이었다. 뭐, 나도 남자 방에는 관심이 없지만.

“이제 여기서 어떤 서비스를 하고 있는지 가르쳐 줘.”

“뭐라고? 거기까지 조사하는 거냐?”

“당연하지. 이것도 파티 멤버들과 사전에 합의한 거야.”

“으윽…….”

여기서 시답잖은 이유를 들어 세리나를 쫓아내는 건 간단하지만, 그랬다간 나중에 파티 멤버들이 “알렉은 멤버들을 신용하지 않는 거야?”라거나, “알렉은 소인배구나!”라면서 불만을 제기할지도 몰랐다. 다른 멤버들도 조사를 원하고 있다면 타협하는 수밖에 없었다.

“알았어. 그러면 조금만 기다려 봐. 본격적으로 손님 대우를 해 줄 테니까.”

“응. 그렇게 해줘.”

나는 일단 1층의 카운터로 향했다. 에이다가 한가하게 가게를 보고 있었다.

“에이다, 레이디 킬러 있어?”

“은화 한 닢이야.”

“천 골드?! 바가지가 심해도 너무 심하잖아. 뭐가 그렇게 비싸.”

“네가 엄한 데다가 사용할 것 같으니까 그렇지.”

쳇. 잘 아는군. 앞으로 공략이 어려운 상대가 나타나면 사용할 생각이었는데. 내가 너무 쉽게 생각했나 보다.

“그래도 가격을 불렀으니 안 판다고는 하지 마. 화려한 유리잔도 같이 내줘."

내가 은화를 내밀었다.

"나 원. 주점으로 사러 가면 될 걸 가지고. 알았어. 자, 달달한 술이야. 도수가 세니까 조심해."

나는 술병과 유리잔을 쟁반째로 받아 들었다.

"여관을 부수거나 태우는 일 없도록 조심해 줘."

"나는 그런 실수 안 해."

그렇지만 세리나를 화나게 만들면 무서우니 조심하도록 하자.

나는 내 방에 노크를 하고 안으로 들어갔다.

"들어와."

세리나는 이미 옷을 벗고 욕조에 들어가 있었다. 이참에 제대로 된 서비스를 누리겠다는 심보다. 하지만 나도 처음부터 그럴 생각이었으니 딱히 불만은 없었다.

"여기 있습니다, 아가씨."

나는 댄디한 집사처럼 바르게 서서 쟁반을 내밀었다. 한쪽 팔로 뒷짐을 지고 30도 각도로 머리를 숙이는 것이 포인트다.

"후후, 뭐가 아가씨야. 다른 손님한테는 그런 식으로 안 부르잖아."

"그렇긴 하지."

"그래도 뭐, 가끔은 이런 것도 괜찮은걸. 오늘은 계속 그렇게 불러줘."

뭐야. 세리나도 이런 대우가 취향인 건가.

"알겠습니다."

세리나가 유리잔을 집어 들었다. 나는 코르크 마개로 뚜껑을 따서 유리잔에 술을 따라주었다. 유리잔에 연한 핑크색 액체가 차올랐다.

"알렉의 망한 계획에 건배."

"흥."

세리나는 유리잔을 치켜들어 건배를 한 다음, 다시 입가로 가져가 술을 머금었다.

"와, 엄청 달다! 맛있네."

"그렇다고 들었어."

여성들이 좋아하는 술이다. 마셔보지 않아도 어떤 맛일지 상상이 갔다.

"이걸로 기분 좋게 취하게 만들어서 늑대처럼 덮치는 거구나."

"손님한테 술을 권하는 건 맞지만, 나는 합의하의 관계만 가져. 너도 알잖아."

"글쎄. 꽤나 강압적인 면도 있으면서."

"사후 승낙도 포함이야."

"우와, 저질. 여자를 덮친 다음에 돈으로 해결하다니, 그럼 못써."

"그렇게까지는 안 하니까 안심해."

"그러고 보니 마리아 루즈의 점장이 전해달래. 좋은 상품이 들어왔으니 한번 들러달라고."

"호오."

마리아 루즈는 고품질의 노예를 다루는 가게다.

목욕탕과 온천을 개장하느라 바빠서 한동안 들르지 못했는데, 조만간 다시 찾아가 보기로 하자.

"원래 빚을 갚기 전까지는 보내지 않을 생각이었어. 하지만 그 대지의 갑옷이 상당히 비싸게 팔렸으니까……."

대지의 갑옷은 베히모스를 쓰러트리고 얻은 아이템으로, 옥션에서 7백만에 낙찰되었다.

원래는 파티 멤버에게 줄 예정이었지만 입을만한 사람이 없었다. 마테우스도 "필요 없다"라면서 거절했다. "드워프는 무조건 철제 흉갑이지"라는 것이 이유였다. 드워프가 전신 갑옷을 입지 못할 이유는 없다고 보는데…….

어쨌든 아무도 장비하지 않았기 때문에 고가에 팔아치웠다.

"너도 분배금을 받았잖아. 비싸게 팔렸으면 좋은 거 아냐?"

단, 멤버가 늘어났기 때문에 일인당 받는 금액이 그렇게까지 많지는 않았다.

"그래도 복잡한 기분이야. 돈으로 여자를 사다니."

"말해 두지만, 어디까지나 파티 멤버를 강화하기 위한 전투 노예다."

"하지만 얼굴도 중요하게 볼 거잖아."

"당연하지."

"에휴."

세리나는 기분 좋게 술잔을 기울이고 있었지만, 나는 딱히 할 일이 없었기 때문에 가슴이나 쳐다보기로 했다. 세리나는 내 시선을 느꼈는지 왼팔로 가슴을 가렸다.

"너 정도 몸매면 부끄럽다고 숨길 필요는 없잖아."

"바보. 그래도 부끄럽단 말야."

"음탕할 정도로 커다란 가슴이라서?"

"아니야!"

세리나가 주먹을 휘두르며 화내는 시늉을 했다. 하지만 진짜로 화내는 것은 아니었기 때문에 곧 어깨를 으쓱였다.

"어떤 변태 아저씨가 만져대서 이렇게 커진 거잖아."

"그럴지도 모르겠네. 자, 세리나. 너무 오래 들어가 있으면 몸에 안 좋아. 일단은 탕에서 나오는 게 어때."

나는 아닌 척 세리나를 유혹했고, 세리나도 고개를 끄덕이며 수긍했다.

"응, 알았어."

세리나가 수건으로 몸을 가리며 욕조를 나왔다. 욕조에 들어갈 때는 수건 금지라는 팻말을 달아놓아야겠군. 나는 세리나가 앉을 의자를 준비하면서 그렇게 생각했다.

제5화
거품 목욕

"어이쿠."

욕조에서 나온 세리나가 취기 때문이 휘청거렸다.

"조심해, 세리나."

내 부축을 받아서 의자에 앉는 세리나.

"으으. 생각보다 강한 술이네. 그런데 알렉. 이 의자는 어째서 가운데에 구멍이 뚫려있는 거야?"

세리나가 자신이 앉아있는 의자에 의문을 제기했다.

"알고 싶어?"

"아니, 됐어. 왠지 엄청나게 불길한 예감이 들거든."

"그러지 말고. 특별 주문한 의자야. 내가 시킨 대로만 만들어서 제작자도 용도를 모르지만."

"그렇게 말하니까 엄청 무서운데……."

세리나가 몸을 움츠렸다.

"고문 기구는 아니니까 안심해. 이건 '에로 의자'라고 불리는 물건이야. 가운데 부분이 뚫려있는 건 앉은 채로 몸을 닦기 위해서지."

"우와……. 그, 그러니까, 다른 사람이 밑으로 손을 넣어서 나를 씻긴다는 거지?"

세리나가 얼굴을 붉히며 물었다. 하지만 목소리에서는 흥미가 묻어났다.

"맞아."

"이름 그대로 에로 의자네. ……그것도 서비스에 포함되는 거야?"

"평소에는 제공하지 않지만, 단골이 원한다면 융통성을 발휘할 수는 있지."

"나는 단골이 아니잖아."

"그렇긴 하지만 파티 멤버니까 단골로 취급해 줄게."

"그래? 고마워……. 하지만 안 돼, 세리나. 이런 변태 아저씨의 말발에 넘어가면! 꿀꺽."

자기 자신에게 경고하면서 군침을 삼키는 세리나.

흐름을 보아하니 내가 꼬시지 않았어도 스스로 부탁해 왔을 게 분명했다. 이 녀석은 야한 짓에 사족을 못 쓰는 체질이다. 다른 사람을 변태라고 부르면서 본인이야말로 진성 변태였다.

"어떻게 하고 싶어, 세리나. 나는 어디까지나 손님의 요구에 응할 뿐이다. 서비스를 원한다면 제공해 주겠어."

"딱히 해달라고 부탁할 생각은……."

"그래, 알겠어. 특별 주문한 의자라서 네가 일본으로 돌아가면 앉아볼 기회도 없겠지만, 어쩔 수 없지."

"어……. 그, 그러면 시험 삼아서, 한번 사용해 볼까?"

"응? 잘 안 들려, 세리나. 서로 오해가 있으면 곤란하잖아. 똑바로 들리게 말해."

"으…… 못됐어. ……서, 서비스 받을게요. 이거면 돼?"

"그래. 충분해."

나는 옷을 벗고 근처에 있는 비누를 집어 들었다. 이어서 양손으로 비누를 비벼 거품을 낸 다음, 에로 의자에 뚫려있는 구멍을 통해 세리나의 가랑이 사이로 손을 가져갔다.

"꺄악!"

"가만히 있어."

"하, 하지만 간지러운걸."

"금방 기분 좋아지게 될 거다."

나는 왼손으로 세리나의 어깨를 붙잡아 고정시킨 뒤, 오른손으로 밑을 애무해 나갔다.

"흐윽, 아앙!"

세리나가 흠칫, 하고 몸을 떨자 커다란 가슴이 출렁거렸다. 정말이지 음탕한 몸이다.

"얌전히 있어."

"무, 무리야. 아앙, 앗, 끄흐윽♥"

거품으로 허벅지와 엉덩이를 어루만질 때마다 세리나는 몸을 꿈틀거리며 내 손길에서 벗어나려 들었다. 마치 팔팔한 뱀장어 같다. 다만 손이 자꾸 미끄러졌기 때문에 스킬을 동원하기로 했다.

[초고속 혀놀림 LV5]

그러자 내 혓바닥이 길게 늘어나 세리나의 고간에 접촉했다.

"꺅!"

세리나가 놀라서 몸을 떨었지만 그것도 잠시. 이미 침대에서 경험한 기술이었기 때문에 금세 냉정을 되찾았다.

"아아아앗! 자, 잠깐, 아아앙!"

그래도 내 혀놀림이 좋았는지 버티지 못하고 몸을 비틀어대는 세리나. 세리나가 머리를 좌우로 흔들 때마다 붉은 포니테일이 사방으로 휘날렸다. 나는 혓바닥을 이용해 탱탱한 허벅지와, 잘록한 배도 깨끗하게 닦아주었다.

"그, 그만, 안 돼앳!"

달콤한 비명을 내지르는 세리나. 미끄러운 거품이 감도를 더욱 높여주었는지 세리나는 새끼손가락을 깨물며 혓바닥의 감각을 즐기고 있었다.

하얀 거품으로 뒤덮인 소녀의 육체. 축축하게 젖은 피부는 붉게 상기되어 있었다.

"하아, 하아, 하아……♥"

정성스러운 애무로 축 처진 세리나를 바닥에 눕힌 뒤, 나는 그 위에 자신의 몸을 포갰다.

"으응, 앗, 움직이지 말아줘, 알렉."

세리나의 몸은 거품 때문에 평소보다 미끄러웠다.

"그래도 움직이는 편이 기분 좋잖아, 세리나."

"그, 그건 그렇지만, 아앙!"

나는 부드러운 세리나의 육체에 내 몸을 문질렀다.

"자, 이번엔 네가 위다. 스스로 움직여 봐."

"아, 알았어."

세리나가 내 위에 올라타 몸을 문지르기 시작했다. 본인은 눈치채지 못했겠지만 이걸로 소프랜드에 데뷔한 것이나 마찬가지다. 나중에 놀려줘야지.

두 개의 커다란 유방이 내 가슴팍 위를 왕복하며 마구 뭉개졌다. 상당히 기분이 좋았다.

"세리나, 밑에도 부탁해."

"아, 알았어."

세리나는 가슴 사이에 나의 단단한 부위를 끼우고 리듬감 있게 문지르기 시작했다.

"으응, 핫, 으응!"

오히려 본인이 느껴버렸는지 세리나의 입에서 작은 교성이 흘러나왔다.

"오오, 슬슬 나오겠어."

"응. 언제든지 괜찮아."

경험 많은 세리나가 문지르는 속도를 올렸다. 나는 마침내 절정에 달해서 하얀 액체를 쏟아냈다.

"꺄. 후후, 오늘은 잔뜩 나왔네……. 이대로 기승위 어때."

"좋아."

고혹적인 미소를 지어 보인 세리나는 허리를 천천히 밑으로 내려 삽입을 완료했다.

나와 세리나는 두 손으로 깍지를 끼고 위아래로 움직이기 시작했다.

"아앗, 으응, 앙, 흑, 아앗, 앗, 앗, 아앙!"

세리나는 아랫입술을 깨물고 내 물건의 감촉에 집중하고 있었다. 에로한 여자다.

나도 정신을 집중해 하반신으로 세리나의 감촉을 만끽했다.

때때로 꽉 조이는 느낌이 최고였다. 정말 명기다.

"하윽, 알렉, 나, 슬슬 한계야, 아앗, 가버릴 것 같아!"

"그래. 자, 내가 가게 해줄게."

나는 라스트 스퍼트에 돌입해 세리나의 몸을 있는 힘껏 쳐올렸다.

"아아아아앗……!"

고대하던 절정에 도달한 세리나는 움찔움찔 경련하면서 혀를

내밀고 기절해 버렸다.

후우.

이렇게 되면 다른 멤버들에게도 공평하게 서비스해 줘야겠는걸.

나는 다음으로 누구를 초대할까 고민하면서 2라운드에 돌입했다.

제6화
팔려 온 노예

기분 전환을 마친 뒤, 나는 여관에 있던 멤버들을 불러서 마리아 루즈로 향했다.

"알렉. 노예를 사는 건 괜찮지만 소중하게 여겨줘야 된다?"

세리나가 경고하듯이 말했다.

"세리나. 네가 언제 사람을 소모품처럼 대한 적 있어?"

"그런 적은 없지만……."

"그러면 괜한 걱정은 하지 마. 신입이 오해하잖아."

"그렇네. 주의할게."

"알렉은 어떤 노예를 원하는데? 이미 다양한 타입이 있는 것 같은데."

"귀여우면 아무나 상관없어."

"우와……."

"역시 주인님이세요!"

"어? 미나, 칭찬할 부분이야?"

"결국 알렉은 봉사해 줄 노예를 원하는 거잖아. 딱히 우리까지 따라갈 필요는 없을 거 같은데."

"아니, 레티. 파티에 들이려는 건 어디까지나 전투 노예야. 게다가 너희들도 마음에 들지 않는 사람을 동료로 들이고 싶지는 않겠지. 도저히 마음에 안 드는 녀석이라면 나한테 말해."

"그래서? 우리한테 거부권이 있기는 해?"

"있지. 노예가 내 마음에 들지 않았다면 말야."

"마음에 들었으면?"

"너랑 노예 중에서 더 괜찮은 녀석을 데려가겠지."

"우와. 결국 거부권이 없는 거나 마찬가지잖아! 함정이구만 뭘!"

레티가 분개하며 땅을 쿵쿵 밟았다. 하지만 실제로는 그렇지도 않았다. 레티는 파티 최강의 마법사라서 상당한 발언권이 있었다.

자신감을 갖도록 앞으로 더 귀여워해 줘야겠다.

"레티, 알렉이 한 말은 농담이야. 지금까지 버린 노예는 한 명도 없었잖아."

"아하……. 그렇구나."

"맞아. 게다가 넌 노예도 아니잖아."

"뭐, 그렇긴 하지만."

레티는 선금 1만 골드에 고용되어 지금까지 파티에 남아있었다. 내년에 계약을 갱신하게 된다면 다시 한번 교섭에 응해줄 생각이 있었다.

다만, 본인은 이대로도 딱히 불만은 없는 모양이었다. 스킬 포인트를 얻으려고 나와 잠자리를 같이할 정도니까.

뒷골목으로 들어서자 흰색의 화려한 서양식 건물이 보였다.
노예를 취급하는 가게인 마리아 루즈다.
네네도 이곳에서 구입했었다. 네네는 내가 원하던 성실하고 충성심 강한 마법사로 성장해 주었으니 좋은 가게라고 할 수 있었다.
우리는 가게 문을 열고 안으로 들어갔다.
"어서 오십시오, 알렉 님."
바텐더 차림의 하얀 고양이귀 소녀가 각 잡힌 자세로 인사를 건넸다. 이 녀석, 가지고 싶단 말이지.
"너는 얼마지?"
"죄송하지만 전에도 말씀드렸다시피 저는 비매품입니다."
"그렇군. 그러면 묘인족 소녀를 보여줘. 어떤 색이든 상관없어."
"알겠습니다. 점장님께서 오실 테니 저쪽에 앉아서 기다려 주세요."
우리는 소파에 앉아 점장을 기다렸다.
"알렉은 묘인족이 좋은가 봐."
"그러고 보니 우리 파티에는 견인족밖에 없네."
리리가 주변을 돌아보며 말했다. 확실히 우리 파티의 노예는 견인족밖에 없었다.
미나아 네네가 견인족이었다.
"어서 오세요."
섹시한 검은색 드레스를 입은 마리아가 안에서 걸어 나왔다.
속옷인지 장식인지 구분하기 힘든 장식품을 허벅지에 차고 있었다. 상당히 매력적인 여자다.

하지만 비싸겠지. 하룻밤에 백만 골드쯤 된다면 낼 생각이 들지 않는다.

"상품을 보러 왔어."

"예. 준비해 뒀어요. 아, 그리고 A랭크 파티로 인정받은 모양이더군요. 축하해요."

"별로 관심 없어. 랭크가 바뀌면 가격이 달라지나?"

"아니요. 제 안목으로 가격을 정하고 있으니 랭크만으로 가격이 달라지진 않아요. 물론 랭크가 높아지면 사망률도 낮고, 신용도도 높으니 판단 재료 중 하나로 삼고 있지만요."

"그럼 됐어."

"새로운 아이를 데려오기 전에, 네네는 잘하고 있나요?"

마리아가 그렇게 말하자 네네는 긴장한 듯 등을 꼿꼿하게 폈다. 가끔은 네네에게도 제대로 된 평가를 들려주는 게 좋겠지.

"그래, 전혀 문제없어. 잘하고 있다. 좋은 거래였어."

"후후. 살도 통통해지고 털도 예전보다 윤기가 나네요. 다행이에요. 너덜너덜한 모습으로 데려왔다면 다시 구입해서라도 데려가고 싶었을 거예요."

"나는 노예를 그런 식으로 대하지 않아."

"네. 그러면 새로운 아이를 데려올게요. 묘인족은 아니지만요……. 메메."

"앗, 네."

작은 체구의 마법사가 파란색의 고깔 모자를 바로잡으며 대답해 왔다.

흐음. 안경 쓴 소녀라.

나쁘지 않았다.

"응?"

"어라?"

"이 애는……."

세리나와 리리, 이오네가 눈앞의 소녀를 보더니 입을 열었다.

"뭐야, 너희들. 아는 사이야?"

"알렉이야말로 잊어버린 거야? 신네 파티에 있었던 그 애잖아."

세리나가 말했다.

"뭐?"

"앗! 다, 당신들은……."

상대방도 생각이 난 모양이었다. 그러고 보니 PK 용사인 신을 쓰러트린 이후, 메메에게 파티에 들어올 것을 권유했지만 거절당한 적이 있었다. 그래서 묘인족과 함께 노예상에게 팔아넘겼다.

완전히 잊고 있었군. 뭐, 살아있으니 다행이지만…….

"괴, 괴롭히지 마세요."

마법사 소녀가 몸을 움츠리며 점장의 등 뒤에 숨었다.

"잠깐. 그러면 내가 나쁜 사람 같잖아."

"어머. 아는 사이였어요? 난감하게 됐네요."

"달링, 잠깐 사정을 들어볼 수 있을까?"

"나도 신경 쓰여."

사키와 루카가 말했다. 뭐, 오해는 풀어두는 게 좋겠지.

"주인님은 전혀 잘못한 게 없으세요."

미나가 자신만만하게 말했다. 하지만 모르는 사람에게는 소용없는 말이었다.

"예전에 우리한테 PK를 걸어 왔던 파티가 있어. 그 파티의 리더는 버니어 왕국에서 처형을 당했지. 하지만 노예였던 이 녀석은 단지 리더에게 명령을 받았을 뿐이었거든. 그래서 나는 병사에게 넘기는 대신에 노예상에게 팔아서 도망치게 해줬어. 원래는 팔지 않고 파티원으로 삼으려 했지만 이 녀석이 원치 않았거든. 그렇지? 메메."

"마, 맞아요. 그때는 죄송했습니다!"

일단은 다들 납득한 모양이었다. 신은 나, 그리고 세리나와 함께 이 세계에 소환된 용사였지만, 그 부분은 굳이 언급할 필요 없을 것이다.

전투를 치르는 과정에서 메메에게 상스러운 말을 하기는 했지만, 그건 필요해서 한 행동이었다. 지금은 모른 척 넘어가기로 하자. 어차피 세리나가 파티원들에게 다 말할 테지만.

"이 녀석으로 할게. 얼마지?"

"15만에 어떨까요. 마법사인 데다가 성격도 고분고분하니까요. 레벨은 그렇게 높지 않지만 후위로서는 충분하다고 봐요."

마리아도 우리 파티의 편성을 숙지하고 있는 모양이었다.

"메메, 너는 어때? 우리 파티가 싫다면 무리해서 사지는 않을게."

"아뇨. 엄청 이상한 사람에게 팔리는 것보다는 나으니까요. 알렉 씨가 계신 파티로 갈게요."

어째 자포자기에 가까운 이유였다. 뭐, 아는 사이면 여러모로 편하니 나도 만족이었다.

"좋아. 사겠어."

"알겠습니다. 메메, 가서 열심히 하렴."

"네, 마리아 씨. 그동안 신세졌습니다."

마리아가 잘 챙겨줬는지 메메가 머리를 숙였다.

"그러면 우리가 묵는 여관으로 가자."

"히익! 버, 벌써부터 봉사를 시키는 건가요?!"

"아니. 방을 잡아야지. 짐도 옮겨야 하고. 여관이 아니면 어디에서 지낼 생각이었어?"

"아, 그렇네요."

살짝 허당끼가 있는 아이지만, 마법사가 부족한 2군의 후위로 들어가면 도움이 될 것이다.

물론, 밤일도 빼먹을 수는 없지만.

나는 보물이라도 발견한 사람처럼 휘파람을 불면서 여관으로 돌아갔다.

제7화
고집

"그러면 모두에게 소개해 주마. 새롭게 가입한 메메다."

여관 1층, 나는 저녁 식사를 하는 자리에서 군단의 멤버들에게 네네를 소개했다.

메메는 자신의 로프를 붙잡은 채 쩔쩔매고 있었다.

"오오……."

"마법사인가."

"귀여운 아이네."

"잘 부탁한다, 꼬맹아."

모두들 웃으며 메메를 환영해 주었다.

"레벨은 얼마야?"

"아, 네. 26이에요."

긴장한 네네는 파란색 고깔모자를 푹 눌러쓰며 대답했다.

"흐음. 꽤 높은걸. 걱정할 필요 없어. 너는 내 노예니까 괴롭히거나 손을 대는 사람은 없을 거야."

"알렉을 제외하면 말야!"

리리가 놀리듯이 말했다. 뭐, 사실이지만.

"하으으……."

"걱정 마, 네네. 내가 지켜줄 테니까."

세리나가 웃으며 말했다.

"아아, 신이시여. 이 소녀에게 가호를. 사악한 자의 마수로부터 지켜주소서."

세리나가 진지한 얼굴로 기도를 바쳤다. 사악한 자라는 건 누구를 말하는 거지?

"용건은 여기까지. 어느 파티에 배치할지는 1군에서 실력을 확인한 다음에 정할 예정이다."

"앗. 그러면 5반으로 와줘, 메메 양!"

5반의 리더 지드가 웃으며 외쳤다.

"아우……."

뭐, 낯선 남자들로 우글거리는 파티니 메메가 망설이는 것도 무리는 아니었다.

"권유는 금지야. 어디로 보낼지는 내가 정한다. 후위를 잘 보호하는 파티에 넣을 예정이니 의식들 하고 있어."

나는 메메가 곤란하지 않도록 2군 멤버들에게 못을 박은 뒤, 테이블에 앉아 식사를 시작했다.

"자, 메메도 앉아. 저쪽으로 가서 같이 먹자."

사키가 메메를 세리나 옆으로 데려가 앉혔다. 여자들과 함께 있으면 메메도 안심이 될 것이다.

"그런데 메메, 전에 있던 주인님은 어떻게 됐어? 나는 제논이라는 녀석한테 걸려서 고생깨나 해야 했거든."

"아, 네. 저는……."

메메가 지난 일들을 설명하기 시작했다. 사키가 보살펴 준다면 금방 적응할 수 있을 것이다.

"미나, 방으로 돌아가자."

"네, 주인님."

식사를 마치고 방으로 돌아간 나는 미나를 침대에 앉혀놓고 느긋하게 시간을 보냈다.

"저, 주인님."

"응? 왜 그래?"

"최근 왕도에서……."

미나가 뭐라고 말하려던 그때, 노크 소리가 들렸다.

"열려있어."

"실례할게요."

이오네였다. 그러고 보니 오늘은 이오네와 하는 날이었지.

"앗, 그러면 저는 별실에서 쉬도록 할게요."

미나가 자리에서 일어나 침대를 비웠다.

"제가 너무 일찍 왔나요? 미안해, 미나."

"아니에요. 오늘은 이오네 씨 차례인걸요."

누가 내 상대를 하는지 여성진들 사이에서 순서가 정해져 있는 모양이었다. 내 방으로 찾아와서 교대하는 것이 약속처럼 되어 있었다.

물론 기분이란 것이 그날그날 다르기 때문에 반드시 엄수되는 규칙은 아니었다. 차례를 뛰어넘거나 다른 사람으로 교체하는 경우도 자주 있었다.

레티나 세리나는 차례를 뛰어넘으면 재밌는 반응을 보여주기 때문에 가끔씩 그러고 있다.

"오늘은 뭘 할까요."

"어디 보자. 그럼 입으로 부탁해."

"알겠습니다."

이오네가 내 앞에 몸을 숙이더니 벨트를 풀었다.

평소에는 정숙한 미오네가 나를 올려다보며 봉사를 하는 모습은 상당히 에로했다.

"좋아, 이제 충분해. 벗어."

“앗……. 알겠습니다.”

가볍게 한 번만 하고 말 생각이었지만 이오네의 교성을 듣다 보니 흥분해서 5라운드까지 가고 말았다.

“으, 아침인가.”

어젯밤 무리를 하는 바람에 온몸이 나른했다.

이오네는 아직 침대에서 자고 있었다. 언제나 일찍 일어나는 이오네지만 오늘만큼은 예외였다.

나는 이오네의 기다란 금발을 쓰다듬어 주려고 손을 뻗었다. 그러자 이오네가 갑자기 벌떡 일어나더니 검을 움켜쥐었다.

“이, 이봐. 진정해. 나야.”

“아니요. 밖에서 인기척이 느껴져요.”

이오네가 방문을 향해서 발도 자세를 취한 순간, 덜컥! 소리와 함께 문이 열렸다.

“이 쓰레기! 어라?”

세리나는 본인이 문을 열어놓고 얼빠진 표정을 지었다.

“아침부터 무슨 짓이야, 세리나.”

“아, 응. 메메는 여기에 없는 거지?”

“보면 알잖아. 어젯밤에는 이오네랑 했어.”

“그렇구나. 하지만 이상한걸. 메메 말인데, 여관에 없더라구.”

“뭐라고?”

겨우 하룻밤 만에 도망쳤다고?

아니, 그것도 이상했다.

메메에게는 노예의 문장이 새겨져 있다. 아무리 내가 싫더라도 도망치는 건 불가능했다.

"혹시 누가 밖으로 데려간 건가?"

나와 세리나는 그 결론에 도달했다.

"앗, 설마."

이오네는 뭔가 생각났다는 듯이 우리를 쳐다보았다.

"왜 그래? 이오네."

"피아나예요."

"피아나?"

나는 짚이는 부분이 없어서 앵무새처럼 되물었다.

"네. 피아나의 소꿉친구인 딜무드는 신에게 살해당했어요. 메메는 그 파티에 소속되어 있었고요……."

"응? 그건 그렇지만 두 사람이 직접 부딪친 것도 아니잖아. 사키가 설명해 주지 않았어?"

"사키는 최근에 가입했잖아. 자세한 사정은 모를 거야."

세리나가 말했다. 그러는 네가 설명해 주지 그랬냐.

"알겠어. 내 생각이 조금 얕았군. 피아나가 메메에게 요리를 권하길래 문제없을 거라고 생각했거든."

"그때는 메메의 과거를 몰랐던 걸지도 몰라. 알렉도 참."

"내가 뭐."

"아뇨. 어쨌든 문제가 발생하기 전에 두 사람을 찾아보죠."

"알았어. 나도 옷을 입으면 바로 나갈게."

"그래. 먼저 가있을게."

우리는 옷을 갈아입고 여관 주변을 찾아봤지만 역시 네네와 피아나는 없었다.

"틀렸어. 아무데도 안 보여, 형님."

쥬가와 다른 2군 멤버들에게도 수색을 부탁했지만 여관에는 없는 모양이었다.

"그러면 마을로 가보자."

"알겠어!"

"그렇지만 설마 피아나가……."

피아나라면 소꿉친구의 원수가 눈앞에 있더라도 다짜고짜 복수를 하지는 않을 것이다.

사정을 듣고 나서 무익한 살생을 하지 말라고 설교를 할 인물이다.

"어이! 싸움이다! 여자 성직자와 마법사가 싸우고 있어! 집까지 불타고 있대."

지나가던 사람 중 한 명이 길 반대편을 가리키며 말했다. 확실히 불길이 피어오르고 있었다.

"젠장."

피아나와 제대로 이야기를 나눠볼 걸 그랬다.

어쨌든 나는 두 사람을 말리기 위해서 불길이 피어오르는 건물로 향했다. 주변에는 다수의 구경꾼들이 몰려와 있었다.

"비켜."

"밀지 마!"

나는 인파를 헤치며 안쪽으로 이동했다.

"아, 진짜! 웃기지 마!"

"시끄러워. 이쪽은 예약을 했다. 잘못한 건 네 쪽이야."

"이봐, 너희들…… 응?"

방금 전에 들었던 말대로 하얀 로브의 여성과 마법사가 거창하게 싸우고 있었다. 하지만 피아나와 메메가 아니었다.

심지어 마법사는 덩치 큰 남성이었다.

"거기까지다! 너희는 서둘러 불을 꺼!"

병사들이 달려와 화재를 진압하기 시작했다. 일사불란하게 물통을 날라 화재에 들이붓는 병사들. 잘 훈련된 움직임이었다.

"거기 목격자. 그래, 너다. 상황을 설명해라."

병사가 내 팔을 붙잡으며 말했다.

"아, 미안한데 나는 지금 막 도착했거든. 어떻게 된 일인지 몰라."

"거짓말 마라. 인파 한가운데 있으면서 아무것도 못 봤다고? 그런 말을 믿을 줄 알았나."

"싸우는 게 지인인 줄 알고 말리러 왔을 뿐이야. 전혀 모르는 사람이었지만."

"끝까지 시치미를 떼는군. 좋아. 위병소까지 동행해 주실까. 계속 그렇게 거짓말만 내뱉으면 감옥에 들어가게 될걸."

또 이 전개냐. 이러다가 감옥의 단골 손님이 되겠다.

[화술]이나 [순간이동] 스킬로 이 상황을 타개하려던 찰나, 옆에서 목소리가 드려왔다.

"잠깐 기다려, 병사 양반. 저 사람은 '바람의 검은고양이'의 알렉이야. 국왕과도 친분이 있는 사람이라고.”

“뭐라고? 네가?!”

병사는 내 얼굴을 처음 본 모양이었다. 그래도 이름은 알고 있었나 보군. 나도 유명해졌구나.

하긴 별별 일을 다 겪었지.

“맞아.”

나는 고개를 끄덕여 주었다.

“시, 실례했습니다! 설마 알렉 님일 줄은…….”

“됐으니까 목격자나 찾자고. 사정을 알고 있는 사람?”

내가 병사를 대신해 구경꾼들에게 물었다.

“내가 알아. 저 마법사가 성직자네 집에서 하루 묵기로 했었다는 모양이야.”

치정 싸움인가?

“그런데 여자가 날짜를 착각해서 오늘은 묵지 못하게 됐대.”

“던전에 들어가 있는 동안에만 빌려주려 했단 말이야. 이러면 내가 집에서 잘 수가 없잖아.”

아무리 생각해도 여자가 나빴다.

“렌트 하우스 제도인가. 약속을 했으면 네가 여관에서 자든지 해서 손님에게 집을 양보해 주는 게 맞지.”

내가 한마디 덧붙였다.

“뭐? 파티원이 일정이 생겨서 못 가겠다는 어떡해. 나도 피해자라구.”

귀찮은 여자네.

"돈을 받고 예약을 받았으니 그런 변명은 통하지 않아. 하다 못해 상대에게 사정을 이야기해서 양해라도 구했어야지. 여관비를 대신 내주던가 말야."

"맞아, 맞아!"

마법사 남성이 고개를 끄덕이며 큰 소리로 외쳤다. 이 녀석도 다혈질 같아 보이는군.

"뭐야, 그게. 열받는 아저씨네."

네가 더 열받는 아가씨다.

"그렇게 됐다고 하네."

나는 상대하길 포기하고 병사에게 말했다.

"예! 협력에 감사드립니다! 그래서 너희들, 불을 지른 건 누구지?"

"저 인간이야! 내가 뺨을 때렸더니 마법을 날리더라니까."

"먼저 손을 댄 건 너잖아!"

뭐, 위병소에 가서 천천히 대화를 나눠보면 될 것이다.

"흐음. 그럼 피아나와 메메는 어디로 간 거지……?"

나는 머리를 긁적이며 화재 현장을 뒤로했다.

제8화
피로 얼룩진 로브와 피아나의 기도

"알렉! 저쪽 골목에 하얀 로브를 입은 여자가!"

세리나가 심각한 얼굴로 달려왔다. 나는 한숨을 내쉬었다.

"화재라면 다른 사람이었어."

"아니, 살인이야. 뒷골목에서 로브를 입은 여자가 칼에 찔려 살해당했대."

"뭐라고?"

피아나의 행방이 묘연해진 이상 확인해 볼 필요가 있었다. 하지만 메메는 마법사에 소녀다. 애초에 메메가 화를 내는 모습도 상상이 안 되거니와, 화를 냈다고 해도 마법 공격이나 지팡이로 때리는 게 고작일 것이다.

메메가 나이프나 대거를 가지고 있었던가?

잘 기억이 나지 않는다.

"하여튼 가서 확인해 보자."

"그게 좋겠군."

나는 세리나의 안내를 받아 사건 현장으로 향했다.

"이 집이야."

아담한 일반 가정집이었다. 아담해 봤자 이 나라의 집은 전부 석조 건물이지만.

문이 열려있었다.

"그럼 들어가자."

"알겠어."

나와 세리나는 검을 뽑아 들고 경계하며 안으로 들어섰따.

"안쪽에 사람이 있어."

세리나가 작은 목소리로 말했다.

나무 판자가 삐걱거리는 소리를 내지 않도록 주의하면서……

아니지. [부유] 스킬을 쓰는 게 낫겠군. 우리는 스킬로 공중에 떠서 안방으로 이동했다.

그곳에는 갑옷을 장비한 전사가 서있었다. 전사는 이쪽에 등을 보이고 있었다.

그리고 그의 발치에는 죽은 소녀의 사체가 있었다.

"어이."

내가 그에게 말을 걸었다.

"히이익!"

놀라서 펄쩍 뛰어오르는 전사. 반응으로 봐서 범인은 아닐 것 같았다.

애초에 아는 얼굴이기도 했고.

"머피. 여기서 뭐 하는 거야."

나와 같은 여관에 묵고 있는 숙박객 머피였다. 아니지, 이 녀석은 얼마 전에 다른 곳으로 옮겼던가. 아무래도 상관없지만.

"오, 오해야. 난 아무것도 안 했어, 알렉. 내가 이곳에 왔을 때는 이미 죽어있었대도!"

"그래?"

나는 눈앞에 쓰러져 있는 사체를 바라보았다. 날카로운 물건에 찔렸는지 등에 상처가 있었다.

다행히 피아나는 아니었다.

"오오, 믿어주는 거야?"

"그래. 네가 헤까닥해서 여자를 범했다면 때리거나 기절을 시켰겠지."

머피는 한 덩치 하는 B랭크 전사다. 반면에 상대는 연약한 여신관. 머피가 기습을 당하거나 마법에 당하지 않는 이상 여유롭게 제압이 가능했을 것이다.

"물론 가능이야 하겠지만 그런 예시는 그만둬. 나는 일반인 한정으로 동정이라고. 여자를 범하고 그러진 않아."

"일반인 한정 동정은 뭐래. 프로를 상대로는 졸업했다는 건가? 참 나."

세리나가 쓸데없는 부분을 물고 늘어졌다. 너무 나무라진 마.

"도대체 뭐가 어떻게 된 건지. 제발 어떻게 좀 해줘, 알렉. 나한테 이곳의 열쇠가 있어. 완전히 빼도 박도 못하는 상황이야. 무조건 의심받을 거라고."

"하긴, 그렇겠네. 열쇠는 왜 가지고 있는 거야?"

"렌트 하우스야, 렌트 하우스. 내가 이 집을 대여했어. 에이다의 여관에서 나올 때 말했잖아."

"아아, 기억났다. 흥. 렌트 하우스 같은 걸 믿을 때부터 알아봤지."

"뭐어? 너도 온천으로 렌트 사업을 했다면서. 다 들었거든?"

"그렇지. 하지만 나는 A랭크 모험가다. 심지어 클랜의 리더지. 무엇보다 신용이 있어. 이렇게 너랑도 아는 사이고."

"그래, 맞는 말이야. 빌어먹을! 어쩌다 이렇게 된 거지. 이럴 줄 알았으면 순순히 에이다의 말에 따를 걸 그랬어. 제기랄!"

"둘 다 진정해. 일단은 범인부터 찾는 게 좋지 않을까?"

세리나가 말했다.

"바보야. 우리는 탐정이 아냐. 관직이 있는 것도 아니고. 병사를 불러와, 세리나."

내가 세리나에게 적절한 지시를 내렸다.

"으음……. 알겠어."

용사 세리나 님은 납득이 가지 않는다는 표정을 지었다. 그래도 병사에게 보고하는 것이 맞다고 생각했는지 밖으로 달려나갔다.

그보다 처음에 목격한 녀석은 왜 병사에게 보고하지 않았던 걸까.

"자, 머피."

"어, 어어."

"병사가 오면 있는 그대로 솔직하게 말해. 그러면 알아줄 거다."

"알아주지 않는다면?"

"감옥에 들어가겠지. 걱정하지 마. 네 파티원이 어떻게든 해줄 테니까."

"알렉, 네가 손을 써주면 안 될까?"

"나도 그러고 싶지만 그만한 권력이 없어."

"에이, 설마! 국왕님과도 아는 사이라고 들었어."

"이런 일로 일일이 부탁하는 건 내 신념에 반하는 일이야."

"신념인지 양념인지는 모르겠지만 부탁할게! 그래도 같이 한솥밥을 먹은 사이잖아!"

"같은 여관을 쓴 게 뭐 대수라고. 뭐, 정 방법이 없을 때는 내 이름을 대도록 해. 그러면 네 신용도도 조금은 올라가겠지."

"오오! 뭐야, 괜히 겁먹었잖아. 도와줄 생각이면 처음부터 그렇게 말하라고, 형제."

국왕에게 직언하는 것과 내 이름을 언급하는 것은 많이 다르다고 생각하는데. 그래도 본인이 납득했으니 넘어가기로 했다. 이 나라의 병사들은 의외로 성실해서 조사가 진행된다면 머피의 의혹도 풀릴 것이다.

"아, 그리고 도움이 될만한 사람이 또 하나 있어. 동료가 면회를 오면 세렌 후작에게 부탁해 보라고 말해봐. 그러면 풀려날 수 있을 거야."

"세렌 후작 말이지? 알겠어. 이야, 국왕에 귀족까지. 알렉 님도 제법이십니다."

"기분 나쁘니까 그만둬. 네가 그러고도 전사냐, 머피."

"그거랑 이건 별개지. 몬스터라면 얼마든지 싸울 수 있지만 병사한테는 까불면 큰일 난다고."

하긴, 틀린 말은 아니다. 상대는 정부다. 수백, 수천 명의 병사를 상대로는 머피도 무쌍을 펼치진 못할 것이다.

"어쨌든, 도망치면 의혹만 깊어질 뿐이니까 여기에 당당히 있어."

"아, 알겠어."

"그럼 난 간다."

"기, 기다려 봐!"

"안 기다려."

나까지 취조를 당하면 귀찮아질 테니까.

나는 울상을 짓는 머피를 남겨두고 집을 나왔다.

"그나저나 생판 모르는 남의 집에서 사는 것도 그렇고, 월세 좀 벌겠답시고 목숨까지 내놓는 것도 그렇고……."

나로서는 이해할 수 없는 세계다.

"피아나가 갈만한 장소라면……. 아, 거기밖에 없겠네."

나는 곧바로 머릿속에 떠오른 장소로 향했다.

◇ ◆ ◇ ◆ ◇

신전의 대강당. 신상 앞에서 무릎을 꿇고 기도를 바치는 소녀가 있었다. 메메였다.

"신께서 당신의 죄를 사하셨습니다."

그런 메메의 정면에 서서 고하는 신관 피아나.

무슨 죄를 고백했는지는 모르지만 짐작은 갔다. 분명 딜무드나 다른 PK에 관해서일 것이다.

"흐흑. 감사합니다, 감사합니다!"

메메가 머리를 꾸벅꾸벅 숙이는 바람에 고깔모자가 바닥에 떨어졌다. 메메는 고통으로부터 해방된 듯한 얼굴을 하고 있었다.

"여기 있었구나."

"알렉 씨."

피아나가 나를 보더니 살짝 서글픈 표정을 지었다. 딜무드를 떠올린 것이겠지.

설마 내가 와서 슬퍼진 건가?

"이제 후련해졌어, 메메?"

"네……."

"그래. 잘됐네."

"고, 고맙습니다."

머리를 숙이며 대답하는 메메. 이걸로 군단에서 마음껏 실력을 발휘할 수 잇을 것이다.

"그럼 알렉 씨도 죄를 고백해 주세요."

"응?"

"세리나 씨에게 들었어요. 그…… 첫 경험에 관한 이야기를요."

"그 일 말이군……. 그래, 알겠어."

이참에 오해를 풀어두는 편이 좋겠지. 피아나도 양쪽의 의견을 다 들어봐야 공정한 판단을 내릴 수 있을 것이다.

나는 무릎을 꿇고 있는 그대로…… 말하지 않고, 약간의 미화를 섞어 이야기했다.

에필로그
세리나에게 맡기다

세리나의 약점을 잡아서 억지로 첫 경험을 하게 만들었던 그날의 이야기. 하지만 피아나에게는 세리나가 이 세계에 적응하지 못해 괴로워하고 있었다는 식으로 각색해서 이야기했다.

"그런가요……. 고통을 치유해 주기 위해서 일부러 그러신 거군요."

"맞아. 나도 본인이 바라지 않는데 억지로 관계를 가지고 싶지는 않아. 물론, 나도 평범한 남자다. 그 행위에 욕망이나 악의가 없었다고 할 수는 없지. 하지만 나는 그 녀석을 돕고 싶었어. 쑥스러운 얘기니 그 녀석에게는 비밀로 해줬으면 좋겠네."

그래. 이런 식으로.

"알겠습니다. 방법에는 문제가 있었다고 생각하지만, 당신의 마음은 분명 세리나 양에게도 전해졌겠지요."

"오오. 그런데 피아나 신관님께도 제 마음이 전해졌습니까?"

"그, 그건……. 전해졌다고는 생각해요."

"그렇군요. 하지만 전해진 것치고는 별다른 액션이 없는 것 같은데요."

"그건 상대가 내성적인 사람이기 때문입니다. 초조해하지 말고 기다려 주세요. 제 쪽에서 당장 뭔가를 권하기는……."

"그래. 그러면 오늘 밤 레이디 타바사에서 식사 어때. 싫다면 거절해도 좋아."

"아, 알겠습니다."

세리나에게서 레이디 타바사의 위험성을 충분히 전해 들었을 테니 피아나도 내 의도가 무엇인지 파악했을 것이다.

무엇이란 식사 후에 행해지는 무엇이다.

이후에 여관으로 돌아가 보니 다들 아직도 피아나와 메메를 찾고 있었다. 나는 두 사람이 무사하다는 것을 알리며 탐색을 중지시켰다.

"신전에 있었구나. 등잔 밑이 어둡다더니."

내 방으로 찾아온 세리나가 말했다.

"동감이다. 그리고 세리나."

"뭔데?"

"나도 네게는 감사하고 있어."

"뭐?"

"모험이든, 섹스든 여러 방면에서 도움이 되고 있잖아. 등잔 밑이 어두웠던 거지."

"모험은 그렇다 쳐도 섹스라니. 너무 노골적인데……."

"뭐, 그냥 이 말만은 해두고 싶었어."

"알았어. 그래서 오늘은 뭘 하려고?"

"아니. 아무것도. 갑자기 왜?"

"말하는 게 하도 수상하니까 그렇지. 하루이틀 본 사이도 아닌걸. 촉이 왔다고, 촉이."

"흥. 대단하시군. 정실 행세는 그만둬."

"안 했거든? 내가 언제 정실이라고 말했는데."

"태도가 그렇다고 해야 하나."

"웃기셔. 그러면 앞으로는 섹스 안 할래."

"호오. 괜찮겠어?"

"읏. 괜찮다면?"

"언제까지 참을 수 있을런지."

"평생 참을 수 있네요."

"예를 들면, 내가……."

나는 세리나의 거유를 옷 너머로 쿡 찔렀다.

"꺄악! 무, 무슨 짓이야."

세리나가 몸을 움찔하자 커다란 가슴이 출렁거렸다. 양팔로 자신의 가슴을 가리는 세리나.

음탕한 여자다.

"조교 완료네."

"아, 그러셔. 그렇게 나왔다 이거지. 앞으로는 진짜 안 대줘."

"좋아. 인내심 대결이다. 울고불고 매달리는 건 네가 될걸."

"두고 보면 알겠지."

"그래라. 여기는 내 방이니까 이만 나가봐. 미나랑 할 거야."

"그렇잖아도 나가려 했거든? 어라."

세리나가 방에서 나가려던 그때였다. 한 병사가 내 방을 찾아왔다.

"알렉 씨. 성으로 와주실 수 있겠습니까."

나는 고개를 끄덕였다.

"생각보다 일찍 왔군. 알겠어."

"이번에는 또 무슨 짓을 저질렀길래."

"누가 들으면 오해하겠네. 당연히 머피 때문이겠지. 아니지, 만일의 경우에는 세렌 후작을 불러줘. 그리고 그때는 너한테 리더를 맡길게."

"뭐?! 지, 진심으로 하는 소리야?"

"그래. 그 국왕, 털털하게 굴어도 왕은 왕이거든. 나라의 중대사 앞에서 모험가의 목숨 같은 건 손짓 한 번이면 끝이야."

"흐음, 그럴 사람으로 보이지는 않던데……. 어쨌든 알겠어. 세렌 후작에게 부탁해 볼게. 만일의 경우에는."

"그래. 부탁한다."

나는 세리나와 악수를 하고 여관을 나왔다.

물론, 간단히 리더를 넘겨줄 생각은 없었다.

나는 또 귀찮은 의뢰를 떠맡지나 않았으면 좋겠다고 생각하면서 왕성으로 향했다.

◇ ◆ ◇ ◆ ◇

늘 보던 살풍경한 방에서 국왕이 대기하고 있었다.

"왔구나, 알렉."

"오늘은 무슨 용건이신가요."

"뭐, 너무 경계하지 마라. 네 친구라 주장하는 머피라는 남자가 감옥에 들어가 있어서 말이야."

"친구라고 할 정도는 아니고, 같은 여관에서 얼굴을 익힌 사이입니다. 그 녀석은 범인이 아닙니다."

"그렇겠지. 그자는 칼을 소지하고 있었지만 피해자의 상처는 나이프에 의한 것이었지. 뭐, 이건 어디까지나 너를 불러내기 위한 구실이었다. 나쁘게 생각하진 마라."

"네?"

나는 당황하며 좌우를 확인했지만 병사들이 우르르 몰려올 기미는 없었다.

"하하하! 내가 너를 기습이라도 할 줄 알았나. 사람을 보는 눈을 더 길러야겠군, 알렉."

“충고 감사합니다.”

“그럼 본론으로 들어가지. 네게 용건이 있다.”

“으음.”

“딱히 의뢰를 맡기려는 건 아니야. 만날 때마다 의뢰를 떠넘기면 네가 이 나라에서 도망쳐 버릴지도 모르니까. 그건 나로서도, 국가로서도 큰 손실이다.”

“그렇게 간단히 도망칠 생각은 없습니다만. 용건이란 건 뭐죠?”

내가 단도직입적으로 물었다.

“음. 실은 렌트 하우스 건으로 문제가 생겼거든. 옆 나라에서 어새신이 숨어든 모양이다.”

“어새신? 누구를 암살한답니까.”

“나다.”

“아아……. 아니지, 조금 이해하기 어렵군요. 민가에 숨어드는 것과 국왕 폐하를 습격하는 것이 무슨 상관이 있습니까?”

“상관이 없지는 않지. 나는 곧잘 시찰을 나가니까.”

“그렇군요…….”

“덕분에 마음 편히 외출할 수가 없게 되었다. 던전에도 말이야.”

역시 이 국왕은 던전을 드나들고 있었군.

워낙 강하다 보니 그렇지 않을까 예상은 하고 있었다.

“그 말씀은?”

“최근 던전의 최하층에서 수상한 모험가가 나타났다는 보고가 있다.”

“최하층이라면 다른 A랭크 파티에 부탁해 주시죠. 세라네 파티

라던가. 저는 아직 7층에 머물고 있습니다."

"1층만 더 내려가면 되잖나."

"예? 9층이 최하층 아니었습니까?"

"그렇긴 하다만, 9층은 우리 선조께서 도달하신 이후로 아무도 발을 들이지 못했다. 목격자는 초대 국왕 파티뿐. 정말로 9층이 존재하는지조차 불확실한 상황이다."

"그렇군요. 전설 속의 이야기라."

최하층이 8층인 던전에서 '먼 옛날 왕가는 9층까지 도달했다'라는 이야기를 날조하면 왕가의 위신이 크게 높아지게 된다. 누구도 도달하지 못한 층이니까. 국왕들은 대대로 선택받은 용사의 후예와 비슷한 취급을 받게 될 것이다.

"세라를 시작으로 한 A랭크 파티나, 예전에 존재했던 S랭크 발드도 9층으로 이어지는 입구를 발견하지 못했다. 만약 그곳을 발견하는 자가 있다면…… 그건 나, 혹은 용사인 너겠지."

"과대 평가입니다. 용사 같은 건 이 세계에 쓸어담을 정도로 많지 않습니까."

나는 어깨를 으쓱이며 말했다.

"그렇기는 하다만, 너는 단기간에 몰라볼 정도로 강해졌다. 반년도 지나지 않아서 A랭크까지 올라간 루키는 너밖에 없어."

"세라는 어떠습니까?"

"그 녀석은 어릴 적부터 부모를 따라 던전에 드나들었다. 5년은 더 걸렸을 거다."

말하자면 어릴 적부터 경험을 쌓은 젊은 베테랑이라 이건가.

"게다가 너는 여자라면 사족을 못 쓰는 성격이지."

국왕이 씨익 웃으며 말했다. 저렇게 말하니 괜히 한마디 하고 싶어지는군.

"제가 좋아하는 건 미소녀와 어린 소녀뿐입니다."

나는 진지한 얼굴로 정정했다.

"뭐, 마찬가지다. 그 녀석도 미소녀니까."

"예?"

"8층에서 솔로로 PK를 벌이는 여자가 있다. 그 여자에 대한 정보를 수집해 줬으면 해."

"농담도. 거절하겠습니다."

국왕의 제안이었지만 나는 단칼에 거절했다.

상대가 너무 나빴다.

그 흉악한 던전의 최하층을 솔로로 다닌다고?

발드나 도리아 같은 S랭크 모험가도 애먹을 상대다.

"솔직히 말하면 세라에게도 거절당한 참이다."

뭐든지 고개부터 들이밀고 보는 그 세라가 거절하다니. 하긴, 겉모습은 태평해 보여도 후각은 날카로운 편이니까.

즉, 이 퀘스트 너머에는 죽음이 도사리고 있다는 뜻이다.

"물론 쉽지 않은 상대라는 건 알고 있다. 그러니 정보를 모으는 것만으로도 충분하다. 천장을 기어다니거나, 공중에 떠서 이동할 수 있는 너라면 어려운 일도 아닐 테지."

"거절하면 어떻게 됩니까?"

"내 불만이 쌓이겠지. 상대는 변덕쟁이 국왕이다. 어쩌면 머피가 감옥에서 나오지 못할지도 모르지.”

치사하군.

“머피는 나랑 아무 관계 없어. 가둬놓고 싶으면 마음대로 해.”

이렇게 말하면 협박도 효과가 없다고 생각하고 석방해 주겠지.

“그렇게 하지. 뭐, 어차피 너는 최하층을 목표로 할 테지? 겸사 겸사 조사한다고 생각해.”

“폐하, 한 가지만 묻겠습니다.”

“뭐지?”

“어째서 그렇게까지 던전에 연연하는 겁니까?”

자국의 던전을 관리하는 건 당연하다 할 수 있지만, 그렇다고 해서 최하층에 출몰한 살인범까지 국왕이 일일이 신경 쓰는 것은 이상했다.

최악의 경우라고 해봤자 겁없는 모험가가 목숨을 잃는 것뿐이다. 물론, PK의 주범이 지상으로 올라온다면 그때는 걱정할 수밖에 없을 것이다.

하지만 이건 어디까지나 던전 최하층에서 벌어지는 일이다.

“간단하다. 모험가 동료가 목숨을 잃는 모습을 보고 싶지 않거든. 그뿐이다.”

국왕이 미소를 머금고 내 눈을 바라보며 말했다. 모험가로서 하는 부탁이라는 건가. 그렇다면 나도 모험가로서 대답해야겠지.

“동료라. 당신은 나를 동료라고 생각하지 않는가 보군?”

“아니. 알렉, 너도 동료다.”

“그렇다면 어째서 위험한 곳으로 보내려 하지?”

"너라면 죽지 않을 거라고 생각하니까."

"단순한 감이잖아."

"그렇다. 하지만 내 감은 잘 맞는 편이야. 사실 마음 같아서는 내가 가고 싶지만, 제논이 외출 금지령을 내렸거든. 평소에는 시찰을 못 본 척해주는 소중한 대신히 그렇게 말한 거다. 한동안은 움직이지 못해."

"무슨 말인지는 알겠어. 8층을 목표로 하겠지만 당장 도달할 거라는 보장은 없어."

"상관없다. 달리 부탁할 곳도 없으니. 게다가 8층에 도달할 만한 녀석이면 PK에는 간단히 당하지 않아."

그렇다면 내버려 두라고 말하고 싶었지만, 뭐든 조사해야 직성이 풀리는 게 국왕의 성격일 것이다.

"너무 믿지는 마. 머피는 즉시 석방시켜 주고. 그게 조건이다."

나는 그 말만을 남기고 왕성을 뒤로했다.

제13장 레드 존

프롤로그

화염의 왕

"내일, 7층 보스에게 도전하겠어."

나는 저녁 식사 자리에서 파티원들에게 말했다.

"알았어. 그런데 좀 이르지 않을까. 아직 매핑도 다 끝나지 않았잖아."

세리나가 말했다.

"맞아. 하지만 레벨이라면 충분히 올렸어. 그렇게 어렵지는 않을 거야."

7층의 적은 조무래기도 보스급으로 강력했고, 그만큼 경험치 양도 상당했다. 덕분에 우리의 평균 레벨도 34까지 올랐다. 여기에 보스까지 쓰러트린다면 1, 2레벨이 더 상승해 40레벨이 코앞으로 다가오게 된다.

레벨이 40을 넘는 인간은 주변에서도 쉽게 찾아볼 수 없었다. 우리도 톱 클래스에 진입하게 되는 것이다.

이제 스킬만 적당히 익혀주면 대부분의 적은 쓰러트릴 수 있을 것이다.

"혹시 국왕한테 무슨 말을 들은 거야?"

세리나는 이럴 때 날카로운 구석이 있다니까. 하지만 국왕은 모험가로서 내게 부탁했으니 지금은 입을 다물고 있기로 했다.

국왕의 의뢰라는 말을 들으면 멤버들도 집중력이 흐트러질 것이다. 세리나가 괜히 의욕을 내면 그것도 곤란했다.

그러므로 나는 세리나의 말을 부정했다.

"아니. 병사가 머피의 됨됨이를 묻길래 알려주고 왔을 뿐이야. 허풍을 좋아하는 소인배 녀석이니 죽이진 않았을 거라고 대답해 줬지."

"그럼 다행이지만……."

"뭐, 괜찮지 않을까? 리더가 도전하겠다 했으니 지금의 우리라면 가능할 것 같아. 루카네 파티도 레벨 30대에 도전했다 그랬지?"

사키가 루카에게 물었다. 루카는 여기서 유일한 7층 보스 경험자였다. 이기진 못한 모양이지만.

"맞기는 한데, 흠. 솔직히 말해서 이 파티는 예전에 내가 있었던 파티보다 강해. 특히 세리나의 필살기는 맞히기만 하면 일격이잖아. A랭크에서도 톱 클래스 아닐까."

"톱이라. 세라 일행보다 위라고 생각해?"

나는 특정 A랭크 파티를 언급하며 우리 파티원의 실력을 물었다.

루카가 생각에 잠겼다.

"글쎄? 나는 세라가 싸우는 모습을 제대로 본 적이 없거든. 스펙터 오버로드와 싸울 때는 필사적이라서 다른 사람의 전투를 구경할 여유도 없었고."

세라는 4층의 로그하우스 계획 당시 우리에게 고용되어 활약해 주었다. 인간이라 여겨지지 않는 속도로 눈밭를 내달리던 모습이 아직도 눈에 선했다. 솔직히 싸우고 싶지 않은 상대였다.

하지만 속도가 강함의 전부는 아니다.

세라가 열 번을 베는 동안에 세리나가 한 번의 공격을 성공시키면 세리나의 승리다.

뭐, 우리가 싸울 상대는 7층의 보스인 '레드 드래곤'이지 세라가 아니지만.

물론 우리가 더 강할 것 같다는 애매한 이유로 공략을 진행하는 것은 아니었다.

대책도 몇 가지 생각해 두었다.

"알았다. 8층에 관해서 반대 의견은 없는 모양이군. 오후에 출발할 예정이니 다들 장비를 정비해 둬."

하지만 장비를 정비한답시고 갑옷을 맞춤 제작하거나 하는 멤버는 없었다. 대부분 자신에게 맞는 장비를 보유하고 있거니와, 중대사를 앞둔 상황에서는 오히려 대대적인 장비 변경이 독이 될 수도 있었다.

익숙하지 않은 신발을 신고 소풍을 가는 것이나 마찬가지다.

그래서 우리는 평소의 스탠스를 유지한 채로 도전에 임했다.

이틀 뒤. 우리는 용암이 흐르는 동굴에 있었다.

7층의 최심부다.

이곳은 일직선으로 이어진 길. 오른쪽은 낭떠러지였고, 그 밑은 작열하는 용암으로 가득 채워져 있었다. 용암에서는 때때로 거품이 터지며 열기가 피어올랐다. 떨어지면 무사하진 못할 것이다.

"몬스터가 안 보이네."

"슬슬 놈이 나올 거야."

루카가 나지막이 말했다. 그리고 우리는 검을 뽑아 들었다.

이곳은 일직선의 길이 점차 넓어지면서 만들어진 돔 형태의 동굴로, 높은 천장이 인상적이었다.

중앙에서는 거대한 붉은 용이 이쪽을 노려보고 있었다.

크다.

바위처럼 두꺼운 비늘과, 검게 빛나는 발톱. 대단히 강해 보이는 녀석이다.

마치 눈앞에 거대한 산이 놓여있는 것 같았다.

"이야. 엄청나게 크구만……. 저게 드래곤인가."

"그러게……. 어쨌든 저 녀석을 쓰러트리지 않으면 다음은 없어."

"아아, 신이시여. 저희를 지켜주소서."

'크흐흐. 기다렸다, 어리숙한 인간들아.'

"아악, 네네! 저렇게 있어 보이는 대사는 번역하지 않아도 되는데! 어떡하지, 나 긴장되기 시작했어! 이래서 실전이 싫다니까……. 알렉, 내가 실수해도 문제없게 대비해 둬. 공격은 냉기 마법, 브레스가 오면 바람 마법으로 방해하고, 그리고 또……."

다들 긴장한 모양이다.

여기서 드래곤과 싸워 경험을 쌓는 것도 좋겠지만, 우리의 목표는 어디까지나 이 너머의 8층이다.

레벨은 어차피 드래곤을 쓰러트리면 오르게 되어있다.

그러니 처음부터 필살기를 사용해 전력으로 가기로 했다.

"세리나. 이쪽으로 와."

"알았어."

나는 세리나를 끌어안고 [순간이동]으로 절벽 밑으로 이동해 드래곤의 시야로부터 사라졌다.

뒤이어 [부유] 스킬로 공중을 이동해 드래곤의 배후로 돌아 들어갔다.

눈앞에 드래곤의 커다란 엉덩이와 꼬리가 보였다.

여기서 다시 한번 [순간이동]을 사용해 드래곤에게 접근했다.

"지금이다! 세리나, 해치워!"

"맡겨줘! 스타라이트 어택!"

별빛이 흘러넘치는 이펙트와 함께 세리나의 검이 레드 드래곤의 등에 박혔다.

"그워어어어어어……!"

아마도 드래곤은 자신의 몸에 무슨 일이 벌어졌는지조차 이해하지 못했을 것이다.

그리고 몇 초 지나지 않아 붉은 연기가 피어올랐다. 드래곤이 소멸한 것이다.

"우왓?!"

"흐에엑?!"

"뭐, 뭐였어?"

"멋지군요."

"드, 드래곤이 사라졌어!"

“좋아. 미나와 이오네는 주변을 경계해. 리리는 드랍된 아이템을 줍고.”

“아, 알았어.”

“이건 사기야!”

“뭐가 또 불만인데, 레티.”

나는 불만을 토로하는 레티를 바라보았다.

“누구는 잠도 안 자고 레드 드래곤 대책을 세웠는데, 저런 비겁한 공격으로 일격에 끝내버리다니! 납득 못 해!”

시끄러운 녀석이다.

“비겁한 공격이라니…….”

자신의 필살기가 비겁한 공격 취급을 받자 세리나는 복잡한 표정을 지었다.

“아니, 그렇지 않아. 방금 건 부유에 순간이동을 사용한 알렉이 비겁한 거야. 내 기술은 문제없어.”

“조용해, 세리나. 너도 다 알고서 내 전략을 따랐잖아. 설마 몰랐다고 하진 않겠지? 혼자서만 용사 행세를 하려고 들다니.”

“으으……. 이왕이면 멋지게 레드 드래곤을 쓰러트리고 싶었는데…….”

알 게 뭐람. 멋진 모습에 집착해서 동료를 위험해 빠트리면 그거야말로 본말전도다.

정말로 중요한 건 동료가 무사하다는 사실이다.

겉멋 따위는 갖다 버리라지.

“알렉! 붉은 수정구랑 비늘, 발톱까지 전부 회수했어!”

드랍된 아이템을 챙긴 리리가 내게 보고했다.

“잘했어. 그럼 이제 ‘7층의 보스’에게 도전하겠어. 다들 마음 단단히 먹어.”

“뭐? 지금 게 보스가 아니었어?”

루카가 물었다. 루카도 그 녀석을 보았을 텐데.

“레드 드래곤을 쓰러트린 다음에 화염으로 이루어진 뭔가가 나타났을 거야. 안 그래?”

“앗, 그러고 보니……!”

루카가 황급히 주위를 둘러보던 그때, 이변이 발생했다.

지면에서 불길이 피어오르더니 점차 인간의 형상으로 변화했다.

“몬스터야!”

“레티, 드디어 네가 나설 차례다.”

이번에는 세리나의 [스타라이트 어택]으로도 고전하게 될 것이다.

상대는 자신의 형태를 자유자재로 바꾸는 화염의 정령. 검도, 풍압도 소용이 없었다.

“뭐?! 잠깐만! 아직 마음의 준비가……!”

“바보야! 레드 드래곤과 똑같이 싸우면 되니까 빨리 주문을 외워!”

이번에는 나도 마음이 조급했다.

상대는 ‘백은의 전갈’ 파티를 괴멸로 몰아넣은 위험한 몬스터다.

가벼운 기분으로 싸울 수는 없었다.

“하, 하, 하, 하!”

화염의 정령이 허둥대는 우리를 비웃기라도 하듯 큰 소리로 웃어젖혔다.

순식간에 아랍풍의 근육질 남성으로 실체화한 정령은 그대로 우리를 향해 돌진해 왔다.

"크윽! 올 테면 와봐라!"

"관둬, 쥬가! 피해!"

투 핸디드 소드를 거머쥐고 카운터를 노리는 쥬가에게 내가 외쳤다. 하지만 한발 늦었는지 쥬가는 그대로 검을 내리쳤다.

"끄악!"

"""쥬가!"""

정령과 부딪친 쥬가의 몸이 공중으로 튀어올랐다. 불의 정령 자식, 파워가 상당했다.

화염으로 공격할 줄 알았는데 예상이 빗나갔다.

"세리나, 지금이라면 벨 수 있어."

"나도 알고는 있는데!"

하지만 세리나는 적을 쫓지 않고 주저했다.

설마 겁을 먹은 건가?

아니, 그게 아니다. 자신의 속도로는 따라잡을 수 없다 판단하고 불의 정령의 동선을 예측하고 있는 것이다.

그렇다면…….

"레티!"

"보채지 마! 지금 주문을 외우는 중이니까! ……군중 앞에서 던진 농담. 허나 돌아오는 것은 싸늘한 정적뿐. 쥐구멍이 있으면 들어가고 싶은 그 마음은 명계를 다스리는 얼음 여왕의 심정과도 같으니. 일말의 상냥함을 원하는가, 아니, 잊고 싶도다. 그곳의 이름은 [절대영도공간]!"

굉장히 독특한 주문이군. 그래도 마법은 제대로 완성된 모양이었다. 레티의 전방에 파란 빛의 공간이 전개되었다.

근육질의 정령이 공간에 들어서자 몸 주변에서 일렁이던 화염이 사그라들었다.

"좋았어!"

"해치웠나?!"

"하, 하, 하, 하, 하!"

하지만 정령의 육체가 얼음으로 뒤덮이던 그 순간, 근육질의 정령은 얼음을 힘으로 부수고 탈출해 버렸다.

이 자식, 생각보다 성가신 녀석인걸.

일단은 [감정]을 해보는 게 좋겠다.

〈명칭〉 이프리트　　〈레벨〉 72

〈HP〉 87263/88000　〈MP〉 9999/9999

〈상태〉 연소

[해설]

화염의 마인.

불가해한 성격. 선택받은 자에게 적극적.

몸이 화염으로 이루어져 있어 자유자재로 변신이 가능하다.

거의 모든 냉기 마법을 무효화.

쳇. 얼음이 통하지 않는 건가?

"레티! 속성을 바꿔. 얼음 계통의 마법은 안 먹혀."

"그런 게 어딨어! 무슨 마법으로 공격해야 돼?!"

그건 마법사인 네가 스스로 생각해야지.

"아무거나 좋으니까 시도해 봐. 단, 화염은 금지야!"

"그건 나도 알아!"

어디 보자. 쓰러진 쥬가는 피아나가 회복 중이고, 다른 멤버들의 HP는…….

"위험해요, 주인님! 뒤쪽이에요!"

"뭐라고?!"

미나의 목소리를 듣고 뒤를 돌아보니 이프리트가 어깨를 내세워 돌진해 오고 있었다.

저 멀리 있었던 녀석이 어떻게 내 뒤에서 나타난 거지?

제1화
무적

제7층 최심부. 우리는 레드 드래곤을 손쉽게 쓰러트렸지만 히든 보스인 이프리트는 좀처럼 쉽지 않았다.

"치잇!"

나는 [순간이동]을 사용해 이프리트의 돌진을 회피했다.

그러자 이프리트는 다시 화염으로 변화해 자취를 감추었다.

그렇군. 이 녀석도 [순간이동]을 보유하고 있는 건가.
그렇다면 전위와 후위를 구분하는 건 이제 의미가 없었다.
모두들 뒤에서 공격당할 위험이 있는 것이다.
"다들, 파트너를 정해서 서로의 등을 지켜줘! 내 파트너는 미나, 너다."
"알겠습니다, 주인님! 영광이에요! 주인님의 등은 아무에게도 양보하지 않겠어요!"
사실 처음에는 세리나에게 맡기려 했지만 미나를 실망시킬까 봐 이쪽을 선택했다.
"그러면 내 파트너는 루카, 너로 할게."
"알았어, 세리나. 등 뒤는 나한테 맡겨!"
"이오네, 달링 대신에 나랑 결혼하자!"
"아뇨. 결혼이 아니라 파트너예요."
"나도 알아! 기분이지, 기분."
"그래도 거절할게요. 후후."
"으, 응?"
사키와 이오네는 사이가 나빴던가? 모르겠다.
"어라라? 그러면 난 누구랑 하지?"
"아, 리리가 남아있었구나. 그러면 우리랑 같이하자."
"응!"
최종적으로 세리나와 루카, 쥬가와 피아나, 레티와 네네, 이오네와 사키와 리리가 파트너를 맺게 되었다.
"그런데 피하는 건 그렇다 쳐도 공격은 어떻게 하지? 이오네,

뒤에 나타났어!"

"네, 고맙습니다. [심안]!"

이오네는 아슬아슬한 카운터 공격으로 피하자마자 이프리트를 베었지만, 검이 부러져 버리고 말았다.

"크. 저도 아직 미숙한 모양이군요……."

아니. 이번에는 상대가 나빴다.

준비성이 좋은 이오네는 아이템 가방에서 예비용 검을 꺼내 들었다. 하지만 우리 파티 최강의 검사인 이오네의 공격으로도 피해를 입히지 못했다는 점은 상당히 뼈아팠다.

"세리나, 부탁한다."

"알고는 있는데, 내 쪽으로 올 생각을 안해서…… 루카! 그쪽으로 갔어!"

"알았어! 이 자식!"

루카가 정면에서 이프리트를 베어 들어갔다. 나는 그 위태로운 공격에 흠칫했지만, 루카는 몸을 비틀어 이프리트가 내지른 주먹을 능숙하게 회피했다.

"루카, 너무 무리하진 마."

"알았어. 그래도 이 녀석은, 이 녀석만큼은 쓰러트릴 거야!"

응? 아, 그런가. 이프리트는 루카의 동료를 쓰러트린 장본인이다. 한나의 원수였다.

이건 내버려 둘 수 없겠군.

"루카, 너는 공격 금지다. 동료를 지키는 데 전념해."

"어째서!"

"공격이 위태로우니까. 그리고 이프리트를 끝장 내는 건 세리나의 역할이야. 루카 너, 설마 본인이 더 세다고 생각하는 건 아니겠지?"

"큭. 나도 그 정도는 이해하고 있어!"

"우리는 개인이 아니라 파티로 싸워. 동료를 믿어."

"딱히 못 믿겠다는 건 아냐. 알겠어. 커버에 전념할게."

루카가 웬일로 냉정하게 내 말을 들어주었다. 이전에 가짜 엘빈 사건으로 감옥에 들어간 게 교훈이 되었던 모양이다.

"네네, 그쪽으로 갔어!"

"하, 하으으, '잡았다, 요 조그만 녀석! 날려버려야지!'"

1인 2역이라니 재주도 좋다.

"어휴, 네네! 뒤쪽으로 도망가면 어떡해! 주문 캔슬! 나의 귀여운 분신, 실프에게 명한다. 돌풍!"

레티가 바람을 일으켜 네네를 회피시켰다. 하지만 주문이 취소되는 바람에 공격도 수포로 돌아가고 말았다.

"사키, 네네와 파트너를 바꿔. 네가 레티를 커버해 줘. 이오네는 네네를 맡아."

나는 지시를 내려 파트너를 교환시켰다.

"알았어. 맡겨 둬!"

"잘 부탁해, 네네."

"피아나, 뒤쪽에 왔어!"

"아, 네!"

이번에는 피아나가 노려졌다. 하지만 이미 쥬가가 회복한 상태였기에 피아나도 곧바로 피신할 수 있었다.

이프리트는 랜덤으로 위치를 바꾸고 있으니 언젠가 세리나와도 맞닥트리게 될 것이다.

실체화해서 세리나에게 돌진하는 그 순간이 이프리트의 최후다.

"미나, 뒤쪽이다."

"네, 주인님. 행복해요."

"쓸데없는 소리 마. 나중에 귀여워해 줄 테니까."

"아, 알겠습니다. 꺄악!"

"이 바보!"

회피가 늦은 바람에 이프리트의 공격이 미나를 스치고 지나갔다.

다행히 피해는 크지 않았지만 옷이 찢어져 새하얀 팬티가 드러나고 말았다. 그러나 지금은 느긋하게 감상하고 있을 때가 아니었다.

"뭐야, 저 바보 커플은."

"지금 건 알렉이 잘못했네! 이히힛!"

"시끄러워, 리리. 나랑 교대해. 미나를 커버해 줘."

"알았어."

"주, 주인님!"

"시끄럽다. 난 전투 중에 냉정하지 않은 녀석을 싫어해, 미나."

"아, 알겠습니다. 노력할게요."

미나는 평소에 냉정한 편이지만 나와 관련된 일이면 폭주하는 경향이 있었다.

나중에 대책을 생각해 봐야겠지만, 지금은 이프리트다.

"그쪽이에요, 알렉 씨."

이오네가 말했다. 제길, 이쪽인가!

"크윽!"

"하하하하!"

나는 이프리트의 돌진을 아슬아슬하게 회피했다.

"달링, 이번에도 그쪽!"

"으윽!"

"하하하하!"

또 나를 노렸다.

"아까 전부터 계속 알렉만 노리네. 알렉의 엉덩이가 마음에 든 거 아니야? 푸풉."

리리가 내 모습을 보면서 말했다.

"시끄러워. 우오옷, 또냐!"

나를 집중 공격할 심산인가.

[순간이동]을 사용 가능한 나는 파티원 중에서도 가장 확실하게 회피가 가능했지만, 이렇게 연속으로 노려진다면 지칠 수밖에 없었다.

"세리나, 이쪽으로 와!"

"알았어!"

세리나를 부르자, 이번에는 다른 멤버가 노려졌다.

"저 자식, 설마 세리나의 필살기를 알고 있는 건가?"

'흠칫! 하지만 저 필살기, 엄청 무서운 걸 어떡해.'

네네가 공감력 스킬로 이프리트의 생각을 읽었다. 제길. 이프리트에게는 지능이 있으니 당연한 이야기인가.

그러니 세리나 대신 나만 노릴 수밖에.

"큭, 어떡할래?"

"이 정도로 당황하지 마. 그리고 필살기는 네 전매특허가 아냐. 지금이다!"

나는 이프리트의 태클을 회피한 뒤, 역으로 이프리트를 향해 달려들었다.

"알렉!"

"뭐 하는 거야!"

내 옷이 불타기 시작했지만 [화염 내성 LV5] 스킬 덕분에 몸은 멀쩡했다. 뜨겁기만 할 뿐 화상은 입지 않았다.

그리고 이프리트는 다시 화염으로 변해 사라지기 시작했다.

"그렇게 나올 줄 알았지!"

나는 그 순간을 노려서 이프리트의 화염을 있는 힘껏 흡입했다.

화염은 이프리트의 몸을 구성하는 물질이다.

그것을 분단시켜 버리면 이프리트는 어떻게 될까.

시도해 볼 가치는 있었다.

"아, 안 돼, 알렉! 그런 짓을 했다간……."

레티가 당황하며 외쳤지만 나는 화염을 흡입한 정도로 죽거나 하진 않는다.

조금 뜨겁긴 하지만.

"으읍?! 크읍?!"

폐에서 위화감이 느껴지더니, 그것은 곧 고통으로 변했다.

큰일이다. 이프리트 자식, 이쪽으로 본체를 이동시킨 건가?

"위험해! 뱉어내!"

그러려고 했지만 이프리트가 자신의 몸을 실체화시켜 버렸다.

내 몸속에서.

"커헉!"

피가 쏟아져 나왔다.

""알렉!""

"안 돼애애! 주인니이이임!"

제길. 뭐야, 이 B급 공포 영화 같은 상황은.

이렇게 잔인한 광경은 질색이다.

심지어 아팠다.

"우와, 아직도 살아있어. 피아나, 얼른 회복 마법을!"

"아, 알겠습니다."

"이 자식, 잘도 형님을! 네 상대는 나다!"

"주인님의 원수! 지옥에서 주인님께 사과하세요!"

멋대로 내 지옥행을 결정해 버리는 미나. 게다가 난 아직 살아있단 말이다.

"쿨럭. 커헉!"

"저, 정신 똑바로 차리세요. 여신 에일이시여, 제 기도를 들어주소서. 힐! 어라? 이렇게 많이 회복될 리가 없는데."

"내 스킬이다. 신경 쓰지 마."

[재생력 LV5]
[무한의 체력 LV5]
[화염 내성 LV5]
[그로테스크 내성 LV5]

이것만으로도 괴로웠기 때문에 나는 몇 개의 스킬을 추가로 더 습득했다.

[통각 차단 LV5] New!
[질식 내성 LV5] New!
[재생 속도 향상 LV5] New!

"와, 알렉 씨는 정말로 인간이 맞으신가요?"
피아나가 의심스럽다는 듯이 물었다.
"당연히 인간이지. 너도 나랑 해봐서 잘 알잖아."
"지, 지금 그런 이야기는 됐어요. 다음부터는 무리하지 말아주세요."
"알았어."
"젠장! 역시 강한 남자가 좋은 거구나? 피아나! 두고 보라고! 반드리 형님을 뛰어넘어 보일 테니까!"
쥬가가 왠지 모르게 불타오르고 있었다.
"아뇨, 딱히 그렇지는……."
쥬가의 예상과 달리 피아나는 강함에 별 관심이 없는 모양이었다. 뭐, 지금은 전투 중이니 집중하도록 하자.

이프리트의 화염을 흡입해 분단시키는 작전은 완전한 실패로 끝이 났다.

어째서 난 성공할 것이라고 생각했던 걸까?

이프리트의 화염은 마법으로 이루어져 있어 산소를 차단해도 계속 타오른다.

다만, 이것으로 공략법이 분명해졌다.

“녀석이 실체화했을 때 쓰러트릴 수밖에 없어.”

“응, 알겠어.”

“그렇다면, 앗! 대지 속성 마법으로 가야겠네!”

레티는 무언가 떠올랐는지 곧바로 마법을 영창하기 시작했다.

“좋아, 시간을 벌자!”

우리는 과감한 공격으로 이프리트가 어느 한 명을 노리지 못하게 방해했다.

노려지기 쉬운 레티는 내가 [순간이동]을 이용해 공중으로 피신시켰다.

“알렉. 주문이 곧 완성될 거야.”

“그래. 밑으로 내려갈게.”

“알았어. 금강석과 아다만티움보다 단단한 자여. 그대조차 불변이 아닐지니, 그것이 물질계의 이치. 형태가 있는 것은 언젠가 부서지는 법! 그러니 나무라지 말지어다, [불운한 거인의 발]!”

레티의 주문이 완성되자, 바로 뒤까지 쫓아왔던 이프리트의 머리 위에서 거대한 발이 출현했다.

위쪽을 올려다본 이프리트는 두 팔을 들어 막아내려 했다. 그러나 파워에서는 거인의 발이 압도적으로 우세했고, 이프리트는 완전히 짓밟히고 말았다.

거인의 발밑에서 오렌지색 연기가 피어올랐다. 펑!

"좋아! 쓰러트렸다."

""해냈다!""

리리가 드랍된 아이템을 회수하는 동안, 나는 넋이 나간 얼굴로 주저앉아 있는 루카에게 말을 걸었다.

"다 끝났어, 루카. 너는 살아남았어."

최악의 상대에게서. 동료의 원수에게서.

"응. 고마워, 알렉. 이걸로 나도 어깨의 짐을 덜었어. 줄곧, 줄곧 내 실수가 신경 쓰여서, 흐흑……."

"됐어. 우는 건 네 방식이 아니잖아."

"하핫, 그렇네. 한나가 봤다면 놀렸을 거야."

루카는 어깨를 으쓱이더니 웃는 얼굴로 눈물을 훔쳤다.

"게다가 우리한테는 아직 다음 층이 남아있어."

"그랬지."

나는 자리에서 일어나려는 루카에게 손을 내밀어 주었다.

루카는 살짝 쑥스러워하더니 투명한 눈으로 나를 쳐다보았다.

"알렉."

바로 그때, 레티가 뒤쪽에서 내 이름을 불렀다. 뒤를 돌아보니 레티는 당연하다는 듯이 내게 손바닥을 내밀고 있었다.

그 손바닥을 탁 쳐내고 싶었지만, 이번만큼은 그럴 수가 없었다.

이프리트를 쓰러트린 건 이 녀석이니까.

"잘했어, 레티. 멋진 마무리 일격이었다. 사실상 너 혼자서 쓰러트린 거나 다름없어. 이번에는 특별 보수를 주마. 받아."

"흥. 어차피 실컷 칭찬해 놓고 달랑 1포인트를…… 우오옷?! 1, 1만이라고?!"

"나는 활약을 하면 정당한 보수로 보답하는 인간이야."

방금 전의 2연전을 통해서 비싼 스킬들을 얻은 덕분이다. 그 스킬들을 환원해서 넉넉한 포인트를 확보할 수 있었던 것이다.

"평생 받들겠나이다! 알렉 대왕 마마!"

오버하기는. 이런 태도도 몇 분 지나면 원래대로 돌아오겠지만.

본인이 만족할 때까지 저렇게 엎드려 있으라고 하자.

제2화
제8층

7층의 보스인 이프리트를 쓰러트린 뒤, 우리는 밑으로 이어지는 계단을 내려갔다.

"여기는……."

"분위기가 달라졌네."

천연 동굴이었던 6층이나 7층과 달리, 이곳 8층은 다시 석조 건축물로 돌아와 있었다.

다만, 색깔이 회색에서 보라색으로 바뀌었기 때문에 상층과는 분위기가 달랐다.

설명하기 힘든 묵직한 정적이 느껴졌다.

"여기가 A랭크 파티만이 도달했다는 그 영역이구나……. 꿀꺽."

레티가 통로 반대편을 엿보면서 말했다. 긴장한 모양이다.

"레티."

"왜?"

"잊었나 본데, 우리도 이미 A랭크야. 편하게 가자."

"아, 알았어……. 어라?"

"엥? 뭐야, 형님. 평소랑 다르잖아. 평소에는 '죽을지도 몰라'라고 겁만 주면서."

레티가 긴장하고 있으니까 그렇지.

"넌 죽을지도 모르겠다, 쥬가."

"쳇! 매정하네! 알고 있어. 마음을 단단히 먹으라는 소리지?"

쥬가가 씨익 웃으며 말했다. 이 녀석도 이제는 말귀를 잘 알아듣는군.

"그러게. 우리도 A랭크 클랜이 되었구나. 신출내기였던 시절이 그립네. 앗, 눈물이. 누가 대신 경계 좀 부탁해."

사키가 울음을 터트렸다.

우리라고는 했지만 사키는 도중에 가입한 멤버였다. 사키가 어떤 과거를 거쳐왔는지는 몰라도, 이 녀석에게도 초보자였던 시절은 있을 것이다.

"으음. 나는 2군에 들어가고 싶은데. 여기는 위험한 곳이잖아."

리리가 말했다.

"걱정 마, 리리. 네게도 이곳에 올만한 실력이 있어. 그래도 뭐, 파티의 인원수가 많아진 것도 사실이니. 원한다면 2군에 넣어줄게."

"꼭이다?"

"알았어, 알았어."

어차피 리리는 기억력이 나쁘기 때문에 같이 가자고 말하면 쫄래쫄래 따라올 것이다. 현재까지도 리리는 회피 계열의 스킬만 습득하고 있었다. 철저하게 적의 공격을 회피하는 데만 전념하기 때문에 의외로 데리고 다니기 편했다.

멋대로 돌격해서 죽는 녀석들보다는 리리가 훨씬 나았다.

앞으로도 열심히 부려먹어 주마.

"어이, 방해다. 비켜."

뒤쪽에서 목소리가 들려와 돌아보니 칠흑의 갑옷을 입은 금발의 남자가 있었다.

본 적이 있는 녀석이었다.

목둘레가 푹신푹신한 모피로 뒤덮인 갑옷. 올백의 금발 머리.

우리가 4층에서 '어둠의 불사왕'과 싸웠을 때 참전해 주었던 A랭크 파티의 리더였다.

들려오는 바에 따르면 그를 부르는 명칭은 '암흑검' 에스클라도스.

전신에서 세기말스러운 분위기를 풍기는 남자였다.

"길을 비켜 줘."

우리가 길을 열어주자 에스클라도스는 흥, 하고 콧방귀를 뀌더니 경멸하는 시선으로 나를 쳐다보며 앞으로 나아갔다. 뒤쪽에는 그가 거느리는 노예 전사와 마법사들이 있었다.

"아, 그렇지. 에스클라도스."

나는 지나가던 에스클라도스에게 말을 걸었다.

"에스클라도스 님이겠지."

"어째서? 나도 너와 같은 A랭크다. 모험가끼리는 귀족이고 뭐고 없을 텐데."

"오오, 그랬었지. 미안하게 됐다. 나는 네가 A랭크로 올라왔다는 사실을 몰랐거든. 루키."

에스클라도스가 히죽 웃으며 말했다.

에휴. 이 던전에 들어온 지도 반년이나 지났건만 아직도 나를 루키라 부르는 녀석이 있다니. 게다가 정말로 몰랐다면 내가 정말로 A랭크인지 캐물었을 것이다.

"그럼 앞으로는 기억해 둬. 그리고 이곳에서 솔로로 PK를 하는 녀석을 못 봤어?"

내가 물었다.

국왕에게 부탁받은 의뢰 때문이기도 했지만, 무엇보다도 우리의 안전을 위해서였다. 정보 수집을 게을리할 수는 없었다.

"글쎄. 들어본 적은 있다만 놈한테도 안목은 있겠지."

"안목?"

"훗. 나 같은 강자를 피해서 PK를 하고 있을 거라는 뜻이다. 그렇다면 내가 상관할 바는 아니야."

에스클라도스가 말하는 안목이란 아무래도 적을 구분한다는 뜻인 듯했다.

이 녀석도 나르시스트 기질이 다분해 보였다. 아니면 단순히 거만한 성격이거나.

어쨌든 별다른 정보는 없는 모양이군.

"방해해서 미안했다. 가봐도 좋아."

"어이! 검은개인지 검은고양이인지는 모르겠다만, 잘 들어라, 알렉! 나는 남에게 지시를 받아서 움직이는 남자가 아니야. 그 사실을 잊지 마."

에스클라도스는 나를 한 차례 쏘아보더니 통로를 따라 걸어갔다.

"이야, 대단하시네. 잘났어 정말."

"내 말이. 짜증 나."

"뭐 하는 인간이지."

"마음에 안 드는 녀석이야."

"주인님을 바보 취급하다니. 다음에 만나면 없애버리죠."

다들 화를 내는 것도 당연했다.

"내버려 둬라, 미나. 저 녀석은 우리의 적이 아니야."

내가 단단히 주의를 주었다. 던전에서 다른 곳에 의식을 빼앗기는 것은 피해야 했다.

"알겠습니다."

우리는 마음을 다잡고 8층의 탐색을 개시했다.

"멈춰! 미나!"

사키가 큰 소리로 선두에서 걸어가던 미나를 멈춰 세웠다. 갈림길을 맞닥트린 우리는 에스클라도스 일행과 반대인 오른쪽 길로 나아가려던 참이었다.

"무슨 일인가요? 사키 씨?"

"저 벽에 작은 구멍들이 있지?"

"그렇네요."

"아무래도 불길한 예감이 들거든. 달링, 저쪽으로 걸어가 볼래?"

"그래. 이렇게? 아얏!"

통로를 걸어가는데 내 목에 화살이 날아와 박혔다.

"그것 봐. 함정이야."

"대단하시네요, 사키 씨."

"용케 발견했네."

"위험할 뻔했어!"

"다행이다."

"잠깐만, 너희들. 내 목에 박힌 화살은 어떻게 할 거야."

"괜찮아. 달링은 화살 한두 개 박힌 정도로 죽지 않잖아. 내버려 두면 상처도 알아서 회복될 거고."

"우리는 독화살에 맞으면 위험한걸."

"그렇단 말이지. 좋아. 그러면 아무나 앞으로 나와 봐. 독 내성과 회복 스킬을 배울 수 있도록 스킬 포인트를 나눠주마."

하지만 앞으로 나서는 사람은 아무도 없었다.

그러자 미나가 앞으로 나왔지만 뭔가 납득이 되지 않았다.

"뭐, 좋아. 미나. 독 내성을 MAX로 올려 둬."

"네, 주인님. 그리고 [상처 핥기] 스킬을 배워둘게요."

"흠. 그것보다 좋은 회복 스킬이 없으면 그렇게 해."

"네. 다른 게 없더라고요."

미나도 일부러 에로 스킬을 습득하려는 것은 아닐 것이다. 이미 미나는 내 명령으로 다수의 에로 스킬을 배우고 있었다.

최근에 배운 [애○ 섹스] 스킬은 미나도 만족스러워했다. 나는 그 정도까진 아니었지만.

"주인님, 통로 반대편에 뭔가가 있어요. 뭐랄까…… 심한 악취가 나요."

"좋아. 진형을 유지한 채로 나아가자. 단, 선두는 세리나가 맡아."

"혹시 나한테 화풀이를 하는 거야?"

"그렇지 않아. 가장 공격력이 높은 녀석을 앞으로 내세워서 위험한 녀석이 나왔을 때 신속하게 해치우려는 의도다."

"흐음. 알겠어."

뭐, 사실 90퍼센트 정도는 화풀이가 맞았다.

하지만 앞서 언급한 이유도 분명히 있었다.

모퉁이를 돌자 박쥐 날개를 가진 인간형 몬스터, 악마 무리가 나타났다.

"헤헤! 처음 보는 녀석들이군! 전원 애○로 귀여워해 주마!"

"레츠 파티 타임! 예이!"

네네의 공감력 스킬이 아니었다. 악마가 직접 낸 목소리였다.

말하는 몬스터인가.

뭐, 전형적인 악인이니 죄책감을 느낄 필요는 없었다.

"전투 개시!"

나는 망설임 없이 지시를 내렸다. 파티원들도 검을 뽑고 적을 베어 들어갔다.

제3화
데몬

"히익! 이 악마들!"

눈앞에 있는 데몬이 비명을 지르며 뒷걸음질을 쳤다. 악마는 너잖아. 보라색 피부에 산양 뿔까지 달려 있으면서.

전투는 이미 종료되었고, 악마는 한 마리를 남기고 전멸한 상태였다.

8층의 잡몹 정도는 우리의 상대가 되지 못했다. 세리나의 필살기가 나설 필요도 없었다.

"물어보고 싶은 게 있다."

나는 데몬에게 말했다.

"뭐, 뭔데?"

"최근에 솔로로 이곳을 어슬렁거리는 모험가를 보지 못했어?"

"오오, 그 얘긴가. 하지만 공짜로는 알려줄 수 없지."

"그래? 네 목숨과 교환하는 건 어때."

"제길. 각오해라, 인간. 나중에 동료를 데려와서 되갚아 줄 테니까. 흠씬 두들겨 팬 다음에 남녀 모두 애○을 헤집어 주마!"

"할 수 있으면 해봐."

내가 진지한 얼굴로 되받아쳤다.

"윽. 제길……."

데몬은 분한 표정으로 고개를 돌렸다.

"그래서? 대답은?"

"그런 모험가는 못 봤어. 이곳은 애들도 울음을 그친다는 8층이라구. 솔로로 활동하는 인간이 있을 리 있나."

설마 국왕이 거짓말을 했나?

아무래도 이상한걸.

하지만 단순히 이 녀석이 못 본 것일 가능성도 있었다.

"알았다. 사키, 해치워."

"후훗. 멋지네, 달링. 악마보다 악마 같아."

"뭣! 야, 약속이 다르잖아! 거기 성직자! 너는 죄책감을 느끼지도 않는 거냐! 지금 이 녀석이 거짓말을 했다고!"

"맞아요. 하지만 당신도 지금까지 수많은 사람에게 거짓말을 해오지 않았나요?"

피아나는 차분한 태도로 악마에게 되물었다.

"무슨 소리. 나는 거짓말 같은 거 해본 적 없어. 악마는 순수한 마음을 지녔다구."

뻔한 거짓말이군. 순수한 마음을 지닌 녀석이 애○이라는 단어를 입에 담겠냐.

"됐어, 알렉. 나한테 맡겨. 이렇게 변명만 하는 녀석을 보면 베어버리고 싶더라."

세리나는 세리나대로 위험한 녀석이라는 생각이 들었다.

그런데 악마가 내 이름에 반응을 보였다.

“뭐, 뭐라고?! 알렉?! 지금 알렉이라고 했어?”

“맞아. 헤에. 혹시 악마들한테도 이름이 알려져 있었어?”

“당연하지. 너, 된장국을 범람하게 만든 모험가잖아.”

“그런 일도 있었지.”

“웃기지 마! 너 때문에 내 아지트가 된장국 범벅이 됐다고! 사과해!”

피해는 4층까지인 줄 알았는데, 아래층에서도 난리가 났었던 모양이다.

그런 것치고는 말끔했는데 말이지…….

“그게 사실이야?”

“제길, 아무리 내가 악마라지만 너무한 거 아니냐고. 물론 처음이야 맛있는 음식이 솟아나서 기분이 좋았지. 하지만 많아도 너무 많잖아! 먹어도 먹어도 계속 늘어나는 법이 어딨냐고. 젠장. 떠올리는 것만으로도 구역질이 올라오네. 우웩.”

흐음. 아무래도 사실인 모양이다.

“미안하게 됐다. 고의는 아니었어. 용서해 줘.”

“그래. 처음부터 그렇게 고분고분 사과하면 좋잖아. 뭐야, 인간. 의외로 대화가 통하는 녀석인걸.”

“그럴지도. 나도 지금 네가 의외로 대화가 통하는 녀석이라고 생각했거든.”

그렇게 말한 나는 세리나에게 고개를 끄덕여 보였다.

"오오, 그러면…… 크악?!"

세리나가 웃는 얼굴로 악마에게 검을 박아 넣었다. 뭐, 나도 그러라고 고개를 끄덕인 거지만.

"미안하지만 나한테 수컷 악마를 구해주는 취미는 없거든."

펑, 하고 녹색의 연기가 피어오르며 악마가 소멸했다.

"으음. 말하는 몬스터라. 상대하기 힘드네."

쥬가가 씁쓸한 표정을 지었다.

"그러게요. 제 인격을 시험당하는 기분이에요. 아, 물론 제 신앙심은 흔들리지 않지만요."

피아나가 말했다. 부담스럽게 여기는 게 당연하겠지.

"너희는 무리해서 쓰러트릴 필요 없어. 그런 지저분한 짓은 전부 세리나에게 맡기도록."

나는 엄지로 세리나를 가리키며 말했다.

"말투가 좀 거슬리긴 하지만, 악마도 결국 몬스터잖아. 어차피 봐줄 생각도 없으니 나한테 맡겨."

세리나가 웃으며 말했다. 이럴 때는 좋은 동료다.

"알았어. 그러면 악마는 세리나한테 맡기자고! 나머지는 내가 쓰러트릴게!"

"세리나 씨에게 신의 가호가 있기를."

"좋아. 출발하자."

"""출발!"""

우리는 8층의 탐색을 재개했다.

“응? 잠깐만.”

통로를 나아가던 도중 루카가 몸을 숙였다. 무언가를 발견한 모양이었다.

“뭔데?”

“이 머리 장식…… 한나가 가지고 있던 것 같아.”

루카가 바닥에서 주워 든 물건을 내게 건넸다. 제비꽃을 본뜬 파란색 머리 장식이었다. 하지만 한나라는 인물을 만나 본 적이 없는 나는 이게 그녀의 물건인지 판단할 방법이 없었다.

“우연히 비슷한 장식이겠지.”

내가 태연함을 가장하며 말했다.

‘백은의 전갈’은 7층의 보스에게 괴멸당했다. 설령 한나가 혼자서 그곳을 돌파했다 하더라도 다른 멤버를 내버려 두고 갔을 것이라고는 생각하기 힘들었다.

“그래도 혹시나…….”

“신경이 쓰이면 일단 지상에 가지고 가서 제대로 조사해 보도록 해.”

8층까지 내려온 인간은 한정돼 있다. 그러니 주점에서 물어본다면 원래 누구의 물건인지 알아낼 수 있을지도 몰랐다.

“그렇네. 알겠어.”

루카도 납득한 모양이었다. 우리는 탐색을 재개했다.

다행히 이날의 공략은 순조롭게 진행되었다. 안전해 보이는 밀실을 발견한 우리는 그곳에 캠프를 설치하기로 했다.

“순조롭네. 8층의 매핑도 3일이면 끝나겠는걸.”

세리나가 말했다. 하지만 그렇게 간단하지는 않을 것이다. 이 밑으로 내려간 파티는 아직 하나도 없으니까.

“서두를 거 없어. 평소대로 가자고.”

내가 말했다.

“응. 알고 있어.”

“루카. 너도 그만 쉬도록 해.”

모포를 뒤집어쓰고 머리 장식을 바라보고 있는 루카에게 내가 말했다.

“알았어.”

어깨를 으쓱인 루카는 머리 장식을 집어넣고 몸을 눕혔다. 그런데 그때였다. 안전 구역의 문이 벌컥 열렸다.

“큭! 몬스터인가?!”

우리는 허둥지둥 검을 움켜쥐고 자리에서 일어섰다. 하지만 문을 열고 들어온 인물은 귀찮다는 듯이 손을 내저었다.

“소란 피우지 마라, 초짜들.”

금발의 올백머리를 한 검은색 갑옷 차림의 남자였다.

“에스클라도스인가…….”

“뭐야, 모험가였어? 하아. 놀래키지 말아 줘.”

쥬가가 맥 빠진 목소리로 말했다.

“노크 정도는 해.”

레티도 불평했다.

다만, 이곳은 우리가 전세를 낸 방도 아니고, 에스클라도스도 우리가 안에 있는지는 몰랐을 것이다.

"흥. 이 문을 열 수 있는 건 인간뿐이다. 그런 것도 몰랐나."

에스클라도스는 콧방귀를 뀌며 우리를 내려다보았다.

"아니. 알고는 있지만 잠을 청하려던 참이라서 마음이 급했어."

"과연 어떨지. 그보다 너희들, 이곳에 이도류를 쓰는 여자가 오지 않았나? 무기의 종류는 레이피어다."

"응? 아니, 못 봤어. 우리도 방금 막 도착한 참이거든."

"그렇군. 쳇. 그 여자, 다음에 만나면 죽이겠어."

에스클라도스가 불쾌하다는 듯이 혀를 차며 말했다. 그의 뺨에는 긁힌 상처가 있었다.

"무슨 일 있었어?"

혹시 국왕이 말했던 솔로 PK와 마주친 걸까.

"흥. 아무것도 아니다. 나도 이곳에서 휴식을 취할 테니 귀찮게 말 걸지 마라, 생초짜들."

그렇게 말한 에스클라도스는 벽으로 가서 몸을 기대고 앉았다. 그의 파티에 속한 노예들도 묵묵히 주변으로 가서 몸을 앉혔다.

"뭐래. 재수 없게."

"기분 나쁜 녀석이네. 누가 초짜라는 거야."

레티와 사키가 작은 목소리로 불만을 토했다.

하지만 지금은 우리도 휴식을 취해야 했다. 나는 그쯤 해두라는 손짓을 보내며 자리에 몸을 눕혔다.

"알렉."

누군가가 내 몸을 흔들었다. 눈을 떠보니 루카였다.

"왜 그래?"

"에스클라도스가 나갔어."

"그래? 흐암. 조금만 더 잘게."

"음, 알겠어. 나중에 이야기하자."

"그래."

충분한 숙면을 취한 뒤, 잠에서 일어나 빵으로 아침 식사를 해결했다. 평소보다 눅눅해서 별로였다.

여관에서 저녁으로 나오는 빵이 더 맛있었다. 특히 지금은.

"할 이야기라는 게 뭔데, 루카."

식사를 마친 나는 근처에서 기다리고 있던 루카에게 말을 걸었다.

"에스클라도스 말인데, 한나와 마주친 게 아닌가 싶어."

"헤에. 이유는?"

"한나도 레이피어로 이도류를 썼거든."

"잠깐만, 루카, 네 심정도 이해는 가는데."

쥬가가 말했다.

"우연히 똑같은 이도류일 가능성도 있으니……."

다른 멤버들도 부정적이었다. 다들 루카를 걱정해서 조심스럽게 말하고는 있지만, 일반적으로 생각하면 한나가 살아있다고 보기는 힘들었다.

다만, 한나가 일반적인 상태가 아니라면 불가능한 일은 아닐지도 몰랐다.

레이피어를 사용하는 사람은 잔뜩 있지만, 이도류, 여성, 심지어 던전의 최심부까지 도달할 수 있는 실력자라면 경우의 수는 크게 줄어든다.

“하지만 이 머리 장식도 한나 물건인걸. 분명 8층까지 올라온 걸 거야.”

“루카. 한나가 살아있다고 치자. 그런데 만약 PK범이라면 어떻게 할 거야?”

“그건…… 설득하겠어. 자수시킬 거야.”

“그래도 상대가 네 말을 들어주지 않는다면?”

“…….”

“루카. 우리는 지금부로 지상에 돌아가겠어. 너는 한동안 2군에서 활동하면서 녀석들을 단련시켜 줘.”

내가 루카에게 말했다. 이러는 게 옳겠다는 생각이 들었다.

“아니. 부탁이야, 알렉. 한나와 대화 정도는 나누게 해줘.”

“최악의 경우 한나와 싸우게 될 수도 있어. 그래도 괜찮겠어?”

“그때는 내가 한나를 쓰러트릴게.”

루카가 나를 똑바로 쳐다보며 말했다.

제4화
뱀파이어 헌터

사실상 최하층인 미궁 제8층.

500년 전 그랑소드의 초대 국왕이 9층에 도달했다고는 하지만 진위 여부는 불확실했다. 현재 9층의 실체를 확인한 사람은 아무도 없었다.

그렇잖아도 난이도가 높은 '돌아올 수 없는 미궁'에서 이곳까지 도달할 수 있는 것은 A랭크 파티뿐이었다.

그런 실력자들을 혼자서 상대가 가능한 인간.

아니, 이미 그것은 인간이라 부르기 힘든 존재다.

악마에게 혼을 팔았거나, 어쩌면 좀비일 수도 있었다.

어느 쪽이든 몬스터라고 생각해 두는 편이 좋았다.

한때 같은 파티의 멤버였던 루카는 과연 그 동료를 공격할 수 있을까?

딱히 루카가 잘못한 건 아니지만 썩 낙관적인 상황은 아니었다.

차라리 한나가 죽는 편이 나았을지도 몰랐다.

"루카. 무리는 하지 마."

내가 말했다. 조금이라도 주저하면 목숨을 잃게 될지도 모른다. 루카뿐만 아니라 우리도 마찬가지다.

"무리하는 게 아니야! 아니, 무리하지 않을게. 그래도!"

주먹을 움켜쥔 루카는 말했다.

"나는 한나를 좋아했어. 그런 한나가 잘못된 길로 들어섰다면 동료로서 매듭을 지어야 한다고 생각해."

루카도 각오는 다진 모양이었다.

뭐, 유명한 모험가라곤 해도 B랭크에 불과한 한나가 혼자서 에스클라도스 파티와 접전을 펼쳤다고 생각하긴 힘들었다.

에스클라도스는 A랭크 모험가다. 레벨 86의 '어둠의 불사왕'을 상대로 오랜 시간 살아남은 실력자였다.

"……알았다. 대화는 하게 해주겠어. 하지만 내 지시에는 꼭 따르도록 해."

"명심할게, 리더."

나를 똑바로 응시하는 루카. '바람의 검은고양이' 멤버로서 활동해 나가기로 마음을 먹은 듯하다.

"세리나."

나는 세리나의 이름을 부르며 눈짓을 했다.

여차할 때는 네가 해치우라는 뜻이었다.

"알았어."

이제 세리나와는 눈짓과 짧은 대사만으로도 의사소통이 가능했다. 지금까지 파티를 맺고 수많은 사선을 넘어온 동료이자, 사이좋게 섹스도 하는 관계다.

서로가 어떤 생각을 하는지는 대충 이해가 되었다. 다른 여성 멤버들도 마찬가지였다.

나는 멤버들 전원에게 말했다.

"잘 들어. 상대는 이런 곳에서도 솔로로 활동하는 실력자다. B랭크라고 생각하지 마. 자신보다 강한 상대라고 생각하고 싸워."

""알았어!""

""알겠어요!""

좋은 대답이다.

"출발하자."

우리는 캠프에서 나와 8층의 탐색을 재개했다.

남아있는 식량은 3일치. 비상식으로 초콜렛도 있으니 2, 3일은 더 버틸 수 있었다.

"주인님, 피 냄새가 나요. 인간이에요!"

미나가 긴박한 목소리로 외쳤다.

왔구나.

"전원 전투 태세! 언제든지 싸울 수 있도록 대비해."

"""네!"""

"""알았어!"""

우리는 검을 뽑아 들었다.

이윽고 통로 반대편에서 소리가 들렸다. 누군가가 맨발로 달려오는 소리였다.

"키이이이이이익!"

마침내 모습을 드러낸 금발의 여성이 괴성을 외치며 우리를 습격해 왔다.

여성의 눈은 빨갛게 빛나고 있었다. 완전히 호러 영화다.

입에서는 피를 흘리고 있었으며 그 사이로 두 개의 기다란 송곳니가 보였다.

인간의 송곳니와는 비교도 되지 않을 정도로 날카로웠다.

"절대로 물리지 마! 흡혈귀다!"

[감정]을 사용할 필요도 없었다. 나는 황급히 지시를 내리며 스킬 리스트를 확인했다.

[성병 내성]

아니, 이 스킬은 아니다. 절대로 관련이 없는 스킬이다.
하지만 만약을 위해서 배워두기로 했다.
그리도 또 하나.

[매료 내성]

이거다.
흡혈귀에게는 붉은 눈으로 상대를 매료하는 능력이 있다고 어떤 책에서 읽은 적이 있다.
정석이라고 할 수 있는 스킬이다.

[혈기왕성]

이것도 뭔가 아니다 싶었지만, 지금까지의 모험으로 포인트는 충분했다.
이번 상대는 강적이니 아끼지 말고 투자하기로 했다.
내가 흡혈귀로 변하면 그대로 배드 엔딩이다.

[샤인 플래시]

이건 성속성의 범위 공격 마법이다.

[성벽 내성 LV5] New!
[매료 내성 LV5] New!
[혈기왕성 LV5] New!
[샤인 플래시 LV5] New!

좋아, 이 정도면 충분하다.
"오래 기다렸지. 뒤는 나한테 맡겨."
나는 그렇게 말하며 앞으로 달려갔다.
"이미 끝났어, 달링."
"응? 벌써 해치운 거야?"
멤버들의 말대로 발밑에 금발의 흡혈귀가 쓰러져 있었다. 가슴에서 피를 흘리고 있었는데, 사키가 마무리를 지은 모양이었다.
"물론이지. 미스릴 소드와 화염검한테 걸리면 흡혈귀도 식은 죽 먹기지! 이도류는 한나의 전매 특허가 아니라고."
사키가 칼집에 든 검을 툭툭 치며서 말했다. 그러고 보니 이 녀석도 이도류였지.
"저기…… 루카. 미안해."
세리나가 자리에 웅크려 앉아 있는 루카에게 사과했다.
"무슨 소리야, 세리나. 네가 무슨 잘못을 했다고. 게다가 이 녀석은 한나가 아니야."
루카가 뒤를 돌아보며 말했다.
"어?"
"이 녀석도 금발이긴 하지만, 한나는 더 미인이었어."
다른 사람이었구나.
하긴, 이 세계에서 금발은 흔한 편에 속했다. 금발의 여자라는 특징만으로 인적 사항을 특정하기는 힘들었다.
"그렇군."

다른 멤버들도 조금은 안도한 눈치였다.

"하지만 내가 생각했던 흡혈귀랑은 좀 다르네. 대화가 가능할 줄 알았는데."

루카가 말했다.

"이 녀석은 레서야."

레티가 말했다.

"레서?"

"하위종. 더 약하다는 뜻이지. 레서 뱀파이아는 뱀파이어가 다른 사람을 물어서 만들어낸 존재야. 권속이라기보다는 장기말이라고 말하는 편이 좋을걸. 그래서 레서 뱀파이어에게는 지능을 기대하기 힘들어."

"""……."""

"어라? 내 말이 어려웠나? 다시 말하면……."

"아니, 충분히 이해했어. 레티."

내가 말했다. 다른 멤버들도 고개를 끄덕여 동의를 표했다.

"그런데 왜……."

"네가 마도사다운 설명을 하는 게 신기해서 그래."

"뭐?! 마도사답다니, 나는 엄연한 마도사라고! 지금은 비록 B랭크에 머물러 있지만 그건 마법 길드의 할아범들의 똥고집 때문이고, 실제로는 A랭크의 천재 마도사란 말씀이야!"

"랭크는 아무래도 상관없어."

"상관없지 않아! 있거든! 상관 있거든!"

이런, 레티의 폭주 스위치가 켜지고 말았다.

"그럼 출발하자."

"기다려! 알렉! 거기 서래도!"

시끄러운 녀석이다. 이 대목에서 "그래, 그래. A랭크다"라고 대답하면 "대충 말하지 말고!"라면서 화를 낼 게 분명했다. 방치하는 게 제일이었다.

이후, 우리는 안전 구역을 발견해 휴식을 취했다.

"흐윽, A랭크인데……."

하지만 레티는 아직도 혼자서 중얼거리고 있었다.

"레티, 이쪽으로 와봐."

"뭔데."

"됐으니까 빨리."

나는 레티를 끌어안고 딥 키스를 해주었다.

"으읍! 쪽, 그만, 으읍, 응……."

처음에는 싫어하던 레티도 혀를 핥아주자 금세 얌전해졌다. 조교의 산물이다.

"좋아. 이제 얌전히 있어."

"더 해줘……."

"지상에 올라가면."

"으으."

아무리 몬스터가 들어올 수 없는 장소라지만 위험한 건 몬스터뿐만이 아니다.

인간이라면 아무나 드나들 수 있는 장소에서 섹스를 할 수는 없었다.

"그만 자."
"싫어. 남들이 깨있으면 잠이 안 온단 말야."
애들처럼 말하지 마.
레티에게 뭐라고 말해줄까 생각하던 찰나, 문에서 노크 소리가 들렸다.
"안에 누구 계신가요."
젊은 여성의 목소리였다.

제5화
쌍검의 한나

문 너머에서 들려온 소리.
"그래. 있……."
"기다려, 쥬가."
나는 대답하려는 쥬가를 손으로 제지했다.
왜냐하면 옆에 있는 루카가 완전히 굳어버렸기 때문이었다. 호흡조차 멈추고 있었다.
"루카, 루카!"
내가 작은 목소리로 루카를 불렀다.
"으, 응."
"이 목소리, 한나의 목소리가 분명해?"
나는 루카에게 확인을 구했다.
문 너머에서 들려오는 목소리가 누구의 것인지.

"틀림없어. 다만……."

"좋아. 약속대로 대화를 나누게 해줄게. 단, 문은 아직 열지 마. 알겠지?"

"알았어."

나는 루카를 앞으로 보내고 세리나와 이오네를 양옆에 대기시켰다. 물론 두 사람은 검을 뽑아 들고 전투에 대비하고 있었다.

루카의 뒤쪽에는 미나와 쥬가를 배치.

이제 상대가 문을 열고 들이닥치더라도 포위해서 싸울 수 있다.

"저기요, 안에 계시죠?"

"……어, 으응. 있어!"

루카가 대답했다. 상당히 긴장한 눈치였지만 목소리는 또박또박했다. 맡겨도 괜찮을 듯하다.

"다행이다. 갑작스럽게 전투를 치러야 했거든요. 그런데 이 목소리는…… 혹시 루카니?"

건너편의 여자가 말했다.

"맞아, 한나. 나야."

"……그래. 살아있었구나."

"너야말로. 무사했구나. 흐흑. 나는 네가……."

루카의 눈에 눈물이 맺혔다.

"로이드는? 아는 소식 있어?"

한나가 물었다.

"응. 로이드는 무사해. 은퇴했지만."

"그렇구나. 무리도 아니지."

"한나, 어빈과 다른 멤버들은……."

루카가 행방불명된 동료들에 대해 물었다.

"도망치는 데 성공한 건 너와 로이드뿐이야. 그 외에는 전부 죽었어."

"……그래. 그랬구나."

"저기, 루카. 문 좀 열어주면 안 될까? 네 얼굴이 보고 싶어."

"그, 그건……."

루카가 고개를 돌려 나를 쳐다보았다. 나는 고개를 가로저었다.

"한나가 어떻게 지내고 있는지 물어봐."

내가 작은 목소리로 지시했다.

"알았어. 한나, 그날 이후로 어떻게 지냈어?"

"그건……. 너야말로 어떻게 지냈는데?"

"나는 3일 정도 집합 장소에서 기다렸어. 하지만 아무도 오지 않아서 로이드와 함께 지상으로 올라갔지. 아는 사람에게 부탁해서 파티를 짜고 다시 던전으로 들어갔지만 아무도 발견할 수 없었어. 결국 '바람의 검은고양이'라는 파티에 소속돼서 활동하고 있어."

"바람의 검은고양이? 처음 듣는 이름이네."

루카는 그 말을 듣더니 아랫입술을 깨물었다. 현재 우리 클랜의 이름을 모르는 사람은 없다시피 했다. 예외가 있다면 하나는 신입이고, 다른 하나는 던전에 숨어 지내는 자들이다.

나는 루카에게 한나가 어떤 인물인지 들었기 때문에 잘 알고 있었다. 한나는 '백은의 전갈'을 이끄는 신중한 성격의 리더다. 주변의 정보 수집을 게을리할 리가 없었다.

즉, 이 한나는 한나가 아니었다.

"루카? 미안해. 딱히 나쁘게 말할 생각은 없었어."

"아, 알고 있어. 좋은 파티야. 실력도 있고, 다들 성격도 좋아. 조금 이상한 구석도 있지만 말야."

"리더는 실력 있는 사람이고?"

"응. 알렉이라는 녀석이야."

나는 검지를 세워 그 이상은 비밀로 하라고 신호했다. 이쪽의 정보를 누설하는 건 좋지 않았다.

"편성은?"

"어, 그게."

"아……. 하긴 물어보는 것도 실례겠지. 이만 여기서 헤어지자. 로이드한테는 미안하다고 전해줘. 여기에 금화를 놔두고 갈게. 로이드와 반씩 나눠 가져. 그럼 이만."

"기다려, 한나!"

쳇. 루카가 문을 열고 말았다.

"루카……"

문 너머에는 경장비를 착용한 이도류 검사가 있었다.

겉모습은 평범한 인간이었다. 금색 단발에 곱상한 생김새. 북유럽인이 연상되는 새하얀 얼굴.

레이피어를 칼집에 집어넣은 한나는 미소를 지으며 천천히 두 팔을 벌렸다.

집으로 돌아온 아이를 반기듯이. 상냥한 눈빛으로.

"가지 마! 루카!"

마치 빨려 들어가는 것처럼 걸음을 내딛은 루카에게 내가 외쳤다.

루카는 흠칫 하며 걸음을 멈추었다. 매료 효과는 아닌 모양이었다. 스테이터스를 확인해 보니 정상이었다.

"당신이 알렉이구나."

한나가 이쪽을 바라보았다.

"맞아. 지금의 너는 뭐지, 한나."

내가 나지막이 물었다.

"나는……. 지금은 그냥 한나야. 쌍검의 한나. 솔로로 활동하고 있어."

"어떤 정보통으로부터 8층에서 솔로로 PK를 벌이는 모험가가 있다고 들었다. 그게 너냐?"

"아니."

한나는 즉시 부정했다.

"시치미 떼지 마. 너는 B랭크였어. 이 단기간에 솔로로 활동할 만큼의 실력을 키웠다는 건가"

"맞아. 이걸 어떻게 설명하면 좋을지……. 안으로 들어가도 될까?"

"안 돼. 설명부터 해."

"후우, 알았어. 루카한테도 들었겠지만 우리 파티가 괴멸하던 날, 나도 죽을 각오를 했어. 하지만 간신히 도망쳐서 살아남았지. 아니, 살아남고 말았다고 해야겠지."

"그건 됐어. 그렇다면 어째서 지상으로 돌아오지 않은 거지?"

"돌아가려 했어. 하지만 햇빛이 있어서 무리였지. 너라면 이미 이해하고 있을 테지? 나는 흡혈……."

"거짓말!"

루카가 큰 소리로 외치며 한나의 말을 가로막았다.

"그럴 리 없어! 한나는 최강의 모험가야. 흡혈귀를 상대로 질 리가 없다고!"

"맞아. 진정해, 루카. 나는 흡혈귀에게 패배한 게 아니야. 최강의 모험가인 것도 아니지만."

"그럼, 그럼……."

"아니, 흡혈귀로 변한 건 사실이야. 황금색 보물상자를 발견했거든. 함정이 설치되어 있다는 걸 알면서도 그걸 열어버렸지."

흡혈귀가 되는 함정까지 존재하는 건가.

무시무시하군. 나중에 사키에게 내성 스킬을 배우라고 해야겠다.

"어째서?! 너는 절대로 그런 짓을 하지 않아……. 죽을 생각이라도 한 거야?"

"맞아. 동료를 죽음으로 몰아넣었는걸. 나 혼자서 뻔뻔하게 살아남고 싶지는 않았어."

"아니야! 나는 살아있어!"

"그래, 맞아. 하지만 나는 죽음의 세계의 주민이 되어버렸어. 알렉, 루카를 잘 부탁드립니다."

한나가 내 눈을 바라보며 말했다.

"알겠어. 그 부탁은 받아들이지."

"이만 가볼게, 루카. 네 얼굴을 볼 수 있어서 정말 좋았어어. 건강해."

"자, 잠깐……!"

"루카. 약속했을 텐데."

"큭! 아, 아직은 모르잖아."

루카와의 약속.

한나가 설득에 응하지 않았을 경우, 전투도 불사할 것.

한나가 물러나려 했기 때문에 나도 내심은 놓아주고 싶은 마음이 있었다.

하지만 상대는 국왕도 우려하는 PK 솔로다.

이대로 방치하면 언제 다른 모험가가 살해당할지 몰랐다.

"전투 태세! 명령이다."

"알렉!"

자칫하면 루카가 한나 편에 붙을지도 모르는 위험한 상황이었다.

하지만 이대로 시간을 지체할 수는 없었다.

"어쩔 수 없네……."

한나도 양손에 레이피어를 뽑아 들었다.

"물러나, 루카."

"크읏."

내가 전투 개시 명령을 내리려던 그때였다.

"어이! 그 여자를 붙잡아라! 놓치지 마!"

한나의 뒤쪽에서 에스클라도스의 노성이 들려왔다.

뭐, 에스클라도스가 해치워 준다면 뒤탈은 없을 것이다.

나는 그렇게 생각하며 에스클라도스에게 뒷일을 맡기려 했다. 그런데 그때, 어둠 속에서 녹색의 로브를 입은 금발의 여전사가 나타나 한나의 몸을 베었다.

"끄흑!"

"한나!"

제6화
흡혈귀

나는 한나가 PK 솔로일 것이라고 생각했다.

하지만 에스클라도스는 한나에게 눈길도 주지 않고 녹색의 로브를 입은 검사를 쫓아갔다.

아무래도 저 녀석이 진범이었던 모양이다.

"젠장, 쌍검을 쓰는 흡혈귀가 또 있었던 건가. 전투 개시! 한나가 아니라 저 녹색의 검사다!"

나는 사람을 잘못 봤음을 깨닫고 지시를 내렸다.

"후후, 여기에도 맛있는 먹잇감들이 있구나. 심지어 다들 미인인걸. 아아, 나는 운도 좋지!"

진범인 흡혈귀가 고양된 목소리로 말했다.

"저 맛없어 보이는 남자만 없으면 완벽했을 텐데. 방해다, 대머리."

혐오에 찬 표정으로 나를 바라보는 흡혈귀.

"시끄러워. 누구더러 대머리라는 거냐! 샤인 플래시!"

나는 양손을 머리에 대고 성속성 마법 스킬을 발동시켰다. 제길. 왠지 마음에 안 드는 스킬이다.

어쨌든 나는 대머리가 아니다. 어릴 적부터 이마가 조금 넓고, 머리의 볼륨이 살짝 부족하긴 했지만 그뿐이다.

정수리는 아직 풍성했다.

"꺄아아악! 뭐, 뭐야, 이 빛은! 이건 마치 지상의, 지상의, 아아아! 불타고 있어!"

레벨 5짜리 스킬이다. 태양빛에 버금가는 효과가 있는 것이겠지.

피부에서 연기가 피어오르자 당황한 흡혈귀가 로브로 몸을 감추었다.

"잡았어요!"

흡혈귀가 얼굴을 가려 시야가 차단된 사이, 이오네의 일격이 깔끔하게 적중했다.

"크윽! 아니, 아직이다아아!"

"꺄악!"

옆구리를 베인 흡혈귀는 힘에 맡긴 반격으로 이오네에게 피해를 입혔다.

역시 8층에서 솔로로 A랭크 파티를 습격하던 괴물이다. 쉽게 이기기는 어려워 보였다.

"다음은 내 차례다!"

적절한 타이밍에 쥬가가 다음 일격을 넣었다. 상대의 추격을 막고 피해까지 입히는 데 성공했다.

좋았어.

"약해빠진 인간 주제에!"

"우옷?!"

쥬가는 투 핸디드 소드로 흡혈귀의 공격을 멋지게 막아냈지만 뒤쪽으로 날아가 벌이고 말았다.

엄청난 완력이다.

"함부로 막아내지 마! 상대의 힘은 인간의 레벨이 아니야."

내가 지시르 내렸다.

알고는 있었지만 겉모습이 인간이다 보니 무의식중에 힘이 조절되어 버리는 모양이었다.

"이 녀석! 큭, 빨라!"

세리나가 공격을 시도했지만 빗나가고 말았다.

"방해다, 쓰레기 놈들! 나를 방해하면 너희부터 없애주겠어!"

뒤쫓아 온 에스클라도스가 전투에 난입해 외쳤다. 협력해서 싸울 생각은 제로인 모양이었다. 귀찮게 됐군.

차라리 에스클라도스를 해치워 버릴까도 생각했지만, 그래도 상대는 A랭크 모험가다. 흡혈귀와 함께 적으로 돌린다면 우리도 큰 피해를 입을 것이다. 사망자가 나올지도 몰랐다.

"전위, 물러나!"

나는 파티를 책임지는 입장이므로 감정보다 이성적인 판단을 우선시해 지시를 내렸다.

"형님! 우리 사냥감을 저렇게 내줘도 돼?"

"됐으니까 양보해 줘, 쥬가. 대신에 얼른 해치워, 에스클라도스."

"내게 명령하지 마라. 다크 카타스트로프!"

에스클라도스의 검에서 새까만 빛이 뿜어져 나와 흡혈귀를 비스듬히 베어버렸다.

"캬아아아아아아악!"

"흥. 별거 아니군."

에스클라도스는 바닥에 추락한 흡혈귀를 쳐다보지도 않고 검을 집어넣었다.

"아직이다! 에스클라도스!"

흡혈귀는 아직 움직이고 있었다.

"뭐라고? 으윽!"

에스클라도스의 복부에 흡혈귀의 레이피어가 박혔다.

"아하하하하하핫! 방심했구나, 인간. 내가 언데드라는 사실을 잊어버린 것이냐?"

"제길, 언데드라도 육체 자체를 소멸시켜 버리면 돼! 다크 카타스트로프!"

"치잇!"

흡혈귀의 한쪽 팔이 날아갔지만 치명상은 아니었다.

애먹고 있네, 에스클라도스.

에스클라도스의 기술은 위력은 강해도 범위가 좁았다.

"자, 이제는 너희들과도 놀아줘야겠지. 후훗, 후후후!"

"네 쪽으로 갔어, 세리나."

"나한테 맡겨. 스타라이트 어택!"

좋아, 맞았다.

"아악! 하지만 이 정도 상처로는, 어어어?!"

오른팔에 부상을 입은 흡혈귀가 팔을 억누르며 당혹스러운 표정을 지었다.

자, 세리나의 일격필살 스킬은 이 녀석에게도 통할 것인가?

"아아앗, 이럴 수가, 퍼져 나가고 있어! 잠깐, 이건 붕괴?! 크윽!"

호오. 흡혈귀가 자신의 팔을 뜯어버렸다. 그러자 스타라이트 어택의 필살 효과는 뜯겨 나간 팔을 소멸시키는 데서 그쳤다.

거유라서 멍청할 줄 알았는데 의외로 두뇌 회전이 빠른 흡혈귀다.

하지만 이것으로 흡혈귀는 두 팔을 잃고 말았다.

더는 쌍검을 사용할 수 없었다.

"놓치지 마! 이오네, 세리나, 뒤쪽에 있는 문을 지켜."

""알았어!""

이 에리어의 입구는 앞뒤로 각각 하나뿐.

이것으로 흡혈귀는 독 안에 든 쥐였다.

나머지는 시간 문제다.

"멍청한 것!"

흡혈귀가 공중으로 뛰어올랐다.

"이런?!"

"위험해요, 주인님!"

"이 바보! 오지 마, 미나!"

미나가 흡혈귀로부터 나를 지키기 위해 뛰어들었다.

내게는 내성이 있어서 물리더라도 아무런 문제가 없건만. 먼저 말해둘 걸 그랬다. 제길.

"아윽."

미나가 흡혈귀에게 물리고 말았다.

"내가 상대할게. 다른 사람들은 뒤로 물러나."

쓰러져 있던 한나가 말했다. 살아있었던 모양이다. 아니지. 이 녀석도 흡혈귀, 즉, 언데드였다.

한나에게 상대해 달라고 부탁하는 편이 안전하겠군.

"시끄럽다! 나를 방해하지 마!"

"에엑?! 자, 잠깐! 큭!"

격앙된 에스클라도스가 한나를 공격해 왔다. 누구를 공격하는 거야!

"아하하하! 좋아, 아주 좋아. 빈틈이다!"

뒤를 잡은 흡혈귀가 에스클라도스의 발을 깨물었다.

이 자식. 승산이 없다는 걸 깨닫고 감염에 올인할 생각이구나.

"흡혈귀화를 노리고 있어! 나와 한나가 상대하겠다. 다른 녀석들은 물러나."

""알았어!""

""알았어요!""

다른 멤버들을 뒤로 물리고, 반대로 나는 앞으로 나왔다.

"자, 너도 오늘부터 흡혈귀란다."

흡혈귀가 내 팔을 물었다. 하지만 나는 팔에 달라붙은 흡혈귀에게 태연한 목소리로 말했다.

"겨우 그걸로 되겠어? 자, 더 빨아봐."

"크, 도대체 뭐지, 이 신선한 피는! 이런 맛은 처음이야! 풍미와 감칠맛이 느껴져……!"

"잘됐네. 그럼 죽어라."

나는 흡혈귀의 심장 깊숙히 내 검을 박아 넣었다.

그리고 여기에서 끝이 아니었다.

"한나. 루카 뒤에 숨어있어."

나는 아이템 가방에서 모피를 꺼내 한나에게 건네주었다.

"알았어."

한나는 내가 무슨 짓을 하려는지 이해한 모양이었다. 똑똑한 여자다.

"끝이다. 샤샤샤샤샤샤샤샤샤샤샤샤샤샤샤샤샤샤인 플래시!"

[초고속 혀놀림]을 이용한 연속 영창. 스킬 고속화까지 사용했기 때문에 더욱더 빨랐다. 1초에 10번에 가까운 플래시가 터졌다.

이윽고 눈부신 섬광이 잦아들었을 때, 흡혈귀는 흔적도 없이 사라져 있었다.

끝났군.

"자, 결판은 났다. 이제 불만은 없겠지, 에스클라도스."

나는 협상을 하기 위해서 에스클라도스가 있는 곳으로 고개를 돌렸다.

"어라?"

하지만 그곳에는 칠흑의 검과 갑옷이 떨어져 있을 뿐, 에스클라도스는 어디에도 없었다.

“이봐, 에스클라도스는 어디로 갔어?”

“그게…….”

“보드! 어디 계십니까, 보스!”

에스클라도스의 파티원들도 당황하며 주변을 둘러보았다.

“내가 문을 지키고 있었으니 어디로 가지는 않았을 거야. 이건 추측인데…….”

세리나가 조심스럽게 입을 열었다.

“뭔데? 말해봐, 상관없어.”

“응. 에스클라도스는 방금 전에 흡혈귀한테 물렸었잖아?”

“맞아, 그랬지.”

잠깐. 그 말은 흡혈귀로 변한 에스클라도스가 내 공격으로 소멸해 버렸다는 건가? 어이쿠…….

본의 아니게 PK를 해버렸군.

이렇게 된 이상 에스클라도스가 흡혈귀로 변해서 나를 습격한 셈 치자.

“보스가 사라졌어…….”

에스클라도스의 노예들이 서로의 얼굴을 마주보더니 마지막으로 나를 쳐다보았다.

“어, 그게 말이지. 고의는 아니었어.”

나는 한 손을 들어서 그들을 진정시켰다.

실력은 엑스클라도스보다 뒤떨어질지 몰라도 다들 A랭크 파티의 멤버다. 이들과 전투를 치르게 되면 힘겨운 싸움이 될 것이다.

"""감사합니다!"""

하지만 예상과 달리 일제히 머리를 숙이는 노예들.

"응? 그래, 알았다."

에스클라도스도 부하들로부터 원한을 사고 있었던 모양이다. 얼마나 혹사를 시켰으면 그랬을까. 뭐, 그렇다면 이들도 우리와 입을 맞춰줄 것이다.

"잠깐만! 미나도 방금 전에 물렸잖아!"

바로 그때, 세리나가 날카로운 목소리로 외쳤다.

제7화
미나

우리를 습격한 PK 솔로, 흡혈귀를 쓰러트린 것까지는 좋았다.

하지만 나는 흡혈귀가 되어버린 모험가까지 소멸시켜 버리고 말았다.

심지어 미나도 흡혈귀에게 물려 있었다.

나는 얼굴에서 핏기가 가시는 것을 느끼며 주변을 둘러보았다.

"미나!"

없다. 그럴 수가.

"주, 주인님! 여기에요!"

미나가 모포 안쪽에서 모습을 드러냈다. 한나가 함께 숨겨주고 있었던 모양이다. 정말로 유능한 녀석인걸.

"다행이다……!"

"꺄악!"

나는 미나를 와락 끌어안았다.

미나는 나의 첫 동료이자, 첫 경험 상대다. 누구보다 사랑하는 연인이다. 바꿀 수 없는 존재라는 것을 깨닫고 말았다.

"왠지 질투가 나는걸."

"그러게요."

"뭐야, 알렉. 미나가 그렇게 소중했구나."

"당연하지. 물론 너희도 똑같이 소중해."

내가 진지한 얼굴로 말했다.

"저, 저희도 똑같이……."

"우와, 닭살 돋았어."

쑥스러워하는 여성진들. 가끔은 이런 반응도 귀엽구만.

"자, 캠프를 설치하자."

이제 뒤처리를 할 시간이었다.

에스클라도스의 유품은 그의 파티원들에게 건네주었다. 내가 녀석의 장비를 챙기거나 팔아치운다면 다른 모험가들로부터 무슨 소리를 들을지 모르니까.

물론 에스클라돈스의 전 부하들과는 제대로 입을 맞춰놓았다. 나와 절친했던 에스클라도스는 흉악한 PK 솔로 흡혈귀에게 습격당한 나를 지키려다 안타까운 죽음을 맞이한 것이다.

죽은 자는 말이 없는 법.

반면에 그 흡혈귀는 아무런 아이템도 드랍하지 않았다.

원래는 인간이었을 것이다.

흡혈귀가 사용하던 장비도 반파되어 쓸만한 건 건지지 못했다.
그나마 스킬 카피만이 유일한 희망이었다. 쓸만한 스킬을 복사했다면 좋을 텐데.
하지만 그 전에.
"미나, 스테이터스를 확인할게."
"네."

〈이름〉 미나 〈레벨〉 35
〈클래스〉 수조검사/쿠노이치 〈종족〉 견인족
〈성별〉 여자 〈연령〉 18
〈HP〉 753/753 〈상태〉 흡혈귀
[해설]
버니어 출신의 견인족 소녀.
충실하고 성실한 성격. 비선공.
클랜 '바람의 검은고양이' 소속.
알렉의 노예.

HP는 최고치였지만 상태가 흡혈귀로 변해 있었다. 최대 HP도 이전의 두 배로 상승했다.
문제는 이것이 스킬에 의한 변화인가 하는 점이다. 스킬이라면 일반 스킬인지 레어 스킬인지도 중요했다.
만약 일반 스킬인 [흡혈귀]라면 [파티 스킬 리셋]으로 지워버릴 수 있었다.

나는 그 가능성에 걸고 스킬 창을 확인해 보았다.

[흡혈귀☆ LV3] New!

생각만큼 간단하게 풀리지는 않는군.

"레어 스킬인가 보네……."

세리나가 안타깝다는 듯이 말했다.

"저, 저기, 주인님."

미나가 식은땀을 흘리며 겁먹은 눈으로 나를 바라보았다.

"바보야. 어떤 상황에 처하더라도 너를 버릴 생각은 없으니까 안심해."

나는 미나를 끌어안으며 머리를 쓰다듬어 주었다.

"주인님……. 흐흑. 고맙습니다."

"불사화한 건 그렇다 쳐도 태양빛은 어떻게 대처하게?"

레티가 대놓고 물었다. 하긴, 중요한 문제다.

"스킬로 해결해 볼 생각이야."

마스크나 모자를 쓰는 선택지도 있겠지만 자칫 벗겨지기라도 하면 위험했다.

한나는 그런 리스크를 피하기 위해서 지하에서 생활해 왔지만, 그것도 쉽지는 않았을 것이다.

"미나. 뭔가 떠오르는 스킬 없어?"

개인에 따라 배울 수 있는 스킬이 다르기 때문에 본인에게 맡기는 수밖에 없었다.

흔해빠진 스킬 말고도 [태양 내성] 같은 레어 스킬이 있을지도 모르니까.

"[햇살 방지], [성속성 내성]이 있네요."

"그래, 배워. 포인트는 내가 나눠줄게."

"고맙습니다. 하지만 [햇살 방지]는 제 포인트로도 배울 수 있어요."

"됐으니까 배울 수 있는 건 전부 최고 레벨까지 올려. 명령이다."

여기서 포인트를 아꼈다가 나중에 미나가 소멸하기라도 하면 후회하는 정도로는 끝나지 않는다.

"알겠습니다, 주인님. 반드시 갚을게요."

"싱경 쓰지 마, 미나. 한나. 너한테도 포인트를 줄게."

"포인트라는 건 스킬 포인트를 말하는 거야?"

"그래. 일단 1만이다. 쓸만해 보이는 스킬이 있으면 말해."

"이렇게나 많이……. 어, 어떻게 이만한 포인트를……."

카피와 리셋에 관해 모르면 이렇게 놀랄 수밖에 없나.

"내 스킬이다."

"그렇군요. 큰 빚을 졌네요."

"됐어. 잠자리에 어울려 주면 공짜로 해줄게."

"아뇨. 그건 됐으니 돈으로 부탁드릴게요."

빙그레 웃으며 거절하는 칸나.

쳇. 역시 리더를 하던 녀석이라 그런지 빈틈이 없었다.

"그러면 지상으로 돌아가자."

한나를 끌어안고 엉어 울던 루카도 그동안 쌓인 이야기가 많았을 것이다. 무엇보다 스킬을 습득한 미나가 태양빛을 받아도 괜찮은지 확인해 봐야 했다.

4층의 로그하우스에서 하룻밤을 보낸 우리는 다음 날이 되어 1층에 도착했다. 시계 스킬은 아침 9시를 가리키고 있었다. 마침 해가 떠오를 시간대였다.

"그러면 햇빛에 살짝 비춰서 괜찮은지 확인해 보자. 문제가 있으면 세리나와 이오네가 바로 모포를 덮어줘."

"알았어."

"네."

미나와 한나가 조마조마한 걸음으로 1층의 입구 계단을 향해 다가갔다.

왕성의 장엄한 분위기가 풍기는 장소. 이곳으로 새어 들어오는 햇살은 모험가에게 있어 지상을 의미하는 희망이자, 신성함이자, 따스함 그 자체였다.

미나가 그 운명의 빛줄기로 조심스럽게 손을 뻗었다.

긴장되는 순간.

미나는 언제나 내 옆에 있어주었다. 내가 아무런 말을 하지 않아도 앞장서서 나를 챙겨주었다.

아침에 세수를 하기 편하도록 물통과 수건을 챙겨주고, 주전자와 꽃병에 물을 채워주고, 청소와 세탁을 해주고, 장비를 갈아입는 것을 도와주고, 귀를 파주고, 손톱을 깎아주었다. 침대를 가지런히 정돈해 주고, 식후에 차를 끓여주고, 함께 체스를 두고, 끝말잇기를 하고, 정말로 사소한 일을 가지고 둘이서 후훗 웃기도 했다.

어느샌가 그것이 당연한 일상이 되어 있었다. 나는 그런 두 사람의 시간을 잃고 싶지 않다고 절실하게 생각했다. 무엇보다 미나를 외롭고 슬프게 만들고 싶지 않았다.

부탁합니다, 안경 여신이여. 그리고 이 세계의 신들이여. 제발 저 아이를……. 나는 주먹을 움켜쥐고 기도했다.

마침내 미나의 손이 태양빛에 닿았다.

"……어때?"

"일단은 괜찮은 것 같아요."

"저도 괜찮아요."

"쓰라리거나 하지는 않고?"

"네."

"아픔은 없어요."

"그러면 조금 더 노출시켜 보자. 세리나, 방심하지 마."

"알고 있어."

이번에는 미나가 태양빛에 몸을 노출시켰다.

샤워를 하듯 눈을 감고서 두 팔을 벌리는 미나.

……아무 일도 일어나지 않았다.

"주인님, 괜찮은 것 같아요!"

미나가 눈을 반짝이며 외쳤다.

"그래. 다행이다!"

나도 진심으로 안도했다.

"뭐라고 감사의 말씀을 드려야 할지……."

한나도 비슷한 심정이었는지 자신의 가슴에 손을 얹고 평온한 얼굴로 말했다.

"됐어. 잠자리에 어울려 주면 그걸로 충분해."

내가 쿨하게 말했다.

"돈으로 갚도록 할게요."

빙그레 웃으며 거절하는 한나.

정말로 빈틈이 없는 여자다.

뭐, 초조해할 필요는 없었다. 기회는 반드시 찾아올 것이다. 만난 지 얼마 되지도 않은 사이니까.

지상으로 돌아온 첫날에는 목욕탕에 들어가 피로를 풀었다. 다음 날에는 왕성에서 호출이 있었다.

"젠장. 그 국왕. 감이 좋긴 좋구나."

왕성의 살풍경한 응접실로 향하자 국왕이 득의양양한 미소를 지으며 앉아있었다. 이번에도 혼자였다.

"알렉, 역시 해냈잖나."

"어쩌다 잘 풀렸을 뿐입니다. 게다가 꽤 위험했어요. A랭크 파티의 에스클라도스도 목숨을 잃었습니다."

"그래. 나도 아쉽게 생각하고 있다. 흡혈귀에게 물렸다더군."

"예."

에스칼리도스의 노예에게 구체적인 사정을 들은 모양이다.

"그와는 한 번쯤 실력을 겨뤄보고 싶었는데 결국 기회가 없었군. 투기장에서도 우승을 노려볼 만한 실력자라고 생각했는데……. 역시 그 던전은 얕볼 수가 없군. 흡혈귀라니."

"예……."

진지한 표정으로 고개를 끄덕이기는 했지만, 이 이야기는 빨리 끝내버리고 싶었다. 한나와 미나가 흡혈귀가 되어버린 상태이므로 만약 국왕이 '모든 흡혈귀를 퇴치해야 한다'라고 말하면 귀찮아진다.

"뭐, 이걸로 위험한 PK도 줄어들겠지. 잘해 주었다. 포상을 내리마."

내 심정을 아는지 모르는지 국왕은 씨익 웃으며 내게 50만 골드를 건넸다. 그래도 이 국왕은 씀씀이가 커서 좋았다.

"말해두지만 제논의 떨떠름한 표정을 무릅쓰고 조달한 돈이다. 나도 긴축 중이라 한동안은 퀘스트를 내주기 힘들 거야."

당분간 국왕의 퀘스트는 없겠군.

"그거 좋은 소식이군요."

"이놈이."

국왕이 주먹을 움켜쥐었지만 시늉뿐이었다.

"알렉, 네게 행운을 기도하마. 너라면…… 아니, 아무것도 아니다."

국왕은 뭐라고 말하려다 입을 닫았다. 우리가 '돌아올 수 없는 미궁'을 완전히 클리어할 수 있을지도 모른다는 이야기였을까? 하지만 클리어에 집착하면 오히려 발목을 잡힐 수도 있었다.

던전 공략은 앞으로도 평소처럼 해나갈 예정이다.

던전도 언제나처럼 우리를 맞이해 주겠지.

나는 목례한 뒤 왕성을 뒤로했다.

에필로그
관전

루카가 내 방 침대에서 얼굴을 붉히며 옷을 벗고 있었다.

지금부터 섹스를 할 예정이다.

나는 루카의 절친이자 파티의 리더였던 한나를 구해주었다.

그러므로 루카는 나에 대한 감사의 마음을 '몸으로' 보답할 의무가 있었다.

"알렉, 부탁이 하나 있는데."

"그래. 말해봐."

"한나는 남자와 잘 어울리는 성격이 아니야. 그러니 무리해서 꼬드기지는 말아줬으면 좋겠어. 그 대신이라고 말하면 화낼지도 모르지만 내가 몸으로 갚을게. 뭐든 말만 해."

루카가 어깨를 으쓱하며 제안했다. 루카의 갈색 유방이 그 동작에 맞춰 흔들렸다.

"좋은 마음가짐이야. 약속하지. 무리해서 꼬드기진 않을게."

물론 천천히, 끈질기게 꼬드겨서 반드시 침대까지 끌어들일 생각이지만.

"고마워! 그리고 한나도 '바람의 검은고양이' 클랜에 가입하고 싶다더라. 한나도 가입시켜 줬으면 좋겠어."

"그건 쉽지. 나야말로 한나라면 대환영이야."

대환영이고말고. 여러 가지 의미로.

"고마워. 정말로……. 알렉……."

루카가 나를 바라보며 중얼거렸다. 감격에 찬 모양이었다. 나도 덩달아 기분이 좋아졌다.

"아, 그러면 오늘은 뭘 하면 될까?"

"됐어, 루카. 너는 아무것도 안 해도 돼. 대신 오늘은 한나가 네 플레이를 관전해 주기로 했어."

"뭐?"

이해가 되지 않았는지 루카는 멍한 얼굴로 눈을 깜빡였다.

"한나, 나와도 좋아."

내가 뒤를 돌아보며 말했다. 그러자 한나가 숨어있던 옷장 안에서 걸어 나왔다.

"어…… 가능하면 몰래 엿보고 싶었는데……."

"하, 하, 한나!"

루카가 얼굴을 새빨갛게 물들이며 허둥거렸다. 후후, 좋은 표정이다.

"옷장에 있으면 보기 힘들잖아. 루카가 억지로 당하고 있는지 아닌지 똑바로 지켜보도록 해."

"알았어. 미안해, 루카."

"어어어어어?"

"그럼 시작하자, 루카."

"자, 잠깐만. 안 된대도, 한나가!"

섹스에 익숙한 루카로서도 한나가 쳐다보는 이 상황은 받아들이기 힘든 모양이었다.

"됐으니까 빨리 시작해."

루카를 여기에서 엉망진창으로 만들어 주면 한나도 "나도 하고 싶어졌어……."라고 말하는 전개로 이어질지도 몰랐다.

나는 루카의 뒤로 돌아가 옷을 벗겼다. [벗기기 LV5] 스킬을 익히고 있어서 저항하든 말든 상관없었다.

"아앗, 잠깐, 그만, 아앙!"

팔짱을 끼고 포커 페이스를 유지하고 있는 한나. 나는 그런 한나에게 과시하듯이 루카의 가슴을 주물렀다. 젖꼭지도 꼬집어 주었다.

"으읏, 아앙! 그거, 안 돼앳, 너무 좋아!"

완전히 조교되어버린 루카는 한나가 보고 있음에도 불구하고 달콤한 비명을 내지르며 민감하게 반응했다. 히죽, 웃어 보인 나는 루카의 다리를 움직여 M자로 만들었다. 그런 다음 뒤쪽에서 가랑이 사이를 괴롭혀 주었다.

"으앙! 끄윽, 아앗, 보, 보면 안 돼, 한나, 안 돼애……!"

루카는 거칠게 날뛰었지만 나도 그런 루카를 힘으로 억누른 채 집요하게 가랑이 사이를 애무해 나갔다. 이윽고 움찔움찔 경련한 루카는 힘을 잃고 축 늘어져 버렸다. 루카의 그곳은 축축하게 젖어있었다.

"좋아. 잘 익었네. 이걸로 1분이다."

한나는 어깨를 가볍게 으쓱일 뿐이었다.

그리고 나는 후배위로 루카에게 삽입해 앞뒤로 움직이기 시작했다.

"흐앙, 핫, 하앙, 한나가, 끄윽, 보고 있는데도, 아앗!"

루카도 자신의 새로운 일면을 자각했는지 흥분하기 시작했다. 위쪽과 아래쪽 입에서 침을 질질 흘려가면서 스스로 허리를 움직이는 루카.

"루카. 내가 지금까지 너를 억지로 범한 적이 있던가?"

나는 루카에게 한나가 확인하고 싶어했던 사실을 물어보았다.

"어, 없어. 유혹을 받으면, 나도 흥미가 동해서, 끄흑, 아앙!"

루카의 단련된 복근이 움찔움찔 경련했다.

"루카는 검을 잘 다루거든. 굳이 잠자리를 같이하지 않아도 어엿한 우리 파티의 레귤러다. 본인이 원하니까 이렇게 몸을 섞고 있을 뿐이지."

"으, 응, 더 박아줘! 알렉, 끄윽, 이제, 갈 것 같아!"

한나가 지켜보는 가운데, 루카는 내게 절정을 요구해 왔다.

"좋아. 자, 가라."

"아아아아앗! 끄으윽!"

루카는 여느 때보다 빠르게 절정을 맞이하고 말았다.

"어때?"

나는 관전하고 있던 한나를 바라보았다.

"그래. 딱히 문제는 없어 보이네. 고마워, 알렉."

"앗, 이봐."

가버리고 말았다. 젠장. 조금 더 느긋하게 즐길 걸 그랬나. 다음에 다시 한번 제안해 보기로 하자.

나는 새로운 관전 플레이를 계획하기 시작했다.

다음 편 예고 제13장 (숨겨진 루트) 리더는 넘기지 않아

프롤로그

남아도는 전위

‘돌아올 수 없는 미궁’ 제8층.

불길한 보라색 석벽은 조명에 따라 마치 핏빛으로 보이기도 했다.

미궁을 계속 나아가면 복잡하게 얽히고설킨 통로가 모험가의 걸음을 막아선다. 정적에 휩싸인 던전은 발을 들이는 자에게 무언의 압력을 가하는 것처럼 보였다.

선두에서 걸어가던 미나가 걸음을 멈추고 말했다.

“주인님, 앞에서 데몬의 냄새가 나요. 세 마리예요.”

“좋아. 눈치채지 못하게 접근해서 선수를 치자.”

내가 작은 목소리로 동료들에게 작전을 전달했다.

말 없이 고개를 끄덕인 멤버들은 검을 뽑아 들고 기습을 준비했다.

바로 그때, 금발의 이도류 여검사가 혼자서 앞으로 돌진하려 했다.

“한나, 너무 앞으로 나왔어.”

“아니, 세 마리라면 나 혼자서도 처리할 수 있어. 전위로서 내 실력이 어느 정도인지 봐줬으면 좋겠어.”

"무리하지 마, 한나. 서두르지 않아도 이 파티는 네 실력을 제대로 봐줄 거야."

루카가 말렸다. 하지만 한나에게도 생각하는 바가 있을 것이다. 한나는 흡혈귀가 되었기 때문이 부상이 조금 심하더라도 죽거나 하지는 않았다.

"알았어. 그러면 보여주고 와."

"응. 맡겨 둬."

더욱더 앞으로 나아가는 한나. 통로의 모퉁이를 돌자, 박쥐처럼 천장에 달라붙어 있던 악마가 일제히 한나를 엄습해 왔다.

""키야아아아악!""

"팽이의 춤."

한나가 발레리나처럼 빙글빙글 회전하며 데몬들 사이를 우아하게 스쳐 지나갔다.

"하하! 피하기만 해서는 우리에게 이길 수 없다, 계집!"

"그래? 공격당했다는 사실도 알아채지 못한 것 같네. 그런 실력으로는 나한테 이길 수 없어."

자리에 멈춰 선 한나가 말했다.

"뭐라고?!"

이윽고 자신의 몸을 내려다본 데몬은 가슴에 붉은색의 Z자가 새겨져 있다는 사실을 깨달았다. 치명상이었는지 데몬은 다음 말을 내뱉지도 못하고 연기로 변하고 말았다.

"이, 이 여자가! 어느 틈에! 이렇게 되면 협공이다!"

"알았어! 죽어라, 인간! 핫하!"

좌우에서 남은 두 마리의 악마가 돌격해 왔다. 하지만 한나는 당황하지 않고 양팔을 벌려 두 개의 레이피어로 악마를 정확하게 꿰뚫었다.

"클리어!"

"해냈어! 굉장해, 한나!"

루카가 주먹을 불끈 움켜쥐며 기뻐했다. 확실히 제법이었다. '백은의 전갈'의 리더를 맡았다는 사실이 납득될 만한 실력이었다.

"훌륭했어요. 검을 휘두르는 속도가 빨라서 눈으로 쫓기 어려울 정도였어요."

이오네가 감탄한 듯 말했다. 내 눈에는 검이 번쩍이는 모습밖에 보이지 않았다. 대단한 스피드다.

"나한테는 일격으로 보였는데, 사실은 세 번이나 맞혔었구나."

세리나도 어깨를 으쓱이며 웃었다. 강한 동료가 가입했다는 사실이 순순하게 기쁜 듯했다.

"그렇게 강하게 베는 것처럼 보이지는 않던데?"

쥬가가 고개를 갸웃했다. 파워보다는 스피드형 전사라고 보면 될 것이다.

"한나는 전위와 후위 중 어디가 좋아?"

사키가 한나에게 희망하는 포지션을 물었다.

"나는 아무 곳이든 상관없어. 하지만 이 파티에는 루카, 미나, 세리나, 이오네, 쥬가까지 전위가 다섯 명이나 있으니 후위로 가는 편이 좋아 보이네."

"그러게."

"그렇네요."

한나가 가입하기 전부터 전위는 2열로 배치해야 할 정도로 인원이 많았다. 그래도 이 던전은 통로의 폭이 넓은 편이지만, 검을 휘두르는 간격도 감안해야 하니 몇 명씩이나 같은 대열에 배치할 수는 없었다. 몬스터에 따라서는 아무것도 하지 않고 전투가 끝나는 경우도 있었다.

다음에는 활잡이를 동료로 삼아볼까, 하고 생각하는데 리리가 내게 말했다.

"있잖아, 알렉. 멤버가 이렇게 많으면 나는 여관에서 놀아도 되지 않아?"

멤버가 남아돈다는 느낌이 없지는 않지만, 그렇다고 리리를 뺄 수는 없었다. 어차피 램프 담당이 한 명은 필요하고, 전투원에게 램프를 들려주면 효율이 급감하니 리리가 최적이었다.

"뭐, 천천히 생각해 보자."

"에엑? 알렉은 맨날 그 소리더라. 오늘은 제대로 정해 줘."

"알았어, 알았어. 자, 사탕이다, 리리."

"우와~. 맛있어."

만족스럽게 사탕을 빨고 있는 리리를 쳐다보면서 세리나가 말했다.

"알렉. 슬슬 1군 멤버를 교체하는 것도 괜찮지 않겠어?"

"흐음."

전투 배치를 감안하면 세리나의 의견도 일리가 있었다.

"주, 주인님, 색적 담당은 꼭 필요하시죠?!"

1군에서 빠지게 될까 봐 걱정했는지 미나가 초조한 얼굴로 달려왔다.

"물론이지. 네가 빠질 일은 없으니까 안심해, 미나."

색적이 아니더라도 가장 충실하고 믿음직스러운 미나를 뺄 생각은 없었다.

"뭐, 천재 마도사인 나는 고정 멤버라고 쳐도, 확실히 전위가 많은 것 같기는 하네."

레티가 고깔모자를 매만지며 말했다. 천재인지 아닌지는 모르겠지만 틀린 말은 아니었다.

"형님, 내 움직임도 흠잡을 데 없지?"

쥬가가 자신만만하게 웃어 보였다. 확실히 쥬가는 의족을 차고도 아무런 문제없이 활약하고 있었다. 다만, 1군이라면 역시 최강 멤버로 구성해야 되지 않을까라는 생각도 들었다.

"저는 2군이라도 상관없어요. 2군에도 교육을 해줄 사람이 있으면 좋지 않을까요."

이오네가 조심스럽게 말했다. 2군의 리더를 맡기는 것도 나쁘지 않은 생각이다. 하지만 이오네는 우리 파티 최강의 검사이니 뺄 수가 없었다.

"흐음, 누구를 빼는 게 좋을까. 꽤 어려운걸……."

"그러게. 실력도 레벨도 다들 비슷비슷한 것 같고."

세리나와 사키가 팔짱을 끼고 고미에 빠졌다. 당장은 결정하기 힘들어 보였다.

"좋아, 이번 건은 지상에 돌아가서 생각해 보자. 이곳은 던전이야. 긴장을 늦추지 마.”

““알겠습니다!””

““알겠어!””

우리는 1군의 멤버를 정하기 위해서 잠시 지상으로 돌아가기로 했다.

뭐, 사실은 누가 1군이든 상관없었다. 2군과도 여관에서 매일같이 얼굴을 맞대고 있다. 여차하면 잠자리 순서처럼 로테이션을 해도 괜찮고.

멤버끼리 사이도 좋은 편이니 어떤 결과가 나오든 다툴 일은 없을 것이라고 나는 확신하고 있었다.

진짜 문제는 따로 있었다. 나는 뒤를 돌아보았다.

이곳은 8층이다. 몬스터도 위층보다 강해졌지만 그래도 우리는 잘 싸우고 있었다. 드넓은 미궁의 매핑도 거의 끝나가고 있었다.

하지만 이 너머에 있다는 9층에는 A랭크 파티를 포함한 그 어떤 모험가도 도달한 적이 없었다. 500년 전 그랑소드 왕국의 초대 국왕이 남긴 전설만이 존재할 뿐이었다. 세라도 벌써 몇 년째 이 던전을 탐색 중이라고 말했다.

도대체 어째서지?

8층의 보스가 너무나도 강해서일까?

아니면 9층으로 이어지는 계단 같은 건 애초에 존재하지 않았던 걸까?

“알렉, 왜 그래?”

세리나의 말을 듣고 나는 생각을 중단했다.

이 앞에 무엇이 기다리든 지금의 나라면, 아니, 우리라면 이겨낼 수 있을 것이다.

어디 한번 해보자 이거야.

나는 결의를 다지며 미궁을 빠져나왔다.

4권 완결

Now Loading……

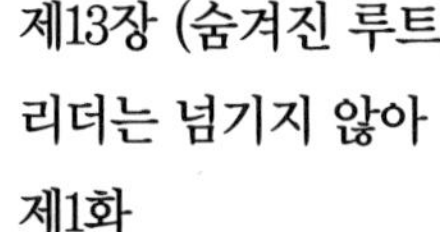

제13장 (숨겨진 루트)

리더는 넘기지 않아

제1화

멤버 회의

단편1 미나의 산속 닌자 수행

주인님을 지키고 싶어.

얼마 전부터 그런 생각이 들기 시작했습니다.

저희 주인님은 국왕 폐하께 검으로 협박을 당하기도 하고, 던전에서 위험한 상황에 처한 적도 많습니다. 무엇보다 견인족인 제가 여관에 침입한 닌자의 냄새를 맡지 못했다는 사실이 너무나도 분했습니다. 주인님께서 색적이라는 중요한 역할을 맡겨 주셨건만, 저는 임무에 실패하고 말았습니다.

하지만 주인님은 그런 저를 혼내지도 않으십니다. 혼내기는커녕 "신경 쓰지 마."라며 멋진 목소리로 위로해 주셨습니다. 주인님은 타인을 대하는 것이 서투를 뿐 본성은 착한 분이십니다. 가끔씩 세리나 씨에게 짓궂은 짓을 하시기도 하지만, 주인님은 병든 저를 사들여 치료까지 해주셨습니다. 오해받기 쉬운 성격일 뿐입니다.

그런 상냥한 주인님께 무엇을 해드릴 수 있는지 고민해 봤지만 좋은 생각이 떠오르지 않았습니다. 청소와 잡일은 노예로서 당연한 업무이니 다른 것을 해드리고 싶습니다.

"난처하네요……. 후우."

저는 우물에서 물을 길으면서 이런저런 고민을 하고 있었습니다.

"반가워, 미나. 오늘도 일찍 일어났네."

"아. 좋은 아침이에요, 세리나 씨."

"방금 전에 한숨을 내쉬는 것 같던데. 뭔가 고민거리가 있으면 내가 상담해 줄게. 알렉이 침대에서 심한 짓을 시킨 거지?"

"아, 아뇨, 그렇지는……."

주인님은 침대에서 제게 상냥하게 해주시기 때문에 세리나 씨에게는 말씀드리기가 어렵습니다.

"그래? 정말로?"

"네. 그보다 전투에서 뭔가 도움이 되고 싶어서요. 세리나 씨는 엄청난 스킬이 있으셨죠?"

"아아, [스타라이트 어택] 말이지. 확실히 일격필살의 기술이기는 한데, 이게 생각보다 사용하기 어렵단 말이지."

세리나 씨는 그렇게 말하며 미묘한 쓴웃음을 지었습니다.

"그렇군요. 사람에게 쓰기는 어렵겠네요."

"맞아. 그러는 미나도 전위에서 활약하고 있잖아. 색적 덕분에 파티에 엄청 도움이 되고 있어."

"아뇨, 활약까지야. 더욱 강해지려면 어떻게 해야 할까요?"

"으음. 레벨 업이나 검술 훈련은 어떨까."

하지만 그 정도로는 주인님을 지킬 수가 없습니다. 주인님은 저보다 훨씬 강하니까요. 이세계에서 온 용사니까요.

"아, 그렇지. 주점에서 들은 이야기인데, 클래스 체인지라는 방법이 있대. 상위 클래스로 전직하면 레벨이 오를 때 능력치도 상승하기 쉽다나 봐."

세리나 씨가 클래스 체인지라는 것을 가르쳐 주었습니다.

"헤에, 상위 클래스 말인가요. 앗, 그러고 보니 사스케 씨가 닌자셨네요."

리리를 섬기는 분들 중에 닌자라는 희귀한 클래스를 가진 분이 계셨습니다. 닌자는 좀처럼 찾아보기 힘든 클래스입니다.

"아, 나도 생각났어. 그런데 닌자가 상위 클래스였나? 뭐, 우리가 침입을 알아채지 못했을 정도니 강할 거라고는 생각하지만."

"네, 강한 분이세요. 지금 정했어요. 다시 한번 사스케 씨에게 기술과 클래스를 가르쳐 달라고 부탁해 볼게요."

예전에도 한번 부탁을 드려봤지만 안 된다면서 거절당하고 말았습니다.

"뭐? 그 닌자, 딱히 친절해 보이지는 않던데. 한 번 거절당했으면 어렵지 않을까……."

"괜찮아요. 비책이 떠올랐거든요."

사스케 씨는 리리를 섬기는 분이니 리리에게 부탁하면 어떻게든 될 겁니다.

"응, 알았어."

저는 리리의 방으로 찾아가 과자를 쥐어주며 부탁했습니다. 사스케 씨에게 부탁해 달라고 말이죠. 너무나도 간단한 일이었습니다.

"허나 공주님, 발렌시아 왕가의 첩보 기술은 일인전승을 기본으로 합니다. 간단히 남에게 가르쳐 줄 수는 없습니다."

집사인 세바스 씨가 난처한 얼굴로 말했습니다.

"됐어! 벌써 정했어! 그렇게 어려운 기술 말고 평범한 기술을 가르쳐 주면 되잖아!"

"알겠습니다. 일반적인 보법이라면 문제없겠지요. 들었나, 사스케."

"예."

우와, 천장에 있었을 줄이야. 전혀 눈치채지 못했습니다…….

"하지만 소녀여. 닌자의 수행은 혹독하다. 따라올 수 있겠나?"

"열심히 할게요!"

"훗, 좋은 눈을 가지고 있군. 좋다. 그러면 지금부터 산으로 향하겠다."

"네!"

마침 오늘은 모험을 쉬는 날입니다. 수행을 하기에 제격인 날이죠.

"그러면 지금부터 닌자 수행을 시작하지. 먼저 산의 정상까지 올라와라. 최대한 빠르게. 나는 먼저 올라가 기다리고 있겠다."

"네."

어째선지 오늘 사스케 씨는 코가 기다란 가면을 쓰고 오셨습니다. 닌자의 관습일 테지요. 신경 쓰지 않기로 했습니다.

사스케 씨는 나무들 사이로 잔상을 남기면서 순식간에 달려가 버리셨습니다.

닌자, 굉장합니다.

하지만 달리기라면 견인족도 지지 않습니다. 장거리 달리기는 제 특기입니다.

"앗!"

갑자기 눈앞에서 거대한 통나무가 굴러왔습니다. 저는 황급히 점프해 통나무를 피했습니다.

"후우, 위험했다. 그런데 웬 통나무가…… 앗."

알았습니다. 이것도 수행인 것이군요. 분명 사스케 씨가 준비해 주셨을 겁니다.

그렇다면 주인님을 위해서 힘을 내야겠지요.

저는 굴러오는 통나무를 뛰어넘고, 옆에서 날아온 통나무를 피하면서 가까스로 산의 정상에 도달했습니다.

"하아, 하아, 하아, 읏."

수, 숨이 벅찹니다…….

"왜 그러나. 이 정도로 지치면 닌자가 되지 못한다."

"아, 알고 있습니다."

"그러면 다음 수행으로 넘어가지. 먼저 저 오두막에 들어가라."

"네."

오두막에 들어간 저와 사스케 씨는 서로를 마주보고 앉았습니다. 지금부터 무엇을 하려는 걸까요.

사스케 씨는 여전히 코가 기다란 가면을 착용하고 계셨습니다.

앗, 설마 저 가면으로 야한 짓을 당하는 걸까요?!

만약 그렇다면 온 힘을 다해서 거절할 생각입니다. 저는 주인님의 노예이므로 다른 남자에게 몸을 허락할 수는 없습니다.

"그러면 미나, 시작하겠다."

"아, 알겠습니다. 꿀꺽."

"지금부터 내가 질문을 건네면 곧바로 대답해야 한다. 몬스터와 대인 전투에서는 한순간의 방심이 죽음으로 이어질 수 있다."

"확실히 그렇네요."

"자, 문제!"

"네?"

"거기서는 도전이라고 대답하는 게 관습이다."

"그, 그렇군요. 도전!"

"그래. 산책을 하는데 귀여운 토끼 몬스터가 나타났다. 너라면 어떻게 할 거지?"

"저는……. 동물이 맞는지 확인해 보겠습니다."

짜악!

"꺄악!"

귀싸대기를 맞았습니다.

"판단이 늦다. 몬스터라면 죽여라."

"하, 알겠습니다. 하지만……."

"미나. 너는 견인족이다. 남들보다 뛰어난 후각을 가지고 있지. 그 후각을 통해 판별하는 거다."

"그렇군요. 알겠습니다."

"오늘의 수행은 끝이다. 다음 주에 다시 이 산을 올라와라."

"알겠습니다."

저는 결의를 다지며 미래를 향해 새로운 한 걸음을 내디뎠습니다.

단편2 전설의 브루마

수많은 모험가를 매료시킨 '돌아올 수 없는 미궁'.

우리는 이곳 3층에서 거미 몬스터와 전투를 치르고 있었다.

"주인님, 오른쪽에서 또 다른 적이 왔어요."

"쳇, 수가 많군. 귀찮네. 레티, 마법으로 쓸어버려."

"알았어! 주종의 맹약 아래 고하노라. 분노의 마신 이프리트여, 날카로운 업화가 되어 적을 멸하라! 플레임 스피어!"

레티의 지팡이에서 화염의 창이 쏟아져 나와 거미들을 흰 연기로 만들어 버렸다.

"클리어!"

"좋아. 잘했어."

"후후. 대마도사 레티 님에게 걸리면 식은 죽 먹기지."

"오, 보물상자다."

"앗, 내가 열래!"

"뭐? 그래, 마음대로 해. 3층이면 대단한 함정은 없을 테지."

리리는 사키가 양보해 준 보물상자를 개봉했다.

"응? 이게 뭐지. 팬티?"

"호오."

리리가 낯익은 붉은색의 하의를 양손으로 펼쳐 보이고 있었다. 보물상자 안에는 한 세트인 반팔 상의가 수납되어 있었다.

"속옷치고는 두꺼운걸."

세리나가 말했다. 오오, 이럴 수가. 브루마를 모르다니.

"그건 브루마야. 속옷이 아니고."

내가 가르쳐 주었다.

"브루마? 앗! 야한 만화나 동영상 사이트에서 나오는 그거구나. 와, 최악!"

세리나가 더러운 것이라도 되는 것처럼 브루마를 노려보았다. 하지만 브루마는 한때 전국의 소녀들이 평범하게 입고 다녔던 옷이다. 유서 깊은 운동복을 저런 눈으로 보다니. 탄식이 절로 나온다.

"히힛. 그러면 이거 내가 가져도 돼?"

"관둬, 리리. 그 옷은 가지고 돌아가면 안 돼."

"너무해."

"세리나, 그건 다른 파티 멤버가 정당하게 손에 넣은 물건이야. 네가 이래라저래라 할 권리는 없어."

"뭐? 그런 뜻이 아니잖아, 알렉."

"흥. 그런 뜻이다."

"맞아, 맞아! 브루마♪ 브루마♪ 얏호!"

기뻐하는 리리의 모습이 보기 좋았다.

"리리, 그걸로 이상한 짓 하면 안 된다?"

"응? 이상한 짓이 뭔데?"

"이상한 짓은…… 이상한 짓이야."

"세리나, 그건 네 편견이야. 외설적인 물건으로 보이는 건 네 마음이 외설적이기 때문이다."

"뭐라구? 큭……."

짚이는 부분이 있는가 보군. 세리나는 볼을 빨갛게 물들이며 분하다는 표정을 지었다.

"하지만 딱히 이상한 옷 같아 보이지는 않는데?"

사키가 말했다. 사키도 브루마를 모르는가 보군.

"맞아. 평범한 옷이다. 세리나가 혼자 외설스럽게 여기고 있을 뿐이야."

"알렉도 그게 뭔지 알고 있지?"

"글쎄다."

원래 브루마는 운동을 편하게 하기 위해서 만들어진 옷이었다. 하지만 점차 디자인을 추구하면서 아름다움과 밀착성이 강조되었고, 가끔씩 엉덩이의 밑부분이 드러나 손가락으로 고쳐 입는 행동은 온 세상 남자들의 마음을 움켜쥐었다. 지상파 애니메이션과 소년 만화에서 이 브루마를 널리 포교하려 하였으나, 세간의 반발에 의해 우리는 더 이상 현실에서 브루마를 영접하지 못하게 된 것이었다! 남자의 로망 사라지다! 멸망해라, 어리석은 상업주의!

마침 리리도 브루마가 마음에 든 모양이었다. 리리가 스스로 원해서 착용했다면 마음대로 입게 놔두면 된다. 이것도 안 돼, 저것도 안 돼 하면서 자율성을 부정하는 것은 올바른 교육자의 자세가 아니다.

이후 무사히 던전을 빠져나와 무사히 지상으로 돌아온 우리들. 우리는 모험으로 지친 심신을 달래기 위해 식사를 하고 목욕탕에 몸을 담갔다.

그리고 다음 날.

"이거 봐, 알렉!"

리리가 체육복 세트를 입고 내 방에 자랑하러 왔다.

"오오. 잘 어울리는걸, 리리."

브루마 안에 옷자락을 집어넣어서 살짝 아쉽기는 했지만, 그래도 눈앞에 있는 것은 엄연한 브루마였다. 심지어 착용자가 리리였다.

"에헤헤. 이거 움직이기 편한데 던전에서 입어도 될까?"

"흐음. 아니, 세리나가 시끄러울 테니 그건 관두자."

"에엥? 어쩔 수 없지."

리리는 뒤쪽을 쳐다보더니 엉덩이에 파고든 브루마를 손가락으로 고쳐 입었다.

탱탱한 엉덩이가 살짝 흔들리는 그 모습이 무척 좋았다. 알몸보다 야했다.

"리리, 이번에는 윗도리의 옷자락을 밖으로 꺼내봐. 새로운 스타일이야."

"헤에. 이렇게?"

리리가 두 손을 꼼지락꼼지락 움직여 윗도리를 밖으로 빼냈다. 중간에 흘끔 엿보인 배꼽이 몹시 귀여웠다.

"잘했어."

리리가 손을 떼자 브루마가 반팔에 가려졌다. 밖에서 보이는 브루마의 면적이 크게 줄어들어 마치 빨간 팬티를 입은 것처럼 보였다.

바지를 입지 않은 여자아이.

그 사실만으로도 끓어오르는 뭔가가 있었다.

"리리. 하자."

"알았어. 에헤헤."

"너는 아직 벗지 마."

"응."

나는 혼자서만 옷을 벗어 침대로 올라갔다. 그러고는 리리를 뒤쪽에서 끌어안고 체육복 너머로 봉긋하게 솟은 가슴을 쓰다듬었다.

"하응, 꺄악, 간지러워! 아핫!"

천진난만하게 웃으며 몸부림치는 리리.

"얌전히 있어."

나는 양손으로 가슴의 감촉을 만끽하면서 리리의 늑골을 어루만졌다. 그리고 입으로는 작은 귓불을 핥아주었다.

"으응!"

기분이 좋았는지 리리의 몸이 움찔 하고 떨렸다. 한순간 어른스러운 표정을 지은 리리는 내게 입맞춤을 했다. 나도 키스로 화답하며 리리의 볼록한 배를 쓰다듬었다.

"흐아앙."

긴장이 풀린 리리가 신음 소리를 냈다. 체육복을 위로 잡아당겨 리리에게 만세를 시킨 나는 그대로 리리를 밀어 넘어트렸다. 그러고는 리리의 분홍색 돌기를 혀로 괴롭히기 시작했다.

"아앗, 응, 하앙, 알렉, 거기, 좋아아!"

적극적으로 감상을 늘어놓으며 쾌락을 탐닉하는 소녀. 순진무구했던 눈동자는 어느샌가 요염하게 물들어 내게 고혹적인 시선을 보내 왔다.

나는 마침내 붉은 브루마를 밑으로 내려 리리의 도톰한 크레바스를 겉으로 드러냈다. 분홍색의 크레바스는 축축하게 젖어있었고, 그곳을 혀로 핥아주자 리리가 야릇한 목소리로 헐떡였다.

"하윽, 아앗, 아앙, 꺄흑, 으응, 앙♥ 안 돼, 알렉, 아앗!"

슬슬 때가 된 듯하다.

하지만 나는 삽입을 관두고 벗겨 놓았던 체육복 윗도리를 주워 들었다.

"리리, 이것부터 입어."

"으응? 빨리이."

"어서. 바로 넣어줄 테니까."

"알았어."

리리는 내 말에 따라 도로 체육복을 입었다.

나는 리리를 안아 들고 이전에 습득한 스킬을 사용했다.

[들고 박기 LV1]

"아핫, 아앙, 안쪽까지 들어와서, 기분 좋아!"

리리가 기쁨의 교성을 내질렀다. 하지만 LV1 스킬이라 아직 불안정한걸. 그래도 나쁘지 않은 자세였다.

게다가 리리는 지금 체육복을 입고 있었다. 나는 일부러 시야의 초점을 흐리면서 방안의 광경을 머릿속으로 상상했다. 그리고 리듬을 유지한 채로 중얼거렸다.

"이곳은 체육관 준비실, 이곳은 체육관 준비실……."

분필 냄새가 나는 매트리스, 뜀틀과 발판, 농구공이 잔뜩 들어 있는 바구니.

그 비좁은 밀실에서 작은 소녀를 안고 있는 것이다.

"으응, 아앙! 알렉이, 알렉이 내 안에서 커지고 있어!"

리리는 몸이 위아래로 흔들리는 와중에 외쳤다.

"리리, 알렉 말고 선생님이라고 불러봐."

"으, 응, 선생님, 아앙♥ 좋아, 좋아해요, 선생님!"

나는 더욱더 격렬하게 허리를 쳐 올렸고, 리리도 필사적으로 나를 끌어안았다.

"앗, 앗, 앗, 안 돼, 와버려, 엄청난 게, 아아아아앗……!"

리리는 온몸을 부들부들 떨면서 절정에 달했고, 나도 리리의 뱃속에 욕망의 액체를 잔뜩 쏟아부었다.

행위를 마친 뒤, 우리는 침대에 걸터앉아 숨을 골랐다.

"후우."

"하후우. 이 옷, 마음에 들어."

"그렇지?"

다음에는 리리에게 어떤 자세를 시도해 볼까. 그렇게 즐거운 고민을 하면서 리리와 함께 2라운드로 접어들었다.

후기

반년 만의 마사난입니다.

자, 4권은 어떠셨는지요.

실은 여러분께 말씀드려야 할 중요한 내용이 있습니다.

이번 4권은 도쿄 대학의 공학 박사인 야오타니 교수의 협력하에 'T팬지형 RD'라는 AI 프로그램을 이용하여 집필되었습니다.

인간 마사난은 단 한 줄도 집필하지 않았습니다.

……라고 말한다면 "정말로?!" 하고 다른 종류의 두근거림이 느껴지지 않을까 생각하며 거짓말을 해봤습니다. 죄송합니다. 실제로는 제가 키보드로 죽어라 두드려 가면서 집필한 원고입니다. (가끔은 즐겁게 써질 때도 있습니다.)

4권에서는 카쿠 코인이 등장했습니다. 작중에서는 결국 망하는 길로 가고 말았지만요. 새로운 기술이 생겨나면 새로운 제도가 생겨나기 마련이지요. 때로는 좋은 제도도 있지만 때로는 나쁜 제도도 있기에 빠르게 변화하는 세계란 것이 참 어렵구나, 라는 생각을 해봤습니다.

알렉의 모험도 난이도가 올라가기 시작했군요. 강적들도 등장하고, 사대 정령과 드래곤처럼 판타지 RPG에서 흔히 보이는 보스도 등장했습니다. 조금은 스릴이 있는 전개가 되었으면 좋겠다는 작가의 바람이 반영된 결과입니다. 여러분이 즐겁게 읽어주셨다면 저로서는 더 바랄 게 없습니다.

이건 개인적인 이야기입니다만, 최근 들어서 예전보다 많은 소설과 만화를 읽게 되었습니다.

책의 첫 장을 열었을 때의 두근거림과, 그 두근거림조차 뛰어넘는 흥미진진한 작품. 다음 편이 읽고 싶어서 견딜 수가 없는 작품 등등. 그런 작품을 쓰고 싶다고 생각하면서도 "우와!"라거나, "굉장하다!"라거나, "이런 전개가!"라면서 집필이 더뎌지는 전전긍긍한 나날을 보내고 있습니다. 개중에는 재미없는 작품도 있지만 방향성의 차이라고 생각하고 있습니다.

어쨌든 바쁘신 와중에도 사소한 주문들에 부응해 미려한 일러스트를 그려주신 B-은하 선생님, 작가가 깨닫지 못한 이야기의 모순을 친절하게 지적해 주신 편집자 K 님, 그 외에 수많은 지원을 해주신 관계자 분들 덕분에 이번 권도 무사히 세상에 나올 수 있게 되었습니다. 이 자리를 빌어 감사의 말씀 드립니다.

아쿠미 베니쇼가 선생님께서 그리신 만화판의 미나도 엄청 귀여웠습니다!

웹 소설의 감상평과 트위터의 좋아요, 아마존의 리뷰, 팬레터 등등. 독자 분들이 다양한 형태로 응원해 주셔서 정말로 기쁩니다.

그리고 이렇게 4권까지 읽어주신 독자분들께도 말로 표현할 수 없는 감사의 마음을 느끼고 있습니다. 정말로 고맙습니다!

게임 속에서 말에게 걷어차이면서.

[추신]

시리즈 발행 7만부를 돌파했다고 합니다.

B-은하 선생님 최강! B-은하 선생님 최강!

아쿠미 베니쇼가 최강! 아쿠미 베니쇼가 최강!

전생 슬라임 책갈피 최강!

아키바 blog 최강!

에로무쌍 독자 최강!!!

에로 스킬로
Record of Erotic Warrior
이세계무쌍

미나

스테이터스

〈레벨〉 36 〈클래스〉 수조검사/쿠노이치
〈종족〉 견인족 〈성별〉 여자 〈연령〉 18
〈HP〉 775/775 〈MP〉 82/82
〈TP〉 287/287 〈상태〉 흡혈귀
〈EXP〉 419730 〈NEXT〉 33770
〈소지금〉 111100

기본 능력치

〈근력〉 12+20 〈민첩〉 14 〈체력〉 10
〈마력〉 2 〈손재주〉 7 〈운〉 34

스킬_현재 스킬 포인트 : 579

[삼키기 LV1] [애원하기 LV1] [날카로운 후각☆ LV4] [인내 LV4] [시계 LVMAX] [청결 선호 LV4] [헌신적 LV3] [얌전함 LV3] [배짱 LV2] [직감 LV3] [운동신경 LV4] [동체시력 LV3] [기척 탐지 LV3] [아이템 가방 LV1] [약초 식별 LV1] [약초 채집 LV1] [음식 제공 LV1] [상황 판단 LV3] [민첩UP LV3] [행운 LV5] [아군 보호 LV3] [펠라치오 LV3] [파티 스테이터스 열람 LVMAX] [후각 : 함정 LV3] [독침 회피 LV3] [함정 해체 LV3] [점프 LV1] [수조검술 LV5] [암시 LV1] [악취 내성 LV1] [오토 매핑 LV1] [조이기 LV1] [정신 내성 LV1] [혼란 내성 LV1] [수리검 LV3] [닌자 대쉬 LV1] [그림자 꿰매기 LV4] [전력집중의 호흡 LV1] [상처 핥기 LV3] [흡혈귀☆ LV3] [햇살 방지 LV5] [성속성 내성 LV5]

H 스테이터스

〈성교 횟수〉 81 〈자위 횟수〉 38 〈감도〉 80 〈음란 지수〉 15
〈좋아하는 체위〉 정상위
〈플레이 내용〉 여고생 플레이, 푹신푹신 플레이, 승마 플레이

알렉

스테이터스

〈레벨〉 36 〈클래스〉 용사/현자
〈종족〉 인간 〈성별〉 남자 〈연령〉 42
〈HP〉 438/438 〈MP〉 305/305
〈TP〉 352/352 〈상태〉 보통
〈EXP〉 91236 〈NEXT〉 17764
〈소지금〉 121000

기본 능력치

〈근력〉 24 〈민첩〉 23 〈체력〉 24
〈마력〉 23 〈손재주〉 23 〈운〉 23

스킬_현재 스킬 포인트 : 21762

(※4페이지)
[디텍트 LV5] [색적 범위 상승 LV5] [뒤통수의 눈 LV5] [기척 감지 LV5] [식스 센스 LV5] [엿듣기 LV5] [폰섹스 LV3] [힐 LV5] [재생력 LV5] [벽에 달라붙기 LV5] [천장에 달라붙기 LV5] [광학미채 LV2] [무한의 체력 LV5] [화염 내성 LV5] [그로테스크 내성 LV5] [거품 플레이 LV5] [성병 내성 LV5] [매료 내성 LV5] [혈기왕성 LV5] [벗기기 LV5] [쫓아가기 LV1] [들고 박기 LV1]

파티 공유 스킬

[획득 스킬 포인트 상승 LV5] [획득 경험치 상승 LV5] [레어 아이템 확률 업 LV5] [선제 공격 찬스 확대 LV5] [백 어택 감소 LV5]

리리

스테이터스

〈레벨〉 34 〈클래스〉 왕족/시프
〈종족〉 인간 〈성별〉 여자 〈연령〉 ??
〈HP〉 156/156 〈MP〉 65/65
〈TP〉 64/64 〈상태〉 보통
〈EXP〉 373258 〈NEXT〉 6742
〈소지금〉 151500

기본 능력치

〈근력〉 6 〈민첩〉 8 〈체력〉 3
〈마력〉 4 〈손재주〉 3 〈운〉 5

스킬_현재 스킬 포인트 : 735

[고귀한 혈족☆ LV5] [자기중심적 LV3] [매너 LV1] [쓰레기 뒤지기 LV2] [소매치기 LV2] [도주 LV2] [슬링 LV3] [아이템 가방 LV1] [회피 LV2] [어그로 감소 LV5] [체력 상승 LV5] [게으름 피우기 LV3] [놀기 LV3] [지켜보기 LV1] [숨바꼭질 LV5] [떠맡기기 LV5] [오토 매핑 LV1] [여왕님 흉내 LV1] [안면 기승위 LV1] [정신 내성 LV1] [혼란 내성 LV1] [포션 뿌리기 LV1]

H 스테이터스

〈성교 횟수〉 79 〈자위 횟수〉 0 〈감도〉 79 〈음란 지수〉 46
〈좋아하는 체위〉 ???
〈플레이 내용〉 여왕님 플레이, 소악마 플레이, 브루마 플레이

세리나

스테이터스

〈레벨〉 37 〈클래스〉 용사/검사
〈종족〉 인간 〈성별〉 여자 〈연령〉 18
〈HP〉 493/493 〈MP〉 276/276
〈TP〉 458/458 〈상태〉 보통
〈EXP〉 491253 〈NEXT〉 18747
〈소지금〉 721500

기본 능력치

〈근력〉 26 〈민첩〉 26 〈체력〉 26
〈마력〉 25 〈손재주〉 25 〈운〉 25

스킬_현재 스킬 포인트 : 254

Caution!

* 스킬에 의해 열람을 방해받았습니다.

H 스테이터스

〈성교 횟수〉 101 〈자위 횟수〉 3067 〈감도〉 99 〈음란 지수〉 94
〈좋아하는 체위〉 후배위
〈플레이 내용〉 백합 플레이, 감옥 플레이, SM 플레이, 3P

네네

스테이터스

〈레벨〉 32　〈클래스〉 마법사
〈종족〉 견인족　〈성별〉 여자　〈연령〉 ??
〈HP〉 212/212　〈MP〉 331/331
〈TP〉 87/87　〈상태〉 보통
〈EXP〉 380575　〈NEXT〉 19426
〈소지금〉 151540

기본 능력치

〈근력〉 5 〈민첩〉 5 〈체력〉 4
〈마력〉 7+1 〈손재주〉 9 〈운〉 19

스킬_현재 스킬 포인트 : 315

[공감력☆ LV4] [상냥함 LV3] [악취 내성 LV1] [파이어 볼 LV2] [어그로 감소 LV1] [체력 상승 LV5] [화살 방어 LV1] [아이템 가방 LV1] [행운 LV5] [자위 LV1] [고통 경감 LV1] [오토 매핑 LV1] [블라인드 폴 LV1] [승마 LV1] [애널 섹스 LV1] [정신 내성 LV1] [혼란 내성 LV1] [라이트 LV1]

H 스테이터스

〈성교 횟수〉 69 〈자위 횟수〉 8 〈감도〉 69 〈음란 지수〉 15
〈좋아하는 체위〉 좌위
〈플레이 내용〉 브루마 플레이, 자매 플레이, 엉덩이 플레이

이오네

스테이터스

〈레벨〉 37 〈클래스〉 수조검사
〈종족〉 인간 〈성별〉 여자 〈연령〉 20
〈HP〉 383/383 〈MP〉 109/109
〈TP〉 428/428 〈상태〉 보통
〈EXP〉 491251 〈NEXT〉 8749
〈소지금〉 51550

기본 능력치

〈근력〉 17 〈민첩〉 17 〈체력〉 14
〈마력〉 8 〈손재주〉 19 〈운〉 18

스킬_현재 스킬 포인트 : 148

[모서리 자위 LV4] [민첩성UP LV3] [배려 LV4] [상냥함 LV4] [이성 LV2] [정의로운 마음 LV2] [직감 LV3] [반사신경 LV4] [운동신경 LV3] [기척 탐지 LV3] [수조검술 LV5] [음식 제공 LV3] [간파 LV3] [카운터 LV3] [아이템 가방 LV1] [행운 LV5] [모험가의 마음가짐 LV1] [여자의 매력 LV1] [심안 LV1] [유혹 LV5] [파이즈리 LV1] [파후파후 LV1] [무릎 베개 LV5] [수조검 오의 스완리브즈 LV5] [수조검 오의 카이츠부리 LV5] [오토 매핑 LV1] [가슴 얹기 LV1] [정신 내성 LV1] [혼란 내성 LV1] [수조검 오의 뻐꾸기 베기 LV5] [수조검 오의 하야부사] [수조검 오의 물방울 떨구기]

H 스테이터스

〈성교 횟수〉 76 〈자위 횟수〉 67 〈감도〉 75 〈음란 지수〉 24
〈좋아하는 체위〉 정상위
〈플레이 내용〉 낭독 플레이, 브루마 플레이

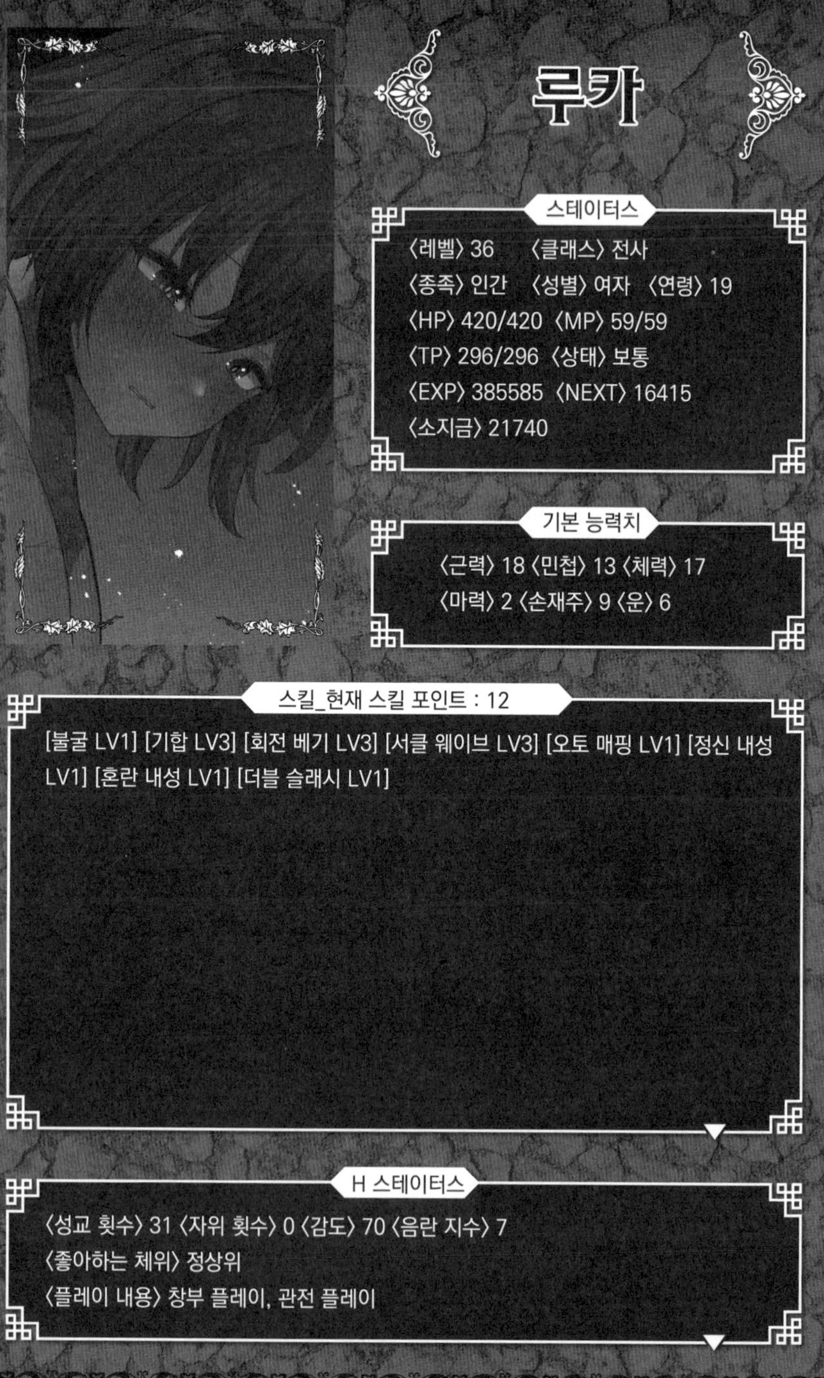
루카
스테이터스
〈레벨〉 36 〈클래스〉 전사
〈종족〉 인간 〈성별〉 여자 〈연령〉 19
〈HP〉 420/420 〈MP〉 59/59
〈TP〉 296/296 〈상태〉 보통
〈EXP〉 385585 〈NEXT〉 16415
〈소지금〉 21740
기본 능력치
〈근력〉 18 〈민첩〉 13 〈체력〉 17
〈마력〉 2 〈손재주〉 9 〈운〉 6
스킬_현재 스킬 포인트 : 12
[불굴 LV1] [기합 LV3] [회전 베기 LV3] [서클 웨이브 LV3] [오토 매핑 LV1] [정신 내성 LV1] [혼란 내성 LV1] [더블 슬래시 LV1]
H 스테이터스
〈성교 횟수〉 31 〈자위 횟수〉 0 〈감도〉 70 〈음란 지수〉 7
〈좋아하는 체위〉 정상위
〈플레이 내용〉 창부 플레이, 관전 플레이

레티

스테이터스

〈레벨〉 36　〈클래스〉 마법사
〈종족〉 인간　〈성별〉 여자　〈연령〉 18
〈HP〉 244/244　〈MP〉 479/479
〈TP〉 96/96　〈상태〉 저주(약)
〈EXP〉 452584　〈NEXT〉 4716
〈소지금〉 121540

기본 능력치

〈근력〉 4 〈민첩〉 4 〈체력〉 6
〈마력〉 20+10 〈손재주〉 8 〈운〉 5-5

스킬_현재 스킬 포인트 : 115

[바닥 자위 LV5] [파이어 볼 LV5] [블라인드 폴 LV5] [플레임 스피어 LV5] [파이어 월 LV5] [마더 슬라임 레볼루션 LV5] [바스켓 슈타인 데스 LV5] [데스] [아트 이즈 언 익스플로전 LV5] [다크 파이어 캐슬 LV5] [리턴 워크 포인트 LV5] [오토 매핑 LV1] [정신 내성 LV1] [혼란 내성 LV1] ……

Caution!

* 스킬에 의해 열람을 방해받았습니다.

H 스테이터스

〈성교 횟수〉 28 〈자위 횟수〉 64 〈감도〉 49 〈음란 지수〉 17
〈좋아하는 체위〉 후배위
〈플레이 내용〉 마법소녀 플레이, 방뇨 플레이, 트랜스

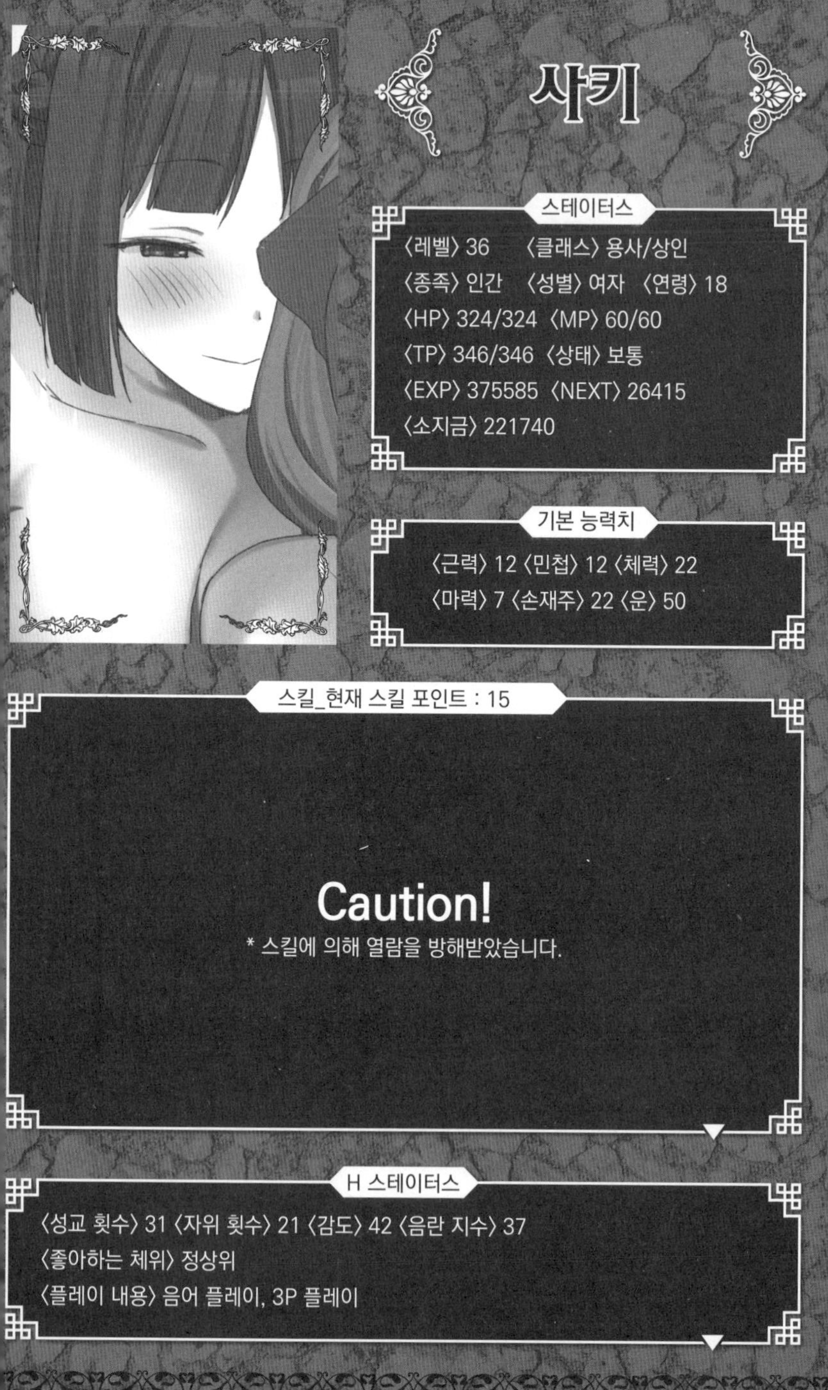
사키
스테이터스
〈레벨〉 36 〈클래스〉 용사/상인
〈종족〉 인간 〈성별〉 여자 〈연령〉 18
〈HP〉 324/324 〈MP〉 60/60
〈TP〉 346/346 〈상태〉 보통
〈EXP〉 375585 〈NEXT〉 26415
〈소지금〉 221740
기본 능력치
〈근력〉 12 〈민첩〉 12 〈체력〉 22
〈마력〉 7 〈손재주〉 22 〈운〉 50
스킬_현재 스킬 포인트 : 15
Caution!
* 스킬에 의해 열람을 방해받았습니다.
H 스테이터스
〈성교 횟수〉 31 〈자위 횟수〉 21 〈감도〉 42 〈음란 지수〉 37
〈좋아하는 체위〉 정상위
〈플레이 내용〉 음어 플레이, 3P 플레이

피아나

스테이터스

〈레벨〉 36 〈클래스〉 신관
〈종족〉 인간 〈성별〉 여자 〈연령〉 19
〈HP〉 272/272 〈MP〉 358/358
〈TP〉 193/193 〈상태〉 보통
〈EXP〉 375585 〈NEXT〉 26415
〈소지금〉 24740

기본 능력치

〈근력〉 3 〈민첩〉 4 〈체력〉 7
〈마력〉 12 〈손재주〉 11 〈운〉 2

스킬_현재 스킬 포인트 : 202

[힐 LV3] [큐어 LV1] [턴 언데드 LV1] [엑저티션 LV1] [가호의 기도☆ LV3] [고통 경감 LV1]

H 스테이터스

〈성교 횟수〉 1 〈자위 횟수〉 0 〈감도〉 72 〈음란 지수〉 3
〈좋아하는 체위〉 정상위
〈플레이 내용〉 산제물 플레이

에로 스킬로 이세계 무쌍 4

2024년 8월 15일 1판 1쇄 발행

저　　자 마사난
일 러 스 트 B-은하
옮 긴 이 마일도
발 행 인 유재옥
담 당 편 집 정영길

부 사 장 이왕호
이　　사 조병권
출판본부장 박광운
편 집 1 팀 박광운
편 집 2 팀 정영길 조찬희 박치우 정지원
편 집 3 팀 오준영 이소의 권진영
디자인랩팀 김보라
디지털사업팀 박상섭 김지연 윤희진
라이츠사업팀 김정미 맹미영 이윤서
영업마케팅팀 최원석 박수진 이다은
물 류 팀 허석용 백철기
경영지원팀 최정연
인쇄제작처 ㈜코리아피엔피
발 행 처 ㈜소미미디어
등　　록 제2015-000008호
주　　소 서울시 마포구 토정로222, 502호 (신수동, 한국출판콘텐츠센터)
판매 및 마케팅 (070) 8822-2301

ISBN 979-11-384-2917-7 (04830)
ISBN 979-11-384-1759-4 (세트)